ーズ

赦しへの四つの道

FOUR WAYS TO
FORGIVENESS

BY

URSULA K. LE GUIN

アーシュラ・K・ル・グィン

小尾芙佐・他訳

TOKYO
HAYAKAWA
BOOKS

A HAYAKAWA
SCIENCE FICTION SERIES

FOUR WAYS TO FORGIVENESS
by
URSULA K. LE GUIN
Copyright © 1995 by
URSULA K. LE GUIN
Translated by
FUSA OBI and the other
First published 2023 in Japan by
HAYAKAWA PUBLISHING, INC.
This book is published in Japan by
arrangement with
THE URSULA K. LE GUIN LITERARY TRUST
c/o GINGER CLARK LITERARY, LLC
through THE ENGLISH AGENCY (JAPAN) LTD.

www.ursulakleguin.com

カバーイラスト　丹地陽子
カバーデザイン　川名 潤

目次

赦しへの四つの道

裏切り

Betrayals

小尾芙佐訳

「惑星ゲセンでは、五千年のあいだ、戦争がなかった」と彼女は読み上げる。「ゲセンにはそもそも戦争というものは一度もなかった」そこで彼女が読むのを止めたのは、目を休めるためと、そして文字というものは、狐犬のチクリがものを食べるときのようにがつがつと呑みこまず、ゆっくりと呑みこむものだと心得ていたからである。「戦争というものは一度もなかった」彼女の心のなかに、その言葉は明るく、くっきりと浮かびあがっているのに、そのまわりはかぎりなく暗く穏やかな懐疑の影に包まれている。どんな世界なのだろう、戦争のない世界とは？ それは真《まこと》の世界なのだろう。平和こそ、本物の暮らし、働いて、学んで、子供たちに働くことや学ぶことを教える暮らし。それは子供たちを育《はぐく》む暮らしだ。そして戦争とは、仕事や学びや子供たちをむさぼり食い、現実を否定するもの。でもわたしたちは、と彼女は思う、戦争を否定することしか知らない。誤ってもたらされた暗い力の影のなかにいるわたしたちは、平和をみずからの世界の外におき、導いてくれる得がたい光としている。わたしたちがしている唯一のことは闘いである。だがわたしたちが、一生のうちにもたらしうる平和というものは、戦争がおきているということを、増幅される不信というものを否定するにすぎない。

それゆえ彼女は、膝の上に開いた書物の面《おもて》を流れていく雲の影を眺めながら吐息をつき、目を閉じてこう思う。「わたしは嘘つきだ」と。そして目を開き、よその世界について、はるかかなたの実在について読み進む。

尻尾を体に巻きつけ、淡い日光を浴びて眠っているチクリは、彼女の真似をしているのか、吐息をつきながら、夢の中で虫に刺された痕をかきむしっている。グブは葦の茂みにもぐりこんで餌をあさっている。その姿は見えないが、ときおり葦の葉先が揺れているし、イリエクイナが、怒ったようにガアガアと鳴きながら飛び立っていく。

イスシュの特殊な社会慣習に関する記述を読みふけっていた彼女は、ワダが門を入ってくるまで、気づかなかった。「あら、もう来たのね」と彼女は驚いたようにいったものの、自分の素っ気ない応対がいつもながら気になった。ひとりのときは、疲れすぎたときや病気のときに老いを感じるだけだが、だれかといるときはいつも自分がのろまで役立たずに思える。自分には独り暮らしのほうが向いているのだろう。「お入りなさいよ」と彼女はいいながら、立ち上がりかけて落とした本を拾いあげると、うしろでまとめた髪からおくれ毛が落ちるのを感じた。「バッグをとってくるわね」

「急がなくてもいいんだ」と若者は持ち前の優しい声でいった。「アイドはまだまだ来やしないから」

わたし自身の家から急いで出ていかなくてもいいと教えてくれたあなたってほんとに親切、とヨスは思っても口には出さず、この若者の憎らしいほど愛おしい気ままな言動を黙って受け入れた。家のなかへ入って買い物袋をもち、整えた髪の毛をスカーフで包むと、せまいポーチへ出ていった。ワダは彼女の椅子にすわっていたが、彼女を見ると椅子から飛び上がった。とてもはにかみやで、恋人同士のふたりのうちでは優しいほうだった。「楽にしててちょうだい」と彼女は笑顔でいった、相手を戸惑わせているのはわかっているのに。「二時間ぐらいで帰ってくる——日が暮れるまでには」彼女はそういって門のほうに向かい、門を出ると、ワダが来た道を歩きだす、村までつづく沼地に板を並べた曲がりくねった道をたどって。

途中でアイドに出会うことはない。その少女は沼地の道のひとつを北側から出て、いつもワダとはちがう時間にちがう方角に向かっていくので、このふたりが、同じころに村を出ていくのに気づいたものはだれもいない。熱烈に愛し合っているふたりの付き合いはもう三年になる。ワダの父親とアイドの叔父が、組合に再配分された土地をめぐって血の雨を降らせるような諍《いさか》いをはじめなければ、とうの昔にふたりは結婚していっしょに暮らしていたはずだが、じっさいにはこの縁組が許されるはずもなかった。あの土地は大事なものである。いずれの家族も、貧しかったが、ただ村の主《ぬし》になることだけが念願だった。その執念はなにものも消し去ることはできなかった。村じゅうが諍いに加わった。アイドとワダは頼りにするものもなく、都で生きていく術《すべ》も知らず、ほかの村にも受け入れてもらえる身寄りはいなかった。こうしてふたりの情熱は、大人たちの憎悪のうちに閉じ込められ、古いものを憎悪することに注がれた。ヨスが彼らに行きあってから一年、あのときは沼地の小島の冷たい地面でたがいに抱き合っていた……親鹿に置きざりにされたまま、草でこしらえた巣のなかでしっかりと抱き合っていた子鹿たちのように。怯えている二頭の子鹿は、それは美しく、弱々しい感じがして、どうかだれにもいわないでと懇願しているように見えたが、他にどうすることができようか？　ふたりは寒さにがたがたと震え、アイドのむきだしの脚は泥だらけだったが、幼子のように身を寄せあっていた。「うちにおいで」と彼女は厳しい声でいった。「おねがいだから！」そういって彼女はゆっくり歩きはじめた。ふたりはおそるおそるあとについてきた。「一時間もしたら帰ってくるからね」といいながら、ふたりを家のなかに入れ、煙突のかたわらに寝台がおかれている部屋に連れていった。「そこらを泥だらけにしないでね！」

あのころはだれかに見つからぬように用心しながら小道を歩きまわった。このごろは、子鹿たちが自分の家で楽しく遊んでいるあいだは、たいてい村に出かけていった。

彼らは無知だったので、ヨスに礼をする方法を思いつけなかった。泥炭掘りのワダは、だれにも怪しまれずに薪を運びこめたのだが、その薪も花のようにたくさんというわけではなかった。だがいつもベッドはきちんと整えていった。彼らは、それほど感謝しているというわけではない。それほど有り難がることではないのだから。彼女は、自分たちが受け取って当然のものを与えてくれるにすぎない。寝床と一時間ばかりの快楽としばしのやすらぎ。それをあたえてくれる者がほかにいないのは、彼らの罪ではないし、彼女があたえてくれるのは、彼女に徳があるからでもないし、ほかの者たちは、ただそれをあたえぬにすぎない。

きょうの買い物は、アイドの伯父の店、村の菓子屋が目当だった。二年前、彼女がここに来たときは、味も素っ気もない穀物と真水だけで過ごすつもりだったが、それはすぐにあきらめた。穀物を食べれば下痢するし、沼地の水はとても飲めるようなものではなかった。食べるのは、店で売っているものか、自分で育てた新鮮な野菜だけ、飲むものは町で買える葡萄酒や瓶詰めの水や果汁、菓子はたっぷり買いこんだ……乾燥果実、干し葡萄、砂糖菓子、それからアイドの母さんや叔母さんたちがよく焼く菓子、押しつぶした木の実をのせた、そりゃでっかい円盤みたいな菓子——ぱさぱさしていて脂っぽくて味がないのに妙においしい。彼女は、それをひと袋と、同じように円盤の形をした砂糖果子も買いこんできて、叔母たちと噂話に興じた。色黒の敏捷な目つきの小柄な女たちは、ゆうべ、ユアド爺さんの通夜に参列したので、その様子をことこまかに話しあっていた。「あの連中は」とだれもがワダの家族のほうに目配せをし、肩をすくめてみせ、冷笑を投げた。「例によって不作法な振舞いをしおってな、酔っぱらうわ、喧嘩を吹っかけるわ、自慢はするわ、しまいにゃ気分が悪くなって、そこらじゅうに吐きまくってな、成り上がりの田舎者が」ヨスが新聞売り場に立ち寄って、新聞を取り上げると（これもとうの昔に破られた誓いのひとつだ、これからはアルカーミイェーだけ読んで暗記するつもりだったのに）そこにワダの母親もいて、〝あの連中〟が――アイドの一族のことだ――昨夜の通夜の席で自慢話をしたので撲り合いがはじまって、みんな、そこらじゅう吐きまくったと聞かされた。ヨスはただ聞いていたばかりではなく、ともかく詳細をたずね、さらなる噂話を引き出し、それを愉しんだ。

　わたしってなんて馬鹿なの、と土手道を家に向かってゆっくりと歩きながら彼女は思った。ただ水を飲んで黙っていられると思うなんて！　なんであろうと、わたしは決して、決して、なにかを手放すことができないのだ。なにひとつ。わたしは決して自由にはなれない。自由を得る値打ちがない。いくら年を重ねようと、それは無理な話。たとえサフナンを失おうと、わたしは自由にはなれないのだ。

　彼らは五つの師団と対峙する。エナールは剣を掲げてカーミイェーにいう。汝の死はわが手中にあり、神よ！　カーミイェーは答える。兄弟よ、汝の死はかれらの手中にあり。

　ともあれ彼女はこの詩句を知っている。知らぬものはだれもいない。それゆえエナールは剣を手放した、なぜなら彼は英雄にして聖人、神の弟であったがゆえに。だがわたしは己の死を手放すことはできない。わたしは最後までそれにしがみつき、それを慈《いつく》しみ、それを憎み、それを食《は》み、それを飲み、それに耳を傾け、わが臥所《ふしど》をあたえ、それを悼《いた》み、手放す以外のすべてのことをする。

物思いからふと顔をあげ、午下《ひる》がりの沼に目をやる。空には雲ひとつなく、どんよりとした青、遠く湾曲している水路の面にそれが映り、葦の湿原を照らす黄金色の日光が葦のあいだに射しこんでいる。珍しく穏やかな西風が吹きわたっている。完璧な日。美の世界、美の世界だ！　わたしの手にある剣が、わたしに向けられる。なぜあなたは、美しいものでわたしを殺そうとなさるのですか、神よ？

彼女はてくてくと歩きながら、頭を包むスカーフをいささか手荒に引っ張る。この歩きぶりなら、アバルカムのように大声をあげながら沼地を一周してしまうだろう。

するとそこに彼がいた、わたしの思いが彼を呼び寄せたのか。彼は自分の思いしか見えないとでもいうように、ふらふらと歩いてくる。太い杖をふりまわし、蛇を殺しかねない勢いで路面を叩く。もつれあった長い灰色の髪が顔のまわりをおおっている。彼は怒鳴ってはいない、彼が怒鳴るのは夜中だけだが、このところずっと怒鳴ってはいない。だがいまの彼は喋《しゃべ》っている、唇が動いている。彼女に気づくと、ぴたりと口を閉ざし、野生の獣のように用心深く立ち止まった。それからふたりは、せまい土手道をたがいに近寄っていった、あたりに人影はなく、あるのは葦の原と泥土と水と風ばかりだった。

「こんにちは、アバルカムの長官《チーフ》」とヨスは、あと数歩ほどのところまでくるとそういった。なんという大男なんだろう。こうしてふたたび会うまでは、彼がこれほど背の高い大男だとは思っていなかった。黒い肌は、若者のようにいまだ滑らかだが、頭は前に屈みこみ、灰色になった髪の毛はばさばさだった。大きなわし鼻と、焦点のさだまらぬ目。なにやら挨拶めいたことを呟いたが、足どりをゆるめる気配はない。

きょうのヨスにはいたずら心があった。自分の考えることや自分の悲しみや欠点にはもううんざりしている。彼女は立ち止まった。こちらにぶつからぬよう相手が立ち止まったのを見て彼女はこういった。「ゆうべは、お通夜に行きましたか?」

彼はヨスを見つめた。ヨスは相手が、自分を、自分の一部を視野に入れたのを感じた。彼はようやくこういった。「通夜だと?」

「ユアド爺さまをゆうべ葬ったんですよ。男たちときたら、みんな酔っぱらってね、大喧嘩にならなくてよかった」

「大喧嘩?」と彼は持ち前の低い声でいった。

おそらく彼はこれ以上聞きたくもなかったのだろうが、彼女のほうは、どうしても彼に話したかった。

「デウィ家とカマネル家が。村の北にある、畑になりそうな島の取り合いをしているんですよ。それで可哀そうに、子供たちは仲良くしたいと思っているのに、親たちときたら、目を合わせただけでも殺してやると脅しつけているんだから。まったく馬鹿なことを!子供たちを夫婦にして、生まれた子たちに島を半分ずつ分けてやればいいのに。あれじゃ、おたがい、いつかは血を流しますよ」

「血を流すか」と長官《チーフ》は間の抜けたようにいい、それからゆっくりと、あの太い大声を、夜な夜な沼地を越えて聞こえてくるあの苦しそうな声をはりあげた。

「あの連中。あの小売り商人どもめ。やつらには、所有者の執念があるんだな。やつらは殺し合いはやらない。だが分かち合おうという気持がない。財産は手放さない。こんりんざいな」

彼女はふたたび、振り上げられる剣を見た。

「ああ」といって、彼女はぶるっと身を震わせる。

「だから子供たちは待たなくちゃ……親たちが年をとって死んでしまうまで……」

「それじゃ遅すぎるのさ」と彼はいった。一瞬その目は彼女の目をとらえたが、鋭い奇妙なまなざしだった。それから乱暴に髪の毛をかきあげ、さよならというかわりにうめくような声をあげ、いきなり歩き出したので、彼女はうずくまって身をよけた。これが長官《チーフ》の歩き方だ、と苦々しく思いながら彼女も歩き出す。相手は歩幅を大きくあけて地面を踏んでいく。そしてこちら、こちらは老婆の歩き方、そろり、そろりと。

背後で奇妙な音がした――銃声だ、と彼女は思った、都市《シティ》の空気が神経にしみついている――彼女はさっと振り向いた。アバルカムが立ち止まって激しく咳《せき》こんでいた。大柄な体を苦しそうに屈めているが、足もとがふらついている。こういう咳の発作はヨスも知っている。エクーメンなら咳止めの薬があるだろうが、薬が手もとに届かぬうちに出てきてしまった。激しい咳こみがやんで真っ青な顔で喘《あえ》いでいるアバルカムに近づくと声をかけた。「ひどい発作ね。治まるかしら、それともまだ続きそう？」

彼はかぶりを振った。

彼女は待った。

待つあいだに、彼女は考えた。彼が病気であろうとなかろうと、かまわないではないか？　彼自身は案じているのか。彼は死ぬためにここにやってきた。去年の冬、彼が沼地の暗闇で叫んでいるのを聞いたことがある。すさまじい苦痛に襲われているような叫びだった、全身を癌に蝕《むしば》まれながら、死ねずにいる人間の絶叫のようだった。

「大丈夫だ」と彼は、相手に離れてもらいたいばかりに、嗄《しわが》れた声で乱暴にいった。彼女はうなずいて、また歩きだした。彼は死なせてやろう。どうしてこのまま生きていけるだろう、自分が失ったものを、自分の力を、自分の名誉を、そして自分が成し遂げたものを知りながら、このうえ生きたいと思うだろうか？　嘘をつき、支援者たちを裏切り、着服したことを知りながら。完璧なる政治家。偉大なる長官《チーフ》、アバルカム、解放運動の英雄、世界党の党首、己の欲と愚かな行為でその世界党を破滅させてしまった男。

彼女は一度だけ、ちらりと振り返った。彼はのろのろと歩いているように見えたが、立ち止まっていたのかもしれない、どちらとも見分けがつかなかった。彼女はそのまま歩きつづけ、土手道が二つに分かれるところで右の道をとった、その道を下りていけば、自分の小さな家にたどりつくのだ。

三百年前、この湿地帯は広大で豊かな農地だった。その最初の農地は、ウェレルからイェイオーウェイに奴隷を運びこんだ農園会社によって灌漑《かんがい》され開拓された。灌漑も完璧、耕作も完璧だった、ところが、化学肥料と土壌の塩分が蓄積し、なにも育たなくなってしまったので、利益を求める所有者たちは、ほかの土地に移っていった。そのうちに灌漑用の水路の土手があちこちで崩れ、河の水がふたたび流れこんで、あちらこちらに水たまりを作りながらゆっくりと地面を洗い流していった。葦が生え、やがては何マイルもひろがる葦の原が、風や雲の影や、脚の長い鳥の翼の下でそよいでいた。岩だらけの土地のあちこちに、少しばかりの畑と奴隷村が残った。数少ない小作人は取り残され、無益な土地を守る無益な人間と成り果てた。荒廃の自由。沼地のあちこちに、ぽつりぽつりと家が残っていた。

ウェレルとイェイオーウェイのひとびとは年をとると無口になる、彼らの宗教がそう勧めているからだ。子供たちが成長し、家長として市民としての務めを果たしおえて、肉体が弱まるにつれ魂が強靭になると、彼らはそれまでの生活を捨て、空手で淋しい場所にやってくる。大規模農場の主ですら、老いた奴隷たちは原野に放って自由にさせてやる。ここ北部では、都市から放たれた自由民がこの沼沢地にやってきて、ぽつぽつと建つ家に隠遁者として暮らしている。あの解放運動ののちは、女たちまでやってきた。

そうした家のいくつかは棄て去られたが、世捨て人が、その家の権利を主張することはできる。大方の家はヨスの藁葺き小屋と同じように、村人たちが所有し維持しているが、宗教上の義務として、己の魂を富ませる手段として、それらを無料で貸し出すこともある。ヨスは、彼女が地主の精神的な支えであることがうれしかった。地主は、自然との取り引き勘定では、おそらく借方の、欲の深い人間なのだ。彼女は自分が役に立っていると思いたかった。でもそれは、自分が、主カーミイェーの命ずるままに世界をまわしていくには不適格な人間であるという、もうひとつの証であるとも思った。彼女が六十になって以来、神は、おまえはもはやなんの役にも立たぬと繰り返し仰せられた。だが彼女は耳を貸すつもりはなかった。彼女は騒々しい世界を去って、この沼地にやってきたが、世間が、自分の耳もとで噂話をしようが歌ったり叫んだりしようが、気にするつもりはなかった。そして神の低い声を聞こうともしなかった。

アイドとワダは、彼女が帰りついたときには立ち去っていた。ベッドはきちんと整えられ、狐犬のチクリが、その上で尻尾を巻いて眠っていた。斑《ふ》入りの猫のグブは、晩めしを欲しがって、はねまわっている。彼女がグブを抱えあげて、絹のように滑らかな背中を撫でてやると、グブは彼女の耳もとに鼻をこすりつけ、嬉しそうに愛おしそうに絶えず喉を鳴らした。それで彼女は餌をあたえた。チクリが知らぬ顔をしているのが、奇妙だった。チクリはぐっすりと眠りこんでいた。彼女はベッドに腰をおろすと、硬い赤毛におおわれたチクリの耳もとを掻いてやった。チクリは目を覚ますと欠伸《あくび》をして、柔らかな琥珀色の目で彼女を見た、尻尾の赤い毛がかすかに動いている。「おなかが空かないの？」と彼女は訊いた。あなたが喜ぶのなら食べますよとチクリは答えて、ぎごちなくベッドから降りる。「ああ、チクリ、おまえも年をとったわね」とヨスはいった。心のなかで剣の刃先がかすかに動いた。チクリは、娘のサフナンがくれたものだ、ちっぽけな赤毛の子犬、ちょこちょこと歩きまわり、尻尾は柔らかな毛につつまれていた——何年前のことだったろう？ 八年前。長い年月。狐犬にとっては一生分。

サフナンにとっては一生以上。彼女の子供やヨスの孫のエンカマやユーイェにとっても。

わたしが生きているなら彼らは死んでいる、とヨスは思う、いつもそう思う。彼らが生きているなら、わたしは死んでいる。彼らは光のように走る船に乗っているのだから。彼らは、光に変えられている。彼らがふたたび生きかえるときには、ハインと呼ばれる世界に着いていて、彼らがその船を下りるときは、彼らが出発してから八十年という年月が過ぎ去っているはずだ。そのときはわたしはもう死んでいる、とうの昔に死んでいるだろう。わたしは死ぬのだ。彼らはわたしをおいていき、わたしは死ぬのだ。どうか彼らを生かしておいてください、神よ、愛しい神よ、どうか彼らを生かしておいてください、わたしが死んでも。わたしは死ぬためにここに来た。彼らのために。わたしにはできない、彼らをわたしのために死なせることはできない。

チクリの冷たい鼻面が彼女の手に触れる。彼女はじっとチクリを見つめた。琥珀色の目が青みをおびてかすんでいる。その頭を撫でてやり、耳のつけ根を黙って掻いてやった。

チクリは彼女をよろこばせようと、三口ほど食べてから、またベッドにあがっていく。彼女は自分の夕食の用意をする、スープと温めなおした重曹のパンを、ろくに味わいもせずに食べた。使った三枚の皿を洗い、火を起こし、そのそばにすわってゆっくりと本を読む。チクリはもうベッドで眠りこんでいるし、グブは炉端に寝そべって、黄金色の丸い目でじっと火を見つめながら、ごろごろと低いうなり声をあげている。一度だけ起き上がり、沼地から聞こえてくる音に向かってううっと挑むようなうなり声をあげると、あたりをちょっと歩きまわり、それからまたすわりこんで周囲に目を凝らし、そしてまたうなり声をつづけた。やがて炉端の火が消え、外は星の出ていない暗闇とあって、家のなかも真っ暗になると、グブは、温かなベッドで寝ているヨスとチクリのところへいった。しばらく前に恋人たちが、束の間の激しい悦びにひたっていたところへ。

彼女は、冬に備えて自分の小さな野菜畑の手入れをしながら、自分がアバルカムのことを、ここ二日ばかりずっと考えているのに気がついた。長官《チーフ》がはじめてやってきて、村の長《おさ》の持ち物である家に住むと言い出すと、村人たちは騒然となった。名誉を汚し、辱めを受けたものの、彼はいまもたいそうな名士なのだ。なにしろイェイオーウェイのおもだった部族であるヘイエンドの選ばれた首長であり、解放戦争の最後の数年間は際立った存在で、自らが種族の自由とうたった大いなる運動の統率者だったひとである。村びとのある者たちはいまも、世界党の信念を奉じている。イェイオーウェイに住むべきはそこの民のみ。憎まれた先祖の植民者たちも、監督《ボス》も所有者《オーナー》たちも、ウェレル人はみんな去れ。戦争は奴隷制度に終止符を打った。そしてここ数年のあいだにエクーメンの外交官の尽力によって、ウェレルの経済力が、以前の植民惑星に影響を及ぼさぬよう両者の合意がなされた。監督たちと所有者たち、それらの家族たちも、何世紀ものあいだイェイオーウェイに住んできたが、彼らはそろってウェレルに、太陽と隣り合う古き世界に撤退した。彼らが逃げ出すと、兵士たちもそのあとを追うしかなかった。彼らは二度と戻らぬだろう、と世界党のひとびとはいった。商人としても、単なる訪問者としても、イェイオーウェイの土壌や霊魂を汚すことは二度とあるまいと。ほかの異人たちも、ほかの勢力も。エクーメンの異星人たちは、イェイオーウェイの独立を助けた。いまやその彼らも出ていかねばならぬ。ここに彼らの居場所はないのである。「ここはわれわれの世界だ。ここは自由世界だ。ここでわれらが魂を剣士カーミィェーの像に映そうではないか」アバルカムはいくたびもそう繰り返し、そしてその象徴、反りかえった剣は、世界党のシンボルとなった。

そして血が流された。ナダミにおける反乱から始まり、三十年にわたる戦闘、反乱、報復がつづき、それは彼女の人生の半分のあいだつづいた。そして解放後も、けっきょくすべてのウェレル人が去ったのちも、闘いはなおもつづいた。若者たちは、老人たちが殺せといったひとたち、べつの若者や、女や老人や子供たちを殺すためにいつでも飛び出していく構えをしていた。常に、平和、自由、正義、神の名のもとに闘わねばならぬ戦いがあった。新たに解き放たれた種族たちは土地を求めて闘い、都市《シティ》の長官《チーフ》たちは、権力のために闘った。首都における教育者としてヨスが生涯を捧げてきたものは、解放戦争のあいだばかりか、そののちも瓦解をつづけ、市は、つぎつぎと起こった戦争のために崩壊した。

公正を期していうならば、と彼女は考える、世界党を率いるアバルカムはカーミィェーの剣を振るって戦争を避けようとし、なかばそれに成功した。彼の好みからいえば、権力は政策と説得によって勝ち取るものだが、彼はその手段には精通していた。そしてほぼそれに成功するところだった。反りかえった剣はいたるところにあり、彼の演説に喝采をおくるひとはごまんといた。アバルカムと種族の自由！ と書かれた巨大なポスターが、市中いたるところに張ってあった。イェイオーウェイで行われる初の自由選挙で、自分が世界評議会の会長に選ばれることには確信があった。ところがはじめのうちはたいしたことはなく、あらぬ噂がとびかった。脱党。息子の自殺。息子の母親の背徳と度を越した奢侈《しゃし》に対する世間の非難。ウェレル人の資本の撤収によって貧困にあえぐ地域を助けるため、党に寄せられた多額の金を彼が着服していたという事実。エクーメンの使節を暗殺し、その責任をアバルカムの旧友と支持者デミエに負わせるという秘密計画の発覚……それが彼を破滅させた。長官は情事にふけり、権力を乱用し、取り巻きのふところを肥やして賞賛を浴びたとされたが、仲間を裏切った長官は許されなかった。それが奴隷の掟だとヨスは思った。

　暴徒と化した彼の支持者たちは、彼に背を向け、彼が引き継いでいた古い農業組合《APCY》の公邸を攻撃した。エクーメンの支持者たちは、彼を擁護する勢力にくわわり、首都の秩序の回復に力を貸した。数日にわたる市街戦で、数百人あまりのひとびとが殺され、大陸の周辺の騒乱ではさらに数千人にのぼるひとびとが殺されて、アバルカムは降伏した。エクーメンは、大赦を宣言した暫定政府を支持した。ひとびとは、アバルカムに、爆撃で破壊され点々と血痕の残る街路の絶対的な沈黙の中を歩かせた。ひとびとはそれをしっかりと見ていた、彼を信頼していたひとびとや彼を崇拝していたひとびとも、そして彼を憎んでいたひとびとも、彼が異国の連中に、国境から追いはらおうとしていた連中に付き添われて黙々と歩いていく姿をじっと見送っていた。

　このことについては、彼女は新聞で読んでいた。この沼地で暮らしはじめてもう一年余りになる。「彼にふさわしい末路だわ」と彼女は思ったが、ただそう思ったにすぎない。エクーメンは真の味方か、うわべばかりの新しい所有者か、彼女にはわからなかったが、長官が失脚したのは愉快だった。ウェレルの監督ども、もったいぶって歩く部族の首長たち、がなりたてる煽動政治家ども、やつらには泥の味をたっぷり味わわせてやるがいい。やつらの泥の味なら彼女はたっぷり味わっている。

　それから数カ月後、アバルカムが、自分は隠遁者として、魂の創造者として沼地にやってきたと言ったとき、彼女は驚き、彼の話はすべて空虚な美辞麗句だと思っていたことがちょっと恥ずかしくなった。彼は信心深いひとなのか？——あらゆる贅沢を、お祭り騒ぎを、盗みを、権力闘争を、殺人をしつくしたというのに？　いいや！　彼は金も権力も失ったので、こんどは己の貧困と信心を世間にひけらかそうとしているにすぎない。まったくもって恥知らずなやつだ。彼女はあまりにも激しい自分の怒りに驚いた。はじめて彼を見たときは、サンダルばきの足のばかでかい爪先に唾を吐きかけてやりたいと思った。彼女に見えたのはそこだけだったのだ。顔は見るのもいやだった。

だが冬になると凍《い》てつくような風の吹くなかで、あの吠える声が聞こえた。チクリとグブは耳をそばだてるが、あの凄まじい声を怖がるようなことはなかった。一分ほどすると、彼女にもそれが人間の声だとわかる。男が大声で叫んでいる、酔っているのか？　気が狂ったのか？　うなり声をあげながら嘆願している。だから彼女は立ち上がり、恐怖に震えながらその男に近づいたのだが、男はひとの助けを求めていたのではなかった。「主よ、わが主、カーミィェーよ！」と叫んでいる。戸口から眺めると、男が土手道を上がっていくのが見えた、うっすらとした夜の雲を背景にした影が、髪の毛をかきむしり大股で歩きながら、苦痛に悶える獣や亡霊のように咆哮している。

あの夜からこちら、彼女は男を批判しなかった。ふたりは同じ人間なのだ。次に会ったとき、彼女は男の顔を見つめて話しかけ、彼のほうから話をするようにしむけた。

そんなことはしじゅうあることではなかった。彼はまったくひとと隔絶した暮らしをしていた。沼地を越えて彼に会いに来るものはひとりもいなかった。村のひとたちは、彼女に食料を、収穫したものの余りをあたえた、聖日にはときおり、彼女のために料理をこしらえてくれた。だがアバルカムの家になにかを届けるひとを、彼女は見たことがない。おそらく村人たちは届けるのだが、自尊心の強い彼は、受け取らなかったのかもしれない。あるいは村人たちに、届ける勇気がなかったのかもしれない。

彼女は、エム・デウィからもらった柄の短いお粗末な鋤で苗床をこしらえ、そしてアバルカムが吠えることや、彼の咳こむ様子について考えた。サフナンは四つのとき、バーロット熱で死にかけたことがある。ヨスは、あのひどい咳を数週間も聞かされた。アバルカムは、薬をもらいに村に行ったことがあるのだろうか？　それとも村から戻ってきてしまったのか？

彼女はショールを肩にかけた、秋も深まって風はいっそう冷たくなった。彼女は土手道を登りつめると、右に折れた。

アバルカムの家は木造りで、木の幹をつないだ筏《いかだ》の上にのっており、その筏は泥炭のような沼の水に浮いている。この家屋はたいそう古いもので、二百年も前、この谷に樹木が生えはじめたころに作られたのだ。農家として建てられたその家は、彼女の小屋よりはるかに大きく、だだっ広くて暗い場所で、暗い土地に建ち、屋根はろくに手入れもされず、窓のいくつかは板が打ちつけてあり、ポーチに立つと、床ががたがたと鳴った。彼の名を呼び、さらに声を張り上げて呼んでみた。葦の原を風がひゅうひゅうと吹き抜ける。扉を叩いて待っていたが、返事がないので重い扉を押し開けた。室内は暗かった。彼女は玄関ホールのようなところにいた。隣の部屋で彼の話し声が聞こえる。「ぜったい入り口におりていってはだめだ、外に出せ、外に出せ」野太い声がいい、それから咳をした。彼女はドアを開けた。自分がどこにいるのか、一分ほど目を凝らさなければわからなかった。そこはこの家の古ぼけた居間だった。窓はどれも鎧戸が閉まっていて、暖炉の火は消えている。食器棚、テーブル、寝椅子があるが、暖炉のそばにベッドがおかれていた。くしゃくしゃになった上掛けが床にずりおちており、寝ているアバルカムは裸のまま、高熱のためか、のたうちまわり、うわごとをいっている。「おお、神さま！」とヨスはいった。あの黒い汗まみれの大きな胸や腹の上に白髪の体毛が渦をまいているさまや、あの強靭な二の腕と、あたりを探っている両の手を見ては、どうして近づけようか？

だが彼女はやってのけた、彼が高熱のために弱っているのに気づき、これなら正気をとりもどしても、こちらの頼みをおとなしく受け入れるだろうと、気後れも警戒心も薄れたのである。あるだけの毛布と、使われていない二階の部屋に敷かれていた敷物をはがして彼の体をくるんだ。あるだけの薪をどんどん燃やした。二時間ほどすると、彼は汗をかきはじめ、流れだした汗がマットレスや敷布にしみこんだ。「まったく不養生なんだから」と彼女は、この夜更けに愚痴をこぼしながら、苦労して彼を古い寝椅子に押し上げ、毛布に包んで寝かしたので、そのあいだに彼の寝具を火で乾かすことができた。彼はがたがたと震え、咳こんでいる。彼女はもってきたハーブを煎じ、火傷するくらい熱いその煎じ汁を彼に飲ませ、自分も飲んだ。彼はそのまま死んだように眠ってしまい、いくら咳こんでももう目は覚まさなかった。彼女もそのまますとんと眠りにおち、目を覚ましたときには、むきだしの炉石の上で寝ていた。炉の火は消えて、窓の外はしらじらと明けていた。

アバルカムは、いま見ればひどく汚い敷物の下に小山のように横たわっている。ぜいぜいという息遣いはしかし、深く規則的になっていた。彼女は少しずつ体を起こしたものの、体の節々が痛かった。火を焚いて暖をとり、お茶を淹れ、食料の貯蔵庫のなかをあらためた。日常欠くことのできないものがそこには詰まっていた。おそらく長官《チーフ》が、近くでいちばん大きな町であるヴェオで必要な品物を仕入れてきたにちがいない。彼女は自分のためにおいしい朝食を整え、アバルカムが目覚めると、新しい薬草茶を淹れた。熱はもう下がっている。いま危険なのは、肺にたまった水だと彼女は思った。サフナンのときはそのことを警告されていた。それにこの男は六十歳だ。咳をしなくなったら、それは危険な徴候である。彼の体を抱え起こして、彼女はこういった。「咳をして」

「痛むんだ」と彼は呻くようにいった。

「しなくちゃだめ」と彼女がいうと、彼は、ごほごほと咳をした。

「もっと！」と彼女は命じた。体が痙攣《けいれん》するほど彼は激しく咳こんだ。

「それでいい」と彼女はいった。「さあ、眠って」そして彼は眠った。

チクリとグブがおなかを空かせているだろう！　彼女は家に飛んで帰ると、ペットたちに餌をあたえ、体をそっと叩いてやり、それから下着を替えると、炉端に据えた自分の椅子にすわりこみ、耳もとでごろごろと鳴くグブといっしょに半時間ほど過ごした。それからまた沼地をわたって、長官《チーフ》の家に戻った。

夕暮れまでに彼のベッドを乾かし、彼をまたベッドに戻した。その晩はそこに泊まって、明け方に家を出た、「夕方までにはもどってくる」と言い残して。彼は黙っていた、まだ具合が悪く、自分の体調も彼女の体調も気にするどころではなかった。

翌日になると、彼は目に見えてよくなっていた。咳は痰まじりのよい咳だった。サフナンがよい咳をするようになったときのことを、彼女はよく覚えている。彼はときどきはっきりと目を覚ました。自分が便器に使っていた壺を持っていくと、彼はそれを受け取って背を向け、それに小便をした。慎みが戻った、長たるものにとっては、よい徴候ね、と彼女は思った。彼にとっても自分にとっても喜ばしいことだと思った。自分は役に立ったのである。「今夜は、あなたをここにおいていきます。上掛けを落とさぬように。朝には帰ってきます」と彼女はいいながら、自分自身に、自分の決断に、相手にぐうの音も出させぬ自分の態度に満足していた。

だが晴れわたった寒い夜に、家に帰りついてみると、チクリは、これまで寝たこともない部屋の隅っこに丸まって寝ていた。餌も食べないし、彼女が抱き上げ撫でさすってベッドに寝かせようとしても、また隅っこのほうに這っていってしまう。ほうっておいて、と彼はいい、顔をそらし、目をそらし、乾いた黒いとんがった鼻先を組んだ前脚に埋めてしまう。ほうっておいて、と彼は辛抱強くいう、黙って死なせて、ぼくはいまそうしようとしているんだから。

彼女は眠った、なにしろひどく疲れていたからである。グブは一晩じゅう、沼地に出ていた。朝になってもチクリは同じように、いままで一度も寝たことのない床の上に丸まって、待っていた。

「どうしても行かないと」と彼女はチクリにいった。「すぐに戻ってくる――ほんとうにすぐに。待っていてちょうだい、チクリ」

チクリは無言で、暗い琥珀色の目を彼女からそらした。チクリが待っていたのは彼女ではなかった。

彼女は、乾いた目に怒りを燃やし、やみくもに沼地を渡っていった。アバルカムの様子は前と変わらなかった。なにか食べたそうな様子なので、穀粒の粥《かゆ》をあたえ、そしてこういった。「ここにはいられないの。わたしの子犬が病気で。だから戻らなくちゃならない」

「子犬か」と大きな男はがらがら声でいった。

「狐犬よ。娘にもらったのよ」なぜ言い訳なんかするのだろう？　彼女はその場を立ち去った。家に戻ると、チクリが、置いていかれたところにそのままうずくまっていた。彼女は繕《つくろ》い物をすませ、アバルカムが好みそうな食べ物をこしらえて、それから書物を読むことにした。エクーメンのもろもろの世界について、戦争のない世界について、いつも冬である世界について、男であり女でもあるそこのひとたちについて語られている書物を。昼をすぎると、そろそろアバルカムのもとに戻らねばならないと思った。そして立ち上がると、チクリも同じように立ち上がった。チクリはそろそろと彼女に近づいてきた。彼女はまた椅子に腰をおろし、屈みこんでチクリを抱きあげたが、チクリは鋭い鼻面を彼女の手につっこんで溜め息をつき、頭を前足にのせた。そうしてまた深い息をついた。

彼女はすわったまましばらく声をあげて泣いていたが、長いことではなかった。やがてまた立ち上がり、園芸用の踏鋤《ふみすき》をもって外に出た。そして日の当たる隅のほうの、石の煙突のかたわらに墓を掘った。家のなかに戻ってチクリを抱き上げたとき、恐怖のような戦慄が身の内を走った。「まだ死んじゃいない!」でも死んでいた。まだ冷たくなってはいないが。ふさふさした赤毛が体の温もりを守っている。彼女は自分の青い頭巾でチクリを包み、両手に抱えて墓に近づいていったが、布越しにかすかな温もりが伝わってきた。そして木像のような体のかすかなこわばりも。墓穴を埋め、煙突からころがり落ちていた石をその上においた。なにも口に出しては言えなかったが、心のなかには祈りのように、チクリが日ざしを浴びて駈けまわっているさまがうかんだ。

一日じゅう家のそとにいるグブが食べるようにとポーチに餌をおくと、土手道をあがっていった。しんと静まりかえった夕べだった。立ち並ぶ葦は灰色で、たまった水は鉛色に光っている。

アバルカムは、だいぶ気分がよさそうでベッドに起き上がっていた、少しばかり熱があっただけで、たいしたことではなかったのだろう。腹が減っているのはいい徴候だ。食事の盆をもっていくと、彼はこういった。「犬は、だいじょうぶかい?」

「いいえ」と彼女はいって顔をそむけ、一分ほどしてから、ようやくこう言うことができた。「死にました」

「主の御手《みて》に託されたか」と嗄れた低い声がいった。

そして彼女は陽光のなかにチクリの姿を見た、ある実体として、陽光のような、ある種の実体として。

「ええ」と彼女はいった。「ありがとう」彼女の唇は震え、喉が詰まった。彼女は自分の青いスカーフの模様をじっと見つめた。濃いブルーの地に描かれた葉むらの模様を。それで気をまぎらわせようとした。やがて火の加減を見るために暖炉のかたわらにもどり、そこにすわりこんだ。重い疲労がのしかかってきた。

「カーミイェーさまは、剣をとる前は牧夫だった」とアバルカムはいった。「みなは、彼を獣の主、鹿の群れの主と呼んだ、なぜなら彼は森に入ると鹿の群れにくわわり、獅子たちは鹿に囲まれた彼とともに歩き、害はくわえなかった。彼はなにものも恐れなかった」

彼はとても静かに話したので、彼のその言葉がアルカーミイェーから引いたものだと気づくまで、しばらく間があった。

彼女はまた炉の火に泥炭をくわえ、ふたたび腰をおろした。

「どこから来たのか、教えてください、アバルカム長官《チーフ》」と彼女はいった。

「ゲバの農園だよ」

「東にある?」

彼はうなずいた。

「そこはどんなところでしたか?」

炉の火がくすぶって、目を刺すような煙がたちのぼった。夜は深々と静まりかえっている。彼女がはじめてシティを出てここにやってきたとき、この静寂のために毎夜目を覚まされたものだった。

「そこはどんなところだったかと?」彼は囁くように

いった。彼と同じ人種の大半のひとたちと同じように、黒い虹彩が目を満たしていたが、彼がこちらをちらりと見たときには、白い光が見えた。「六十年前」と彼はいった。「おれたちは、大農園の囲い地に住んでいた。サトウキビ畑さ。そこで働いていた者もいた、サトウキビを切り出したり、水車場で働いたりね。おおかたの女と、小さな子供たちはね。おおかたの男と、九歳から十歳を過ぎた男の子たちは鉱山にもぐって働いた。それから女の子たちもね。男では入りこめない狭い坑道にもぐりこんで働くんだ。おれはでかかったからね。八歳のときにはもう坑道に送りこまれた」

「そこはどんなところ?」

「真っ暗なんだ」と彼はいった。そこでまた目が光った。「あの暮らしを思い出すことがあるよ。あんな場所でよく暮らしていたもんだってね。炭坑の奥のほうの空気は塵だらけで黒いんだ。黒い空気さ。ランタンの光は五フィート先には届かない。作業場はたいていてい、膝の上まで水があるんだ。軟らかい石炭の表面に火がついた坑道があって、そこが燃え上がってね、坑道全体が煙でいっぱいになったんだ。それでもみんな作業をつづけた、だって鉱脈はコークスのうしろに走っているからね。みんなマスクやフィルターで口をおおった。だがあまり役には立たなかった。みんな、煙を吸い込んだ。おれは、いまみたいにずっとぜいぜいやっていたからね。おまけにそいつはただの煙じゃなかった。古い煙だったんだ。連中は鉱山病で死んだ。全員がだよ。四十歳、四十五歳の男たちがみんな死んだ。親方たちは、だれかが死ぬとその部族に金をあたえた。死の慰労金だね。死ぬことには価値があると考える者たちもいた」

「どうやって脱けだしたの?」

「母親がね」と彼はいった。「その村の族長の娘だったんだ。それでおれに教えてくれた。信仰と自由を教えてくれた」

彼は、以前にもそんなことを言っていたな、とヨスは思った。それは彼のおきまりの答え、彼のとっておきの話だった。

「どんなふうに？　なんと言ったの？」

躊躇《ちゅうちょ》。「聖なる言葉を教えてくれた」とアバルカムはいった。「そしておれにこう言った。『あなたとあなたの弟、ふたりともほんものの人間、あなたたちは神の民、神の僕《しもべ》、神の戦士、神のお気に入り。あなたたちだけが。ロード・カーミイェーは旧世界からわたしたちといっしょにおいでになった。いまやわたしたちのものだ、わたしたちとともに住んでおられる』母はおれをアバルカム、神の舌と名づけた、そして弟はドメルカム、神の腕。真実を語り、自由になるために闘う」

「あなたの弟はどうなったの？」としばらくしてヨスが訊いた。

「ナダミで殺された」とアバルカムは言い、そしてふたりは、またしばらく黙りこんだ。

ナダミは、イェイオーウェイについに自由をもたらした反乱の最大の口火となったところだった。ナダミでは、大農園の奴隷たちと都市の自由民たちが、力を合わせてその所有者たちと闘った。もし奴隷たちが一体となって所有者や組合と闘っていたら、数年もせぬうちに自由を勝ちとっていただろう。だが解放運動は常に部族同士の張り合いとなり、族長たちは、あらたに自由となった土地を奪い合い、農園の監督同士は自分たちの取り分を増やすために張り合った。三十年にわたる闘いと破壊ののち、数ではるかに勝っていたウェレルの軍勢が敗退して別世界へと追放されたが、あとに残されたイェイオーウェイ人はたがいに張り合うばかりだった。

「あなたの弟は幸運だったのね」とヨスはいった。

そこで彼女は長官《チーフ》のほうを見やり、この挑戦を彼がどう受け止めたのかをたしかめた。彼の大きな黒い顔は炉の火を浴びて和らいでいた。灰色の硬い髪の毛は、目にかからぬようにと彼女がゆるく編んだ束のあいだから飛び出して、顔のまわりでもつれあっていた。彼はゆっくりとやさしくこういった。「あいつはおれの弟だった。五つの師団の戦場のエナールだった」

ああ、するとあなたは、主《ロード》カーミイェーそのひとだったというのね？　ヨスは心のなかで切り返し、動揺し、憤り、冷笑をうかべた。なんという尊大さ！――だが、たしかに、ほかの含意がある。エナールは剣を抜き、あの戦場で己の兄を殺した、あの世界の支配者にさせぬために。するとカーミイェーは彼にこういった。おまえの持つ剣はおまえ自身の死を招くと。支配者もおらず、人生には自由がない、ただ人生を、願望を、欲望を解き放つときにだけ、自由があると。エナールは剣をおろし、ただこう言って荒野に、静謐に入っていった。「兄弟よ、われは汝なり」そしてカーミイェーは孤独の軍団と闘うために剣を取り上げた、勝利はないことを知りつつ。

それで彼は何者なのか、この男は？　この大男は？　この病める老人は、暗い炭坑で働いていたこの少年は、この暴漢は、泥棒は、神の代弁ができると思っているこの嘘つきは？

「多くを語りすぎたようね」とヨスはいった。ふたりとも、五分のあいだに一語も口にしなかったのだが。

彼女は彼のカップに茶を注ぐと、薬罐《やかん》を炉の火から遠ざけた。空気に湿りけをあたえるために、薬罐の湯をずっと煮立たせておいたのだ。彼女はショールをとりあげた。彼は、同じような和んだ表情を、ちょっと戸惑ったような表情をその顔にうかべた。

「おれが望んでいたのは自由だった」と彼はいった。

「おれたちの自由」

彼の良心の呵責など、彼女にはどうでもよかった。

「温かくしていてね」と彼女はいった。

「これから出かけるのか？」

「土手道で迷ったりしないわよ」

だがそれは不慣れな歩行だった、なにしろランタンは持っていないし、真っ暗な夜だったから。土手道を手さぐりで歩きながら、彼が話してくれた炭坑のなかの闇を、光を呑み込んでしまう闇のことを思い出していた。アバルカムの黒く重い体を思いうかべた。夜中にひとりで出歩いたことなどめったにない。バニ農園にいた子供のころ、奴隷たちが、夜中には囲い地に閉じこめられていたことを思い出す。女たちは女側にいて、ひとりで出歩くことは決してなかった。大戦がはじまる前、解放された女奴隷《フリードウーマン》として街にやってきて、職業訓練学校で勉強していたころ、自由というものの味を知った。だが戦争という暗い年月のあいだや、解放後でさえも、女は夜、安全に出歩くことはできなかった。働く地域に警察はなく、街灯もなかった。市の軍司令官たちは、自分の部隊の隊員たちを街に送り出して収奪をさせた。昼日中でも用心しなければならず、いつも群衆にまぎれて逃げこめる場所を考えていた。

曲がるところを見逃してしまうのではないかと心配はつのったが、彼女の目はいつのまにやらその暗闇になれていたので、茫漠とした葦の湿原のなかに立つわが家の壁の染みまで見分けることができた。異星人たちは夜になると視覚が弱まるのだと彼女はひとづてに聞いていた。彼らの目は小さく、おびえた牛の目のように、白目にかこまれた黒目はとても小さい。彼女はその目が嫌いだったが、皮膚の色は好きだった。黒ずんだ茶色というか、赤みがかった茶というか、自分の灰色がかった茶色の奴隷の皮膚や、母親を強姦した所有者からアバルカムが受け継いだ青黒い皮膚よりも温かい色だった。シアンで処理した皮膚だと、異星人は丁寧にいった。そして目はウェレル星系の太陽の放射線スペクトルへの視覚上の順応であると。

グブは下っていく小道の上で、おとなしく踊りながら彼女のまわりをまわった、尻尾で彼女の脚をくすぐりながら。「気をつけるのよ」と彼女はグブを叱った。「おまえを踏んづけちゃうわ」彼女はグブに感謝しながら、内に入るとすぐに抱き上げた。今夜はチクリからはいつものようないかめしい挨拶も、うれしそうな挨拶もなかった。ごろごろとグブは彼女の耳もとでいった。ねえねえ、ぼくはここにいる、いつものように、夕食はどこにある？

　長官《チーフ》はどうやら肺炎のようだった、彼女は村へ行き、ヴェオにある診療所に連絡した。そこで医者をよこしてくれた。長官《チーフ》を診察した医者がいうには、経過はよいようだから、咳が出やすいよう病人の半身を起こして煎じ薬を飲ませ、かたときも目をはなさぬようにということだった。たいそう有り難かった。そこで午後はいつも彼に付き添っていた。チクリのいない家はなんだか淋しいし、晩秋の午後はたいそう冷えこみ、なにをしてよいやら途方にくれる。彼女はこの大きな暗い筏の家が好きだった。長官《チーフ》のためにも、自分ではやらない連中のためにも、掃除をしてやるつもりはなかったが、家のなかを、アバルカムが明らかに使っていない部屋や彼がのぞいたこともない部屋を見てまわった。西側の壁に低めの窓がずらりと並んでいる二階の部屋が、彼女は好きだった。その部屋の掃除をし、小さな緑色のガラスのはまった窓を拭いた。彼が眠ってしまうと、彼女はいつも、その部屋へ上がっていき、唯一の家財であるぼろぼろの毛織の敷物の上にすわりこんだ。暖炉はいくつかの煉瓦で無造作に閉ざされているが、階下の炉のなかで燃えている泥炭の火や、背中を押しつけている温かな煉瓦や、斜めにさしこんでいる日光のおかげで体は温かだった。彼女はこの部屋で醸されているらしい平安を感じた、この部屋の空気に、波打った窓の緑がかったガラスに。そこで彼女はいつも座したまま放心していた、自分の家では決してしないことだが。

長官《チーフ》の体力はなかなか回復しなかった。しばしば不機嫌に黙りこみ、彼女がはじめに思ったとおり、無骨なひとで、羞恥心や怒りが湧くと無表情になってしまう。そうでないときは自分から話そうとするし、ひとの話に耳を傾けることさえあった。

「エクーメンのいろいろな世界について書かれた本を読んだわ」とヨスはいいながら、豆のパンケーキをひっくりかえすときを待っている。この数日というもの、彼女は午後おそく、夕食を作り、彼といっしょに食べおわると洗い物をすませ、暗くなる前に家に帰った。「あの本はとても面白い。わたしたちがみんな、ハイン人の子孫であることは間違いないわね。わたしたちも、異星人たちも。ここにいる動物たちも同じ祖先をもっているのよ」

「やつらがそう言っているだけさ」と彼はうなるようにいった。

「だれがいっているかという問題じゃないわ」と彼女はいった。「その証拠を見たひとたちにはわかるのよ。それは遺伝学上の事実。あなたがご不満だからといって変えられるものじゃないわ」

「百万年前の『事実』ってなんだね？」と彼はいった。「それがあんたと、おれと、われわれと、どんな関係がある？　ここはわれわれの世界だよ。われわれとはわれわれ自身なんだ。やつらとはなんの関係もないよ」

「いまは関係があるのよ」と彼女は興奮気味にいい、豆のパンケーキをひっくりかえした。

「もしおれが自分の思い通りにしていれば」と彼はいった。

彼女は笑った。「あなたがあきらめるもんですか、そうでしょ？」

「ああ」と彼はいった。

ひとしきり食べたあと、彼は盆をもったままベッドにいて、彼女は炉端の腰掛けにすわって、牡牛をからからような気分で、雪崩がおきるのを願うような気分で言葉をつづけた。なにしろ彼はまだ病人で、体は弱っているものの、彼には体の大きさだけではない、力量という厄介なものがそなわっていた。「あれは、ほんとうにそれが目的だったの？」と彼女は聞いた。

「世界党。われわれ自身の星をもつこと、異星人ぬきで？　それが目的？」

「そう」と彼はいった、暗いつぶやき。

「なぜ？　エクーメンは、われわれに分け与えるほどのものをたくさんもっているのに。われわれを占有する組合の支配力を打ち破った。彼らは味方なのよ」

「われわれは奴隷としてこの世界に運ばれてきた」と彼はいった。「でもここは、われわれ自身のやり方を見いだせるわれわれの世界なんだ。カーミィェーはわれわれとともに来られた、牧夫や奴隷たちとともに、剣《つるぎ》のカーミィェーとともに。ここはあの方の世界だ。われわれの土地は。だれからもあたえられたものじゃない。他のひとびとの知識を分けてもらう必要もなく、彼らの神を信じる必要もない。ここはわれわれが住んでいるところだ、この大地は。ここはわれわれが死んでから、神と相まみえるところだ」

　しばらくして彼女はいった。「わたしには娘がいる、孫息子や孫娘もいる。あの子たちは四年前にこの世界を去っていった。いまはハインへ向かう船に乗っている。わたしが死ぬまでの年月は、あの子たちにとっては数分、あるいは一時間ほどのもの。八十年後にみんながそこに着く。いまから七十六年後。あの別の大地に。みんな、そこで生き、そこで死んでいく。ここではなく」

「彼らが行くことに賛成だったのか」

「あれは娘の選択だった」

「あんたのではなく」

「わたしのではなく彼女の人生だもの」

「でもあんたは悲しんだ」と彼はいった。

ふたりのあいだに落ちた沈黙は重かった。

「あれは誤り、誤り、誤りだったんだ!」といった彼の声は力強く大きかった。「おれたちにはおれたちの運命が、神にいたるおれたちの道があった、それなのに彼らがそれをわれわれから取り上げた……われわれはまた奴隷になった! 賢い異星人、素晴らしい知識や発明のもろもろをもった科学者たち、われわれの祖先だと、彼らはいう——『これをやれ!』といわれれば、これをする。『あれをやれ!』といわれれば、あれをやる。『おまえたちの子供たちを、この素晴らしい船に乗せ、われわれの素晴らしい世界へ連れていく!』そういわれて子供たちは連れ去られ、二度と帰ってはこない。子供たちの家がどこにあるか知らない。子供たちを抱く手がだれのものなのか知らない。子供たちを連れ去ったのが何者なのか、もうわからない」

彼は演説している。それは彼が何回も何百回もやっている、まさしく咆哮する演説だった。その目には涙が浮かんでいる。彼女の目にも浮かんでいた。彼に利用されるのは、使われるのは、思いのままにされるのはいやだったけれども。

「もしわたしがあなたに同意していたら」と彼女はいった。「いまでも、いまでも、あなたは騙していたの、アバルカム? あなたは自分の仲間を欺《あざむ》いた、あなたは仲間から盗んだのよ!」

「とんでもない」と彼はいった。「おれがやったことはすべて、おれが吸った息はすべて、世界党のためだった。そう、おれは金を使った、手に入るだけの金はすべて。ほかにどんな理由があったというんだ。そう、おれは使節を脅した。おれはやつを、ほかの連中ともどもこの世界から追い出したいと思ったんだ! そう、おれはやつらに嘘をついた、なぜならやつらがわれわれを支配したいと、われわれを所有したいと思っていたからだ。同胞を奴隷にさせないためなら、おれはなんでもやる……なんでもね!」

彼は大きな両の拳を膝頭に打ちつけ、息を切らしながら啜り泣いた。

「ところがこのおれにやれることはなにもないんだ、おお、カーミィェーよ！」彼はそう叫ぶなり、両腕で顔をおおった。

彼女は黙ったままますわっていた、内心ではうんざりしながら。

しばらくすると、彼は子供のように両手で顔を拭い、ほつれた硬い髪の毛をうしろに撫でつけ、目と鼻をこすった。盆を取り上げて膝にのせ、フォークをとると、豆のパンケーキを一切れ切りとって口にほうりこみ、よく嚙んでから呑みこんだ。彼にできるなら、わたしにもできるとヨスは思ったので、彼がした通りにした。そしてふたりは夕食をすませた。彼女は立ち上がって、彼の盆を下げにいった。「残念ね」と彼女はいった。

「あれは行ってしまったんだね」と彼はおとなしくいった。そうして彼女をまっすぐに見上げ、その顔を見つめた。めったにこんなことはしないのにと彼女は思った。

よくわからぬまま、彼女はじっと待っていた。

「あれは行ってしまったんだな。何年も前に。おれがナダミで信じていたものは。おれたちに必要だったのは、やつらを追い払って、自由になることだった。おれたちは、戦いがつづくにつれ、進むべき道を見失ってしまった。あれは嘘だと、おれは知っていた。おれがさらに嘘をついたところで、なにが問題になる？」

彼女にはこれだけはわかった、彼はひどく混乱しており、たぶんちょっと頭がおかしくなっているのだと、そして彼を苦しめるのは間違っていたのだと。自分たちは同じように年を重ね、同じように挫折し、同じようにわが子を失った。どうして彼を傷つけたいと思ったのだろう？　彼女は黙ったまま、相手の手に軽く触れ、盆を取り上げた。

流し場で皿を洗っていると、彼の呼ぶ声が聞こえた。

「ここに来てくれ、お願いだ！」彼がそんなことをいったのははじめてだったので、彼女はあわてて部屋に戻った。

「あんたは何者なんだ？」と彼は訊いた。

彼女は立ったまま、相手をじっと見つめた。

「ここに来る前は」と彼は苛立たしそうにいった。

「わたしは、農園で育ったあと職業学校へ行ったわ」と彼女は答えた。「シティに住んでいた。物理学を教えていた。ほうぼうの学校で、科学の教え方も教えたし。娘も育てた」

「あんたの名前は？」

「ヨス。セデウィ族、バニの」

彼はうなずいた。ややあって彼女は流し場に戻った。あのひとはわたしの名前も知らなかったのね、と彼女は思った。

彼女は毎朝彼を起こし、少し歩かせてから椅子にすわらせた。おとなしく言うなりになってはいたが、疲れているようだった。午後はたっぷり歩かせたので、彼は戻ってきてベッドに入るなり、すぐに目を閉じた。彼女は、ぐらぐらする階段を昇って西窓の部屋へ行くと、やすらいだ気持で長いこと、そこにすわっていた。

夕食の支度をするあいだは、彼を起こして椅子にすわらせた。元気づけようと話しかけた。彼女の要求にはなにも文句はいわなかったが、暗い顔でふさぎこんでいる様子を見ると、きのう彼を動揺させたことが悔やまれた。自分たちは、あらゆるものをあとに残して、その愛情や勝利を、あらゆる過ちや失敗をあとに残して、ここに来たのではないか？ 彼女はワダやアイドのことを話し、薄幸な恋人たちのことをあらまし語った。じつを言えば彼らは、その午後、彼女の家のベッドにいたのだが。「あの子たちが来たとき、わたしはほかに行くところがなかった」と彼女はいった。「今日みたいにとても寒い日で、迷惑な話だったわ。村の店屋のあいだをあちこちさまよった。こんどのほうがましだと、言わざるを得ないわね。わたし、この家が好きだから」

彼はなにやら呟いたが、相手が真剣に耳を傾けているのが彼女にもわかった、言葉がわからない外国人のように、なんとか理解しようとしているのが。

「あなたはこの家のよさに気づかない？」と彼女はいって笑いながら、スープの皿を並べた。「あなたは正直ね、少なくとも。わたしはここで、自分は聖なるものだと、己の心を整えるふりをしているの、そしてこのいろいろなところが好きで、それに愛着をもっている、わたしはいろいろなことを愛している」彼女は火のそばに腰をおろして、スープを飲んだ。「二階に美しい部屋があるの」と彼女はいった。「西向きの角の部屋。あの部屋で、きっとなにかいいことが起こったのよ、恋人たちがあそこに住んでいたんだわ、たぶん。あそこから沼地を見るのが、わたし、好きなの」

話をつづけようとすると、彼が訊いた。「あいつらはいなくなるのか？」

「子鹿たち？　ええ、そうね。とっくに行ってしまったわ。いまいましい家族のもとに。そうやっていっしょに暮らしても、すぐに憎み合うようになるのに。とても無知なのよ。どうしようもないわね？　村びとたちは頑迷だし、とても貧しいし。でもおたがいに愛情にすがっている、愛情というものがわかっているとでもいうように……それは彼らの真実で……」

「崇高なるものにすがれ」とアバルカムがいった。その引用句を彼女も知っていた。

「本を読んであげましょうか？」と彼女は訊いた。「アルカーミイェーを持っているの、あれだけは持ってこられたの」

彼はかぶりをふり、ふいに大きな笑みをうかべた。「必要ないんだよ」と彼はいった。「覚えているから」

「すべてを？」

彼はうなずいた。

「わたしも、あれを学ぼうと思ったの——とにかく少しでも——ここに来たときに」彼女は畏怖の念をあらわにしながら、そういった。「でも学ばなかった。学ぶときだとはどうしても思えなかった。あなたはここで学んだの？」

「昔ね。ゲバ・シティの監獄のなかで」と彼はいった。「あそこじゃ、時間はたっぷりあったから……近ごろじゃ、ここに寝そべって唱えているんだ」彼女を見上げたその顔に笑みがただよっていた。「あんたがいないときは、あれが友になるんだよ」

彼女は無言だった。

「あんたがいてくれると心が温かくなる」と彼はいった。

彼女はショールで体を包むと、さよならともいわず急いで外に出た。


思い乱れる気持を抱えて、家まで歩いた。あの男はなんという怪物なんだろう。彼女を弄《もてあそ》んでいる。それは疑いなかった。彼女に迫ってくるところを見ると、ますますそうらしい。殺された巨大な牡牛のようにベッドに横たわり、灰色の髪の毛を振り乱し、ぜいぜいと喘いでいる。あの穏やかな深い声、あの微笑、彼はあの微笑の使い方を心得ている、めったに浮かべることはないが。女に言い寄る手管《てくだ》もご承知だ。噂が真実なら、千回も言い寄って、なかに押し入っては、また出して、彼を思い出させるようにわずかな精液を残していく、そしてバイバイ、赤ん坊よ。ああ、神よ！

そんなわけで、彼女は、アイドとワダが自分のベッドに入ったことを、なぜ話そうと思ったのか？　愚かな女、とひとりごとをいい、灰色の葦の原をそよがせている微かな東風のなかをさっさと歩き出した。愚かな、愚かな、老いぼれの、老いぼれの女よ。

グブが彼女を出迎え、その脚や手を、自分の柔らかな手で叩きながら、さきっぽの丸まった黒い斑点のある尻尾を振りまわした。扉に鍵はおろしてなかったので、グブにも押し開けることができた。扉は少し開いていた。なんの種類かわからない小鳥の羽があたり一面に散らばっていて、炉の前の敷物には小さな血痕が残っていた。「怪物め」と彼女はグブにいった。「外で殺しな！」彼は出陣の舞いを踊り、フー、フーと叫んだ。そして一晩じゅう、彼女の背中のくぼみで丸まって眠ったが、彼女が寝返りをうつたびに起き上がり、彼女の体を乗り越えて反対側にうずくまるのだった。

彼女はしばしば寝返りをうちながら、どっしりした体の重みと熱気を、自分の胸にのせられた両手の重みを、乳首を吸う唇の、命を吸うものの重みを想像し、夢見るのだった。

アバルカムを訪ねる時間も減らした。彼はもう起き上がって用も足せたし、朝食もひとりで食べられた。彼女は煙突のそばにある泥炭の箱をいつもいっぱいにしておいたし、食料庫にはいつも食料を補っていた。夕食を運んでいっても、彼といっしょに食べようとはしなかった。彼はくそ真面目な顔をして黙りこんでいたし、彼女は言葉遣いに気をつけた。ふたりとも用心深かった。彼女は二階の西側の部屋で過ごす時間が恋しかった。だがそれは夢のように空しいもので、快さは感じなかった。

ある日の午下がり、アイドがふくれ面をして、ひとりでヨスの家にやってきた。「あたしはもうここには戻ってこないつもり」と彼女はいった。

「なにかあったの？」

少女は肩をすくめた。

「見張られているの？」

「ううん。わからない。わたし、ほらね。つっこまれたのかもしれない」彼女は妊娠を意味する昔の奴隷の言葉を使った。

「避妊具を使ったんじゃないの？」ふたりが使うために避妊具はヴェオでたくさん買ってあったはずである。アイドはぼんやりとうなずいた。「できが悪かったのよ」と彼女はいうと、口をすぼめた。

「やったの？　避妊具を使って？」

「あれのできが悪かったのさ」と彼女は繰り返し、執念深いまなざしをちらりと送った。

「もういいよ」とヨスはいった。

アイドはわきをむいた。

「さよなら、アイド」

なにも言わず、アイドは沼地のほうへ歩いていった。

「崇高なるものにしっかりとすがれ」ヨスは苦々しく考えた。

彼女は家をまわりこんでチクリの墓へ行こうとしたが、長いこと外にはいられなかった、しんしんと冷えこむ痛いような真冬の寒さとあっては。家に入って扉を閉めた。部屋は狭く暗く、天井が低いように感じられた。泥炭の火がくすぶって煙をあげている。火が燃える音はしなかった。家の外も物音はしない。風がおさまって、凍りついた葦はそよとも動かなかった。

薪がほしい、薪の火がほしいとヨスは思った。ぱちぱちとはぜながら燃え上がる炎、物語を聞かせてくれる火、農園の祖母の家でよく見たような。

あくる日、彼女は沼地の道のひとつを通って、半マイルほど先にあるあばら家に行くと、崩れかかったポーチの板を何枚かはがした。その晩は暖炉でごうごうと火を焚いた。毎日一度か二度は、そのあばら家に行き、自分の寝床の反対側にあたる煙突の向こうの、炉端に積みあげた泥炭の横に、ほどよい大きさの薪を積みあげた。アバルカムの家にはもう行くことはなかった。彼はすっかり回復していたし、歩く目的というものがほしかった。大きめの薪を切る道具もなかったので、そのまま少しずつ暖炉にほうりこんだ。一晩じゅう火を絶やさぬように。彼女はあかあかと燃える火のかたわらにすわりこんで、アルカーミィェーの第一集を読んだ。グブは炉の前に寝ころんで、炎を眺めたり、ごろごろとうなったり、ときどき眠ったりしていた。グブは氷のように冷たい葦原に出ていくのをいやがったので、ヨスは流し場に小さな砂場を作ってやった。グブはそれをいつもきれいに使うようにしていた。

しんしんと冷えこむ寒さはいつまでもつづき、この沼地にやってきてから最悪の冬だった。身を切るような隙間風が、これまで知らなかった板壁の隙間から吹きこんでくる。隙間に詰めこむぼろ布もないので、泥や、丸めた葦の葉で隙間をふさいだ。火を絶やしでもしたら、一時間もせぬうちに、この小さな家は氷のように冷たくなっているだろう。泥炭の火が夜じゅう彼女を温めてくれた。昼間にもよく木片をくべた。ゆらぐ炎、その明るさ、その親しさを求めて。

買い物には村まで行かねばならない。そのうちに寒さがゆるむのではないかと、先延ばしにしていたが、実をいえば、もうなにも無くなってしまった。それなのに寒さは厳しさを増すばかりだ。燃やしている泥炭のかたまりはまるで土、ろくに燃えずにくすぶるばかりなので、木切れをくべて火を燃えたたせ、なんとか家のなかが温まるようにした。あるだけの上着を着こみ、ショールを巻き、バッグをもって家を出た。炉端のグブは、彼女をまぶしそうに見た。「怠けものの田舎っぺ」と彼女はグブにいった。「お利口ちゃんのけものくん」

凍《し》みるような寒さだった。氷に滑って足を折っても、助けてくれるひとなど、何日もやってはこないだろう。ここで倒れたら、数時間で凍死してしまう。いや、いや、いや、わたしは神さまの手のなかにあって、どのみち数年で死ぬ運命なのだ。どうか、神さま、わたしを村まで連れていって体を温めてください!

彼女は村にたどりつくと、菓子屋のストーブであたたまるあいだ噂話を仕入れ、新聞屋の薪ストーブにあたりながら、東部地方の新しい戦争に関する記事を古い新聞で読んだ。アイドの叔母たちやワダの両親と伯母たちが口をそろえて、長官《チーフ》の具合はどうかと訊いた。そして地主の家に寄っていけとみんながいった。ケビがなにかくれるだろうと。ケビは安もののまずい紅茶を一袋くれた。彼の魂を豊かにしてやるために、彼女はよろこんでその紅茶をもらった。彼はアバルカムのことを訊ねた。長官《チーフ》は病気だったのかね？ もうよくなったのかい？ 彼はあれこれ詮索した。彼女はいい加減に答えた。静寂のなかで暮らすのは楽だ、と彼女は思った。わたしが嫌なのは、こういう声といっしょに暮らすことだ。

彼女は温かな部屋を出るのがいやだったが、持ってきた袋は、運ぶ気になれないほど重くなっている。日が落ちると、道の凍っているところも見えにくい。部屋を出て、ふたたび村を横切って土手道まで登った。いつのまにやらあたりは暮れている。日は沈みかかり、荒涼とした空に浮かぶ一片の雲のかげに隠れている、まるで半時間ほどの温もりや明るさを出し惜しんでいるかのように。自分の炉端に早く帰りたいと、彼女はてくてくと歩いた。

張りつめた氷が怖いので、しっかりと前方に目をすえていたが、はじめは人声が聞こえただけだった。その声を彼女は知っていた、そして思った、アバルカムの頭がまたおかしくなったのだと！ なぜなら彼が、叫び声をあげながら、自分のほうに走ってくるからだ。彼女は怖くなって立ち止まったが、彼が叫んでいるのは自分の名前だった。「ヨス！ ヨス！ 大丈夫だ！」と彼は叫びながら、彼女のもとに走りよってくる、全身泥まみれの野蛮な大男、灰色の髪の毛は氷まみれ、泥まみれ、両手は黒く、着ているものも黒く、見えるのは目のまわりの白い部分だけだった。

「帰って！」と彼女はいった。「離れて、わたしから離れて！」

「なにもしやしない」と彼はいった。「けど家が、家が――」

「どこの家？」

「あんたの家さ、燃えてるんだ。おれは見た、村に近づくと、沼地から煙が上がっているのが見えたんだ」

彼はなおも言いつづけたが、ヨスは全身が麻痺したようになり、もう耐えられなかった。扉を閉め、掛け金をおとしたはずだった。鍵をかけたことはなかったが、掛け金は落ちるがままにしていた。だからグブは外に出られない。グブは家にいた。閉じこめられていた。絶望したような光る目。小さな声で泣いている――

彼女は前に出ようとした。アバルカムが行く手をさえぎった。

「通して」と彼女はいった。「通してもらわないと」

彼女は袋をおろすと、走りだそうとした。

腕を摑まれ、海の波に巻きこまれたように、行く手を阻まれた。巨大な体と大音声が彼女を包んだ。「大丈夫だ、子猫は大丈夫、おれの家にいる」と彼はいった。「聞くんだ、聞くんだよ、ヨス！　家は焼けた。子猫は無事だ」

「なにがあったの？」彼女は、怒り狂ったように怒鳴った。「行かせてよ！　なんのことやらわからない！　いったいなにがあったのよ？」

「たのむ、たのむよ、静かにしてくれ」彼はそういうと、相手の体をはなした。「あそこに行くんだ。そうすればわかる。たいして見るものもないが」

彼女はぶるぶる震えながら、彼についていった、そのあいだ彼はことの次第を話した。「でもどうしてそんなことに？」と彼女はいった。「どうしたらそんなことが」

「火花さ。あんたは火を焚きっぱなしにしていったろ？　もちろん、もちろんそうしたさ、寒かったからね。けど煙突の石がいくつか外れていた、おれには見えたよ、火花だよ、焚いた木材がまだ残っていればね――たぶん床板に火がついたか――屋根は藁葺きだろ、たぶん。それから家じゅうに火がまわった、こんなに空気が乾燥していちゃあね、なにもかもからからに乾いていて、雨も降らなかったし。ああ、神さま、おやさしいおれの神さまよ、おれはあんたがあの家のなかにいると思った。あの家のなかにいると思ったんだ。あの火が見えた、おれは土手道を登っていき――それから家の戸口まで走り降りた、どうしたのかはわからない、おれは飛んだのか、わからない――戸を押した、掛け金がかかっている、そいつを押し開けて中に入った、奥の壁も天井もめらめらと燃えあがっていた。煙がたちこめていて、あんたがそこにいるのかどうかもわからなかったけど、とにかくなかに飛びこんだ、小さな動物が隅っこに隠れていた――もう一匹が死んだとき、あんたがどんなに泣いたか、おれは考えた、捕まえようとしたら、そいつは閃光のようにドアから飛び出していった、けどほかにはだれもいなかったから、ドアのほうに行きかけると、屋根が落ちてきたんだ」

彼は勝ち誇ったように猛々しく笑った。「頭の上にさ」彼は屈みこんだが、その頭のてっぺんが見えるほど、彼女の背丈は高くなかった。「あんたのバケツがあったから、それに水を汲んで、玄関の壁に水をかけようとした、なんでもいい、火から助け出そうとして。それが愚かしいことだと、そのとき気づいた、なにもかも燃えあがっていて、無事なものはなにひとつなかった。そこでおれは小道をあがっていった、するとそこに、あの小さな動物が、あんたのペットが、ぶるぶる震えながら待っていたんだよ。そいつはおとなしくおれに抱き上げられたけど、おれはそいつをどうすればよいかわからなかった。そこでおれは、そいつを連れて走って自分の家においてきた。ドアは閉めた、それでもう安全だ。それからあんたが村にいるにちがいないと思ったから、探しに戻ったというわけだ」

ふたりは枝道にたどりついた。彼女は土手道のはしに近づくと、下を見おろした。黒々と渦巻いている煙。おびただしい真っ黒な柱の数々。氷。体じゅうがふるえて気分が悪くなり、しゃがみこんで、冷たい唾液を呑みこんだ。目のなかでは、空と左右にひろがる葦の原がぐるぐるとまわっている。それがまわるのを止めることはできなかった。

「さあさあ、おいで、もう大丈夫。おれといっしょにおいで」彼女はその声に、その手や腕に、自分を支えている温かく大きなものに気がついていた。彼女は、目を閉じて歩いていった。しばらくして目を開けられるようになり、道の面をじっと見下ろした。

「ああ、バッグを――置いてきてしまった」彼女はふいに笑っているような声でいい、あわてて後ろ向きになると、ひっくりかえりそうになった。後ろ向きになるという動きが、またもやめまいを生じさせたのだ。

「ここに持っているよ。さあ、行こう、もうじきだよ」彼はバッグを脇の下に不器用に抱えこんでいる。もう一方の腕を、彼女の体にまわして立ち上がり、歩こうとする彼女を支えている。ふたりは彼の家に、暗い筏小屋にたどりついた。その家は広大なオレンジがかった黄色の空と向き合っており、日の沈んだあたりから空に向かって桃色の縞が伸びている。それをお日さまの髪の毛と、子供のころは呼んでいた。ふたりはその後光に背を向けて、暗い家に入った。

「グブ？」と彼女は呼びかけた。

グブを見つけるまでにはしばらく時間がかかった。グブは長椅子の下にもぐりこんで縮こまっていた。なんとかひきずりだしたけれど、彼女のもとに這いよってこようとはしなかった。その毛は埃まみれで、撫でると埃がはらはらと舞い落ちた。口には小さな泡がついており、彼女の腕のなかでぶるぶると震えているばかりで、声も立てない。斑点のある銀箔の背中を、絹のようなまっ白な腹を彼女は何度も何度も撫でてやった。グブはとうとう目をつむった。だが彼女がちょっとでも動くと、腕から飛びだして、長椅子の下にあわててもぐりこんでしまう。

彼女はすわったまま、こういった。「ごめんね、ごめんね、グブ、ほんとにごめん」

彼女の声を聞いて、長官《チーフ》が部屋に戻ってきた。それまで流し場にいたのだ。彼は濡れた両手を前に垂らしているので、なぜ拭かないのかと彼女は思った。「やつは大丈夫かい？」と彼は訊いた。

「しばらくかかるわね」と彼女はいった。「火事だし。それにはじめて来た家だし。彼らには……猫には、縄張りがあるの。馴れないところはだめ」

彼女は自分の思いをうまく言いあらわせず、脈絡のない言葉が、ばらばらに出てきた。

「じゃあ、あれは猫なのか？」

「斑猫ね、そう」

「ああいうペットの動物は、監督たちのものだろ、やつらは監督の家にいた」と彼はいった。「おれたちのまわりにはいなかった」

これは非難なのだと彼女は思った。「猫は、監督たちといっしょにウェレルからきたの」と彼女はいった。「そうよ。わたしたちだってそうでしょ」厳しい言葉が飛びだしたが、たぶん彼がいったことは、無知にたいする弁明だったのだと、彼女は思いなおした。

彼は強張った両手を突き出したまま、そこに立っていた。「すまないが」と彼はいった。「包帯みたいなものはないかい」

彼女はゆっくりと彼の両手に目をやった。

「火傷《やけど》をしたのね」と彼女はいった。

「たいしたことないけど。いつ火傷したんだろう」

「ちょっと見せて」彼は近寄ってくると、大きな掌《てのひら》を表にかえした。片方の指の内側の青みを帯びた皮膚に真っ赤な火ぶくれができていて、もう一方の親指の付け根には皮がむけ血のにじんだ傷があった。

「手を洗うまで気づかなかった」と彼はいった。「痛みもしなかったから」

「頭を見せてちょうだい」彼女は思い出して、そういった。彼はひざまずくと、頭のてっぺんの赤黒く焼けた煤だらけのもつれあったものを彼女に見せた。「あ、ひどい」と彼女はいった。

大きな鼻と目が、灰色のもつれた髪の下からあらわれ、彼女を不安げに見上げた。「屋根がおれの上に落ちてきたのさ」と彼はいった。彼女は笑いだした。

「屋根が落ちてきたどころじゃないわよ！」と彼女はいった。「なにかないの——清潔な布かなにか——流し場の戸棚にきれいな皿拭き用のタオルが置いてあるけど——消毒液はないの？」

彼の頭の傷を洗いながら、彼女は喋っている。「火傷のことはなにも知らないの、傷あとをきれいにして、あとは乾かしておくことぐらいしか。ヴェオの診療所に行かなくちゃ。あしたなら、村に行けるわ」

「あんたは、医者か看護婦かと思っていたけど」

「わたしは学校の校長です！」

「看病してくれたじゃないか」

「あなたの病気のことは、わかっていたから。火傷のことはなにも知らないの。村へ行って、頼みましょう。でも、今夜はだめ」

「今夜はだめだな」と彼は同意した。両手を振って、顔をしかめた。「晩飯を作るつもりだった」と彼はいった。「手がどうなったかわからないんだ。いつ、こんなことになったのやら」

「あなたがグブを助けてくれたときです」とヨスは平然といったが、そのうちに泣きだした。「なにを食べるつもりだったのか教えて、わたしが作るから」彼女は涙をこぼしながらながらいった。

「あんたの持ち物は残念だったな」と彼はいった。

「ぜんぜん平気。服はほとんどみんな着こんでいるし」彼女は泣きながらいった。「もともとなにもなかったのよ。あそこには食べ物だってほとんどなかった。あったのはアルカーミイェーだけ。それからいろいろな世界について書かれたわたしの本と」火炎があの本を読んだとき、黒くなって、まくれあがった頁のことを、彼女は思った。「友だちが、シティからあれを送ってくれたの、わたしがここに来ることには、賛成しなかった、水を飲むふりなんかして、黙っているなんて、と。彼女のいう通りだった、わたしは戻るべきなの、ここに来るべきじゃなかったのよ。わたしって、ほんとに嘘つき、ほんとにお馬鹿さん！ 木を盗んで、木を盗んで、あかあかと火を焚いた！ おかげで体が温まって、元気になった。そうやって家を燃やした、それでなにもかもなくなってしまったの。ケビの家も、可哀そうなわたしの子猫も、あなたの手も、みんなわたしのせい。木を燃やしたときに出る火花のことを、わたしは忘れていた。煙突は泥炭をたくために作られたものだということを忘れていた。わたしはなにもかも忘れていた、わたしの心はわたしを裏切った、わたしの記憶が嘘をつけば、わたしも嘘をつく。わたしは主を辱めている、主のほうを向けないときにも、世界を見放せないときにも、そちらを向いているふりをする。だからわたしは焼いた、だから剣があなたの手を切った」彼女は彼の両手をとり、その上に屈みこんだ。「ああ、ごめんなさい、ごめんなさい、ごめんなさい！」

「涙は消毒の効果があるの」と彼女はいった。

火傷をした彼の大きな両手が、彼女の両手にのせられた。彼は前に屈みこむと、その髪の毛に接吻し、唇と頬でそっと撫でた。「おれがあんたにアルカーミイェーを教えよう」と彼はいった。「いまはじっとしておいで。おれたちはなにか食べねばならない。すごく寒いだろう。たぶんあんたはショックを受けたにちがいない。そこにすわっておいで。とにかく鍋を火にかけるよ」

彼女は言われるとおりにした。彼のいうとおりだ、とても寒い。炉端にすりよった。「グブ？」と彼女は囁いた。「グブ、だいじょうぶ、おいで、おいで、おちびさん」だが寝椅子の下で動くものはいなかった。

アバルカムが彼女のわきに立って、なにかさしだした。グラス。それはワインだった、赤いワイン。

「ワインがあるの？」彼女は驚いていった。

「たいてい水を飲んで、黙っている」と彼はいった。

「たまにワインを飲んで、話をする。飲んで」

彼女はおそるおそる受け取った。「わたしは、ショックなんか受けていない」と彼女はいった。

「都市《シティ》の女はショックなんか受けない」と彼は重々しくいった。「あんたにこの壜の蓋を開けてもらいたいんだ」

「ワインはどうやって開けたの？」魚スープが入っている壜の蓋を開けながら、彼女は訊いた。

「もう開いていたんだ」と彼は落ち着きはらった低い声でそういった。

ふたりは炉をはさんで向かい合うと、火かき棒の上に吊るされている鍋からそれぞれの碗にスープを注いだ。彼女は、魚の切れはしを持った手をカウチの下にいるグブに見えるように下げて、そっと声をかけたのに、グブは出てこようとはしなかった。

「おなかが空けば、出てくるわね」と彼女はいった。

彼女は、自分の声の哀れな震えに、喉もとのしこりに、恥辱感にもううんざりしていた。「食べ物をありがとう」と彼女はいった。「気分がよくなった」

彼女は立ち上がって、鍋とスプーンを洗った。あなたは手を濡らしてはいけないと彼にいい、彼も手伝おうとはいわずに炉端にすわったまま、黒い大きな石のようにでんとして動かなかった。

「わたしは、二階に行く」洗い物をすませると彼女はそう言った。「たぶんグブを捕まえて、いっしょに連れていくわ。毛布を二枚ほど貸して」

彼はうなずいた。「毛布は上にある。火は焚きつけておいたよ」と彼はいった。彼女には、その意味がわからなかった。膝をついて長椅子の下をのぞきこんだ。のぞきこみながら、こんなことをしている自分がさぞや滑稽に見えるだろうと思った。尻をつきだして、シヨールを頭にかぶった老女が、家具に向かって、グブ、グブ！　と小声で呼んでいるさまは。だがかさがさという小さな音がして、グブが彼女の両手にとびこんできた。それから肩にしがみつくと、耳もとにもぐりこんだ。彼女は体を起こし、うれしそうにアバルカムを見た。「ほら、来た！」と彼女はいった。そしてどっこいしょと立ち上がると、こういった。「おやすみ」「おやすみ、ヨス」と彼はいった。彼女はランプをあえて持たずに、暗がりのなかを二階へあがっていき、西側の部屋に入って扉を閉めるまで、グブを両手でしっかりと抱えていた。そして彼女は立ったまま、目をみはった。いつの間にかアバルカムはふさがれていた暖炉を開け、なかに入れてあった泥炭に火をつけておいたのだ。夜になり暗くなった長く低い窓に赤い火がちらちらと映しだされている。そしてその匂いは甘かった。いつもは使われていない別の部屋においてあった寝台は、マットレスと毛布が敷かれ、新しい毛織の白い毛布がその上にかけてあった。水さしと水鉢が煙突のそばの棚に置いてある。彼女がいつもすわっていた古い敷物は打ちなおされ、汚れを落とされた清潔な姿で暖炉の前に置かれている。

グブが彼女の手を押した。下におろしてやると、ベッドの下にまっしぐらに走りこんだ。あそこなら安全だ。彼女は水さしの水を少しばかり鉢に注ぎ、グブが喉が渇いたときのために、その鉢を炉の前においた。グブは灰の入った箱で用を足せばいい。わたしたちに必要なものはすべてここにあると、彼女は思ったが、それでも戸惑いを覚えながら薄暗い部屋を見まわし、内側から窓に当たっている柔らかな光を見つめた。

彼女は部屋を出ると、後ろ手にドアを閉め、階下に

降りた。アバルカムは暖炉のそばに黙然とすわってい
る。その目は彼女を見て、きらりと光った。彼女はど
う言えばよいかわからなかった。
「あんたはあの部屋が好きなんだね」と彼がいった。
彼女はうなずいた。
「あそこは恋人たちの部屋だったかもしれないとあん
たはいった。おれはこう思った、たぶんあそこは恋人
たちの部屋になるかもしれないって」
しばらくして彼女はいった。「たぶん」
「今夜じゃない」と彼は、低く鳴り響くような声でい
った。笑っているんだ、と彼女は思った。彼の微笑は
見たことがあるが、いま聞いたのは笑い声だった。
「ええ、今夜じゃない」と彼女はこわばった声でいっ
た。
「おれには両手が必要だ」と彼はいった。「そのため
には、あんたのためには、すべてのものが必要だ」彼
女は無言のまま、彼を見つめた。

「すわって、ヨス、たのむから」と彼はいった。彼女
は、彼と向かいあってすわった。
「おれは具合が悪かったとき、こんなふうなことをい
ろいろ考えた」と彼はいった、相変わらず、もったい
ぶった口調で。「おれは、自分の主義を裏切った、嘘
をつき、その名で盗んだ、なぜならば、おれは、自分
の理想を信じきれなくなったことを認めたくなかった
からだ。おれは、異星人を恐れた、彼らの神々を恐れ
たからだ。たくさんの神々を！　やつらがおれの主を
傷つけるだろうと恐れたからだ。あのお方を傷つける
と！」彼は一分ほど黙っていたが、やがて息をついた。
彼の胸の奥の低い耳障りな音が、彼女には聞こえた。
「おれは、伜《せがれ》の母親をいくたびも裏切った。彼女やほ
かの女たちを、自分自身を。唯一崇高なものにすがっ
ていなかった」彼は両手を広げ、痛みにいささかたじ
ろぎながら、そこに広がる焼け跡を見つめた。「あん
たはちゃんとすがっていたんだと思う」と彼はいった。

しばらくしてから、彼女はいった。「わたしはサフナンの父親とは、ほんの数年、いっしょにいただけ。ほかにも何人か男がいた。それがいまさら、どうだっていうの？」

「おれはそんなことはいってはいない」と彼はいった。「つまりあんたは男たちを、自分の子供を、自分自身を裏切らなかった。いいんだ、どれも過去のことだ。きみのいうとおり、それがいまさらなんだというんだ、なんの意味もありゃしない。でもあんたは、いまでもこんな機会を、こんな美しい機会をおれにあたえてくれる、あんたを抱くことを、抱きしめることを」

彼女は無言だった。

「おれは、自分を恥じて、ここにやってきた」と彼はいった。「そうしたらあんたは、おれに名誉を与えてくれるというんだからね」

「どうして、いけないの？　わたしにあなたを裁く権利があるというの？」

「兄弟よ、われは汝なり」

彼女は恐怖に駆られて、ちらりと彼を見ると、火をのぞきこんだ。泥炭は弱々しく、温かそうに燃え、一筋のかすかな煙をたちのぼらせていた。彼女は、彼の体の暖かさを、黒さを思った。

「わたしたちのあいだに平和というものがあるのかしら」と彼女はようやく口を開いた。

「きみは平和が必要なのか？」

しばらくしてから、彼女はかすかに微笑んだ。

「おれは最善をつくす」と彼はいった。「あんたはしばらくのあいだ、この家にいろよ」

彼女はうなずいた。

赦しの日

Forgiveness Day

小尾芙佐訳

ソリーは、宇宙っ子、移動使節《モバイル》の子、この船やらあの船やら、この世界やらあの世界やら、あちらこちらを旅していて、十歳になったときには、すでに五百光年を旅していた。二十五歳でアルテラの革命を体験し、地球《テラ》でアイジを学び、ロカノンの年老いた高知能生命《ヒル》体研究者《ファー》から超思考術を学び、ハインの複数の学校を難なく卒業し、滅亡寸前の残忍きわまるケアクでは観《オブ》察員《ザーバー》として職責をまっとうし、そのあいだにも光速に近いスピードでさらに五百年を飛び越えた。この若さで、彼女はすでに宇宙を翔けめぐっていたのである。

これに気をつけろ、あれを覚えておけ、とうるさいヴォエ・ディオの大使館の連中に、彼女はうんざりしていた。なんといっても彼女自身がいまや移動使節《モバイル》なのだから。惑星ウェレルは奇妙なところだった——奇妙でない世界があるだろうか？　彼女は入念に下調べをし、いつ会釈をすればよいか、どんなときにげっぷをしてはいけないか、またその逆についても、すべてを心得ていた。そしてガーターイー神聖王国に赴任した初の使節、宇宙連合エクーメンの唯一無二の使節としてこの素晴らしい小さな大陸にある、この素晴らしい小さな街に落ち着いてようやくほっとした。

彼女はこの高地にあって数日のあいだは意気軒昂としていた。喧騒の街の真上から光を注ぐ小さな太陽、あらゆる建物の背後に屹立している山々、近くの巨大な星々が終日燃えているダーク・ブルーの空、七つほどの月のかけらがぷかぷかと浮かぶ眩《まばゆ》い夜、黒い目と細長い頭とほっそりとした長い手足をもつ長身の黒いひとたち、素晴らしいひとたち、彼女の従者たち！　彼女はそんなひとびとを愛した。彼女が会った人間は少々多すぎるぐらいだったが。

彼女がまったくひとりでいられたのは、彼女をヴォエ・デイオから大洋を越えて運ぶためガータ一イー王国から派遣されたエア・スキマーの乗客室で過ごした数時間が最後だった。空港で彼女を迎えたのは、王宮より派遣された神官と役人の代表団。緋色と茶色と青緑色の壮麗な衣装に身を包み、王宮に向かって堂々と進んでいく。王宮では、数時間にわたり、会釈がかわされ、むろんげっぷをするはずもない——小柄で萎びた老陛下に、高位のひとびとに、なんとか卿たちに紹介された。演説も宴会も——なにひとつ目新しいものはなく、なにひとつ問題もなかった。宴席で彼女の皿に載せられた不可解な大きな花の揚げ物も問題はなかった。だがあの空港からはじまって、その後のあらゆる場において、彼女の背後に、あるいはかたわらに、あるいは彼女に寄り添うように、いつもふたりの男性がいた。彼女の案内役と、そして護衛官。

案内役の名は、サン・ウーバータートといい、ガータ一イー王国が派遣した人物である。この男はむろん彼女のことを政府に逐一報告しているのだが、これがまことに親切なスパイで、彼女が進まねばならぬ道をたえずならしてくれ、彼女がなにを期待されているか、なにが非礼にあたるかというようなことを、それとなく教えてくれた。それに異国語にも堪能で、必要とあれば通訳もかってでた。そう、サンはよかった。だが護衛官のほうはそうはいかなかった。

彼は、この世界におけるエクーメンの世話役たち、惑星ウェレルにおけるもっとも有力な勢力、すなわちヴォエ・デイオという巨大国家によって彼女のもとに配属された人物である。彼女はすぐさま、自分に護衛官は必要ないし、望んでもいないとヴォエ・デイオの大使館に抗議した。ガータ一イー王国の人間が、わざわざわざ自分を捕まえにくる可能性はないし、たとえ来たとしても、自分の面倒は自分でみると。大使館は吐息をついた。すまないと彼らはいった。あなたには彼がはりついている。ヴォエ・ディオはガーターイー王国に軍隊を駐屯させている。ガーターイーはしょせん従属国であり、経済的に依存している。ガーターイーの正当な政府を土着のテロリスト集団から守るのは、ヴォエ・ディオのためでもある。あなたを守ることもヴォエ・ディオの利益のうちである。それについてわれわれが議論する余地はない。

　彼女は大使館と議論するほどのばかではないが、そこであきらめてこの少佐《メージャー》を受け入れるわけにはいかなかった。軍における彼の階級はレイガという。彼女はテラで見た寸劇から、このレイガという呼称を少佐という古風な言葉にいいかえた。寸劇に出てくる少佐は、ぶくぶくした制服を着て、メダルや勲章がどっさりついていた。制服はどんどんふくれあがって、もったいぶったり命令したりしたあげく、最後には破裂して詰め物が飛び散る。ここにいる少佐も破裂してくれればいいのに！　もっともこっちの少佐はもったいぶっているわけではないし、あからさまに命令するわけでもない。冷やかと思えるほど礼儀正しく、寡黙であり、死後硬直かと思わせるくらい冷たく強張《こわば》っていた。少佐に話しかけるのはすぐあきらめた。彼女がなにを言おうと、はい《イエスマム》、とか、いいえ《ノーマム》、とか、じっさいには耳を傾けるつもりもない愚鈍をよそおった人間のような返事をするだけだ。公務上、人間らしさを示すことができない役人といったところだ。それなのに彼は、昼夜を問わず、公的な場には常に彼女に付き添ってくる。街を歩くときも買い物をするときも、実業家や役人に会うときも、観光のときも王宮にあがるときも、気球に乗って山を越えるときも――ありとあらゆるところに彼はついてくるのだ、ベッドを除けばどこにでも。

　ベッドのなかでさえ、彼女が望むように、まったくひとりにはなれなかった。案内役も護衛官も夜は帰宅するのだが、寝室にとなりあった控えの間では、メイドが眠っていた——陛下からの贈り物、彼女の私有《パーソナル・》奴隷《アセット》。

　彼女は、数年前、奴隷に関する記述のなかで、その言葉を知ったときの唖然《あぜん》とした気持をいまさらのように思い出す。『ウェレルでは、支配階級の人間は所有者《オーナー》と呼ばれ、それに仕える階級の人間は、財産《アセット》と呼ばれる。所有者だけが、男性《メン》、女性《ウィメン》と呼ばれる。財産《アセット》は、男奴隷《ボンズメン》、女奴隷《ボンズウィメン》と呼ばれる』

　だから彼女はここでは奴隷の所有者なのだ。王の贈り物を拒絶するわけにはいかない。奴隷の名は、レーウェ。レーウェもスパイかもしれない、だがそれは信じがたい。彼女は品のいい立派な女性で、ソリーより何歳か年上、皮膚の色合いもソリーとほぼ同じ、ただソリーのほうがピンクがかった茶色、レーウェは青みがかった茶色だった。彼女の掌《てのひら》は、柔らかな空色。

レーウェの物腰は美しく、気転に富み、機敏で、自分が必要とされているか、いないかを見極める才能もある。ソリーはむろん彼女を対等の人間として扱い、最初に会ったときからこういった。自分は、人間が人間を支配する権利はないと思っているし、あなたに命令するつもりもない、むしろできれば友だちになりたいと。残念ながらレーウェは、これを新形式の命令と受け取った。彼女は微笑し、はい、と答えた。彼女はどこまでも従順だった。ソリーがなにをいおうと、なにをしようと、相手はなにもかも受け入れて、消し去ってしまうので、レーウェはなにも変わらない——思いやりがあり、気さくで優しく、肉体をもつ存在、ただ手が届かぬだけ。彼女は微笑し、はいと返事をするが、ただ手が届かない存在だった。

　そしてソリーは、ガーターイーに到着した当初の興奮がおさまると、こう考えるようになった。自分にはレーウェが必要だと、話をしたい女性としてほんとうに必要だと。所有者階級の女性に会う手だてはなかった。彼女たちはそれぞれのベザ、つまり館の婦人棟でひっそりと暮らしていたからだ。彼女たちはそこをお家《うち》と呼んでいた。レーウェ以外の女奴隷たちも、みな他人の所有物で、ソリーが話しかけるべきではなかった。ソリーがこれまで会ったひとたちはすべて男性、それか宦官《かんがん》だった。

これもまた信じがたいことだ。男性が、自分の生殖能力と交換にささやかな社会的地位を得るということは。だがホタ王の王宮ではしじゅうこの種の男性に出会った。生まれながらの奴隷たちは、宦官になることによってささやかな独立を獲得し、しばしばかなり力のある地位について所有者の信頼を得ている。宦官タヤンダンは王家の家令だが、統治はせずに議会のお飾りにすぎない王を支配している。議会は、さまざまな階級の貴族で成り立つが、神官はチュアル信徒ただ一種類のみである。奴隷だけがカーミイェーを崇拝しているが、ガータイー王国に元来あった宗教は、ほぼ一世紀前に、王制政治がチュアル信徒によるものになったとき、禁教になった。奴隷制度と性差別は別として、彼女がウェレルで心底から嫌悪するものは、さまざまな宗教だった。聖母チュアルを讃える歌は美しく、ヴォエ・ディオにあるその彫像と大寺院は素晴らしいし、アルカーミイェーの書は、長いけれどもよい話らしい。だが神官たちのまったくの独善、偏狭、愚鈍ぶりは目をおおうばかり、その教義は、信仰の名のもとに、あらゆる残忍な行いも正当化している！　そこでソリーは自問する、自分がウェレルでほんとうに好きだといえるものがあるだろうかと。

そして即座に自答する。好きですとも、好きですとも。この奇妙な小さな輝く太陽も、たくさんの月のかけらも、氷壁のようにそそりたつ山々も、そしてここのひとびとも——動物の目のように白いところのない真っ黒な目、黒いガラスのような、黒い水のような神秘的な目をもつひとびとも——わたしは彼らを愛したい、彼らを知りたい、彼らと心を通わせたい！

だが大使館のろくでなしどもが、ある一点においては正しかったことは、彼女も認めざるを得ない。女であることは、ウェレルでは辛いことなのだ。彼女はどこにも適合しない。ひとりで歩きまわるし、公《おおやけ》の地位はある、だから言葉の上では矛盾している。本来女性は人目につかぬよう家のなかにとどまるものだ。女奴隷だけが街へ出て、見知らぬひとびとに会い、公の仕事もする。ソリーは財産《アセット》のように振舞い、所有者《オーナー》のように振舞うことはない。しかしながら彼女は堂々としており、エクーメンの使節でもある。ガーターイー政府はエクーメンに加盟することを切望しているので、その使節に逆らうような真似はしない。ゆえに彼女がエクーメンの務めについて語る相手の役人や廷臣や実業家たちは、彼女に対して最善を尽くす。つまり彼女が男性であるかのように振舞う。

彼らの振舞いは、決して完璧ではなく、しばしば失敗することがある。哀れな老王は、彼女が自分の寝間の相手であるかのようなぼんやりとした意識をもち、彼女の体をせっせとまさぐる。ガツヨ卿と議論しているとき、彼女が反論すると、卿はまるで自分の靴に反論されたかのようなぽかんとした顔で彼女を凝視したものだ。彼は、ソリーを女であると思っていたのである。だがふだんは、性別無視が働いて、共に仕事をすることを彼女に許すのだ。そこでソリーも、このゲームに参加することにした。ガーターイーの男性の所有者が着ているような衣服を作ってもらうようレーウェにたのみ、女が着用するようなものを着ることは避けたのである。レーウェは、悟りの早い、賢い裁縫師だった。明るい色の厚手の布地のぴっちりとしたズボンは実用的で、しかもソリーによく似合った。刺繍をした上着は、とても温かだった。ソリーはこれを着るのが愉しみだった。だが本来の彼女を受け入れることのできない男性たちによって、自分が女性であることを無視されたように感じた。彼女は女性と話をする必要があった。

ソリーは、男性の所有者を通して、隠れた数人の所有者である女性と会うよう計らってもらったが、開ける扉もない、覗く穴もない、丁重な礼儀の壁に阻まれた。なんと素晴らしいお考えでしょうか。天気が回復しましたら、さっそくご訪問の手配をいたしましょう！　使節どのが、妻のマヨヨとわたくしめの娘たちをおもてなしくださるとはなんたる名誉、ただわたくしどもの愚かな田舎娘たちは、たいそう内気でございまして――ご理解いただけると思いますが。ああ、必ず、必ず、内庭の散策はしていただいて――ですが、ただいまはツタ科の花も咲いておりませんで！　あの花が咲くまでお待ちいただかねば！

話ができる人間はひとりもいなかった、ただのひとりも、旅芸人のバーティカームに会うまでは。

あれは一大行事だった――ヴォエ・ディオからやってきた旅の一座。ガーターイー王国の小さな山岳都市に、たいした娯楽はない。せいぜい寺院の舞人ぐらい――むろんすべて男性――あるいはウェレルのネットでドラマと称せられる、ひどく感傷的な芝居ぐらいだ。ソリーはお家《うち》の生活を観察するため、意を決してそうした湿っぽいドラマをいくつか辛抱して見た。だが、愛のために恍惚となった乙女が死んでいく一方で、あの少佐みたいな顔をした強情で間抜けなヒーローたちが果敢に戦死していく話とか、慈悲の女神チュアルが、少し寄り目になり、白目をのぞかせて神格のしるしを見せながら、雲間から身を乗り出し、微笑みを浮かべて彼らの死を見守る姿とか、どれも我慢ならぬしろものだった。ウェレルの男たちが、ドラマを見るためにネットを使わないのには、ソリーも気づいていた。その理由がいまようやくわかった。だが王宮での歓迎会も、ほうぼうの貴族や実業家たちによって催される、彼女が主賓の宴会もかなり退屈なものだった。いつも男ばかり、なぜかというと、使節がおいでになる席に女奴隷を侍《はべ》らすわけにはいかないからだ。そして彼女にしても、お上品な男たちと戯れることもできないし、あなたは男性ですよと、相手に気づかせることもできなかった。そんなことをすれば、自分がレディのように振舞わぬ女であることを彼らにあらためて気づかせてしまうからだ。旅芸人の一座がやってくるまでには、こんな騒ぎもすっかり静まっていた。

彼女はサンに、信頼のおける礼法指南役であるサンに尋ねた。自分はあの一座の興行に出席してもよいものかどうか。彼はえへんと咳払いをし、うーむと口ごもっていたが、けっきょくふだんよりさらに慎重な口ぶりで、男性の衣装を着用していくなら出席してもよいでしょうといった。「ご婦人は、ご存じのように公衆の面前には出ませんので。ですがときには女性も芸人は見たいでしょう。アマタイ夫人は、アマタイ卿の衣装をお召しになって、毎年ごいっしょに出かけられますよ。これはだれしもが知っていることで、だれもなにも申しませんのです――そうなんです。あなたのような重要なお方もかまわないでしょう。だれもなにも申しませんよ。まったく、まったくご心配はありません。むろんわたしがご一緒いたします、レイガもご一緒いたします。お友だちのように、はあ？　仲の良い三人の男性が一座を見物に行く、はあ？　はあ？」

はあ、はあ、と彼女はおとなしくいった。なんと面白いこと！――でもそうする価値はあると彼女は思った、芸人たちを見物にいけるなら。

あの芸人たちがネットに出ることはない。家にいる若い女性たちが、彼らの公演を見ることはありませんよ、なにしろ演目のなかには、とサンは重々しくいった、とても下品なものがありますからね。芸人の演芸は、劇場のみで上演される。道化や踊り子や娼婦や役者や楽師などの芸人は、一種の下層階級を形成しており、個人に所有されていない唯一の奴隷たちである。才能のある少年奴隷はその所有者から演芸組合に買われ、以後は組合の所有となり、組合は彼を訓練し、一生その面倒をみる。

　ソリーたちは七本ほど通りをへだてた劇場に歩いていった。芸人たちがみんな服装倒錯者であることを彼女はすっかり忘れていた。はじめて彼らを、長身のほっそりとした踊り子の群れを見たときにも彼女はそれを思い出さなかった。群れをなして高く舞い上がり旋回する大きな鳥のように、優雅に力強く整然と舞台にあらわれた踊り子たちを見たときにも。ソリーは、彼らの美しさに魅了され、なにも考えず、ひたすら見ていた。するとふいに音楽が変わって道化たちがあらわれる。夜のように黒く、所有者のように黒く、裾をひきずる風変わりなスカートをはき、宝石をちりばめた風変わりな胸を突き出し、かぼそい、恍惚となったかのような声で唄うのだ。「ああ、どうか、わたしを強姦しないでくださいまし、ご親切なご主人さま、だめ、だめ、いまはだめ！」彼らは男だ、男なんだ！　ソリーはそのとき気づいて、思わずげらげらと笑いだした。芸人バーティカームが、呼び物である出し物、素晴らしい感動的な独白を終えるころには、ソリーはすっかりファンになっていた。「彼に会いたい」と彼女は幕《まく》間《あい》にサンにいった。「あの芸人――バーティカームに」

　サンは平然とした表情を浮かべた。それは、どう手配したものか、これでどれほど小銭がかせげるかと考えている表情だった。だが少佐はいつものように警戒した。杖のように体を硬くし、だが頭をわずかにめぐらしてサンを見たにすぎない。するとサンの表情が変わった。

　彼女の申し出がもし法外であるなら、サンは身振りをするか、あるいは言葉ではっきりと伝えたはずだ。詰め物をされた少佐は、単に彼女を監督しているにすぎず、〝自分の〟女のように彼女を拘束しておきたいだけなのだ。彼に挑戦すべきときだ。ソリーは振り向いて、彼をまっすぐに見つめた。「レイガ・テーイェイオ」と彼女はいった。「あなたは、わたしを監督下におくよう命令を受けているものと、わたしは理解しています。でもあなたがサンやわたしに命令を下すときは、声に出して言うべきです、しかもその命令は正当だと認められねばなりません。わたしは、あなたの目配せや気まぐれであしらわれるのはごめんです」

かなりの間《ま》があった。たいそう甘美な満足感を味わえる間《ま》。少佐の表情が変わったかどうかはよくわからない。ほの暗い劇場の照明では、青黒い顔の表情はよくわからなかった。だがその沈黙にはどこか凍りついたようなものがあり、自分が彼を押しとどめたのだということが彼女にもわかった。とうとう彼は口を開いた。「わたしにはあなたを守る責任があるのです、使節」

「芸人たちが危険だというのですか？　エクーメンの使節が、ウェレルの偉大な芸術家に挨拶するのは不作法なのですか？」

ふたたび凍りついたような沈黙。「いいえ」と彼はいった。

「では閉幕後に、楽屋でパーティカームに挨拶したいので、付き添いを願います」

一度だけこわばったうなずき。こわばった重苦しい敗北のうなずき。一点、得点だ！　とソリーは思い、ゆったり座席によりかかると、光の画家《ライトペインター》たちの演技や、エロチックな踊りや、この夜のしめくくりの妙に感動的な短い芝居を楽しんだ。これは古風な詩の形で描かれ、たいそう難解であったが、役者たちがとても美しく、その声はやさしく、彼女の目にいつしか涙が浮かんだが、なぜかはよくわからなかった。

「遺《い》憾《かん》ながら、芸人たちはいつもアルカーミイェーにおすがりしています」とサンが、独善的かつ、偽善的な不満の言葉をもらした。彼は、地位の高い所有者ではない、じっさい財産《アセット》は有していない。だが所有者であることに変わりはなく、頑ななチュアル教信徒であり、常にそれを忘れないようにしている。「聖母チュアル顕現の場面こそ、こういう観衆には似つかわしいでしょう」

「あなたも同じ意見ね、レイガ」と彼女はいい、自分の皮肉を楽しんでいた。

「いっこうに」と彼は、抑揚のない儀礼的な調子でいったので、彼女にははじめ、その言葉の意味がわからなかった。だが喧騒をかきわけ、舞台裏にまわって芸人たちの楽屋に入る許可を得るのに忙しく、ふと浮かんだ小さな疑念も忘れてしまった。

彼女が何者であるか気づいた世話役たちは、ほかの演者たちを追い払って、彼女をバーティカーム（そしてむろんサンと少佐はいっしょだが）とふたりだけにしようとした。だが彼女は、だめ、だめ、だめ、この素晴らしい芸術家たちに迷惑をかけてはだめ、バーティカームとちょっと話をするだけでいいの、といった。彼女は、脱いだ衣装の山、半裸のひとたち、はげかけた化粧、笑い声、どこの世界のどの楽屋でも見られる、芝居が終わったあとの緊張のとけた楽屋のなかで、入念に仕立てられた古風な女の衣装を身につけている緊張の面持ちの男と言葉を交わした。ふたりはたちまち意気投合した。「わたしの家までおいでになれますか？」と彼女は訊いた。「よろこんで」とバーティカームはいった。その目は、サンや少佐の顔をちらりとも見なかった。口をきいたり、何かするたび彼女の護衛官や案内役に許しを求める言葉をかけるでもなく、目配せもなにもしない、こんな男奴隷ははじめてだった。あのふたりがショックを受けているのではないかと、ちらりと目をやった。サンは共謀しているような表情だったし、少佐は緊張しているように見えた。

「ちょっとお待ちください」とバーティカームはいっ

た。「着替えをせねばなりません」

ふたりは微笑を交わし、彼女は楽屋を出た。喧騒がふたたびもどった。近くの巨大な星々は炎の葡萄のように寄りあつまっている。月がひとつ、凍てついた山の峰を転げおち、もうひとつの月は傾いたランタンのように、王宮の渦巻き形の尖塔の上で揺れている。ソリーは、着ている男性の服のゆったりした感じとその温かさを満喫しながら暗い街路をさっさと歩いたので、サンはそれに遅れまいと、小走りに歩いていた。足の長い少佐は、歩く速さは彼女に負けなかった。甲高い震え声が、「使節！」と呼びかけた。彼女は笑顔で振りかえり、それからくるりと向き直ってみると、柱廊に隠れていた何者かと少佐が取っ組み合いをしていた。少佐は相手の手をふりほどき、無言のまま彼女に追いつき、がっちりと彼女の腕を掴むと、彼女をひきずりながら走りだした。「はなして！」といいながら、彼女は身をもがく。アイジの逃げ技を使いたくはなかったが、彼の手をふりほどくにはほかに方法はないぐらい、がっちりと掴まれていた。

彼はソリーがよろめくほどの勢いでそのまま小路にとびこんだ。少佐に腕を掴まれている彼女も、いっしょに走った。とつぜんソリーの屋敷のある通りに出て、屋敷の門にたどりつくと、門をくぐって屋敷内にとびこんだ。彼がある言葉を唱えると、扉が開いた——彼にどうしてそんなことができるのか？「いったいこれはどういうことなの？」と彼女は問い詰め、相手の手をもぎはなすと、強く掴まれて赤くなった腕を抱えた。

怒りに燃えるソリーは、相手の面《おもて》をよぎったうれしそうな笑みに気づいた。息を弾ませながら、彼がこう訊く。「痛みますか？」

「痛む？　あなたに掴まれたところが、そりゃ痛いわよ——いったいどういうつもりでこんなことをしたの？」

「あの男から引き離そうと」

「どの男？」

　彼は無言だった。

「大声でわたしに呼びかけたひとのこと？　きっとわたしと話したかったのよ！」

　ちょっと間《ま》をおいて少佐はいった。「おそらく。あの男は暗がりにいましたからね。武器をもっているのではないかと思いました。これからサン・ウーバータートを探しにいきます。わたしが戻るまで、扉には鍵をかけておいてください」そう命じたのち、彼は出ていった。彼女が命令に従わぬとは露ほども疑っていない、そして彼女は、憤慨しながらも彼の言葉に従った。わたしが自分の面倒も見られないと思っているのか？　わたしの生活に彼が干渉することがぜひとも必要で、わたしを〝守る〟ために奴隷たちを酷使するというのか？　アイジの技がどういうものか、彼にわからせるべきときかもしれない。彼は強靭で敏捷だが、ほんものの訓練は受けてはいない。素人のこんな干渉には耐えられない、ほんとうに耐えられない、またもや大使館に抗議しなければならないのか。

　おどおどとした様子のサンを連れてもどってきた彼を中に入れると、彼女はいった。「あなたは、パスワードでわたしの家の扉を開けましたね。わたしの家に昼夜を問わず入る権利が、あなたにあるとは聞いていません」

　彼は軍人特有の無表情な顔になった。「はい」と彼は答えた。

「二度としないように。二度とわたしを掴んではいけない。こんどあんなことをしたら、わたしは反撃する。危険を感じるようなことがあれば、わたしにいいなさい、わたしがしかるべく対処します。さあ、もう行ってください」

「かしこまりました、使節」と彼はいい、くるりと背を向けると出ていった。

「ああ、レディ——ああ使節どの」とサンがいった。「あれは危険な人物でした、ひどく危険な連中です、申しわけありません、まことに面目ないことです」彼は喋りつづけた。ソリーは彼を問い詰めて白状させた。あれはだれかと。宗教上の反体制派、ガーターイーの国教の信奉者、外国人や非信者は追放したい殺したいと思っている旧信徒のひとりだと自分は考えていると。「男奴隷ね？」と興味深く尋ねると、彼はショックを受けたようだった——「いやいや、そうじゃない、ほんものの人間、男です——だがまったく心得違いをしている男、狂信者、異教の狂信者！　短剣でひとを襲う者たち、短剣衆《ナイフメン》と彼らは自称しています。しかし男です、レディ——使節どの、あれはたしかに男です！」

　奴隷に触れられたと使節が思うかもしれないという考えは、未遂の襲撃事件そのものと同じくらい彼を動転させていた。そんなことはとうていあってはならない。

　ソリーは考えているうちに、こんな疑いを抱きはじめた。自分が少佐を劇場のあの場所に連れていった、そして、彼は、彼女を〝守る〟ことによって、彼女を本来いるべき場所に置いておく口実を発見したのではあるまいか。まあ、彼がもう一度あんなことをしたら、向かいの壁に頭から投げつけられる羽目になるだろう。「レーウェ！」と彼女は呼んだ。女奴隷がいつものようにすぐさまあらわれた。「芸人がひとりここに来るの。お茶かなにか用意してくれるかしら」レーウェは微笑した。「はい」というと姿を消した。ドアをノックする音がした。少佐がドアを開けた——ドアの外で張り番をしていたにちがいない——そしてバーティカームが入ってきた。

　芸人がまだ女性の衣服を着けているとは、思いもよらなかったが、舞台の外でもこのように女性の服を着るのだ。舞台の衣装ほど豪奢ではないが、舞台に出ていた艶っぽい女たちの優雅で繊細な衣装のように、黒みを帯びた淡い色の柔らかな布地で仕立てられていた。自分が着ている男性の衣装に対して、これは痛烈な皮肉だなとソリーは感じた。バーティカームは、少佐ほど美男子ではない。少佐は口を開くまでは、魅力的な容貌の持ち主だ。だがこの芸人は人を惹きつける力をもち、つい見つめずにはいられない。肌は黒ずんだ灰色を帯びた褐色で、所有者たちが自慢する青みを帯びた黒ではなかった（もっとも、黒い色の奴隷が大勢いることは、ソリーも気づいている。むろん、女奴隷がすべて所有者の性的奴隷である場合だが）。強烈な知性と共感とが、芸人の星屑のように黒い化粧をほどこした顔にはっきりとあらわれている。おっとりとした優しい笑い声をたてながら、ソリーを、サンを、戸口に立つ少佐を見まわす彼のその顔に。彼は女のように笑う、男のようにはっはっと笑うのではなく、和やかなさざめきのように笑う。彼が両手をソリーにさしだしたので、ソリーは前に進み出てその手をとった。

「おいでくださってありがとう、バーティカーム！」と彼女はいった。彼は答える。「お招きいただきありがとうございます、異星の使節どの！」

「サン」と彼女はいった。「あなたは遠慮したら？」

どうすべきかというためらいがサンの行動を鈍らせているので、彼女が口を出さねばならなかった。それでも彼はわずかに逡巡《しゅんじゅん》したが、むりやり微笑を浮かべてこういった。「はい、申しわけございません、ではおやすみなさいませ、使節！　明日はわたしのオフィスで正午にお待ちしております」後ずさりしていくサンは、戸口に杭のように立っていた少佐にまともにぶつかった。彼女は少佐を見た、出ていくようにと遠慮なく命令するために。だが強引に彼は中へ入ってきた！――ソリーは彼の面《おもて》に浮かんだ表情を見た。はじめて彼の無表情なマスクが裂け、そこにあらわれていたのは軽蔑だった。不信をあらわにした吐き気を催すような侮蔑。まるで糞を食べている人間を見ろと強いられているとでもいうような。
「出ていきなさい」とソリーはいった。そしてふたりに背を向けた。「いらっしゃい、バーティカーム、わたしが唯一ひとりになれるところはここなの」と彼女はいい、バーティカームを自分の寝室へ導いた。

彼は、何代も前の父親たちが生まれたのと同じところ、ノエイハの上のほうの山麓にある古くて寒い家で生まれた。母親は兵士の妻だったので、彼を産んだときも悲鳴はあげなかった。そしていまは兵士の母親。彼は、ソサで服務中に殺された大叔父のテーイェイオという名前をもらった。純粋な戦士階級《ヴェイオット》の血筋の貧しい家で、厳しい規律のもとで育てられた。父親は、休暇のときには、兵士が知っておかねばならぬさまざまな技術を彼に教えた。父親の勤務のあいだは、年老いた奴隷軍曹のハーバカームがその課業を引き継いだ。それは夏も冬も、朝の五時からはじまり、礼拝と短剣の稽古と、山野走《クロスカントリー》もやらされた。母親と祖母は、男が知らねばならぬもろもろの技術を彼に教えた。二歳になる前に礼儀作法を、二度目の誕生日がすぎると、歴史と詩歌と、そして無言で静座することも教えられた。

少年時代は、さまざまな学課を詰めこまれ、さまざまな鍛練を課せられた。だが子供の一日は長い。自由を満喫するための場所も時間もあった。農家の庭やほうぼうの丘で味わう自由。ペットたちの、狐犬《きつねいぬ》や橇犬《そりいぬ》や、斑《ふ》入りの猫や、狩り猫《チーター》や、畜牛やすぐれた馬たちが友だちだった。ほかに友だちづきあいをするものはなかった。ハーバカームとふたりの下女を除いた一家の財産《アセット》は、石ころだらけの山麓の土地で働く物納小作人だけだった。その土地に彼らもその所有者もずっと住んできたのだった。小作人たちの子供は、肌は白く、引っ込み思案で、長いあいだの労働ですでに腰が曲がっており、彼らの畑や丘の向こうにあるものはなにひとつ知らなかった。夏にはテーイェイオといっしょに、川の瀞《とろ》で泳ぐこともあった。ときどき彼は子供たちをふたりほど集めて兵隊ごっこをした。子供たちはぎごちない格好で並び、彼が、「突撃！」と叫ぶと、目に見えない敵に向かって突進する。「おれに続け！」とテーイェイオが甲高い声で叫ぶと、どたどたと彼を追いかけ、木の枝でこしらえた鉄砲をめったやたらに撃ちまくる。彼はたいていひとりで行くが、お気に入りの雌馬のタシに乗ったり、狩り猫《チーター》をわきに従えて歩いていくこともあった。

年に何度か、この荘園に客たちがあらわれる。親戚や、テーイェイオの父親の軍人仲間が、子供たちや家族を引き連れてやってくる。テーイェイオは黙々と礼儀正しく、子供の客を迎え、彼らに動物たちを紹介し、乗馬にも連れていく。黙々と礼儀正しく、彼と従兄ゲマトは憎み合っていた。十四歳のとき、ふたりは家の裏の空き地で一時間ばかり、取っ組み合いの大喧嘩をした。格闘技のルールにきちんと従って容赦なく相手を傷つけあい、血まみれになり、次第に疲れて自棄《やけ》くそになったあげく、そのまま引き分けにし、黙々と家に戻った。家ではみなが集まって夕食をとっていた。みなはふたりを見たが、なにもいわなかった。ふたりは急いで顔を洗って食卓についた。ゲマトの鼻は食事をするあいだもずっと血を流していた。テーイェイオの顎はひりひりと痛んで、食べるために口を開けるのも苦痛だった。だれもなにも言わなかった。

黙々と礼儀正しく、十五になったテーイェイオとレイガ・トエバーウェーの娘エムデュは恋をした。彼女が訪れた最後の日、ふたりは暗黙のうちに結託して家を逃げ出し、馬首を並べ、何時間も馬を走らせたが、ふたりともたいそう恥ずかしがりやだったので、なにひとつ話せなかった。テーイェイオは、彼女をタシに乗せた。水を飲むために馬を降り、丘と丘のあいだの谷間《たにあい》で馬を休ませた。ふたりは、静かに流れる小川のほとりに並んですわったが、肩を寄せあうこともなかった。「愛している」とテーイェイオは言った。「あたしも愛している」とエムデュは黒く輝く顔を伏せて、そういった。たがいに触れもせず、見つめ合うこともなかった。ふたりは黙ったまま、楽しそうに丘をいくつも越えて戻った。

テーイェイオは十六歳になると、その地方の首都にある士官学校に送りこまれた。そこでも彼は戦いの技や平和の技を学びつづけた。彼の住む地方は、ヴォエ・ディオではいちばん奥深いところにあった。その習わしは旧式なもので、彼が受けた訓練もある意味で時代遅れだった。むろん近代戦のテクノロジーの数々は学び、第一級のポッド・パイロットにもなり、遠隔調査の専門家にもなったが、ほかの学校では、そうしたテクノロジーに伴う現代的な考え方を教えられることはなかった。彼はヴォエ・ディオの詩や歴史を学んだが、宇宙連合エクーメンの歴史や政治を学んだことはなかった。ウェレルにおいて異星人の存在は、遠い話にすぎず、彼にとっては理論上に存在するものにすぎなかった。彼の現実はヴェイオット階級の旧式な現実であり、それらの階級に属する人間は、兵士ではない人間とは別ものであると考え、兵士たちとは、所有者であろうが、奴隷であろうが、敵であろうが、兄弟に似た間柄であると考えていた。女に関しては、テーイェイオは、自分は完全な権利をもっていると考え、自分と同じ階級の女に対しては、男として重い責任を負っていると自覚し、女奴隷たちには慈悲深い心をもって接していた。外国人は、本来敵意をもつもの、信頼できない異教徒であると思っている。彼は聖母チュアルを崇拝していたが、主カーミイェーも崇拝していた。彼は正義を期待せず、報奨も求めず、なによりも能力を重んじ、勇気と自尊心も重んじていた。要するに彼は、これからおもむこうとしている世界にはまったく不向きだが、ほかの世界であれば、十分な準備ができていた。なにしろ彼は、正義もない、報奨もない、完璧な勝利の幻影すらない戦争を、イェイオーウェイでそののち七年間、戦うことになったのだから。

　ヴェイオットの役人の階級は世襲だった。テーイェイオは、レイガとして活動的な任務についた。レイガはヴェイオットの三つの階級のなかで最高位だった。いかなる種類の馬鹿げた行為も、傑出した行為も、彼の地位や報酬を上げることも下げることもできなかった。物質的な野心はヴェイオットには不要だった。だが名誉と責任は、自ら得るものであり、彼はそれらを早々と得ていた。彼は軍務を愛し、その生活を愛し、自分がそれらに長《た》けていることを承知しており、聡明にも従順であり、命令を下すことにも長けていた。士官学校を最上級の推薦をもらって卒業すると、首都に配属され、未来を嘱望された士官、好ましい若者として注目を浴びた。二十四歳になると、立派な士官となり、その肉体も、要求されたことはなにごともやりこなせるほどになっていた。彼が受けた厳格な教育では、不節制な生活は許されなかったが、なにごとも心から愉しむことは知っていた。それゆえ首都で味わえる贅沢や娯楽の数々は、彼にとってはうれしい発見であった。どちらかというと内気で引っ込み思案だったが、気さくで快活な面もあった。自分と同じような若者の一団と暮らすこの凛々しい青年は、一年も経つと、完璧な特権をあたえられた生活をこころゆくまで愉しむことがどういうことかわかってきた。彼が生まれたときから始まり、いまやいっそう苛烈さを増しているイェイオーウェイにおける戦争と、植民惑星の奴隷革命を考えるとき、その悦楽の輝きは、いっそう強烈なものになる。そうした背景がなければ、それほど幸福にはなれなかったにちがいない。ひたすら娯楽に明け暮れる生活には、まったく興味がなかった。命令が下され、ポッド・パイロットとして、地区指揮官としてイェイオーウェイに配属されると、彼の幸せはほぼ完璧なものになった。

　彼は三十日間の休暇をもらって家に帰った。そこで両親の許しを得て、馬で丘を越えレイガ・トエバーウェーの荘園へ行き、彼の娘に結婚を申し込んだ。レイガとその妻は、彼の申し出を承認した旨を娘に伝え、テーイェイオと結婚したいかどうかと娘に尋ねた。彼らは厳しい親ではなかった。「はい」と娘は答えた。成人した未婚の女性として、彼女は、家の女性側で独り住まいをしていたが、彼女とテーイェイオは、会うことを許され、ある距離をおいて付き添いがついてはきたものの、いっしょに歩くことも許された。テーイェイオは任務は三年であることを彼女に伝えた。そして彼女にいますぐに結婚したいか、それとも三年待って、正式な結婚式をあげたいか、と尋ねた。「いま」と彼女は、ほっそりとした明るい顔をうつむけてそういった。テーイェイオは嬉しさに笑い、彼女も笑った。九日後にふたりは結婚した――それより早くはできなかった――兵士の結婚だとはいえ、儀式だのなんだのと大騒ぎが演じられなければならないからだ――そして十七日間、テーイェイオとエムデュは結ばれ、共に歩き、ふたたび結ばれ、共に馬に乗り、ふたたび結ばれ、たがいを知り、たがいに愛《いと》しいと思い、いさかいをし、仲直りをし、ふたたび結ばれ、たがいの腕のなかで眠った。そして彼は異星の戦争へと出陣していき、彼女は、夫の家の女性側に移った。

　彼の三年の任務は年ごとに延長されていった。士官としての彼の価値が認められた上、イェイオーウェイにおける戦闘の様態が、散開戦から絶望的な退却へと変じていたからである。任務が七年目になったとき、レイガ・テーイェイオの特別休暇命令が、イェイオーウェイの司令部にとどいた。彼の妻がバーロット熱の合併症のために危篤となっていたのだ。だがそのときすでに、イェイオーウェイに司令部はなかった。軍勢は、三方から、植民地時代の古い首都へと撤退していた。テーイェイオの小隊は、海性湿地の後方守備にあたっていた。通信は途絶していたのである。

ウェレルの司令部は、もっとも幼稚な武器をもった無知な奴隷の集団が、ヴォエ・ディオの軍隊を敗退させることができるとは信じられなかった。なにしろ絶対確実な通信組織を具《そな》え、鍛えぬかれた兵士たちであり、スキマー、ポッドなど、エクーメンとの協定により保有することを許された装置を有する精鋭部隊なのである。ヴォエ・ディオの強硬な党派は、異星のルールを従順に守っての撤退に異議を唱えた。エクーメン協定などくそくらえ。原材料の土に還ってしまう役立たずの爆弾なんかくそくらえ。バイオボムを使え、あれはなんのためにあるんだ？　あの汚染された惑星から人間を撤退させて、きれいにしよう。新しくやり直せ。イェイオーウェイにおける戦闘に勝たねば、次の革命は、ここウェレルで、われわれの都市で、われわれの故郷で起こるだろう。極度に緊張した政府は、この重圧に耐えた。ウェレルは準備段階にあり、ヴォエ・ディオは、この惑星をエクーメン連合の加盟国という地位に導きたいと願っているのだ。負け戦《いくさ》は過小評価され、損失は補わない、スキマーもポッドも武器も兵員も補充はできない。テーイェイオの任務七年目がおわるまでには、イェイオーウェイに駐在する軍隊は政府の書類からはすべて抹殺されたのである。八年目に入って早々に、エクーメン連合はついに、イェイオーウェイやヴォエ・ディオや、援軍を送っていたがついに兵士を引き揚げはじめたほかの諸国にも使節を送ることを許可した。

テーイェイオが妻の死を知ったのは、ウェレルに帰ってからのことだ。

彼はノエイハの家に帰った。父親とは無言で抱き合ったが、母親は、彼をかき抱きながら泣いた。彼はひざまずき、耐えられぬほどの悲しみを与えてしまったことを母親に詫びた。

その夜、彼は静まりかえった家の寒い部屋に横たわり、自分の心臓の、ゆっくりと打たれる太鼓のようなひびきを聴いた。彼は不幸ではなかった。平和な世界にもどれたことや、生家にいるという快《こころよ》さが悲しみを忘れさせた。だがそれは孤独な静謐で、どこかに怒りがひそんでいた。怒りという感情には馴れていなかったから、自分が感じているのが怒りなのかどうかよくわからなかった。それは自分の胸にひそむ心象を染めている淡くくすんだ赤い炎だった。彼は横になったまま、イェイオーウェイでの七年間を思い出してみようとした。はじめはポッド・パイロットとして、それから地上戦に移り、そして長い撤退、殺戮し、殺戮される光景。自分たちは、なぜ狩り出され、殺戮されるためにあそこに残されたのか？　なぜ政府は増援部隊を送ってくれなかったのか？　それらの疑問はあのとき問いかけても無駄だったし、いまさら問いかけても無駄なことだった。答えはただひとつしかなかった。自分たちはやれと命じられたことをやる、文句はいわない。自分は一歩一歩着実に戦っただけだと、なんの気負いもなく彼は考えた。新しく知った事実が、ナイフのようにほかのすべての情報を切り裂いた――そして自分が戦っているあいだに、あのひとは死にかけていた。すべてが無駄だった、あそこイェイオーウェイでは。すべてが無駄だった、ここウェレルでも。彼は暗闇のなかで、丘にかこまれた夜の静かな快い暗闇のなかで身を起こした。「主カーミイェーよ」と彼は声に出していった。「お助けください。わたしの心は、わたしを欺いております」

長い帰省休暇のあいだ、彼はしばしば母親と向かい合った。母親はエムデュのことを話したがった。はじめのうちは彼も耳を傾ける努力をした。七年前にたった十七日間知り合ったにすぎない少女を忘れるのは容易だっただろう、母親が、息子の妻だったひとについてあれこれ語りさえしなければ。だが彼は徐々に、母親が自分に伝えたいと思うこと、息子の妻がどんな人柄だったか伝えたいと思っていることを受け入れるようになった。母親は、エムデュのなかに見いだした悦びを、自分の愛する子であり友人でもある彼女のなかに見いだした悦びを、息子と共有したいと願っていた。いまは隠居している寡黙な父親でさえ、「あの子は、わが家の光だった」というのだった。両親は、あの娘を娶《めと》った息子に感謝していた。なにひとつ無駄ではなかったのだと、両親はいうのだった。

だが彼らの未来になにがあるというのか？　老い、がらんとした家。両親はむろん不平はもらさない、難儀とはいっても穏やかな日々の仕事の繰り返しに満足しているように見えた。だがふたりにとって、過去と未来のつながりは断ち切られていた。

「ぼくは再婚するべきだね」とテーイェイオは母親にいった。「だれかいいひとはいないかな……？」

雨が降っていた、濡れた窓から灰色の光が入ってきて、庇《ひさし》がひたひたと柔らかな音をたてている。屈みこんで繕いものをしている母親の顔はよくわからなかった。

「いいや」と母親はいった。「別にしなくてもいいさ」母親は彼を見上げた。そしてやおらこう尋ねた。「こんどはどこに配属されるのかい？」

「わからない」

「いまは戦争もないからね」母親は落ち着いた声で静かにいった。

「ああ」とテーイェイオはいった。「戦争はない」

「いつかまた……あるだろうかね？　おまえはそう思うかい？」

彼は立ち上がって部屋を歩きまわり、ふたたび母親のかたわらの、クッションを置いた壇に腰をおろした。ふたりともぴんと背を伸ばしてすわっていた、繕《つくろ》いものをする母親の手のほかに動くものはなかった。彼の両手は、軽く重ねられている、二歳のころに教えられたとおりに。

「わからない」と彼はいった。「不思議なんだよ。まるで戦争がなかったみたいな気がする。イェイオーウェイに行ったこともないような気がするんだ――植民地、反乱、なにもかもが。だれもあのことには触れない。あれは起こらなかったことなんだよ。われわれはもう戦争はしない。新しい時代だとさ。ネットでそんなことが言われている。ほかの星とは兄弟のような平和な関係の時代なんだ。だから、ぼくたちはイェイオーウェイとはいまや兄弟なんだよね？　われわれは、ガーターイーやバームブールや四十州とは兄弟なんだよね？　われわれの奴隷たちとも兄弟なんだろう？　まったくわけがわからないよ。それがどういうことなのか、ぼくにはわからない。ぼくが入りこめるのはどこだろう？」その声もまた静かで落ち着いていた。「まだね」

「ここではないと思うよ」と母親はいった。


しばらくして彼はいった。「ぼくが思うに……いつか子供を……」

「もちろんさ。そのときがきたらね」母親は笑顔をみせた。「おまえは半時間もじっとしていられないんだから……待つんだよ。しばらく様子を見るのさ」

母親は、やはり正しかった。しかし、彼がネットや町で出会うものは、彼の忍耐心やプライドを試すものだった。いまや兵士になるのは、不名誉なことだった。政府の報告書やニュースや分析報告は、ことにヴェイオットの階級のひとびとは時代遅れの化石、金ばかりかかる無用の長物だと断じており、エクーメン連合の完全承認に関しては、ヴォエ・ディオの主たる障害になっている。彼自身が無用の存在であることは、勤務を要請したにもかかわらず、休暇の無期限延長と給料の半額支給が通告され、要請が却下されたときに明らかになった。三十二歳になったとき、定年退職にひとしい処遇をいい渡された。

ふたたび彼は母親に告げた。この情況を受け入れ、自分は家に腰を落ち着け、妻を探すといった。「父さんにお話し」と母親はいった。彼はそうした。父親はこういった。「むろん、おまえの手伝いは歓迎するが、まだしばらくは畑もひとりでやっていけるよ。母さんは、おまえが首都の司令部に行くべきだと考えているんだよ。そこに行けば、彼らもおまえを無視できまい。なにしろな。なにしろ七年も戦ってきたのだから――おまえの軍歴というものが――」

テーイェイオは、軍歴が役に立つということをようやく知った。だが、自分はここでは必要とされていない。ここに残って、こうしろ、ああしろと父親に教えるのは、父親を苛立たせるだけだろう。父や母のいうとおりだ。彼は首都に行き、平和な新世界で自分になにができるかを探すべきだろう。

最初の半年は厳しかった。司令部にもどこの兵舎にも知り合いはいなかった。彼の世代の者たちは、死ぬか、傷病兵として兵役免除になっているか、あるいは半分の給料で故郷にとどまっているかだった。イェイオーウェイに行かなかった、もっと若い士官たちは彼から見ると、冷淡で保守的な人間に見えた。いつも金と政治の話ばかりしている。けちな実業家だと、彼はひそかに思っていた。彼らが自分を恐れていることも知っていた――彼の軍歴や名声を。彼が望もうと望むまいと、彼という存在は、ウェレルには戦って負けた戦争があったことを、同じ種族同士が階級ごとに戦ったことを、彼らに思い出させるだけだった。彼らはそれをよその世界で起こった無意味な争いだと、自分たちにはなんの関係もないと無視したいのだった。

テーイェイオは、首都の街路を歩き、何千という男奴隷や女奴隷が、所有者に命じられた用事を果たすために駈けまわっている様子を眺め、いったい彼らはなにを待っているのだろうと考えた。

「宇宙連合エクーメンは、社会的、文化的、経済的制度や、一般のひとびとの問題に介入することはない」と大使館や政府のスポークスマンは繰り返した。「エクーメンに正式に加盟することを望むいずれの国も人民も、戦争のための特定の手段や武器はもたないこと、あるいは放棄することが条件である」そして恐るべき武器のリストがつづく。それらの大部分は、テーイェイオにとっては単なる名前でしかないが、そのうちのいくつかは、この国が発明したものだ。彼らが称するところのバイオボム、そして神経性兵器も。

　エクーメンのこうした武器に対する判断には、彼も個人的には賛成であり、ヴォエ・ディオやウェレルのほかの地域が、禁止条項に従うのを、あるいはその原則を受け入れるのをひたすら待っているエクーメンの忍耐心には敬服していた。だが同時に彼らの恩着せがましい態度にはひどく腹が立った。彼らはウェレルのすべてを批判し、上から見下ろしている。彼らが階級制度について口を閉ざしていればいるほど、彼らがそれに反対しているのは明らかだった。「奴隷制は、エクーメンの世界にはめったに存在しない」と彼らの書物には書いてある。「エクーメン式の政治形態が関われば、その制度は完全に消滅する」それが、異星の大使館がほんとうに望んでいることなのか？

「聖母チュアルに誓って」と若い士官は――彼らの多くはチュアル信徒であり、実業家でもある――そういった。「異星人たちは、われわれを認める前に、ごみどもを認めるだろう！」彼は唾をとばして悲憤慷慨《ひふんこうがい》する。傲慢な奴隷の兵隊と相対した赤い顔の年老いたレイガのように。「イェイオーウェイめ――野蛮人に逆戻りしているくそ惑星が――われわれを征服したがっているんだ！」

「彼らは上手に戦った」とテーイェイオはいった。こんなことを口にするべきではないのだが、自分が戦った相手をごみ呼ばわりされるのは聞き捨てならなかった。奴隷、反逆者、敵と呼ぶのはともかく。

若い男は彼を睨みつけたが、すぐさまこういった。

「どうやら、あの連中が好きなんだな、ええ？　ごみどもが？」

「自分はできうるかぎり殺しましたよ」とテーイェイオは慇懃に答え、そして話題を変えた。若い男は、司令部では表向きはテーイェイオの上官だが、オウガ、つまりヴェイオットの最下級のランク、とはいえ彼を無視しては、不作法にあたるだろう。

彼らは退屈な人種で、彼は扱いにくくなっていた。仲間たちと楽しく過ごした日々は、もはやかすかな、信じがたい記憶にすぎなかった。司令部の部長たちは、戦地勤務にもどしてほしいという彼の要請に耳を傾け、彼をつぎつぎに別の部署へと送り出した。彼は兵舎に住むこともできず、市民のようにアパートを借りねばならなかった。二分の一の給料では、街の贅沢な娯楽を愉しむこともできない。この役人、あの役人と会う約束をとりつけながら、彼は士官学校の図書館ネットで毎日を過ごした。自分の教育が不完全で時代遅れだということは自覚していた。もし自国がエクーメンに加盟するのであれば、自分が役立つためには、異星人の考え方や、新しいテクノロジーを知らねばならない。それにはなにを学ぶべきかわからぬまま、ネットをあちこち調べまわるうちに、役に立ちそうな数かぎりない情報に当惑しつつも、徐々に気づいたのである。自分は知力が優れているわけでもなく、博識でもなく、まして異星人の思考を理解する力もないことに。だが彼は根気よく理解力を高めようと奮闘していた。

大使館のある人物が、公共ネットでエクーメンの歴史入門講座を開いていた。テーイェイオはそれに参加し、八時間から十時間にわたる講義と討論のあいだ、背筋をぴんと伸ばしてじっと聞き入っており、両手だけが、几帳面にノートをとるために動いていた。講師はハイン人で、自分のとても長いハイン語の名前を翻訳して、古い音楽《オールド・ミュージック》だと教えてくれた。その講師は、テーイェイオをじっと見つめ、彼を討論に加えようとした。そして最後には、講義のあと残るように命じた。

「あとできみに会いたいのだ、レイガ」みなが出ていくと、彼はそういった。

ふたりはカフェで会った。再度会った。テーイェイオは、この異星人の態度が気に食わなかった。感情をむきだしにしすぎるように思われた。敏感で明晰な頭脳が信頼できなかった。オールド・ミュージックは自分を利用し、ヴェイオットの、兵士の、おそらくは野蛮人の標本として自分を観察しているのではあるまいか。この異星人は、優位な立場に守られ、テーイェイオの冷たい態度には無関心、彼の不信感も無視し、情報の提供や、手引きをしてくれようとして、テーイェイオが答えを避けていた問いを厚かましく繰り返した。その問いのひとつとはこうだ。「なぜきみは、半給に甘んじて、ここに座っているのかね？」

「わたしが選択したことではありません、古い音《ミスタ・オールド》楽さん《・ミュージック》」テーイェイオは、三度目にそう訊かれたとき、とうとうそう答えた。彼は相手の男の無遠慮さに腹を立てていたので、ことさら穏やかに話した。目は、オールド・ミュージックの目からそらしていた。相手の目は青みがかった色、怯えた馬のように白目がむきだしている。彼は異星人の目に馴れることができなかった。

「彼らはきみを現役にもどすつもりはないのかね？」

テーイェイオは丁寧にはいと答えた。この男は、異星人であるにしても、この質問が相手にとってひどく屈辱的なものであるという事実に気づいてはいないのか？

「大使館の護衛官を務める気はないかね？」

その質問にテーイェイオは、一瞬絶句した。そして質問に対し質問で応じるというもっとも無礼な対応をした。「なぜそんなことを訊くのですか？」

「きみのような能力をもった人間をほしいと思ってい

るのでね」とオールド・ミュージックはいい、驚くほど率直にこうつけくわえた。「彼らはほとんどが、スパイかのろまでね。そうではないとわかっている人間に加わってもらえると有り難いんだよ。単なる番兵ではない。きみは政府から情報を求められるだろうが、それは予想ずみなんだ。きみが経験を積んでから、連絡係になりたいと望むならば、そのときはわれわれはよろこんできみを使うよ。この国でも、ほかの国でも。だがきみに情報を求めることはない。わかったかね、テーイェイオ？　わたしが何者であるか、そしてきみに命じているのはわたしではないということを、きちんと了解してもらいたい」

「あなたに、できるのですか……？」テーイェイオは用心深く訊いた。

オールド・ミュージックは笑って、こういった。

「ああ。わたしは、きみの司令部に手づるがある。貸しがあるのだよ。ひとつ考えてみてはくれまいか？」

テーイェイオは一瞬黙りこんだ。首都に来てほぼ一年、彼の任務復帰の要請はことごとく却下され、最近では、要請は不服従と見なされると暗に警告まで受けている。「ただちにお受けします、よろしければ」と彼は、冷静に、敬意をもってそう答えた。

ハイン人は彼を見つめたが、微笑が、思いやりのある凝視に変わった。「ありがとう」と彼はいった。

「数日以内に司令部から通知がいくと思う」

こうしてテーイェイオは、ふたたび制服を着てシティの兵舎に移動し、異星人の領土で七年間の任務に服することになった。エクーメン大使館は、外交協定により、ウェレルの領土ではなくエクーメンの領土になっていた――もはやウェレルに属さない惑星の一部だった。ヴォエ・ディオによって編成された護衛隊は、装備は完全、服装は華美だった、白と金色の制服は大使館の構内ではたいそう目立っていた。また目立つように武装していた。なぜなら異星人の存在に対する反発が、散発的な暴力を引き起こしていたからだ。

レイガ・テーイェイオは、いったんこれら護衛隊の指揮官に任命されたが、すぐさま別の任務を命じられた。つまり、市街や旅に出る大使館員に同伴する護衛という任務である。彼は装飾を取り除いた制服を着用し、ボディガードの役を受け持った。大使館は、自国の館員や武器を使うことは好まず、護衛はヴォエ・ディオに任せていた。彼はまたしばしばガイドや通訳を、ときには話し相手を命じられた。彼は、宇宙のかなたからやってきた連中に馴れ馴れしくされたり、自分のことをいろいろ訊かれたり、いっしょに酒を飲むよう誘われたりするのは嫌だった。彼は、そうした申し出も嫌悪を隠しながら、しごく丁重に断った。彼は務めは果たし、相手との距離は保っていた。大使館が彼を評価するのは、まさしくその点だと知っていた。自分によせる大使館の信頼は、寒々とした満足感を彼にあたえた。


彼自身の政府は、情報をもとめて彼に近づくことは決してなかったが、彼のほうは、彼らが興味をもつような情報はしっかり入手していた。ヴォエ・ディオの諜報機関は、スパイをヴェイオットのなかから採用しなかった。大使館の護衛隊のなかにいるスパイを彼は知っていた。そのうちの何人かが、彼から情報を得ようとしたが、彼はスパイのためにスパイをする気はさらさらなかった。

オールド・ミュージックは、大使館のスパイ組織の長だとテーイェイオは推測しているが、冬休暇から戻ると、その彼から呼び出しがかかった。このハイン人は、テーイェイオに感情に訴える要求をしてはならぬことは承知していたが、テーイェイオを迎えた彼の声には愛情のようなものがおのずとにじみだしていた。

「やあ、レイガ！　ご家族は元気だったかね？　よかった。きみにぜひともたのみたい仕事があるんだよ、特別な手際を要する仕事でね。ガータ－イー王国だが。

きみは二年前にケメハンといっしょにあそこにいたことがあるね？　それで彼らが使節を送れといってきている。彼らは宇宙連合エクーメンに加入することを望んでいるのだ。むろん年老いた王は、きみらの政府の傀儡《かいらい》だがね。だがいまあそこではいろいろなことが起こっている。強力な宗教分離主義運動とか。愛国運動は、あらゆる外国人を排斥している。ヴォエ・ディオや異星人も同様にだ。だが王と議会の面々は、エクーメンの使節を要求している。われわれに送ることができるのは、新しく着任した人物だ。その女性は、馴れるまでいろいろな問題をきみにぶつけるだろう。わたしの見るところ、この女性は少々頑固でね。逸材ではあるが、なにしろ若い、たいそう若い。その彼女が数週間のうちにここに着く。そこできみにたのみたいのだ、なにしろ彼女にはきみの経験が必要になるだろうからね。どうか辛抱強く彼女とつきあってくれたまえ、レイガ。きみならきっと彼女を気に入ると思うよ」

彼は気に入らなかった。七年間のうちに、彼は異星人の目や、さまざまな匂いや、肌の色や態度に馴れてはいた。完璧な礼儀作法と冷静な態度に守られ、彼は、彼らの奇妙で衝撃的で厄介な振舞い、その無知や知識の違いに耐え、あるいは無視してきた。異星人に奉仕し、守ることを任されたが、彼は相手に触れさせず、触れもせず、超然と彼らに接した。託されたひとびとは、彼を頼っても、図々しく振舞うことはなかった。女性たちは、彼の接近禁止のサインに、男性よりも敏感に気づいた。彼が数度にわたる長い調査旅行に随伴したテラの年老いた観察員《オブザーバー》とは、くつろいだ、ほとんど友好的な関係を築いた。「あなたは猫のようにおとなしいわね、レイガ」と彼女はかつていったことがあり、彼はその賛辞をありがたく思った。だがガーターイー王国にやってきたエクーメンの使節は、別ものだった。

彼女は肉体的には素晴らしかった、皮膚は赤子のようなきれいな赤茶、艶のある髪はふさふさと揺れ、足早に歩く――速すぎるくらいに。成熟した細身の肉体を、そばに近づけぬ男たちにこれみよがしに見せつける。彼に、あらゆる男たちに、慎みもなく執拗に見せつける。彼女はなにごとによらず自分の意見を通す。甘助言には耳を貸さず、命令されることを拒絶する。甘やかされた勝気な子供に成熟した肉体をあたえたような人物、それが危険なほど不穏な国の外交官という職務を託されている。テーイェイオは彼女に会うとすぐに、これは至難の任務だと直感した。彼女も、自分自身をも信用することができなかった。彼女の性的な嗜《たしな》みのなさが彼を刺激し、嫌悪をもよおさせた。娼婦なのに、王女であるかのように、彼は仕えねばならぬ。耐えることを強いられ、無視することはできない。彼はこの女を憎んだ。

彼にとっては、怒りのほうがまだ馴染み深く、憎むことには馴れていない。それは彼をひどく悩ませた。

これまでに、転任を願い出たことは一度たりとないが、彼女があの旅芸人を部屋に連れこんだ日の翌朝は、大使館に断固抗議をした。オールド・ミュージックは、外交ルートを使い、密封されたボイス・メールを送ってきた。「神と国への愛は、火のごときもの、素晴らしい友人、恐るべき敵。子供のみが火と遊ぶ。この情況はわたしも好まぬ。きみに代わる者はだれもいない。しばらく辛抱してはくれまいか？」

どのように拒否すればよいか、彼にはわからなかった。ヴェイオットは義務を拒否しない。彼は、そんなことを考えた自分を恥じ、自分にそのような恥ずかしい思いをさせた彼女をふたたび憎んだ。

このメッセージの最初の一節は謎めいていて、オールド・ミュージックのふだんの文体とはちがい、美文調の遠回しな表現、暗号化された警告のようだった。テーイェイオはむろん、自国のスパイ・コードもエクーメンのスパイ・コードも知らない。オールド・ミュージックは、彼に対しては、暗示や遠回しな表現を使わなければならないのだろう。「神と国への愛」は旧信徒と愛国者をあらわしているのかもしれない。この二者はガーターイーの破壊活動家のグループで、両者とも異星からの干渉に断固反対している。あの使節は火をもてあそぶ子供なのかもしれない。彼女に近づいているグループがいるのだろうか？　そんな兆候は見当たらないが、もしあの夜、暗がりにいた男が刺客ではなく、メッセンジャーだったとしたら。彼女は一日じゅう、彼の監視下にあるし、その屋敷は、彼の命令によって夜じゅう兵士たちが監視している。あの芸人、バーティカームは、どちらのグループにも属してはいない。彼は、ハーメー、すなわちヴォエ・ディオの奴隷解放運動の地下組織のメンバーかもしれないが、だからといって使節を危険に陥れることはないだろう。なにしろハーメーは、エクーメンをイェイオーウェイ行きの、自由行きの切符と見なしているからだ。

テーイェイオはその文章に頭をひねり、何度も繰返し読んでみたが、自分の愚かさゆえに、こうした微妙な意味合いはわからず、政治という複雑な迷路にまよいこんでいることを思い知らされたのだった。夜も更けたので、彼は欠伸をしながらメッセージを消去した。入浴をすませ、横になって明かりを消し、声をひそめてこう呟いた。「カーミイェーさま、ただひとつ崇高なものにすがれるように、わたしに勇気をおあたえください！」そして彼は石のように眠った。

あの芸人は、毎夜芝居がおわると彼女の屋敷にやってきた。それは悪いことではないのだと、テーイェイオは自分にいいきかせるようにした。彼自身も、戦争前の隆盛を誇ったころは、芸人たちと夜を過ごしたものだ。熟練した手際のよいセックスは、芸人の仕事の一部だった。噂で聞いたところによると、街の金持ちの婦人たちが、夫に欠けているものを求めて彼らを雇ったのだそうだ。だがこうした婦人たちでさえ、こんな俗悪で恥知らずなやり方ではなく、道徳律を侮辱するような、まったく品位を欠いたやり方ではなく、密かに慎重にことを運んだものだ。それなのに彼女ときたら、時も場所もかまわず、やりたいことをやる権利があるといわんばかりなのだ。むろんバーティカームは、熱心に彼女のもとに通い、彼女を夢中にさせ、ガーターイー人たちを欺き、テーイェイオを欺き——そして彼女をも欺く、彼女はそれを知らないが。所有者たちをいちどに手玉にとれるとは、財産《アセット》にとってなんという幸運だ！

バーティカームを眺めながら、テーイェイオは、彼がハーメーのメンバーだと確信した。ひとをなぶりものにする、そのやり方はいかにも巧妙だ。使節を辱めるようなことはしない。たしかに彼の思慮分別は、使節のそれよりはるかに優れている。彼女が己を辱めるようなことはさせない。バーティカームは、テーイェイオの冷やかな挨拶には、同じように返したが、二度ほど、ふたりの目が合うことがあり、ある無意識の理解がふたりのあいだにわずかに流れたことがある、兄弟のような、皮肉な理解が。

ひとびとが参加する祭り、チュアル信徒の赦しの祭りが近づいており、使節は、国王と議会から出席を乞われていた。彼女はこうした多くの行事にも平気な顔で出席していた。テーイェイオは、こうしたことについてはなにも考えず、興奮した祭りの群衆のなかでいかに警護すべきかということしか考えていなかったが、この祭りの日は、ガーターイー王国の古い宗教のもっとも聖なる日でもあり、旧信徒たちは、自分たちの祭りに異教の慣習を重ねることにひどく憤慨しているということを、サンから聞いた。この小男は、心から案じているようだった。テーイェイオも、翌日サン・ウーバータートが、ガーターイー語のほかはたいして話せない年輩の男にとつじょ代えられて、しかもサン・

ウーバータートがその後どうなるのか説明もしてもらえなかったので急に心配になった。「ほかのにんむ、ほかのにんむ行き」と彼は下手なヴォエ・ディオ語でいい、微笑をうかべてひょいと頭を下げた。「おおきなしゅーきょーのとき、だな？　しゅーきょーのにんむ」

祭りが数日先に近づくにつれ、街では緊張が高まり、落書きが書き散らされ、古い宗教のシンボルがあちこちの壁に描かれた。チュアル信徒の礼拝堂が神聖を汚されると、その後は王室護衛隊の姿が街路に目立つようになった。テーイェイオは、不穏なデモが騒ぎを起こしそうなので、式典のあいだ使節が表に出ることはご容赦ねがいたいと、独断で進言するため、王宮におもむいた。なかに呼び入れられ、見て見ぬふりに近い表情を見せる王宮の廷臣が話を聞いてくれたものの、彼はほんとうに不安になった。その夜は、使節の屋敷には四人の護衛を残した。大使館付きの護衛隊に与えられた、少しはなれている隊員宿舎に戻ってみると、自分の部屋の窓が開いていた。テーブルの上に、彼の国の言葉で書いたメモがのっていた。——赦しの祭りは、あーんさつのために仕立てられた——。

彼は翌朝すぐに使節の屋敷におもむき、使節に会って話をしなければならないと彼女の奴隷に伝えた。彼女は、裸身に白いローブをまとって寝室から出てきた。衣服をはだけ、眠そうな、面白がっているような顔をしたバーティカームが、そのあとから出てきた。テーイェイオが、出ていけと目配せをすると、彼は、横柄な微笑をうかべて平然とそれに応じ、彼女に囁いた。「朝めしを食いにいってくる。レーウェ？　食い物がなにかあるかね？」彼は女奴隷のあとについて、部屋を出ていった。テーイェイオは使節に向かい合うと、例の紙片をさしだした。

「ゆうべ、こんなものを受け取りました、使節」と彼はいった。「明日の祭りには出席なさらぬようお願いします」

彼女は紙片を見つめ、文面を読み、そして欠伸をした。「だれがよこしたの？」

「わかりません、使節」

「これはどういう意味なの？　あーんさつ、とは？　文字を知らないの、連中は？」

すぐに彼は答えた。「ほかにも数々の兆候が見られます——お願いするに十分な——」

「赦しの祭りには出席するな、ね、ええ。うかがいましたよ」彼女は窓辺の椅子に腰をおろした。ローブがはだけて両脚がむきだしになる。むきだしの褐色の足は、小さくしなやかで、踵はピンク、爪先は小さく、きちんと整っている。テーイェイオは、彼女の頭のわきの空間をじっと見つめた。彼女は紙片をひねくりまわしている。「危険だとあなたが思うなら、レイガ、護衛兵をふたりほど連れていきなさい」蔑みをかすかににじませて、彼女はそういった。「わたしはどうしてもあそこに行かなければならないのよ。王様のご要請だもの。それに大きな花火だかなんだかに点火するお役目もある。公衆の面前で、女ができる数少ないお役目だわね……いまさら後には引けない」彼女は紙片をさしだした。少し間《ま》をおいて、彼はそれを受け取るためにそばに寄った。彼女は顔を上げて微笑みかけた。彼をいい負かすと、彼女はいつも彼に微笑みかける。「いったいだれがわたしを吹き飛ばしたいと思うの？　愛国者？」

「あるいは旧信徒たちですね、使節。明日は彼らの安息の日です」

「そしてあなた方チュアル信徒が、それを彼らから取り上げたんでしょ？　だとすれば、彼らがエクーメンを非難することはありえないわね？」

「政府が、彼らの返報を回避するために、この暴動を黙認しているということもありえますね、使節」

彼女は何気なく答えようとして、彼の言葉の意味に気づいて眉を寄せた。「議会がわたしを陥れようとしているというの？　どんな証拠があるのよ？」

ちょっと間《ま》をおいて彼はいった。「わずかな証拠ですが、使節。サン・ウーバータートが――」

「サンは病気でしょ。連中が送りこんだあの老いぼれは、たいして役に立たないけど、彼が危険だなんてありえない！　それだけ？」彼は無言だったが、彼女はいいつのった。「確たる証拠をあげるまでは、レイガ、わたしの仕事に口をはさまないで。そんな軍隊式の妄想を、わたしがここで相手にする連中にまでひろげないでちょうだい。お願いだから、やめて！　明日は警護の者をふたりほど増やせばよろしい、それで十分です」

「はい、承知しました」と彼は言って退出した。彼の頭は怒りでがんがん鳴っていた。彼女の新しい案内役が、サン・ウーバータートは病気ではなく、宗教上の任務によって離任したのだと言っていたことを思い出した。だが彼は引き返さなかった。引き返して、どうなるというのだ？　「一時間ばかりここをはなれるな、セイエム」彼は屋敷の門の前に立つ護衛にそういうと、彼女からはなれたいと、あの柔らかそうな褐色の腿や、ピンクの踵や、自分に命令を下すあの愚かしい横柄な娼婦のような声から一刻も早くはなれたいと思い、足早に通りを歩いた。彼は明るい日に照らされた氷のように冷たい空気を吸いこもうとした。歩道には祭りの幟《のぼり》が立ち並び、高い山々の輝きと、市場の喧騒があふれ、彼を眩惑し、混乱させた。だが彼は、自分の影が石畳を切り裂くナイフのように歩道に落ちているのを見つめ、自分の空虚な人生を味わいながら歩みつづけた。

「あのヴェイオットは心配そうな顔をしていた」とバーティカームは、ビロードのような声でいった。彼女は笑いながら、皿の上のアルコール漬けの果物を突き刺し、それを彼の口にぽいとほうりこんだ。

「朝食にかかる準備ができたわ、レーウェ」と彼女は声をかけ、バーティカームの向かいにすわった。「腹ぺこよ！　彼は男性特有の発作を起こしたの。近ごろ、わたしを助ける仕事がなにひとつないものだから。それが唯一のお役目だというのにね。だからいろいろな事件をでっちあげるの。いいかげんに、わたしの邪魔をしないでもらいたいわね。あの老いぼれのサンがいないだけ助かった、害虫みたいに、這いずりまわっていたあの哀れな老いぼれのサンがいないだけでもね。あとはあの少佐を追い払えればいいんだけど！」

「彼は名誉あるひとだ」とバーティカームはいった。その口調に皮肉はなかった。

「奴隷の所有者にどんな名誉があるというの？」

バーティカームは、彼女を細く黒い目でじっと見つめた。彼女は、バーティカームの目を読むことができなかった。美しい目だが、まぶたは暗闇でおおわれていた。

「男性の階級組織のメンバーたちときたら、自分たちの後生大事な名誉のことばかり、ぺちゃくちゃ喋っているのよ」と彼女はいった。「それから連中の女たちの名誉のこともね」

「名誉というものは、大きな特権です」とバーティカームがいった。「わたしはそれが妬ましい。彼が妬ましい」

「ああ、あんなまがいものの名誉なんてくそくらえだ、あんなものは、縄張りを主張するために小便をひっかけているようなものよ。あなたが羨《うらや》むべきは、バーティカーム、彼の自由よ」

彼は微笑した。「わたしが知る人間のなかで、所有もされず、所有もしていないという人間は、あなたひとりだな。それこそが自由だ。それが自由というものなんだよ。あなたはそのことを知っているのかな」

「もちろん、知っているわよ」と彼女はいった。彼は微笑して、食事をつづけたが、その声には、これまで彼女が聞いたこともない、なにかがあった。彼女は心を動かされ、心配にもなって、しばらくするとこういった。「たいした読心術だ。「あなたはもうじきいなくなるのね」

「そう。あと十日すると、一座は四十州をめぐる巡業に出る」

「ああ、バーティカーム、さびしくなるわ！　あなたはただひとりの男、ただひとりの人間よ、わたしが話せる――セックスはいうまでもなく――」

「そうだったかな？」

「しじゅうではないけれど」と彼女は笑いながらいったものの、その声はかすかに震えていた。彼は手をさしだした。彼女が近づいてその膝にすわると、ローブの前がはだけた。「かわいい使節さんのきれいなおっぱい……」と彼はいい、それに唇を触れて撫でる。

「かわいい使節さんの柔らかいおなか……」レーウェが入ってきて、もってきた盆をそっとテーブルにおく。

「さあ、お食べ、かわいい使節どの」バーティカームがそういうと、彼女は膝から降りて椅子に腰かけ、にっこりと笑った。

「あなたは自由だから、正直になれるのだよ」と彼はいい、ピニの果実をていねいに剝きはじめた。「自由でもない、自由にもなれないわたしらにあまり厳しくあたらないでおくれ」彼は果実を薄く切って、テーブル越しに彼女の口に運んだ。「あなたを知るということが、自由の味だったのかな」と彼はいった。「ほんのわずかな。幻のような……」

「あと数年もすれば、バーティカーム、あなたも自由になれる。所有者と奴隷というこのばかばかしい社会構造は、ウェレルがエクーメンに加入すれば、完全に崩壊するのよ」

「もしそうなれば」

「むろんそうなる」

彼は肩をすくめた。「わたしの故郷はイェイオーウェイだ」と彼はいった。

彼女は困惑し、目を見張った。「あなた、イェイオーウェイの出身なの？」

「あそこに行ったことはないが」と彼はいった。「これからも行くことはないだろう。芸人など、あそこではなんの役にも立たないからね。だがあそこがわたしの故郷だ。あれがわたしの同胞だ。あれがわたしの自由だ。あなたがいつか見てくれれば……」彼は拳を握りしめた。やおら拳を開くと、なにかを追い払うようなしぐさをした。そして笑みをうかべると、ふたたび食べはじめた。「劇場にもどらねば」と彼はいった。「赦しの日に上演する芝居の稽古があるのだよ」

彼女は王宮で一日を無駄にした。山の向こうにある炭坑や、広大な政府管理の農場を訪れる許可を得ようと奮闘した。ガーターイーの富が流れだしてくるその源である。許可申請はそのたびに却下された——政府の議定書や官僚主義のせいだろうと、外交官に無意味な視察をさせるのは不本意なのだろうと思っていたが、さる実業家たちが、炭坑や農場の現況についてうっかり口を滑らした。政府は、奴隷たちの実状が、首都で見られるものよりはるかに劣悪なものだととられることを恐れているからだと。きょう彼女はどこへも行かず、果たされぬ約束をむなしく待っていた。サンのかわりにやってきた老爺は、彼女のヴォエ・ディオ語をほとんど理解できなかった。ガーターイー語で話してみたが、無知なのか故意なのかわからないが、まったく理解しなかった。少佐は幸いにも午前中はほとんど留守で、部下の兵士が代わりにやってきたが、王宮にはちゃんと姿をあらわし、頑なに顎をひきしめ、口もきかず、彼女があきらめて、はやばやと入浴するため帰宅するまで、彼女のそばに付き添っていた。

バーティカームがその夜遅くにやってきた。彼女が、彼から学んで、たいそうな刺激を味わった入念な空想遊戯や、役割を代えあう遊びをしていると、彼の愛撫の手が次第に遅くなり、彼女に触れる手は鳥の羽根のようだった。欲望が満たされぬまま彼女はおののき、体を彼の体に押しつけたが、彼は知らぬまに眠っていた。「起きて」と彼女は笑いながらいったものの、はや興は醒めており、彼の体をちょっとゆさぶってみた。黒い目が開いたが、それは恐怖をたたえ、うろたえていた。

「ごめんなさい」と彼女はすぐにいった。「眠ってちょうだい、疲れているのね。ううん、いいのよ。もう夜も更けたし」だが彼は、己の技巧や優しさがなんであれ、彼女がいま見るべきものを見せるのが、自分の仕事なのだと、その仕事をつづけた。

朝になり、朝食が運ばれてくると、彼女はいった。

「わたしを同等の人間に見られないの、バーティカーム?」

彼は疲れているようで、いつもより老けて見えた。笑みは見せなかった。しばらくすると彼はいった。

「わたしはどういえばいいのかな?」

「同等に見ていると」

「あなたはわたしを信頼していない」と彼は静かにいった。

「あなたはわたしを信頼していない」と彼女は厳しくいった。

しばらくして彼はいった。「きょうは赦しの日です。聖母チュアルは、アスドクの男たちのところにやってきた、男たちは、狩り猫《チーター》を彼女の信者たちのあいだに放つ。彼女は赤い舌をもつ巨大な狩り猫《チーター》に乗ってやってきた。そして彼らは恐怖にかられて平伏するが、聖母チュアルは彼らを祝福し、赦したのです」彼の声と両手が、彼の語る話を巧みに演じている。「お赦しを」と彼はいった。

「赦しを乞う必要はないわ!」

「おお、わたしたちはみな、赦しを乞う。われわれカーミイェー信徒が、折々に聖母チュアルを借用するのは、それが理由です。われわれがあの方を必要とするときには。そういうわけで、あなたは、きょう儀式の場では、聖母チュアルになるんですね？」

「わたしがしなければならないのは、火を点じることだそうよ」と彼女が不安そうにいうと、彼は笑った。彼が帰るとき、彼女はいった。今夜、祭りのあとで、あなたに会いに劇場へいくと。

競馬のコース、街に近い唯一の平らな土地は、群衆と商人の呼び声とひるがえる幟でごったがえしていた。王室の自動車が、群衆のなかにまっすぐに乗り入れると、雑踏はあたかも水のように左右に分かれ、通りすぎると閉じるのだった。高官や所有者たちのためには天幕つきの野外席が、婦人たちのためには見るからに貧弱な野外席が設けられていた。自動車が野外席のわきに乗り入れるのが見えた。赤い衣服をまとった人物が、車からさっさと下りて、天幕のあいだを走って姿を消すのが見えた。儀式を見るための覗き穴があそこにあるのだろうか？　群衆のなかに女性の姿があったが、いずれも奴隷だった。自分もまた、儀式に登場するまで、その姿は隠されているのだと、彼女は悟った。野外席の彼女のためには赤い天幕が用意されていた。野外席のわき、神官たちが聖歌を唱っている、ロープをめぐらした場所からほど遠からぬところに。彼女は、こびへつらいながらも決然とした廷臣たちの手で車から急ぎ降ろされ、赤い天幕のなかに追いこまれた。

天幕のなかにいる女奴隷たちが、茶菓《さか》や、鏡や化粧品、髪油などをさしだし、黄色と赤の美しい布を入念に体に巻きつける手伝いをしてくれた。聖母チュアルの役をいっとき演じるための衣装である。これからなすべきことを彼女にきちんと教えてくれる者はだれもいなかった。彼女の質問に対して女たちはこう答えた。「神官さまたちがお示しくださいます、レディ、それに従えばよいのです。あなたは点火なさるだけです。準備はすっかり整っております」自分が知っている以上のことは、女たちも知らないのだろうと彼女は思った。女たちは王宮の奴隷で、どれも美しい少女だったが、宗教には無関心で、自分たちがショウの一部であることに興奮していた。自分たちが点火する火の意味は、彼女も知っていた。犯した過ちや罪を、あの火に投げこめば、いっさいが焼き尽くされ、忘れ去られるのだ。素晴らしい考えだった。

神官たちは浮かれ騒いでいる——彼女はそっと覗いた——天幕にはやっぱり覗き穴があった——穴からは群衆がぞくぞく詰めかけてくるのが見えた。野外席や、張られたロープのなかにいる者たちのほかはだれにもなにも見えないのだが、だれもが赤と黄色の旗を振りまわし、揚げ物をむさぼり食って浮かれ騒いでおり、一方神官たちは、低い声で単調な祈りを唱えつづけている。覗き穴を通してぼんやりと見える右方のはるかかなたに、見覚えのある武器があった。むろん少佐のものだ。少佐は、彼女と同じ車に乗ることは許されなかった。きっと怒ったにちがいない。だがとにかくここにやってきた、そしてちゃんと警護の任にあたっている。「レディ、レディ」と王宮の少女たちが囃し立てる。「神官さまたちがおいでになった」彼女のまわりに群がっている少女たちが、かぶりものをまっすぐにして、とか、皺になったスカートを伸ばしてとか、彼女に向かっていっている。天幕から出ると、眩しそうに目を細め、微笑みながら背筋をぴんと伸ばし、女神のような威厳をつくろうとしている彼女のまわりに、少女たちが群がって、服から何かつまみ取ったり、はたいたりする。彼女は、この儀式をないがしろにする気は毛頭なかった。

神官のような衣服を着たふたりの男が、天幕の出入り口のすぐ外で彼女を待ち受けていた。男たちはすぐさま進み出ると、彼女の肘に手を添えてこういった。「こちらです、こちらです、レディ」どうやら、これからの手順を考える必要はないらしい。こうしたことは女にはできぬものと、彼らは明らかに考えている、だがこういう状況のもとでは、ほっとする。彼女に付き添っている神官たちはさっさと歩くが、ぴったりとしたスカートをはいている彼女はうまく歩くことができない。一行はいま、野外席の裏手にいる。向こう側には囲いはないのか？　一台の自動車が一行に向かって直進してくる。その走路にいる少数のひとびとが、ばらばらと左右に散る。だれかが叫んでいる。神官たちがふいに彼女の腕を力まかせに摑んで走り出した。そのうちのひとりが悲鳴をあげて、彼女の腕をはなすと、黒い飛翔体が彼に勢いよくぶつかって彼を倒した──彼女は混乱のまっただなかにおり、腕をがっちりと摑んでいる手を振りほどくこともできず、脚にはスカートがからみついて身動きできなかった。そのとき鋭い音がした、凄まじい音、それが彼女の頭を直撃すると、頭はがっくりと垂れ、もうなにも聞こえず、なにも見えず、ただもがくばかり、息苦しい、ちくちくするような暗がりに顔を押しつけられ、腕は後ろ手にがっちりと押さえこまれた。

車、走っている。長いあいだ。男たちが小声で喋っている。ガーターイー語を話している。とても息苦しい。もがきはしなかった。もがいてもどうしようもない。両腕と両足にテープが巻かれ、頭には袋がかぶせられている。長い時が経ち、やがて彼女は死体のように外にほうりだされ、素早く屋内にかつぎこまれ、階段を降り、ベッドかカウチとおぼしいものの上におろされた。乱暴ではないが、恐ろしいほど敏捷だった。彼女はじっと動かない。男たちが話している、いぜん囁き声で。言葉の意味はわからない。彼女の頭には、まだ、あの轟音が聞こえている、あれは現実だったのか？　撲《なぐ》られたのか？　綿の壁のなかに入れられているようで、なにも聞こえない。頭にかぶされた袋の布が口に張りつき、息をしようとすると、鼻孔に吸いつく。

袋が乱暴に脱がされた。彼女の上に屈みこんだ男が、彼女の体をひっくりかえすと、両腕や両足からテープをはがす、はがしながら呟いている。「怖がらなくてもいい、レディ、あんたを傷つけるつもりはない」ヴォエ・ディオ語だった。男は素早く、彼女からはなれた。男たちの数は四、五人。あたりはよく見えない。とても小さな明かりがついているだけだ。「ここで待て」とひとりがいった。「なにも心配することはない。安心していろ《キープ・ハッピー》」彼女は起き上がろうとしたが、くらくらとめまいがした。めまいがやんだときには、だれもいなくなっていた。まるで魔法のように。安心してい《キープ・ハッ》ろ《ピー》。

天井のとても高い小さな部屋だった。黒ずんだ色の煉瓦の壁、土くさいにおい。明かりは、天井に張りつけてあるバイオリュームの飾り板から射している。弱々しく、影のない明かり。おそらくウェレル人の目にはこれで十分なのだろう。安心していろ《キープ・ハッピー》。わたしは誘拐されたのだ、なんてこった。彼女は目に映るものを数えあげてみる。自分がのっている厚手のマットレス、毛布、ドア、小さな水さし、コップ。部屋の隅にあるのは水抜き穴か？　マットレスにのっている両足を振りおろすと、足もとの床に落ちていたなにかに足があたった——彼女は体を丸めると、その黒っぽいかたまりのほうを覗いた。そこには人間の体があった。男。制服、肌はとても黒く、顔だちはよくわからない、だが彼だ。ここにも、ここにまで、あの少佐が、そばにいた。

彼女はふらふらと立ち上がり、水抜き穴を調べにいった。それは床に開けられた穴で、セメントでまわりを塗りかためてあり、かすかに化学薬品のような臭いがする。頭が痛い。彼女はふたたびベッドに腰をおろし、腕や足首をもみほぐして痛みや緊張をやわらげ、リズミカルに順を追って自分の体に触れて確かめてみた。わたしは誘拐されたのだ。なんてこった。安心し《キープ・》ていろ《ハッピー》。少佐はどうなったのか？

死んでいる、とふいに悟ると、体が震え、身が竦《すく》んだ。

しばらくして、彼の顔をよく見ようと、ゆっくり身をのりだし、耳をすませた。またしても耳がふさがったような感じがする。息づかいは聞こえない。吐き気を抑え、震える手を伸ばし、手の甲を彼の顔に当ててみる。それはひんやりと冷たかった。だが指のあいだを温かな息がふっと通った、一度、二度。彼女はマットレスに腹ばいになり、彼をよくよく眺めた。じっと動かないが、胸に手をあててみると、ゆっくりとした鼓動が感じられた。

「テーイェイオ」と彼女は囁いた。声は、囁きにしかならなかった。

その手をふたたび彼の胸においてみる。ゆっくりとした着実な鼓動を、かすかな温もりを感じたかった。元気がわいてくる。安心していろ《キープ・ハッピー》。

彼らはほかになんといったか？　ただ待てと。そう。そういう計画らしい。たぶん眠れるだろう。たぶん眠って目が醒めたときには身代金が届いているだろう。あるいは、彼らの望みどおりになっているだろう。

彼女は目を覚ました。自分がまだ腕時計をもっていることを思い出すと、眠い目で、なんとか細かい銀の目盛りを見て、自分が三時間眠ったことを確かめた。まだ祭りの日、身代金はまだだろう。だから今夜は芝居見物には行けそうもない。薄暗い光に目がようやく馴れてきた。目を凝らすと、彼の側頭部いちめんに乾いた血がこびりついているのが見えた。よく見ると、こめかみの上が拳ほどに腫れ上がっている。触れてみると、指が血まみれになった。きっと頭を撲られたのだろう。神官に、偽の神官に撲りかかったのは彼だったにちがいない、彼女が覚えているのは、飛んでいく影と、がつんという音と、アイジの攻撃の技のような鈍い音だ。それからただならぬ大音響がした。彼女はちっと舌を鳴らして壁を叩く、耳が聞こえるかどうか確かめるために。大丈夫らしい、綿の壁は消えた。自分も頭を撲られたのかもしれない。頭をさわってみたが、こぶらしきものはない。彼は脳震盪を起こしているにちがいない、三時間も失神しているのだから。どのくらいひどい怪我なのか？　いったいいつ意識を取り戻すのだろう？

彼女は立ち上がったが、あのいまいましい女神のスカートに足をとられてひっくりかえりそうになった。自分の服があれば、ひとに着せてもらわなければならない、こんなぺらぺらの飾りばかり多い衣装を着ていなければ！　彼女は、スカーフを使ってスカートの裾を膝丈ぐらいに短くした。地下室かどうかわからないこの場所は、温かではない、湿っぽくてとても寒い。彼女は部屋のなかを行ったり来たりする。四歩あるいてはターンして、四歩あるいてはターンして、体も軽く動かす。あいつらは、彼を床にほうりだしていったのだ。どんなに寒かったことだろう？　失神しているのは投げとばされたせいか？　失神している人間は、体を温めなければ。彼女は長いこと迷っていた、自分が迷っていることに、考えあぐねていることに当惑もした。彼をマットレスに運びあげるべきか？　動かさないほうがいいのか？　男どもはどこに行ってしまったのか？　彼は死んでしまうのか？

彼の上に屈みこむと、彼女は鋭くいった。「レイガ！　テーイェイオ！」しばらくすると彼が息を吸いこんだ。

「起きなさい！」彼女はようやく思い出した、脳震盪を起こした人間は、昏睡状態に陥らせないのが肝心だということを。ただ彼はすでに昏睡状態に陥ってはいたが。

彼はまた息を吸った。すると顔つきが変わり、硬直した手足もゆるんだ。目を開けて閉じて、瞬きをしたが、焦点は定まっていない。「おお、カーミイェーさま」と彼はとても静かにいった。

甦った彼を見て、どれほど嬉しかったことか、自分でも信じられないほどだった。安心していろ《キープ・ハッピー》。彼はどうやら激しい頭痛に見舞われているらしい、ものが二重に見えるといった。彼女が手を貸してマットレスにあがらせ、毛布をかけてやった。彼はなにも訊こうとはせず、おとなしく横になり、たちまち眠ってしまった。それを見て、彼女はふたたび歩きまわり、一時間ほど歩き続けた。そして腕の時計を見た。二時間が経っていた、まだ同じ日、祭りの日だ。夕刻にはなっていない。あの連中はいったいいつになったらやってくるのか？

彼らは早朝にやってきた、あの果てしない夜のあとでは、昼でも朝でも同じことだ。金属製の扉の閂《かんぬき》がはずされ、大きな音をたてて扉が開いた。なかのひとりが、盆をもって入ってきた。残るふたりは、戸口に立って銃の狙いをつけている。盆をおく場所は床しかない、彼は盆をソリーに押しつけると、こういった。

「悪いな、レディ！」そして後ずさりして出ていった。扉が音をたてて閉まり、閂ががちゃりと落ちる。彼女は盆を抱えたまま、叫んだ。「待って！」

彼が目をさまし、ふらふらとあたりを見まわした。彼をここで見つけたときは、自分がつけた少佐という彼の綽名《あだな》をすっかり忘れていたが、それでも彼の名前は呼びたくなかった。「朝食がきたわ、たぶんね」と彼女はいい、マットレスのはしに腰をかけた。柳細工の盆には布がかけられていた。布の下からあらわれたのは、肉や野菜が詰められたガーターイーの穀粒パンのようなものと、数切れの果物、そしてきれいな玉を飾った薄い合金の蓋つきの水差しだった。「朝食、昼食、そしてたぶん夕食かな」と彼女はいった。「くそっ！ まあ、いいか。おいしそう。食べられる？ 起き上がれるかな？」

彼はどうにか起き上がると、背中を壁にもたせかけて目を閉じた。

「まだものが二重に見えるの？」

彼は小声で同意した。

「喉が渇いている？」

小声で同意。

「さあ」と彼女はコップをさしだす。彼はそれを両手で受け取って口にもっていき、ゆっくりと飲んだ、一口ずつ。そのあいだ彼女は、三つの穀粒パンを次々にむさぼるように食べたが、そのうちにどうにか食べるのをやめ、こんどはピニの果実を食べた。「果物を食べられる？」罪悪感をおぼえながら、彼女はそう訊いた。返事はなかった。バーティカームが朝食のとき、薄く切ったピニを食べさせてくれたのを思い出す、あれはきのう、それとも百年前だったのか？

食べ物が腹中におさまると、こんどは気分が悪くなった。彼の手がいまにも落としそうな——また眠りこんでいた——コップをとって水を注いで飲んだ、ゆっくり一口ずつ飲んだ。

気分がよくなると、扉に近づき、蝶番《ちょうつがい》や錠前や、扉の表面を調べた。煉瓦の壁のまわりや、コンクリートを流した床のまわりを覗いて、なにか逃げ出す手がかりはないかと探した、なにか……いずれにしても体の運動を欠かしてはだめだ。むりやり続けてみたが、また吐き気をもよおし、気力もなくなった。マットレスにもどって腰をおろした。しばらくすると、いつのまにか泣いていた。しばらくするといつのまにか眠っていた。おしっこがしたい。穴の真上にしゃがんで、自分のおしっこが穴の底に落ちていく音をきいた。拭くものはなにもない。ベッドにもどって腰をおろすと、両足を伸ばし、両手で足首を摑んで足を伸ばした。あたりは森閑としている。

彼女はまた彼のほうを見た。こちらを見つめている。彼女はぎょっとした。相手はすぐに目をそらした。壁に背をもたせかけて、足は伸ばしている、ぎごちなく、だがくつろいで。

「喉が渇いていない？」と彼女は訊いた。

「ありがとう」と彼はいった。なにひとつ見馴れたもののはなく、時間が過去から引きちぎられてしまったここでは、彼の穏やかな快い声が懐かしい。コップに水を注いで彼にさしだす。彼はそれをしっかりと受け取ると、体を起こして飲んだ。「ありがとう」と彼は小声でいい、コップを彼女に返した。

「頭はどう？」

彼は頭の膨れあがったところに手をやって顔をしかめ、ふたたび壁に寄りかかった。

「杖をもっているやつがいたのよ」と彼女はいった。混乱した記憶のなかにその映像が浮かびあがる。「神官の杖よ。あなたは、そばにいたやつに飛びかかったわ」

「やつら、わたしの銃を取り上げた」と彼はいった。

「祭りだったから」彼はじっと目をつむっている。

「このひどい衣装に足がからまって。あなたを助けられなかったの。すごい音がした、なにかが爆発したのね？」

「そう。おそらく、陽動作戦」

「あの連中はいったいなんだと思う？」

「革命党員か。あるいは……」

「あなたはいっていた、ガーターイー政府がからんでいると？」

「さあ」と彼はつぶやいた。

「あなたは正しかったのよ。わたしが間違っていた、ごめんなさい」誤りは正さねばと思い、礼儀正しく彼女はそういった。

彼は片手をかすかに動かし、いっこうにかまわない、というしぐさをした。

「まだものが二重に見えるの？」

彼は答えない。ふたたび意識が朦朧としている。

彼女が立ったまま、セリッシュの呼吸法を思い出そうとしていると、扉が激しい音をたてて開き、あの三人の男が立っていた。ふたりが銃をもっており、みな若く、肌は黒く、短髪で、たいそう気が立っている。先頭の男が、屈みこんで盆を床においた。ソリーはとっさにその手を踏みつけ、体重のすべてをそこにかけた。「待ちなさい!」と彼女はいった。彼女は三人の顔を、二つの銃口をまっすぐに見すえた。「ちょっと待って、聞きなさい! このひとは頭に怪我をしている、医者が必要です、水ももっとほしい、頭の傷が洗えない。トイレの紙もない、そもそもあんたたちはいったい何者?」

手を踏みつけられている男が叫んだ。「どけ! レディ、おれの手からどいてくれ!」だがほかの連中は彼女の声を聞いている。彼女が足をどけると、男はぱっと起き上がり、銃をもつ仲間たちのもとへ後じさった。「わかった、レディ、面倒かけてすまない」彼は目に涙を浮かべ、踏みつけられた手を抱えこむ。「われわれは愛国者同盟だ。おまえたちには、王位を騙《かた》る者に、せーめいを、われわれのせーめいのようなものを送ってもらう。だがだれにも怪我はさせない。わかったな?」彼はじりじりと後ずさりしていき、銃をもった男が扉を閉めた。凄まじい音、閂の音。

彼女は深く息を吸って振り向いた。テーイェイオが彼女を見つめている。「いまのは危険だった」と彼はいうとかすかな笑みをうかべた。

「そんなこと、わかっている」彼女は深く息を吸った。

「馬鹿だった。わたしって、自分が抑えられないのよ。自分の体がばらばらになるみたいで。でもやつら、なにかほうりこんで逃げていった、畜生! わたしたち、水がなきゃ困るのよ!」彼女は泣いていた。暴力沙汰を起こしたり口論をしたりするときは、いつもそうだった。「さてさて、こんどはなにをもってきたかな」彼女は盆をマットレスの上においた。どれもホテルや奴隷のいる家で出されるようなもので、ご丁寧に布がかかっている。「慰問品というわけね」と彼女はつぶやく。布の下にあったのは、甘いペストリーの山、プラスチックの小さな鏡と櫛、萎れた花の香りのする飲み物が入った小さなポット、ガーターイーのタンポンとおぼしきものが入った箱。

「ご婦人用品というわけね」と彼女はいった。「くそくらえだ、どれもくだらないものばっかり！　鏡だってさ！」彼女は鏡を部屋の向こうに投げつける。「そりゃもちろん、わたしは鏡を見ないでは一日も暮らせないけれどね。くそくらえよ、こんなもの！」彼女はペストリーを除いたあらゆるものを、次々にほうり投げながら、自分があとでタンポンを拾い、マットレスの下に隠すことはわかっていた。ああ、やれやれ、必要なときには使うだろう、もしここにいなければならないのなら、いったいいつまでいるというのか？　十日か、もっと長いのか――「ああ、やれやれだ」と彼女はいった。立ち上がると、なにもかも拾いあげ、鏡と小さな壜と空になった水差しと、この前の食事のときの果物の皮を盆にのせ、扉のそばにおいた。「ごみよ」と彼女はヴォエ・ディオ語でいった。彼女の暴言は、ほかの言語、つまりアルテラ語だったにちがいない、たぶん。「なにかいい考えはないの」と彼女はふたたびマットレスに腰をおろして、彼に訊いた。「あなたたちって、女でいることを辛くしてくれるわよね？　そのうち女であることに反感を抱かせてしまいかねないな」

「やつらに悪気はなかったと思います」とテーイェイオがいった。その口調に嘲《あざけ》りのひびきは露ほどもなく、愉しんでいるような声音でもなかった。彼女が受けた屈辱を、たとえ小気味よく思っていたとしても、それを面《おもて》に出すことは恥じたのだろう。「やつらは素人《しろうと》だと思います」と彼はいった。

　しばらくして彼女はいった。「それはまずいわね」

「そうかもしれません」彼は体を起こすと、頭のこぶにおそるおそる手をやった。ぼさぼさの厚い髪の毛は血まみれだった。「誘拐は」と彼はいった。「身代金が要求されます。やつらは暗殺者ではありません。銃はもってはいなかった。銃では解決できないんです。銃わたしは銃はあきらめました」

「あれは、あなたが警告を受けた連中ではないというの?」

「わかりません」頭の傷口を探ったために烈しい痛みに襲われた彼はその手を止めた。「水はだいぶ不足しているのですか?」

彼女はコップ一杯の水を彼にもっていってやった。

「洗うための水が足りないの。わたしたちに必要なのは水なのに、あんなくそいまいましい鏡なんか!」

彼は礼をいって水を飲み、うしろに寄りかかると、コップに残ったわずかな水までなめるようにして飲み干した。「連中は、わたしを連れてくるつもりはなかったんです」と彼はいった。

彼女もそれについて考えると、うなずいた。「あなたに顔を知られたかもしれないと思ったのね」

「わたし用の場所を用意してあったら、わたしをレディといっしょにはしないでしょう」彼は皮肉はまじえずにいった。「ここは、あなたのために用意したものです。市内のどこかにちがいありません」

彼女はうなずいた。「車で半時間かそこらだったわ。もっとも頭に袋がかぶされていたけど」

「やつらは王宮に声明を送りました。返事をもらえなかったか、満足できない返事だったのかもしれません。やつらは、あなたの声明を欲しがっています」

「わたしを捕らえたことを政府に信用させるために?なぜ信用させる必要があるの?」

ふたりは黙りこんだ。

「申しわけありません」と彼はいった。「考えることができません」彼は仰向けに寝た。アドレナリンが噴出したあとの彼女は、神経が苛立ち、気力が衰え、疲れきっていたので、彼と並んで横になった。女神のスカートを丸めて枕にしたが、彼には枕にするものがない。ふたりの脚には毛布がかけられた。

「枕とね」と彼女がいった。「毛布ももっと。石鹸も。ほかになにかある?」

「鍵」彼がつぶやいた。

彼らは静寂のなか、ほのかな明かりのもとに並んで横たわっていた。


翌朝、ソリーの腕時計によれば八時ごろ、愛国者どもが入ってきた、四人だった。ふたりが銃を構えて戸口に立っている。ほかのふたりは、空いている床の上に落ち着かなげに立ち、マットレスの上に足を組んですわっている捕虜どもを見下ろしている。新顔の代表者は、ほかの連中よりヴォエ・ディオ語がうまい。彼はこういった。レディに不快な思いをさせてはなはだ申しわけない、居心地のよいようにできるだけのことはするので、どうかしばらく辛抱してもらいたい、そして王を騙っている者に、手書きの親書を書いてもらいたい。王が、議会にヴォエ・ディオとの盟約を破棄するよう命じれば、ただちにレディは解放されると書いてもらいたい。

「王はそんなことはしない」と彼女はいった。「させてもらえない」

「問答は無用」と男は厳しい語調でいった。「これは書く道具です。これが親書の下書きです」彼は万年筆と紙をマットレスの上においた。彼女に近づくのを恐れているのか、落ち着かぬ様子だった。

彼女は気づいていた。テーイェイオが、ぴくりとも動かず、すわったまま頭を低くし目を伏せ、極力目立たぬようにしているのを。男たちは彼を無視している。

「あなたたちのためにこれを書くのだから、水をちょうだい、たくさんの水を、それから石鹸と毛布とトイレット・ペーパーと枕と医者を。それからわたしがあの扉を叩いたらだれかすぐに来て、それからきちんとした服が欲しい。温かな服、男性の服が」

「医者はいない！」と男はいった。「それを書いてくれ！　たのむ！　いますぐだ！」彼はいかにも不安そうに、そわそわしており、それ以上無理強いはできなかった。彼らの声明を読んでから、大きな子供のような字でその通りに書いた――彼女が手書きでものを書くことはめったにない――そして代表者にそれをわたした。彼は書面をちらりと眺め、ものもいわずに、ほかの連中とあわてて出ていった。扉が音をたてて閉まる。

「断るべきだったかしら？」

「そうは思いません」とテーイェイオはいった。彼は立ち上がって伸びをしたが、またもやめまいがしたらしく、すぐに腰をおろした。「よい取引をしましたよ」と彼はいった。

「どうなるか待ちましょう。ああ、いったいなにが起こっているの？」

「おそらく」と彼はゆっくりいった。「ガーターイーは、彼らの要求を呑みたくはないでしょう。しかしヴォエ・デイオ――そしてあなたのエクーメンが――彼らの真意がわかったときは、ガーターイーに圧力をかけるでしょうね」

「さっさと動いてほしいわ。たぶんガーターイー王国はひどく困惑して、このことはいっさい隠して、体面を保とうとする――そうじゃない？　いつまでがんばっていられるかしら？　あなたの国のひとたちはどうなの？　あなたを探しまわっているんじゃないの？」

「もちろんです」と彼は、丁重にいった。

これまでいつも彼女を無視し、排除してきた彼の頑なな振舞いが、もろもろの言動が、ここではまったく別の効果をもたらしているのは奇妙だった。彼の控えめな態度や堅苦しさが、彼女に、自分はまだこの部屋の外の世界に属しているのだと確信させた。あの世界から自分たちは出てきて、ふたたびあそこにもどるのだという確信、ひとびとが長生きしているあの世界へ。長命であることがなんだというの？　と彼女は自問したが、答えはわからなかった。これまで考えていたことは、すべて無意味だった。だがああいう若き愛国者たちは、短命の世界に暮らしている。要求、暴力、直感、そして死、なんのための？　頑なな信念の、憎しみの、猛進する権力のための。

「彼らがいなくなったら」と彼女は小声でいった。「ほんとうに怖くなる」

テーイェイオは咳払いをして、こういった。「わたしもです」

訓練。

「摑んで――だめ、しっかり摑むの、わたしはガラスでできているんじゃないわよ――さあ――」

「はっ！」彼が興奮気味の笑いをひらめかせると、彼女は逃げ技を見せる。彼はそれをまねて、彼女から逃れる。

「いいわ、さあ、待っていて――ほら」――どしん――「わかった？」

「あいたっ！」

「ごめん――ごめん、テーイェイオ――あなたの頭のことを考えていなかった――大丈夫？　ほんとにごめん――」

「おお、カーミィェー」と彼はいい、起き上がると、黒く細い頭を両手でしっかりと押さえた。そしてなんどか深呼吸をした。彼女は後悔し、心配しながら膝を折る。

「あれは」と彼はいいながら、なんどか息を吐き、「あれは、あれは、すべてがフェアじゃない」

「もちろん、そうじゃない。あれはアイジー――愛でも戦いでも、すべてがフェア、テラではみんながそういうわ――でも、ごめん。ほんとにごめんなさい、わたし、馬鹿なことしちゃった」

彼は笑った。とぎれとぎれの懸命な笑い、彼は頭を振り、もう一度振った。「教えてください」と彼はいった。「あなたがなにをしたのかわからない」

訓練。

「あなたは心を使ってなにをするの?」

「なにも」

「ただ、さまよわせるの?」

「いや。わたしと心は別のものです」

「では……心をなにかに集中させることはないの? 心をただ、さまよわせているというの?」

「ええ」

「すると、さまよわせることもない?」

「だれが?」と彼は、ちょっと怒りっぽくいった。

間《ま》。

「あなたは考えたことはないの――」


「ええ」と彼はいった。「静かにして」

とても長い間《ま》、おそらく十五分。

「テーイェイオ、できない。むずがゆいの。わたしの心がむずがゆいの。あなたはこんなことをいつからやっていたの?」

間《ま》、しぶしぶながらの返事。「二歳のときから」

彼は、まったく弛緩した静止のポーズをやめ、首と肩の筋肉を伸ばすために頭を前に屈めた。彼女はそれをじっと見ている。

「わたしは長命について絶えず考えてきた、長く生きるということについて」と彼女はいう。「ただ長いこと生きるという意味じゃないの、だって、わたしはおよそ千百年は生きている、それにどういう意味があるか? なにもない。つまりね……長生きするということについて考えると、なにかが違ってくるということ。子供をもつことで違ってくるみたいにね。子供をもつことを考えるだけでも。それはどこかのバランスをくずすというようなことなの。いまそんなことを考えているなんておかしいわね、長命をまっとうするチャンスが、危ういというときに……」

彼は無言だった。彼女に話を続けさせようと思えば、ずっと無言でいられた。彼女が知るかぎり、彼はとても無口な人間だった。たいていの男が口数は多い。彼女自身も口数が多いほうだ。彼は寡黙だった。どうすれば寡黙でいられるのか知りたいと彼女は思った。

「稽古を積むだけかしら？」と彼女は訊いた。「ただすわって」

彼はうなずいた。

「何年も何年も、ひたすら稽古あるのみね……やれやれ。きっと……」

「いやいや」と彼は、彼女の考えを即座に察して、そういった。

「でもあの連中は、どうしてなにもしないの？　いったいなにを待っているの？　もう九日もたつというのに！」

はじめから、なんとなく無言の合意で、この部屋は二つに分けられていた。一本の線が、マットレスの真ん中から向かいの壁まで引かれている。扉は彼女の側、左方にあった。排便用の穴は右方の彼の側にあった。他人のスペースを侵すときは、素早く許可を求める合図が送られ、同じように素早く許可が出る。一方が排便用の穴を使うとき、もう一方はそっと横をむく。たまに水浴びができるほどの水があるときは、同じような作法が守られる。マットレスの真ん中に引かれた線は不可侵だった。おたがいの声だけがその線を越える、たがいの体が発する音や臭いも。ときどき彼の温もりを彼女が感じることもある。ウェレル人の体温は、彼女の体温よりいくぶん高い。じっとり動かない空気のなかに、眠っている彼のかすかな熱を、彼女は感じる。だがふたりは決してその線を越えない。深く眠りこんでいるときでさえ、指一本たりと越えることはなかった。

ソリーはそのことを考え、ときどき、なんて奇妙なことだろうと思った。なんだか愚かしくもあり、意地をはっているように感じられるときもあった。自分たちは、人間らしい慰めを求めてはいけないのだろうか？　ソリーが彼に触れたのは、最初の日だけだ。彼をマットレスの上に抱えあげたとき、そして十分な水が差し入れられたとき、彼の頭皮の傷を洗ってやり、髪の毛も洗い、櫛を使って凝固している臭い血を削りとってやった。けっきょく櫛があってよかったし、女神のスカートは、布巾や包帯の貴重な材料になった。そして彼の頭の傷が癒えると、ふたりは毎日アイジの修練をしたが、この場合、摑むとか握るという行為は、感情をまじえない純粋な儀式的な行為で、生きているものの慰めにはとうていならなかった。その時間以外は、彼の肉体という存在は侵してはならぬもの、触れてはならぬものだということは明白なのだった。

彼は、とてつもなく困難な状況のもとで、厳しくわが身を律していた。これは単に彼だけではなく、レーウェもそうだし、みなもそうだった。バーティカームを除いたすべてのひとが。彼女の気まぐれや欲情を即座に満たしてくれたバーティカームだが、あれは果たして彼女が期待したような真の触れ合いだったのだろうか？　彼女は、あの最後の夜のバーティカームの目に浮かんだ恐怖を思い出した。慎みではなく、抑制だった。

これは奴隷社会の心理だ。奴隷と所有者は、極端な不信と自己防衛という同じ罠に捕らえられている。

「テーイェイオ」と彼女はいった。「わたしには、奴隷というものが理解できない。どうか、いいたいことをいわせてちょうだい」だが彼はさえぎる様子もなく、言い返す様子も見せず、ただ礼儀正しい反応を示したにすぎない。「つまりわたしは、社会制度がどのように生まれるものかということは理解しているし、個人が簡単にその一部になることもわかっている――それが悪いこと、無駄なことだと感じているわたしに同意してくれとはいわない。それを弁護しろと、あるいはそれを捨て去れとあなたに迫っているわけでもない。ただあなたの世界の三分の二の人間を、現実に、あなた方の正当な財産だとする事実について、あなたがどう感じているのか、わたしは知りたいの。じっさいは、あなたの階級の女性をふくめれば、六分の五だわね」

しばらくして彼はいった。「わたしの家族は、二十五人の奴隷を所有しています」

「はぐらかさないで」

彼は非難を受け入れた。

「あなたは、人間同士の接触というものを排除しているように思えるの。あなたは奴隷に触れない、奴隷はあなたに触れない、人間が、心を通い合わせるために触れ合うように。あなた方は、奴隷を隔離しておかなければならない、常に奴隷との境界を守るよう努力している。なぜなら、それは自然の境界ではないからよ――まったく人工的な、人間が作った境界だからよ。わたしには所有者と奴隷は、身体で区別できない。あなたは見分けられるの?」

「おおよそは」

「文化的、行動的な手がかりによって――そうでしょ?」

しばらく考えたのち、彼はうなずいた。

「あなた方は、同じ人類、同じ民族、同じ国民、どこから見てもまったく同じよ、肌の色に多少の違いはあるけれどね。もしあなたが奴隷の子供を所有者のように育てたとしたら、それはどこから見ても所有者になる、その逆もまた然り。だからあなた方は、存在しないこのとてつもなく大きな区分を守るために、生涯をかけているわけね。わたしに理解できないのは、あなたが、これがどんなひどい無駄であるかということを、どうして理解しないのかということよ。経済的なことをいっているんじゃないのよ！」

「戦争のとき」と彼はいった。それから長い間《ま》があった。ソリーにはもっというべきことがあったが、好奇心に駆られて待っていた。「わたしはイェイオーウェイにいたんです」と彼はいった。「ご存じのように、内戦のとき」

そこであなたは、そんなにたくさんの傷跡をもらったのね、と彼女は思った。いかに注意して目をそらそうと、彼の痩せた漆黒の肉体を見ずにいるのは不可能だった。それにアイジのときには、彼は左の腕をかばわなければならない。左腕は、上腕二頭筋のすぐ上のところがかなり抉《えぐ》れているのを、彼女は知っている。

「植民惑星の奴隷たちが反乱を起こしたのです、はじめはその一部が、それから全部が。ほぼ全部が。だからあそこにいたわれわれ陸軍の兵隊は、みなが所有者だった。奴隷の兵隊を送り出せなかった、脱走するかもしれなかった。われわれはみなヴェイオットで、志願兵でした。所有者と財産《アセット》の戦い。わたしは、自分と同等の者と戦っていたんです。それはまもなくわかりました。もっとあとになってわかったことは、わたしはわたしより優れた者たちと戦っていたのです。彼らにわれわれは負けました」

「でもそれは――」とソリーはいいかけて、口をつぐんだ。なんといってよいかわからなかったのだ。

「彼らはわれわれを徹底的に破ったのです」と彼はいった。「ひとつには、われわれの政府が、彼らにそれだけの力があることをわかっていなかったからです。彼らがわれわれより巧妙に容赦なく戦えることを、われわれより賢く、勇敢に戦えることを知らなかったからです」

「なぜなら、彼らは自分たちの自由のために戦っていたからよ！」

「たぶんそうかもしれません」彼は丁寧に、そう答えた。

「だから……」

「あなたに伝えたかったのです、自分が戦った相手を尊敬していることを」

「わたしは戦争というものをあまり知らないの、戦うということを」と彼女は、悔恨と焦燥のいりまじった感情に駆られながら、そういった。「じっさい、なんにも知らない。わたしはケアクにいたけれど。でもあれは戦争ではなかった、あれは民族の自決だった、生物圏の大量虐殺だった。そこに違いがあると思うの…………あのときにエクーメンは武器協定を決議した。オリントが、それからケアクが自滅しようとしていたから。地球《テラ》のひとびとも、何年ものあいだその協定を後押ししてきた。しばらく前に彼ら自身も集団自殺をするところだったから。わたしは半分は地球人なの。わたしの先祖は、殺し合うために自分たちの星を走りまわっていた。数千年ものあいだ。彼らも、所有者と奴隷だった、彼らの一部は、彼らの多くは……でもわたしは、武器協定が、名案だったのかどうかわからない。たとえ正しいとしても。なにをなすべきか、なすべきでないか、ひとに教えているわれわれって、いったい何者なの？　エクーメンの考え方は、ある道を示すことよ。道を開くこと。だれかにそれを強制することではないわ」

彼は真剣に耳を傾けていたが、なにもいわなかった。しばらくするとこういった。「われわれは……外からのものに対し固まって身を守ることを学びます。いままでずっと。あなたは正しいと思います。あれは無駄です……エネルギーと、そして魂の。あなたには偏見がありません」

彼の言葉は、彼自身に大きな苦痛をあたえているだろう、と彼女は思った。自分のように大気のなかからふわふわあらわれて、ふたたびそのなかに戻っていくのではない。彼は心の底から喋っている。それは彼の言葉に厳粛な意味をあたえる、彼女はそれを有り難く受けとめる。なぜなら、彼女は日ごとに、自分がどれほど多くの自信を喪失し、喪失しつづけているかということに気づいていたからだ。自信、自分たちは身代金を支払われ、助け出されるだろうという自信、自分たちはこの部屋から出られるだろう、生きて出られるだろうという自信を。

「その戦争はそれほど残酷なものだったの？」

「ええ」と彼はいった。「わたしにはとても……できない——まともに思い返すことが——ただなにか、閃光のようにひらめくものがある——」彼は目をおおうかのように、両手を上げた。それから彼女を用心深く、ちらりと見た。強固な彼の自尊心のあちこちが、明らかに傷つきやすくなっていることに、彼女はいま気づいた。

「ケアクで見たとわかっていなかった記憶も、そんなふうによみがえってくるわ」と彼女はいった。「夜に」そしてしばらくすると、「あなたはあそこにどれくらいのあいだいたの？」

「七年と少々」

彼女は顔をしかめた。「あなたは幸運だったのね？」

それは奇妙な質問だった。彼女が意図したように出てきたのではないが、彼はそれを額面どおりに受け取った。「はい」と彼はいった。「いつも。いっしょに行った連中はみな殺されました。最初の数年のあいだに大半が。イェイオーウェイでは、三十万を失いました。だれもこのことについては触れません。ヴォエ・ディオのヴェイオットの男の三分の二が殺されました。生きていることが幸運だというなら、わたしは幸運でした」彼はうつむいて、握りしめた両手を見つめ、じっと動かなかった。

しばらくすると、彼女が静かにいった。「これからも幸運でありますように」

彼は無言だった。

「もう何時間経ちましたか」と彼が訊いた。彼女は、咳ばらいをし、時計をちらりと眺めた。「六十時間」

彼らを幽閉した連中は、昨日は、いつもの午前八時には来なかった。そしてけさも来なかった。

食べるものもなく、水も残ってはいないので、彼は次第に無口になり、動きもなくなった。ふたりが言葉を発してからもう数時間が経っている。彼は我慢しうるかぎり、時間を訊かないようにしていた。

「恐ろしい」と彼女がいった。「とても恐ろしい。ずっと考えているんだけど……」

「彼らはあなたを捨ててはいきません」と彼はいった。

「彼らは責任を感じています」

「わたしが女だから?」

「それもある」

「くそっ」

彼は以前、彼女のこの下品さが不快だったことを思い出した。

「やつらは捕らえられたか、撃たれたか。やつらがわたしたちをどこに押しこめているか、だれも突き止めようとはしない」と彼女はいった。

彼は同じことを何百回も考えていたので、なにもいわなかった。

「死ぬには、まったくひどいところ」と彼女はいった。「不潔で。体が臭うし。二十日も悪臭をふりまいているわけだもの。怖いから、下痢しちゃうし。でもなにも出やしない。喉が渇いているのに、なにも飲めない」

「ソリー」と彼は鋭くいった。彼が名を呼んだのはこれがはじめてだった。「静かに。しっかりすがりついて」

ソリーは相手を見つめた。

「しっかりすがりつけって、なにに?」

彼がすぐには答えなかったので、ソリーはいった。

「あなたは、わたしに触れさせせないでしょ！」

「わたしにではなく――」

「じゃあ、なにに？　なにもないじゃないの！」彼女が泣き出すのではないかと思ったが、彼女は立ち上がり、からの盆を扉に何度も叩きつけた、それが、柳の枝の木っ端になるまで。「来いよ！　このくそ野郎！　来やがれ、この野郎！」彼女は怒鳴った。「わたしたちを、ここから出せ！」

そうして彼女はまたマットレスの上にすわりこんだ。

「さてと」と彼女はいった。

「聴いて」と彼がいった。

ふたりは前にその音を聞いたことがある。街の騒音は、このどことも わからない部屋に聞こえてきたことはない。いったいどこからかわからないが、この音は前よりも大きい、爆発音か、とふたりは思った。

扉ががたがたと鳴った。


ふたりが立ち上がったとき、扉が開いた。いつものような騒がしい音はたてず、ゆっくりと開いた。ひとりは外で待っている。ふたりの男が入ってきた、武装している男は、これまで見たことがない。もうひとりは、彼らが代表者と呼んでいた、厳しい顔つきの若い男で、走ってきたのか、戦ってきたのか、埃まみれで疲れきった様子、少しぼうっとしている。彼が扉を閉めた。その手に数枚の紙をもっている。四人は、一分ほど黙ったまま睨みあっていた。

「水」とソリーがいった。「このろくでなし！」

「レディ」と代表者がいった。「申しわけありません」彼はソリーの言葉を聞いていない。その目は彼女に注がれてはいない。彼ははじめてテーイェイオを見ていた。「いくつもの戦闘が起こっている」と彼はいった。

「だれが戦っているのだ？」とテーイェイオが尋ねたが、自分の声が居丈高になっているのに気づいた。若い男はそれに無意識に反応してこう答えた。「ヴォエ・ディオ。やつらが軍隊を送ってきた。葬式のあとに、もしわれわれが降伏しなければ、軍隊を送るといってきた。やつらは昨日やってきた。市中で殺戮を行っている。やつらは、旧信徒の拠点をすべて知っている。われわれのものも」彼の声には当惑の、非難のひびきがあった。

「なんの葬式?」とソリーがいった。

彼が答えないので、テーイェイオがもう一度訊き返した。「なんの葬式だ?」

「レディの葬式、あなたの。ここに——ネットのプリントアウトをもってきました。国葬です。あなたは爆発で死んだと、やつらはいっています」

「いったいその爆発って、なんなの?」ソリーは喉が渇ききっているような嗄《しゃが》れ声でいった。彼はこんどはソリーの問いに答えた。「祭りのときに。旧信徒たちが。火が、チュアルの火が、あれには、爆発物が仕込まれていた。それが爆発するのが早すぎた。われわれはやつらの計画を知っていた。われわれがあなたを爆発から救ったのだ、レディ」彼はそういうと、ふいに彼女のほうを振り向いた。さっきと同じ詰問調になっていた。

「わたしを救っただと、このばかどもが!」彼女は叫んだ。テーイェイオの渇ききった唇が開いて唐突な笑いを発したが、彼はすぐにその笑いを噛み殺した。

「それをよこせ」と彼はいった。若い男はプリントアウトを彼にわたした。

「水をもってきて!」ソリーがいった。

「ここにいてくれ、たのむ、われわれは話す必要がある」テーイェイオは、本能的に自分の優勢を保った。彼はネットのプリントアウトをもったまま、マットレスに腰をおろした。数分のうちに、彼とソリーは赦しの祭りの衝撃的な壊滅状態の報告に目を通した。旧信徒たちのカルトによって放たれたテロリストに暗殺されたエクーメンの使節の悲しむべき死、爆発によりヴォエ・ディオ大使館の護衛官が死に、七十人以上の神官と見物者たちも殺されたという短い記述も読んだ。それから国葬についての長い記述、不穏状態、テロ、報復、そしてテロリズムの根源を一掃しようという、ヴォエ・ディオの助力の申し出を、王宮が謝意を表して受け入れたという報道……。

「すると」と彼はようやくいった。「王宮からはなにも連絡がないのだね。あんたたちは、なぜわれわれを生かしておいたのだ？」

ソリーは、手際の悪い質問ね、とでもいいたげな顔をしたが、代表者は、同じくらい鈍感な答えをした。

「あんたの国が、あんたの身代金を払うだろうと思っていた」

「払うだろう」とテーイェイオはいった。「ただし、あんたたちの政府にわれわれが生きていることを知られてはならない。もしもあんたが――」

「待って」とソリーはいい、彼の手に触れた。「ちょっと待って。このことはもう少し考えてみないと。エクーメンをこの論議からはずさないほうがいいと思うの。でもいま接触するのはちょっと微妙かな」

「もしヴォエ・ディオの軍隊がここにいるのなら、わたしの指揮下にある者に、あるいは大使館の護衛隊に、わたしから伝文を送る必要がある」

彼女の手はまだ彼の手に重ねられ、警告するようにその手を押さえていた。彼女はもう一方の手の指を一本立てて、代表者に振ってみせた。「あんたたちはエクーメンの使節を誘拐したのよ、このばかが！ あんたたちはこれまで考えもしなかったことを、いま考えなければならないのよ。わたしも同じことよ、なぜかというとね、わたしが生きてあらわれたのを見て驚く、あんたたちのくそいまいましい政府に吹き飛ばされたくないからよ。あんたたちは、いったいどこに隠れているつもり？ わたしたちがこの部屋から逃げ出すチャンスはあるの？」

苛立った表情の男が首を振った。「われわれはみんなここにいる」と彼はいった。「ずっと。あんたたちはここなら安全だ」

「そうね、あんたたちは、パスポートを大事にもっていたほうがいいわよ」とソリーはいった。「水をもってきて、さっさと！　わたしたちにしばらく話をさせて。一時間もしたら戻ってくるのよ」

若い男がふいに彼女のほうに身をのりだした、顔が歪んでいる。「いったい、おまえは、どういう種類のレディなんだ」と彼はいった。「この異国のくそきたねえあまは！」

テーイェイオが立ち上がったが、彼の手を摑んでいたソリーの手に力がはいった。しばしの沈黙ののち、代表者とほかの連中は扉に近づき、錠をがちゃがちゃいわせて出ていった。

「ふうっ」と彼女は呆然としたようにいった。

「どうか」と彼はいった。「どうか──」その先をどういえばいいか彼にはわからなかった。「やつらにはわからないんです」と彼はいった。「わたしが話したほうがいいでしょう」

「もちろんよ。女は命令しませんからね。女は話しませんからね。くそったれ野郎ども！　あいつらが、わたしに責任を感じているって、あなた、そういったと思うけど！」

「そうですよ」と彼はいった。「でも若いですからね。狂信者だし。ひどく怯えていますし」それにあなたは、やつらを奴隷扱いしていた、と彼は思ったが、口には出さなかった。

「わたしだって怖いのよ！」彼女はちょっぴり涙をこぼしながらいった。涙を拭うと、彼女はまた書類のあいだに腰をおろした。「やれやれ」と彼女はいった。「わたしたちは、二十日も死んでいたのね。埋葬されて十五日か。やつらが埋葬したのはだれだと思う？」

彼の手を摑んでいたソリーの手の力はすごかった。摑まれた手首と手がまだ痛む。そっと揉みほぐしながら、彼は相手を見つめた。

「ありがとう」と彼はいった。「やつを撲るところでした」

「ああ、わかってる。くそいまいましい騎士道精神ね。銃をもっていたやつは、あなたの頭を吹き飛ばしていたかもしれない。いいこと、テーィェイオ。あなたは、自分がなすべきことは、軍隊か護衛隊のだれかに伝文を送ることだと思っているわけ？」

「はい、もちろん」

「あなたの国がガーターイーと同じゲームをやっているのではないという確信があるの？」

彼はソリーを見つめた。彼女の言葉を理解すると、いままで抑えつけ、斥《しりぞ》けていた怒りが、彼女とともに閉じ込められていた果てしない日々の苦しみが湧きあがり、怒りと憎悪と屈辱のおもいが怒濤のように押し寄せてきた。

彼は口がきけなかった、あの若い愛国者のような話し方をするのではないかと恐れたからだ。

彼は、部屋の自分の側をまわると、マットレスの自分の側に腰をおろした。わずかだが彼女に背を向けて足を組み、一方の手を残る手に軽くのせた。

彼女はなにか喋っている。彼はそれを聞こうともせず、答えもしなかった。

しばらくすると彼女がいった。「わたしたち、話し合ったほうがいいわね、テーィェイオ。時間は、あと一時間。あのがきどもは、わたしたちが頼めばやってくれるかもしれない、わたしたちがまともなことを——うまくいきそうなことを話せばね」

彼は答えたくなかった。唇を嚙んで身じろぎもしなかった。

「テーィェイオ、わたし、なにかいった？　なにか間違ったことをいった？　わたしにはわからないの。ごめんなさいね」

「彼らは――」彼は唇が震えないように、声がわななかないようにするのに苦労した。「彼らはわれわれを裏切りはしないでしょう」

「だれが？　愛国者たちが？」

彼は答えなかった。

「ヴォエ・ディオが、という意味？　わたしたちを裏切らないというのね？」

彼女のやさしい、信じられないというような質問、そのあとの沈黙のなかで、テーイェイオには彼女のいうことが正しいのだとわかった。すべては、世界じゅうのさまざまな権力の馴れ合いなのだということが。国に対する自分の忠誠も奉仕も、自分のこれまでの一生と同じようにすべては徒労であったことが。彼女は熱心に弁解している、あなたは正しいことをやろうとしたのだといっている。彼は両手で頭を抱えながら、石のように乾ききった涙よ、あふれてくれと祈っていた。

彼女が線を越えた。その手が肩におかれるのを彼は感じた。

「テーイェイオ、ごめんなさい」と彼女はいった。「あなたを侮辱するつもりはなかった！　わたしはあなたを尊敬している、あなたはわたしの希望のすべて、救いの手」

「気にしないでください」と彼はいった。「わたしに――わたしたちに、もっと水さえあれば」

彼女は跳び上がって扉に駈けより、拳とサンダルで扉を叩いた。

「ちくしょう、ちくしょう」と彼女は叫んだ。

テーイェイオは立ち上がると歩きはじめた。三歩あるいてはターンして、三歩あるいてはターンして、そして部屋の自分の側で立ち止まる。「もしあなたが正しいなら」と彼は、ゆっくりと礼儀正しくいった。

「われわれと、われわれを捕らえている連中は、ガーターイーだけでない、わたしの同胞からも襲われるかもしれない……あの連中は、反体制派の勢力を助長した、ここに軍隊を派遣する口実を作るために……ガーターイーを鎮圧するために。だから彼らは、反体制派をどこで探せばいいか知っているんです。われわれは……われわれは幸運です、われわれの誘拐者たちが……誠実なので」

彼女はやさしく彼を見守っていたが、そのやさしさは彼には無意味だった。

「わからないのは」と彼はいった。「エクーメンがどちらの側につくかということです。つまり……じっさいは、ひとつの側しかないからです」

「いいえ、われわれの側があるわ。敗残者の側。ヴォエ・デイオがガーターイーを乗っ取るつもりだと大使館にわかれば、彼らは介入はしない、でも承認もしない。ことにそれが、多大な抑圧を伴うものだと知れば」

「暴力は、ただ反エクーメン勢力に抵抗するだけのものです」

「それでも彼らは認めようとはしない。わたしが生きていることを知れば、わたしが祭りに参加することを要求したひとびとに対して腹を立てるでしょう。問題は、われわれが彼らとどう話すかということよ。わたしはガーターイーにおいてエクーメンを代表する唯一の人間だった。だれか安全なルートはないかしら？」

「わたしの配下の者ならだれでも。しかし……」

「彼らは送り返されているでしょう、使節が死んで埋葬されているのに、大使館の護衛隊を残す口実はないものね？　やってみるよりしょうがない。あのがきどもにたのんでみよう」彼女はすぐに残念そうにいった。「あのがきどもがわたしたちをそのまま解放してくれるとは思えないな——変装する？　それがやつらにとってはいちばん安全かもしれない」

「海があるんですよ」とテーイェイオはいった。

彼女は頭を叩いた。「ああ、なんで水を持ってこないのよ……」彼女の声は、紙の上をすべる紙の音のようだった。彼は自分の怒りを、悲しみを、自分自身を恥じた。自分にとって、あなたは救いの手であり希望だったと告げたかった。自分はあなたを尊敬していたと、あなたは信じられないほど勇敢だったと。だがそんな言葉はただのひとつも出てこなかった。空しさと疲労に押しひしがれ、老いこんだような気分だった。やつらが水さえ持ってきてくれたら！

水がとうとうあたえられた、食べるものもいくらかは。多くはないし、新鮮でもなかったが。明らかに捕獲者たちも、身を隠していて、自由はなさそうだった。代表者は――自分の軍用名は、ケルガト、ガーターイー語で〝自由〟という意味だと教えてくれた――この近辺はすっかり掃討され、放火され、ヴォエ・ディオの軍勢が、王宮をふくむ市のほとんどを掌握しているが、この事実は、ネットには流れていない。「これが終われば、ヴォエ・ディオは、おれの国を乗っ取るだろう」彼は怒りの形相でそういった。

「長いことはないな」とテーイェイオはいった。

「だれがやつらをやっつけるんだ？」と若い男はいった。

「イェイオーウェイ。イェイオーウェイの考えだ」

ケルガトとソリーのふたりは彼を凝視した。

「革命だ」と彼はいった。「ウェレルが次のイェイオーウェイになるのにどれだけかかるか？」

「奴隷たちは？」とケルガトがいった、まるで、テーイェイオが、牛か蠅の反乱を話題にしているというような口ぶりだった。「あの連中に組織はぜったい作れない」

「作るかもしれないぞ」とテーイェイオは穏やかにいった。

「あなたのグループに奴隷はいないの？」とソリーは驚いてケルガトに訊いた。彼は答えようとはしない。

そもそも彼女を奴隷の部類と見ている、とテーイェイオは思った。なぜなのか、彼にはわかった。自分自身もそうだったから、このような差別が意味をもっていた過去の生活のなかでは。

「あなたの女奴隷、レーヴェ」と彼はソリーに訊いた――「あれは友だちでしたか？」

「ええ」とソリーはいい、そして、「いいえ。友だちであればいいと思っていた」

「あの芸人は？」

ちょっと間《ま》をおいて、彼女はいった。「友だちだと思う」

「彼はまだここにいますか？」

彼女は首を振った。「芸人の一座は巡業に出発したはずよ、祭りの数日あとに」

「旅は、祭りからこちらは、禁止されていた」ケルガトがいった。「旅ができるのは政府と軍隊だけだ」

「彼は、ヴォエ・ディオ人よ。もしまだここにいるなら、彼らは、おそらく彼と、その一座を故郷に送りとどけるわ。彼と連絡してみたら、ケルガト」

「芸人か？」若い男は、嫌悪と不信をあらわにして、そういった。「あんたたちヴォエ・ディオの同性愛者の道化のひとりだろ？」

テーイェイオはちらりとソリーを見た。辛抱、辛抱。

「バイセクシュアルの役者たちよ」とソリーは彼を無視して、そう答えたが、さいわいケルガトも彼女を無視した。

「賢いひとだ」とテーイェイオはいった、「いろいろなつてもある。われわれを助けてくれるだろう。あんたやわれわれを。それだけの値打ちはある。彼がまだここにいるとしたら。急がねばならない」

「なんでそいつがおれたちを助ける？ そいつはヴォエ・ディオだ」

「奴隷さ、市民じゃない」とテーイェイオはいった。

「それにハーメー、奴隷の地下組織のメンバーだ、ハーメーはヴォエ・ディオの政府に反抗している。エクーメンは、ハーメーの正当性を認めている。彼は大使館に報告するだろう、愛国者のグループが使節を助け、安全に匿《かくま》っているが、危険が非常に迫っていると。エクーメンはただちに、断固たる行動を起こすはずだ。そうでしょう、使節？」

ふいにふたたび地位をみとめられたソリーは、威厳をこめてうなずいた。「でも隠密裡にね」と彼女はいった。「彼らは、暴力は避けるわ、もし、政治的な圧力を発揮できるなら」

若い男は、こうした言葉をしっかりと頭に叩きこみ、理解しようとしている。彼の疲労や不信や混乱に同情し、テーイェイオは、静かに待っていた。ソリーも、両手を重ね、同じように静かに待っている。痩せほそった彼女は汚くて、長いこと洗っていない脂じみた髪の毛は、まっすぐに束ねて縛ってある。彼女は勇敢だ、勇敢な雌馬のように傲慢だ。職を辞する前に彼女の心臓は破れるだろう。

ケルガトが質問した。テーイェイオがそれに答えた、説きつけるように、安心させるように。ときどきソリーが口をはさむ。ケルガトはふたたび彼女の言葉に耳を傾けている、不安そうに、聞くまいとしている、彼は彼女をあんなふうに呼んでしまったのだ。とうとう彼は立ち去った、これからどうするつもりなのか話そうともせずに。だがバーティカームの名前はちゃんと訊いたし、大使館宛てのテーイェイオの識別メッセージももらった。〝給与が半分のヴェイオットは、古い歌をすぐに覚える〟

「なんてこと！」ソリーはケルガトが立ち去るとそういった。

「あなたはオールド・ミュージックという名のひとを知っていましたか、大使館で？」

「ああ！　彼はあなたの友だちなの？」

「彼は親切にしてくれました」

「彼はウェレルには真っ先に来ていたのよ。最初の観《オブ》察員《ザーバー》。とても有力な人間だった——そう、そして、〝すぐに〟と伝えたのね。そうなの……わたしの頭ったら、ちっとも働かない。小川のほとりか、野原に寝そべって、そして水が飲めたらいいのに。一日じゅう。そしたら飲みたいときにはいつでも飲むの。ただ首を伸ばすだけで、ごくごく飲む……流れる水……日を浴びて……ああ、神さま、ああ、神さま、日の光を。テーイェイオ、ほんとうに苦しい。いつにもまして辛い。ここから逃れる方法があるかもしれないと思うと。ただわからないだけ。願うことはやめよう、願わないこともやめよう。ああ、くたびれた、ここにすわっているのが！」

「いま何時ですか？」

「二十時半。夜。外は暗い。ああ、神さま、暗闇！暗闇のなかにいるだけ……あの、くそったれのバイオリュームに覆いをする方法はないかな？　一部でもいいから？　夜があると思えば、昼もあると思えない？」

「わたしの肩の上に乗ってもらえれば、あれに届くとは思います。ですが、どうすれば布を結びつけられますか？」

　ふたりは、飾り板を見つめながら考えこんだ。

「わからない。あなた、あれに気づいた？　消えかけているように見えるところがちょっとあるじゃない。わざわざ暗くしようと心配しなくても大丈夫じゃないの。ずっとここにいられたらねえ。ああ、やれやれだ！」

「ところで」しばらくすると彼がいった。奇妙なほど気が弱くなっている。「疲れましたよ」彼は立ち上がって伸びをし、目配せで彼女の領分に入る許しをもらい、水を飲むと、また自分の領分に戻り、ジャケットと靴を脱ぎ、彼女が背を向けたすきにズボンも脱いで横になる、毛布を引き上げると心のなかでこういった。

「カーミイェーさま、どうかこの崇高なるものにおすがりさせてください」だが彼は眠れなかった。

彼女がかすかに身じろぎする気配がした。彼女は排尿をすませると少々の水で洗い、サンダルを脱いで横になった。

長いときが経った。

「テーイェイオ」

「はい」

「あなた、どう思う……こんなことをするのは間違いかしら……こんなときに……愛を交わすのは？」

間《ま》。

「こんなときにはだめでしょう」と彼は、聞きとれないほどの声でいった。「しかし――ほかの人生なら――――」

間《ま》。

「短命対長命」彼女がつぶやく。

「ええ」

間《ま》。

「だめです」と彼はいい、彼女のほうに向き直る。「だめです、間違っている」ふたりは手を伸ばしあった。手を握りあい、無我夢中で結ばれ、貪欲にむさぼりあい、それぞれ異なる言語で神の名を絶叫し、費《つい》やし、そして獣のように咆哮する。ぴったりと体を寄せあい、もつれあい、じっとりと汗まみれになり、疲れ果て、そしてまた甦り、ふたたび結ばれ、触れあうしなやかな肉体を果てしなく探りあい、いにしえを見いだし、新しい世界への長い飛翔を存分に味わう。

彼は目覚めた、ゆっくりと、やすらぎに満たされた想いを味わいながら。ふたりはもつれあっていた、顔は彼女の腕と胸に押しつけられ、彼女は相手の髪の毛を、ときおり首や肩を撫でていた。そのゆるやかなリズムを、自分の顔や手や脚に押しつけられる相手の肌の冷たさを、彼も存分に味わっていた。

「やっとわかったわ」彼女は、胸に響くような低い声で、彼の耳に囁いた。「わたしはあなたを知らなかった。これからあなたを知らなければ」彼女はおおいかぶさって、唇と頬を彼の顔に押しつける。

「なにが知りたい？」

「なにもかも。テーイェイオとは何者なのか教えて……
……」

「わからない」と彼はいった。「かわいいあなたを抱いている男……」

「ああ、神さま」彼女はいやな臭いを放つ粗末な毛布でぱっと顔をおおう。

「神とはだれです？」と彼は眠そうに訊いた。ふたりともヴォエ・デイオ語で話していたが、彼女はふだん毒づくときは、テラ語やアルテラ語を使っている。この場合は、アルテラ語の〝神《セイト》〟だった、そこで彼は訊いた。「セイトとはだれです？」

「ああ――チュアル――カーミイェー――そんなようなもの。ただ口から出ちゃうの。ただの悪い言葉。あなたは、ああいうものを信じているの？　ごめんなさい！　あなたの前にいると、自分がほんとうにうすのろみたいに感じるのよ、テーイェイオ。あなたの魂のなかにずかずか踏みこんで、あなたを侵す――わたしたちは侵略者ね、いくら平和主義者だ、道徳的な人種だといっても――」

「わたしは、エクーメンのすべてを愛すべきか？」と問いかけながら、彼は、相手の、そして自分自身の震えるような欲望を感じとり、彼女の胸を撫ではじめる。

「ええ」と彼女はいった。「ええ、ええ」

なんだか妙だ、とテーイェイオは考える。セックスは、ほとんどなにも変えない。なにもかもが前と同じ、ただちょっと気が楽になって、戸惑うことも抑制することも少なくなった。精力を得るための水や食べ物がたっぷりあれば、彼らには、愉しむことがいくらでもある。だがたったひとつ、まったくそれとは異なるものがあるが、それをいいあらわす言葉は彼にはない。セックス、慰め、思いやり、愛情、信頼、どれもそれをいいあらわしてはいない、すべてをいいあらわしてはいない。それはまさしく親密なもの、ふたりが共感しあう肉体のなかに潜んでいるもの、だがそれは現実の情況をなにひとつ変えてはくれないし、世界のなにものをも、なにひとつ変えはしない。囚われの、この惨めな小さな世界にあるものすら変えてはくれない。ふたりは相変わらず囚われている。ふたりは相変わらずとても疲れているし、飢えてもいる。ますます絶望的になっている捕獲者どもが、ますます恐ろしくなってくる。

「わたしはレディになる」とソリーはいった。「いい子に。どうすればいいか教えて、テーイェイオ」

「あなたにあきらめてもらいたくはない」と彼は目に涙を浮かべ、烈しい口調でいった。それを見た彼女は、テーイェイオをひしと抱きしめた。

「しっかりすがりついて」と彼はいった。

「そうする」と彼女はいった。だがケルガトや、ほかの連中が入ってくると、彼女は平静になり、男たちの話を聞くだけで、自分は目を伏せていた。そんな彼女を見るのは耐えがたかったが、彼女がそうするのは正しいことだと、彼にはわかっていた。

扉の錠ががちゃがちゃと鳴って扉が開いた。惨めな眠りからはっと目覚めると喉がからからに渇いていた。深夜か、あるいは払暁《ふつぎょう》か。彼とソリーは、温もりを求めて絡み合って眠っていた。ケルガトの顔を見たとき、彼は不安に襲われた。これを彼は恐れていたのだ、彼女が性的な弱点をさらけだしてしまうことを。彼女は寝ぼけまなこで、彼にしがみついている。

男がもうひとり入ってきた。ケルガトはなにもいわない。入ってきた男がバーティカームだとテーイェイオが気づいたのは、しばらく経ってからだった。

気づいても、彼の頭にはなにも浮かばなかった。その芸人の名前をやっと思い出しただけだった。ほかにはなにも。

「バーティカーム？」ソリーが嗄れた声でいった。

「ああ、なんてこと！」

「これはまことに興味深いことですな」バーティカームは芸人らしい温かな声でいった。テーイェイオが見たところ、彼は服装倒錯者ではなかったらしく、ガーターイーの男の服を着ていた。「あなたたちを助けにきたのですよ、あなたたちを困らせるためじゃなくね、使節、レイガ。急ごうではありませんか？」

テーイェイオはあわてて起き上がり、汚れたズボンをはいた。ソリーは、捕獲者がくれたぼろぼろのパンツをはいて寝ていたのだ。ふたりとも、保温のためにシャツは着ていた。

「大使館には連絡したの、バーティカーム？」と彼女は、サンダルを履きながら訊いたものの、その声は震えていた。

「ええ、しましたとも。わたしはずっとあちらにいて、戻ってきたんですよ。たいそう遅くなってすまなかった。あなたがここでこんな目にあっているとは、まったく知らなかった」

「ケルガトが、われわれのために最善を尽くしてくれました」とテーイェイオが強張った声で、すかさずいった。

「わかります。かなり危険な情況で。これからは危険も少なくなるでしょうよ。つまり……」彼はテーイェイオをまっすぐに見た。「レイガ、あんたは、ハーメーの手に自分の身をまかせることをどう思う？」と彼はいった。「それになにか問題があるかね？」

「やめて、バーティカーム」とソリーはいった。「彼を信じて！」

テーイェイオは靴の紐を結ぶと、まっすぐに背を伸ばしてこういった。「われわれはみな、カーミイェーさまの御手のもとにあります」

バーティカームは笑った。彼らが覚えている、あの美しい高らかな笑いだった。

「では、カーミイェーさまの御手に」と彼はいい、ふたりを部屋の外に導いた。

アルカーミイェーの書には、こう記されている。

「ありのままに生きることはもっとも難しいことである」

ソリーはウェレルに留まることを希望した。そして海岸での静養休暇がおわると、南ヴォエ・ディオに観察員《オブザーバー》として送られた。テーイェイオはまっすぐに故郷に帰った、父親が重病であると知らされたのだ。父親が死ぬと、彼は大使館の護衛隊から無期限の休暇をもらい、母親とともに農場に残ったが、母親も二年後に死んだ。彼とソリーは大陸ひとつ分ははなれており、たまに会うだけだった。

母親が死ぬと、テーイェイオは、家族が所有していた奴隷を最終的な解放法に準じて解放し、農場を彼らに正式に譲渡し、いまやほとんど無価値となった資産を競売で売り払うと、首都におもむいた。ソリーが大使館に一時滞在していることは知っていた。古い音楽《オールド・ミュージック》がどこに行けば彼女が見つかるか教えてくれたのだ。広壮な建物のなかにある小さなオフィスで彼女を見つけた。ちょっと老けたように見えたが、たいそうエレガントだった。彼女は苦しそうな、それでも警戒するようなまなざしで彼を見た。前にすすみでて挨拶することも触れることもなかった。彼女はいった。「テーイェイオ、わたしはイェイオーウェイの最初のエクーメン大使を仰せつかったの」

彼はじっと動かなかった。

「たったいま――ハインと超光速通信機《アンシブル》で話し合って、帰ってきたところなの」

彼女は両手で自分の顔をはさんだ。「ああ、なんてこと！」と彼女はいった。

彼はいった。「心からお祝い申し上げます、ソリー」

ソリーはやにわに彼に駈けよって両腕を彼の肩にかけると、こう叫んだ。「おお、テーイェイオ、あなたのお母さまが亡くなったとは思いもしなかったわ、ごめんなさいね、ほんとに、ほんとに、知らなかった――わたし、考えていたの、わたしたちのこと――あなたはこれからどうするつもり？　あそこに残るつもりなの？」

「あそこは売ってしまった」と彼はいった。彼女の抱擁を、身じろぎもせずじっと耐えている。「軍に戻ろうかと思っている」

「農場を売ったの？　わたしはまだそこを見ていないのに！」

「あなたが生まれたところを、わたしも見たことがない」と彼はいった。

すこし間《ま》があった。彼女がつと体をはなした。そしてふたりは見つめ合った。

「いっしょに来る？」と彼女はいった。

「行きたい」と彼はいった。

イェイオーウェイがエクーメンに加盟してから数年後、移動使節《モバイル》ソリー・アガト・テルワは、エクーメン連絡員としてテラに送られた。のちに彼女はそこからハインにおもむいた。そこでは定着使節《スタバイル》として傑出した仕事をした。彼女の旅や任地には、ウェレル陸軍の将校である夫がかならず同行した。たいそうな美男子だが、社交性に富んだソリーに反してすこぶる控え目であった。ふたりを知るひとびとは、ふたりの熱烈な自負と、たがいによせ合う深い信頼を知っている。ソリーは、仕事の上でも十分報いられており、おそらくは彼より幸せであろう。だがテーイェイオは後悔していない。彼は自分の世界を失ったが、あの崇高なものにしっかりすがっていたのだから。

ア・マン・オブ・ザ・ピープル

A Man of the People

小尾芙佐訳

　彼は、巨大な灌漑《かんがい》タンクの横にいる父親のかたわらにすわった。火の色をした翼が黄昏の空気のなかを高く高く舞い上がり、そして急降下した。震える水の輪が大きくなり、重なりあい、そしてじっと動かなくなった水面で消えた。「なにがこの水をこんなふうに動かしているの?」不思議だったので、彼は穏やかに訊いた。父親が静かに答えた。「アラハが飲むときに、水に触るからだよ」そこで彼は理解した、それぞれの円の中核にあるのは、欲望、つまり渇きなのだと。そろそろ家に帰る時間になったので、彼は父親の前を走っていった、明るい窓のつらなる斜面の町へ、たそがれのなかを飛んで帰るアラハのように。

　彼の名前はマチンイェヘダルヘッドデュラガマラスケッツ・ハヴジヴァという。ハヴジヴァというのは、「環にふちどられた小石」という意味で、その中心を走っているひとすじの水晶の含有物が縞のように見える小石のことである。ストセのひとびとは石やその名前には詳しい。天空の少年たちとか、異空とか、静的血統とかいう言葉が、石の名前や、勇気、忍耐、気品などという人間の望ましい性質などにあてられる。イェヘダルヘッドの一家は伝統主義者で、家系とか血統についてはくわしい。「おまえの一族が何者であるかわかっておるなら、おまえは自分が何者であるかわかるな」とハヴジヴァの父親、グラナイトはいう。親切で温厚なこの人物は、父親としての義務を真剣に受け止めているので、しばしばそんなことを口にする。

　グラナイトは、むろんハヴジヴァの母親の兄弟である。つまり父親というもの。母親にハヴジヴァを孕《はら》ませた男は農場に住んでいた。彼は、町にいるときは、ときどき立ち止まって、こんにちはといった。ハヴジヴァの母親は太陽の子孫だ。ときどきハヴジヴァは、従姉のアロウを羨《うらや》ましいと思った。アロウの父親は彼女よりたった六つ年上で、大きな兄のように彼女と遊んだ。ときどき彼は、とるに足りない女を母親にもつ子供たちが羨ましかった。彼の母親はいつも断食をしたり、踊ったり、旅をしたりして、夫はおらず、家で寝ることはめったにない。母親といっしょにいると胸がわくわくするが、なにかと面倒だ。母親といっしょにいるときは、もったいぶっていなければならない。家のなかにだれもいないとほっとするけれども、そんなときには父親ややさしい祖母や、冬の踊り手である祖母の妹や、その夫や、農場やほかの村落《プエブロ》に住んでいる〈異空〉の親類たちがやってきて、泊まっていく。ストセのひとびとのなかに〈異空〉の家系はふたつしかなく、そしてイェヘダルヘッド家はドイェファラド家よりもてなしがうまいので、親戚たちがみんな泊まりにくるのだ。訪問客たちが農場のいろいろな収穫物をもってきてくれなかったら、そして母親のトヴォが太陽の後継者でなかったなら、みなを受け入れるのはとうていむずかしい。母親は、儀式の運び方を教えたり、儀式を執り行ったり、よそのプエブロの儀礼も執り行ったりして、たくさんの報酬を得ている。稼いだものはすべて家族にあたえ、家族は、それを親戚にあたえたり、儀式や祭礼や祭典や葬式の費用にあてている。

「富というものはやむことがない」とグラナイトはハヴジヴァにいった。「やまぬようにしていかねばならない。血が巡るように。巡るうちに、いつかそれは止まる——それが心臓麻痺というもの。そして死ぬ」

「ヘゼじいさんも死ぬのかい？」と少年は訊ねた。ヘゼ老人は、儀式や、親類縁者に金を使ったことがない。

そしてハヴジヴァはよく気のつく子供だった。

「そうさ」と父親は答えた。「やつのアラハはもう死んでいる」

アラハは快楽だ。名誉だ。男性であろうと女性であろうと、人間の性の特質だ。寛容さだ。美味い食べ物か酒の味だ。

それはまた火の色をした羽毛をもち、すばやく飛ぶことのできる哺乳動物の名前だ、そいつが灌漑用の池に水を飲みにくるのをハヴジヴァはよく見かけたものだ。夜の暗くなった水面に小さな炎が燃えている。

ストセはほとんど島といってよいほどだった——湿地や潮がさす沼地によって、本土である広大な南の大陸から切り離されている。沼地には、おびただしい水鳥が集まり、交尾や巣作りをしている。巨大な橋の残骸が陸地側に見えるが、沈んでいる残りの半分は、町の小舟用の桟橋や防波堤の土台になっている。過去の巨大な構築物は、ハインにはふさわしくないし、ハイン人にとっては、ほかの風景ほど立派とも思えないし、興味深いものでもない。本土に向けて舟を出そうとしている母親を、桟橋で見送っている子供は、小舟や空を飛ぶものがあるのに、なんで昔のひとたちはわざわざ橋をこしらえたのかと、不思議に思っているかもしれない。彼らは歩くのが好きだったにちがいないと彼は思った。おれなら、小舟で渡るほうがいいな、と彼は思った。あるいは空を飛ぶほうが。

だが銀色の空を飛ぶものは、ストセには降りず、ストセを飛びこえ、歴史家たちが住んでいるある場所からある場所へと飛んでいくだけだ。たくさんの小舟がストセの港を出入りしているが、彼の血筋の者たちは小舟には乗らない。彼らはストセのプエブロに住んでおり、彼らのひとびとと彼らの血筋がやるようなことをやっている。彼らは、学ぶ必要のあることは学び、その知識を生かしている。

「ひとは、人間であることを学ぶべきだ」と彼の父親はいった。「シェルの赤子を見てごらん。あの子は、こう言いつづけているじゃないか。〝わたしに教えて！　わたしに教えて！〟とな」

〝教えて〟という言葉は、ストセの言葉では〝アオア〟だ。

「赤ん坊は、ンガアアアアアともいうね」とハヴジヴァがいった。

グラナイトはうなずいた。「あの子はまだひとの言葉がうまく話せないんだよ」と彼はいった。

ハヴジヴァはその冬、赤子につきっきりで人間の言葉を教えた。赤子は、エッァヒンの親戚で、越していった又従妹だが、母親と父親と、父親の妻といっしょにやってきた。一家の者たちは、まるまると太った、つぶらな目のおとなしい赤子に、バアバとかゴウゴとか根気よく声をかけているハヴジヴァを見守っていた。ハヴジヴァには姉妹はなく、したがって父親にはなれないが、真面目に勉学に励むならば、兄弟のいない母親の赤子の養い親になるという名誉にあずかれるだろう。

彼はまた学校や寺院で学び、踊りを習い、この地方独特のサッカーを習得した。彼は真面目な学生だった。サッカーも上手だったが、彼の親友、イアン・イアン（埋設ケーブル地区の女子の伝統的な名称、海鳥の名前）という名の埋設ケーブル女子ほどではなかった。彼らは十二歳になるまでは、少年も少女も共に同じような教育を受けた。イアン・イアンは、児童サッカー・チームでもっとも上手な選手だった。彼らは、ハーフタイムになると、いつも彼女を相手方に移したので、スコアはいつも五分五分で、どちらもひどい失点もなく、ばか勝ちすることもなく、みなが家に帰って夕食をとることができたのだった。早くから伸びはじめた背丈は別として、彼女が優れていたのは、その技《わざ》だった。

「寺院で働くつもりはない？」と彼女はハヴジヴァに

訊いた。家のポーチの屋根にハヴジヴァと並んですわって、十一年ごとに執り行われる〈異例の神々の制定の日〉の初日を眺めていた。異例なことはまだ起こってはいなかった。増幅器がうまく働かないので、広場の音楽は、かすかに、とぎれとぎれにしか聞こえなかった。二人の子供たちは、踵を蹴り上げながら、静かな声で話している。「ううん、織り物は親父から習うつもりなんだ」と少年がいった。

「運がいいね。なぜ頭の鈍い男の子だけが、織機を使えるのかな？」それは修辞的な質問だった。ハヴジヴァは別に気にもとめなかった。女は織り手にはならない。男は煉瓦は作らない。異空のひとたちは、小舟を漕がないが、電子機器の修理はする。埋設ケーブルのひとたちは獣の去勢はやらないが、発電機の調整はする。あるひとにはできて、あるひとにはできないというものがある。あるひとは、そうしたことができないひとたちのかわりにそれをする。そしてそうしたひとたちは、あるひとができないことをかわりにする。思春期になるとイアン・イアンとハヴジヴァは、自分が就くはじめての職業を選択する。イアン・イアンは、家の建築と修繕という仕事の見習いになることをもう決めていた、もっとも成人のサッカー・チームが、おそらく彼女の時間の大半を要求してくるだろうが。

蜘蛛《くも》のような脚をもった球形の銀色の人物が、長々と伸びながら街路に降りてきて、はずむたびに火花の雨を吐きちらす。赤い衣をまとい、白く細長い仮面をかぶった六人の者たちがそれを追い、なにか叫びながら、斑入りの豆をそれに投げつけている。ハヴジヴァとイアン・イアンは、いっしょに大声をあげながら、屋根の上から首を伸ばし、それが広場のほうに向かい、角を曲がっていくのを眺めている。ふたりとも、この異例の神の正体がチャート、つまり空の血筋の若者で、成人のサッカー・チームのゴール・キーパーだということは知っている。それが神性の顕示であることも知っている。ザルスツァ、あるいは球電光と呼ばれる神は、儀式のために街にやってくるのに航空図《チャート》を用い、そして恐怖と賞賛の叫び、豊穰の驟雨《しゅうう》に追われ飛び跳ねながら、たったいま街路に降り立った。この光景を歓迎し喜びながら、ふたりは、神の衣装の特性や、その跳躍や、花火の特性などを鋭く見抜き、その威力と奇妙さを畏《おそ》れた。彼らは神が行きすぎたあとも、しばらくはなにもいわず、屋根の上の霧のかかった陽光を浴びて夢見心地ですわっていた。彼らは、日々の神々のあいだに暮らす子供たちである。それが異例の神々のひとりをいま見たのである。彼らは満たされていた。遠からずもうひとりの神があらわれるだろう。時というものは、神々にとってはなにものでもない。

十五のとき、ハヴジヴァとイアン・イアンは、共に神となった。

ストセの十二歳から十五歳までの子供たちは、油断なく見張られていた。その家の子供が、その家族、その一族、その血統に属する人間が、儀式もせず、早すぎる変化を遂げたならば、大きな悲しみと、深い恥辱感をえんえんと味わうことになるだろう。純潔は、聖なる地位であり、不用意に棄てられてはならない。性行為は聖なるものであり、不用意にしてはならない。男の子は自慰をし、同性愛も試してはみるが、同性での婚姻にはいたらない。それを試した青年期の男子、女子とふたりきりになろうとしたと疑われた者たちは、目上の者からえんえんと説教をされ、脅しつけられ、責めたてられる。処女や童貞である者たちと性交しようと近づいた成人は、社会的地位と宗教上の役目、そして家屋の権利を失うだろう。

変化には、しばらく時がかかる。少年や少女たちは、自分の生殖能力というものを認め、それをコントロールするすべを教わらなければならない。ハインでは、生殖機能というものは、個々人が決定すべきものだからである。受胎は自然に起こるものではない。女と男の両者がそれを望まなければ、受胎は生じない。十三歳になると、少年たちは、精子を自ら放出する技を教えられる。教えを受けるときには、さまざまな警告や脅しや叱責が浴びせられるが、少年たちがじっさいに罰せられることはない。一、二年後には、一連の性交能力の有無のテスト、事始めの儀式、恐ろしくも形式的な男子特有の秘密などが明かされる。それらのテストに合格することは、強烈な自信となる。いまのところハヴジヴァは、大方の少年たちと同じように、この最後の変容の儀式をたいそう恐ろしく感じるようになっていたが、鬱々とした克己《こっき》心の下に、その気持を押し隠していた。

娘たちへの教えはそれとは異なっていた。ストセのひとびとは、女性の受胎能力の周期のおかげで、いつ、いかにして受胎するかということをたやすく理解することができるし、したがってそれを教えることも容易だと思っていたし、少女たちが敷居をまたぐ儀式は決して恥ずべきものではなく、褒められるべきことであり、恐れより期待をかきたてるものだと信じていた。女たちは、男たちが望むことを悟り、どうすれば男たちを発情させることができるか、自分たちの望むことを、男たちにどのようにして伝えるかを数年がかりで教えられてきた。こうした訓練にのぞむとき、たいていの少女が、仲間うちではこのような訓練はできないといいだすが、叱責され、説教されるのがおちだった。そう、そんなことは許されない。いったん地位があがれば、なにごとも思いのままにできるのだが、だれもが一度は、この二重扉をくぐらねばならないのである。

この変化の儀式は、少年少女の管理を託された人間が、十五歳の同数の少年と少女を、よそのプエブロや農場から連れてくることができるときだけ許される。しばしば、数をそろえたり、血統を正しくそろえるために、しかるべきプエブロから、少年なり、少女を借りてくることもある。堂々と仮面をつけ、衣装をまとい、儀式のために清められた家や広場で、終日参加者たちは黙々と踊り、崇められる。夕になれば彼らは黙々と儀式の供え物を食べる。それから仮面をつけた静かな儀式執行者たちによって二人ずつ連れ去られる。彼らの多くは仮面をつけ、名を秘したまま、己の恐怖を隠し、卑下を隠す。

異空のひとびととは、オリジナルか埋設ケーブルのひとびととのみセックスをし、彼らだけがそのグループのそうした血統の人間なので、イアン・イアンとハヴジヴァは自分たちが組み合わせられねばならないことを知っていた。踊りがはじまると、ふたりはすぐに相手を見抜いた。清められた部屋でふたりきりになると、すぐに仮面をはずした。ふたりの目が合った。ふたりは目をそらした。

彼らは、この二年というもの、ほとんど離れて暮らしており、ここ数カ月はまったく会うこともなかった。ハヴジヴァはすっかり成長し、いまの彼女とほとんど同じ背丈だった。たがいに見知らぬ人間だった。ふたりは、礼儀正しく、真面目な顔をしてたがいに近づき、たがいにこう思った。「さあ、すませてしまおう」そうしてふたりは触れ合い、そこで神が彼らのなかに入り、ふたりになった。神にとっての彼らは、戸口だった。その意味するところとは、彼らは言葉だということだった。はじめは、ぎごちない神だった、不器用な神だったが、次第に幸せな神になった。

翌日、ふたりは神聖な家を去り、ふたりともイアン・イアンの家に行った。「ハヴジヴァはここに住む」とイアン・イアンがいった、女にはそういう権利があるので。彼女の親族たちはみな彼を歓迎し、驚いたものはひとりもなかった。

彼が祖母の家に自分の衣服を取りにいったときも、だれも驚いた者はいないようだった、みなが彼に祝いを述べ、エツァヒンからやってきた年老いた従姉は、顔が赤くなるような冗談をいい、彼の父親はこういった。「おまえはこれでこの家の人間だ、夕食には帰っておいで」

そこで彼はイアン・イアンの家で彼女といっしょに寝て、いっしょに朝食を食べ、夕食は自分の家で食べた。普段着は彼女の家におき、踊り用の衣装は自分の家においた。そして自分の学びはつづけ、いまではほとんど動力で動く織機で敷物を織り、宇宙の性質について学んだ。彼とイアン・イアンは成人のサッカー・チームで試合をした。

母親とはよく会うようになった、なぜかというと、十七になったとき、母親が彼にこう訊いたからである、太陽というものについて、商売の慣習とか協定について自分といっしょに学び、ストセの農夫たちと公平な取り引きをしたり、同じ血筋の村人や異国のひとびとと契約することを学びたくはないかと。彼はさまざまな儀式については目で見て覚え、儀礼については習わしによって学んだ。ハヴジヴァは母親といっしょに市場や遠くの農場へ行き、小さな入り江をわたって、本土のプエブロへも出かけていった。機織《はた》りをしていると、気持が落ち着かなくなり、心のなかが、織物の模様でいっぱいになってしまう。旅は歓迎だったし、仕事も面白かったし、トヴォの権威や機知や感受性には感服した。彼女や年老いた商人連中や、さまざまなことをやってのける太陽びとは、その存在そのものが学びだった。彼女は決して無理強いはしなかった。彼は交渉の場ではごく小さな役割しか果たさなかった。太陽関係の複雑なビジネスを学ぶには数年を要し、彼の前にはこうしたトレーニングを終えた年長のひとたちがいた。だが彼女は彼に満足した。「あなたは説得するこつを心得ている」ある日の午下がり、彼女はそういった。ちょうど黄金の水の上を舟で進みながら、霧と夕日の光のなかから忽然《こつぜん》とあらわれたストセの家並みを眺めているときだった。「あなたは太陽を受け継ぐことができる、あなたが望みさえすれば」

自分は受け継ぎたいのか、と彼は思った。胸のうちに答えるものはなく、ただ心が曇るような、和らぐような感覚はあったものの、それを言葉で言いあらわすことはできなかった。その仕事が好きなのは、自分でもわかっている。そのやり方も秘密ではない。ストセを出て、見知らぬひとびとのあいだに入るのも、好ましいことだ。やり方を知らぬことをやらねばならないこともあるが、彼はそれが気に入っていた。

「あんたの父さんといっしょに暮らしていた女のひとがやってきた」とトヴォがいった。

ハヴジヴァは考えこんだ。グラナイトは結婚したことはない。グラナイトの子供を生んだ女はみんなストセに住んだ。いつもそうだった。彼はなにも訊かなかった、こちらが理解していないことを示す、それが大人のやり方だった。

「ふたりは若かったから。子供はなかったよ」と母親がいった。「女は、そのあといなくなった。歴史家になったのさ」

「へえ」とハヴジヴァは、芯から驚いた様子でいった。

歴史家になったひとがいるなんて聞いたこともなかった。歴史家になれるひとがいるなんて、考えたこともなかった。歴史家になれるひとがいないのと同じように。ストセの一員になれるなんてひとがいない。生まれは生まれ。それは変わらない。

礼儀正しい彼の沈黙は、たいそう重いもので、トヴォはそれに気づかないわけではなかった。彼女の教師としての鋭い感覚は、質問が答えを必要とするときを心得ていた。だが彼女は無言だった。

小舟の帆がゆるみ、大昔の橋の土台を使って作られた桟橋に向かって進みはじめると、彼は訊ねた。「その歴史家は、埋設ケーブルのひとなの？　それともオリジナルなの？」

「埋設ケーブルよ」と母親はいった。「ああ、わたしって、なんて頑固なんだろう。舟も頑固な生き物だけど！」彼らを渡してくれた女、グラス族の渡し守は、あきれたように天を仰いだが、すこぶる軽快な自分の小舟の擁護をすることはなかった。

「きみの親類が来るのかい？」とハヴジヴァはその夜、イアン・イアンに訊いた。

「ああ、そうよ、寺院にいたひと」メッセージはストセの情報センターで受け取られ、家のレコーダーに送信されたのだとイアン・イアンは伝えた。「彼女はいつもあんたの家に住んでいた、と母さんがいった。エツァヒンで、きょう、だれに会ったの？」

「太陽びとの数人に。きみの親戚のひとは歴史家？」

「頭のおかしい連中よ」イアン・イアンは素っ気なくいうと、裸のハヴジヴァの上に裸のまますわって、彼の背中を揉みはじめた。

　歴史家が到着した、五十そこそこの痩せた小女で、メズハと呼ばれていた。ハヴジヴァが会いにいったときには、彼女はストセの衣服を着て、ほかの連中といっしょに朝食をとっていた。澄んだ目の快活なひとだったが、多弁ではなかった。彼女が社会的な約定《やくじょう》を破って女性がやらないことをやり、自分の家柄を無視して種類の違うものになったというような気配はまったくなかった。彼女について彼が知っていることといえば、彼女が自分の子供たちの父親と結婚し、機を織り、動物を去勢しているというぐらいだった。だが彼女を避けるものはだれひとりおらず、朝食のあとで、その家の長老たちは、彼女を帰還者の儀式へと連れていく、彼女がいまだそうしたひとびとのひとりであるかのように。

　彼は彼女に驚嘆しつづけ、いったいなにをしたひとなのだろうと考えた。イアン・イアンに彼女のことを何度も訊ねたが、ついには怒鳴られてしまった。「あのひとのしたことなんか知るもんか、なにを考えているかなんて知るもんか。歴史家というやつは、みんな、頭がおかしいのよ。自分で訊けばいいでしょ！」

ハヴジヴァは、自分がわけもなく、そうすることを恐れているのだと気づいたとき、自分に何かを強いる神が存在することを了解した。彼は街の上方にある石塚、座穴のひとつに登っていった。眼下には、断崖の下に横たわるストセの黒いタイルの屋根と白い塀が見え、畑や果樹園のあいだに銀色に光る灌漑タンクが見えた。耕された土地の向こうには、長い海性湿地が広がっている。彼は日がな沈黙したまま、そこにすわりこみ、海を見わたし、自分の魂をのぞきこんだ。そして自分の家に戻ると、そこで眠った。朝食を食べにイアン・イアンの家に行くと、彼女は彼を見つめたまま、なにも言わなかった。

「断食していたよ」と彼はいった。

彼女はちょっと肩をすくめた。「じゃあ食べなさい」と彼女はいい、彼のかたわらにすわった。朝食がすむと、彼女は仕事をしに出ていった。彼は出ていかなかった、織り機が待っているのに。

「すべての子らの母よ」と彼は歴史家にいった。ある血統の男が、別の血統の女にあたえることができる、もっとも敬意に満ちた称号を、彼はあたえた。「わたしが知らないことはいろいろあるが、あなたはそれを知っている」

「わたしが知っていることなら、喜んであなたに教えましょう」と彼女はいった、まるで生涯ここに住んでいて、その作法は心得ているとでもいうように。そうして微笑をうかべると、彼の次の遠回しの質問を見越したようにこういった。「わたしに与えられたものは、みな与えます」と彼女はいい、支払いや義務などはないことを言外に伝えた。「さあ、広場に行きましょう」

ストセではだれでも、話すために広場に行き、階段や噴水のまわりや、暑い日にはアーケードの下にすわって、往来するひとたちを、すわってお喋りに余念ないひとたちを眺めている。ハヴジヴァの好みに反して、いささか公衆の場という感じだが、彼は神や教師には従順だった。

彼らは、噴水の広い縁のくぼみに腰をおろし、まわりのひとにうなずいて見せたり、ひとこと声をかけたりしている。

「どうしてあなたは……」ハヴジヴァは口を切りかけて躊躇《ちゅうちょ》した。

「どうしてわたしは去ったのか？　わたしはどこへ行ったのか？」彼女は小首をかしげ、アラハのように目を輝かせ、それが彼が答えを望んでいる疑問なのだと気づいた。「そうね。うん、わたしはグラナイトに首ったけだった、でも子供はいなかったの、彼は欲しがっていたのに……あなた、あのときの彼みたい。あなたを見ているのが、わたしは好き……だから、わたしは不幸だった。ここのものはなにもかも気に入らない。ここでのやり方は、わかっているけど。少なくともそう思っている」

ハヴジヴァはこくりとうなずいた。

「わたしは、寺院で働いていたの。入ってくる、通りすぎていくメッセージを読んで、これはどういうことだろうと思った。わたしはこう思った、これはみんな、この世界で起きていることだって！　なんでわたしは一生ここにいなければならないのか、本当にここにいなければいけないのかと。それでわたしは、寺院のあちこちにいるひとたちと話をするようになった。あなたはだれ？　なにをしている？　あそこはどんなところ……わたしのような人間を求めていた村落《プェブロ》の歴史家たちに、彼らはすぐに連絡したの。時間を無駄にしないよう、神の怒りをかわぬように」

語られた言語は、ハヴジヴァにも聞き慣れたものだったので、彼は熱心にうなずいた。

「わたしは彼らに質問した。彼らもわたしに質問した。歴史家というものはたくさん質問をしなければならない。学校というものがあるというので、わたしもそこに通えるかどうか訊いた。数人の者がここにやってきて、わたしやわたしの家族やほかのひとたちと話し合った、そしてわたしが去れば、まずいことになると知った。ストセは保守的なプエブロなの。四百年のあいだ、ここから歴史家は生まれなかった」

彼女は微笑した。魅惑的な笑みをすばやく浮かべたのだが、若い男は顔色も変えず、大真面目で耳を傾けていた。彼女の視線は相手の顔にやさしく注がれている。

「ここのひとびとは動揺していたけれど、怒るものはいなかった。そこで、彼らと話し合ったあと、わたしは彼らといっしょにここを立ち去った。そしてカスハドに飛んだ。あそこには専門学校《スクール》があった。二十二だったわたしは、そこで新しい教育を受けた。わたしは人生を変えた。歴史家になるために学んだ」

「どうやって?」と彼は、長い沈黙のあとで訊いた。

彼女は大きく息を吸った。「難しい質問をして」と彼女はいった。「あなたがいましているように……そしてそれまでもっていた知識をすべてあきらめて――すべてを投げうって」

「どうやって」と彼は眉をひそめて、もう一度訊ねた。

「なぜ?」

「こんなふうに。わたしは立ち去るとき、自分が埋設ケーブルの女だと知っていた。あそこにいたときは知識がないことにしていた。あそこでは、わたしは埋設ケーブルの女だということを忘れなくてはいけなかった。わたしはただの女だった。自分で選べば、だれとでもセックスができる。どんな職業でも選べる。ここでは、血統が問題。ここでは意味があり、用途がある。あそこでは意味がなく、用途もない。あそこでは血統は関係ないの、宇宙のどこでも」彼女は彼と同じように、真剣だった。「知識には二種類ある、その土地特有の知識と、普遍的な知識と。時間にも二種類ある、局所的な時間と歴史的な時間と」

「神にも二種類あるのかな？」

「いいえ」と彼女はいった。「あそこに神はいない。神はここにいる」

　彼の顔色が変わるのが見えた。

　やおら彼女はいった。「あそこには魂がある。たくさんの、たくさんの魂が、心がある、知識や情熱にあふれる魂がある。生きているもの、死んでいるものの魂がある。この地に、百年、千年、十万年前に住んでいたひとびとの魂が。ここから百光年はなれた世界からきたひとびとの心や魂が。己の知識や歴史をもつひとたちの魂が。この世界は聖なるところよ、ハヴジヴァ。これはわたしが忘れなくてはならないことではない。わたしは、ほうぼうで学んで、知識をますます増やした。聖なるものでないものはない」彼女はゆっくりと穏やかに話しつづける、大方の人間がプエブロで話すように。「あなたはその土地に特有の聖なるものか、あの偉大なるものか、どちらかを選ぶことができる。けっきょく、それらは同じもの。でもひとりひとりの人生のなかではちがう。『選択の道があると知れば、選択せねばならぬということだ。変えるか、変えないか。川か岩か』ひとびとは岩。歴史家は川よ」

　しばらくして彼はいった。「岩があつまって川底を成す」

　彼女は笑った。彼女の視線はふたたび彼の上におちた。値踏みするように、愛おしそうに。「だからわたしは家に帰ってきたの」と彼女はいった。「休むために」

「でも、あなたは——あなたはもう同じ家系ではないだろう？」

「いいえ。ここのひと。まだ。ずっと」

「だがあなたは仕事を変えた。またここを出ていくだろう」

「そう」と彼女はきっぱりといった。「ひとりの人間は何種類もの存在になれる。わたしには、あそこでしなければならない仕事がある」

彼はかぶりを振った、ゆっくりとではあるが、同時にきっぱりと。「神のいない仕事のなにがよいというのか？　わたしにはわけがわからない、すべての子らの母よ。わたしには理解する頭がない」

その二様の意味に、彼女は微笑した。「あなたは自分が理解しようと思ったものは理解するでしょう、同胞《マン・オブ・マイ・ピープル》よ」と彼女はいい、格式ばった呼び方をすることで、あなたは去りたいときにはいつでも去ってもよいのだと、伝えていた。

彼はためらったのち、そこを去った。仕事にいくと、心と己の世界を、幅広の敷物に繰り返される大きな紋様で満たした。

その夜、彼は、イアン・イアンにたいそう熱心に埋め合わせをしたので、彼女はちょっと驚いて力が抜けた。神は彼らのもとに、激しく燃えながら戻って来られた。

「わたしは子供がほしい」とハヴジヴァはいった。ふたりは結ばれ、汗をたらし、腕も脚も胸も息遣いもすべてが麝香《じゃこう》の香りのする暗闇のなかでもつれあっていた。

「ああ」とイアン・イアンは吐息をついた、話すのも、決めるのも、逆らうのもいやだった。「たぶん……もう少し……もうすぐ……」

「いま」と彼はいった。「いまだ」

「だめ」と彼女はやさしくいった。「しぃーっ」彼は沈黙した。彼女は眠った。

それから一年余りが経ち、彼らが十九になったとき、イアン・イアンは明かりを消すまえに、彼にこういった。「あたし、赤ん坊がほしいの」

「まだ早すぎる」

「どうして？　あたしの兄はもうじき三十よ。女房は赤ん坊を欲しがっている。赤ん坊が育ったら、あたしはあんたの家に行って、あんたといっしょに寝るつもり。あんたは、そうしてもらいたいって、いつも言っていたわね」

「まだ早すぎる」と彼は繰り返す。「わたしはまだ望まない」

彼女は相手のほうをむき、落ち着いた、なだめすかすような口調でこういった。「あんたの望みはなんなの？　ハヴジヴァ？」

「わからない」

「あんたは行ってしまうのね。同胞《ピープル》から去っていくつもりね。頭がおかしくなって。あの女、あの忌ま忌ましい魔女め！」

「魔女などいやしない」と彼は冷たくいいはなった。「愚かしい話だ。迷信だ」

ふたりは見つめ合った、親しい友同士、愛する者同士。

「じゃあ、あんた、どうしちゃったの？　家に帰りたいなら、そう言いなさいよ。ほかの女がいいというなら、そいつのところへさっさと行けばいい。でもあたしに子供は授けてくれるわね、その前に！　あたしが頼みさえすれば！　あんた、自分のアラハを失くしてしまったの？」彼女は涙のあふれる目で、荒々しく彼を見つめた。

彼は両手に顔を埋めた。「正しいものなどありゃしない」と彼はいった。「正しいものなんかなにもないんだ。わたしがすることはなにもかも、そうされるべきものなんだ、しかし――それじゃ筋が通らない――ほかに道が――」

「正しい生き方というものはひとつだけよ」とイアン・イアンはいった。「あたしが知っているのはね。そしてここは、あたしが住んでいるところ。赤ん坊をこしらえる方法もひとつだけ。あんたが、別の方法を知っているというなら、よその人間とやればいい！」こういうなり、彼女は絶叫した、数ヵ月のあいだに溜まりに溜まった恐怖と怒りがついに噴き出したのである。彼はそんな彼女を落ち着かせ、なだめるためにその肩をやさしく抱いた。

彼女は、口がきけるようになると、頭を彼にもたせかけ、嗄れた小さな声で惨めそうにいった。「あんたが行ってしまうときにやればいいわ、ハヴジヴァ」

それを聞くと、彼は恥ずかしさと哀れみのあまり涙を流し、こうささやいた。「そうだね、そうだね」だがその夜、ふたりは抱き合い、慰め合い、そして子供のように眠りにおちた。

「おれは恥ずかしい」とグラナイトは苦しそうにいった。

「あなたのせいでこうなったのよね？」と彼の妹が訊いた、冷たく。

「そんなこと、おれにわかるか？　たぶん、おれのせいだろう。はじめはメズハ、そしておれの息子。おれは息子に厳しすぎたかね？」

「いいえ」

「じゃあ、手ぬるすぎたか。やつにはしっかり教えなかった。どうして彼は頭がおかしいのかね？」

「頭がおかしいわけじゃないわ、兄さん。あたしがどう思っているか言わせて。子供のころの彼はいつも、なぜ、なぜと訊いてきた、ほかの子供と同じように。あたしはそれに答えてきた。こういうもの、そういうものなのというふうに。彼は理解した。でもその心に平和はなかったの。わたしの心も同じようなものだった、思い返してみれば。太陽のことを学ぶときに、彼はいつも、どうしてそうなんだ？　と訊いたものよ。どうしてそうなんだ、ほかのやり方じゃなくて？　と。わたしは答えた。なぜかというと、われわれが毎日していること、われわれのやり方は、神の役を演じることだと。彼はこういった。じゃあ神々というものは、われわれが演じているものにすぎないのかと。わたしはいった、わたしたちが正しくやっていることのなかに、神々は存在していると。それが真実だ。だが彼はその真実に満足しなかった。彼の頭はおかしいわけじゃないのよ、でも彼は足が悪いの。歩くことができない。われわれといっしょに歩くことができない、だから、もし歩くことができないとしたら、彼はどうすべきか？」

「じっとすわって、歌を唄う」グラナイトはのろのろといった。

「じっとすわっていられなかったら？　彼は飛ぶことができる」

「飛ぶ？」

「翼があるのよ、兄さん」

「恥ずかしい」とグラナイトは言い、両手で顔をおおった。


トヴォは、神殿へ行き、カスハドのメズハに用向きを伝えた。「あなたのお弟子は、あなたのもとに参じることを望んでいる」その言葉にはある悪意がふくまれていた。トヴォは、この歴史家が、息子の平静を失わせ、いまだに常軌を逸しさせ、彼の魂を歩けなくさせたと非難していた。そして、数年を要する教えを数日であたえたこの女性に嫉妬していた。彼女はそれを知っていたが、気にしなかった。嫉妬だの、兄の受けた屈辱だの、そんなものは問題にしなかった。なすべきことは、悲しむことだった。

ダハ行きの舟を見送ってハヴジヴァが振り返ると、ストセが見えた。千種あまりの色合いをもつ緑のキルトのような海の湿地、牧場、畑、低木の生け垣、果樹園。断崖の上にそそり立つ街、薄色の花崗岩の壁、白い化粧漆喰の壁、黒いタイルの屋根、えんえんと連なる壁、えんえんと連なる屋根。それは小さくなるにつれ、そこにとまっている海鳥のように見える、巣にこもっている白と黒の鳥のように。街のかなたには、島の高みが見えてくる、灰色がかった青い湿原と、高くそびえる荒れた丘が雲のなかに消えていき、沼にすみついている白い野鳥の群れが舞っている。

　彼がストセからこれほど遠くはなれたことはかつてなく、ダハの港に行きつくと、ひとびとは奇妙な訛《なま》りで話していたが、その言葉はわかったし、看板の文字も読むことができた。これまで看板というものは見たことがないが、その有用なことは明らかだった。それを見ながら、カスハド行きの飛行機の待合室にたどりついた。ひとびとは、用意された簡素な寝台の上で、持参の毛布にくるまって眠っていた。空いている寝台を見つけ、その上に横になり、数年前グラナイトが自分のために織ってくれた毛布にくるまった。落ち着かぬ短い夜が明けると、果物や熱い飲み物をもったひとたちがやってきた。そのうちのひとりが、ハヴジヴァに切符をくれた。乗客のなかに知っているものはいなかった。みんな、見知らぬひとたちばかりだ。だれしもが目を伏せている。アナウンスが流れると、みんな、ぞろぞろと外に出て、マシンのなか、飛行機のなかに入っていった。

　ハヴジヴァは、足もとから遠ざかる世界を眺めた。そして『滞留の聖歌』を、長々とささやいた。隣の見知らぬ乗客も、彼に声を合わせた。

　世界が傾きはじめ、自分のほうに迫ってくると、彼は目を閉じて、呼吸をとめないようにした。

　乗客はひとりずつ飛行船から出ると、雨の降る黒々とした平地に降り立った。雨のなかをメズハが近づいてきて、彼の名を呼んだ。「ハヴジヴァ、わが同胞《マン・オブ・マイ・ピープル》よ、いらっしゃい！　さあさあ。学校にあなたの居場所がありますよ」

カスハドとヴェ

カスハドに来て三年目にいたって、ハヴジヴァは、自分を悩ますさまざまなことを知った。古い知識は難儀はしたものの、苦痛ではなかった。すべてがパラドックスで神話だった、それは納得がいった。新しい知識はすべて事実であり理路整然としていたが、どうしても納得がいかなかった。

たとえば、歴史家は歴史を学ばないものだということがわかった。人間の頭ではハインの歴史のすべてを理解することはできない。三百万年にもわたる歴史は。はじめの二百万年の出来事、紀元前の出来事、それらは、変成岩の層のようなもので、きわめて圧縮されたものであり、続く千年という年月の重みによって歪められ、そのなかの際限のない出来事というものは、残存しているごく小さな事実から、もっとも広範囲にわたる通則しか再現することができない。そしてもしひとが、たまたま百万年前に残された記録を奇跡的に発見したとしたら、どうなるだろう？　ひとりの王がアズバハンを支配していた。その帝国はインフィデルに屈した。核ロケットがヴェに着弾した……だがそれまでのあいだに、数えきれない王や帝国や発明があり、何十億という生命が、何百万という国々に住んでおり、君主政体や民主主義の社会に、寡頭政治の社会や無政府社会に、混沌の時代に、秩序の時代に、やおよろずの神々の社会に、絶え間ない戦争とそして平和の時代に、絶え間ない発見と忘却と、数えきれない恐怖と勝利と、とどまることを知らぬ新しいものの誕生があった。ある瞬間の川の流れを、そして次の瞬間の、そのまた次の瞬間の川の流れを説明して、なんの役に立つだろう。あなたはうんざりする。そしてこういう。ここに大きな川がある、それはこの土地を流れている。われわれはそれを歴史と名づける。

ハヴジヴァにとって、おのれの生命は、いやいずれの生命にしろ、それはあの川の面にあらわれる一瞬の輝きであり、そのことを知るのはときに苦悩のみなもととなり、ときにやすらぎをあたえてくれるものなのだ。

　歴史家たちが主にやったことは、急がず慌てず、その地の手のとどく範囲の川の生態を調査することだった。ハイン自体は、数千年のあいだ、そして最近は村《プエ》落《ブロ》と呼ばれるいくつかの安定した自給自足の社会の集合体が共存する目立たない時代だった。プエブロは高度のテクノロジーを有し、いくつかの市と情報センターの密度の薄いネットワークがあり、最近は、それが寺院と呼ばれている。寺院にいるひとびとの多くは歴史家で、ほうぼうを旅しては、オリオンの腕の近くの、人間が住まない惑星に関する情報を蒐集しているが、その惑星は、紀元前近くに、つまり二百万年前に、彼らの先祖が植民した地である。彼らは、こうした接触や探検は、好奇心と仲間意識のしからしむるものと自認している。そして久しく消息不明だった親族たちとも知りあった。彼らは、その世界のたいそう大きなネットワークを、異星の言葉でエクーメンと呼んだ。その意味するところは〝家族〟である。

　いまやハヴジヴァは、ストセで学んだ知識、これまでに得た知識はすべて分類可能であることを知った。南大陸の北西海岸における典型的なプエブロ文化とよばれるものである。信仰や慣習や親族関係や科学技術や知的系統の形式は、プエブロごとにそれぞれまったく異なること、それも著しい違いのあることも知った——それはストセのシステムのように奇怪なものであり——こうしたシステムは、世界のどこにおいても、その環境にふさわしいテクノロジーや、安定した低い出生率に支えられ、総意に基づく政治手法を具えた少数の決まった集団で暮らすひとびとによって維持されていた。

　はじめのうち、こうした知識は彼に著しい苦悩をあたえた。ひどい苦痛をあたえた。彼を恥じ入らせ、怒らせた。はじめは歴史家が、その知識をプエブロのひとびとに隠したのだと思い、後にはプエブロのひとびとがたがいに隠しあったのではないかと疑った。彼は非難した。彼の教師たちはやんわりと否定した。いいや、と教師たちはいった。きみたちは、ある事柄だけが真実で、必要なものだと教えられているのだと。そうした事柄はたしかに真実であり、必要なものなのだと。それはストセ固有の知識なのだと。

あんなものは子供じみた、ばかげた思いこみだ！とハヴジヴァはいった。教師たちは彼を見つめた。それでハヴジヴァは、自分がなにか子供じみた理屈に合わないことをいったのだと悟った。

その地特有の知識は、偏った知識ではないと、彼らはいった。知るということには異なった方法がある。それぞれに特有な価値や処罰や報償がある。歴史の知識と科学の知識はものごとを知るひとつの方法である。その地特有の歴史のように、学ばねばならない。家族のしきたりは、村では教えてくれないが、家族たちは隠しているわけではない。ハインの者ならだれでも、寺院に関する知識はすべて教えられている。

それは真実である。真実であることは彼も承知している。いま学んでいることも、ストセの寺院のスクリーンで見てきた。ほかのプエブロからやってきた仲間の学生たちも、スクリーンを見て学ぶ方法は知っており、歴史家に出会わぬうちに歴史は理解していた。

しかしながら歴史の母体である書物というものが、永続的な現実をしるす書物というものがストセにはほとんど存在しない、そこで彼の怒りは本物になる。本というものがわれわれから遠ざけられている、ハインの図書館にある本のすべてが！　いいや、と彼らは穏やかにいう。プエブロの者たちが、たくさんの本は要らないといったのだ。彼らは生きている知識を好んだ、スクリーンを流れ、息から息へと、生きている心から心へと伝えられるものを好んだ。そのように学んだものをあきらめられるだろうか？　それは書物から学んだものより劣ったものなのだろうか？　知識というものは、一種類しかないのではない、と歴史家は言った。

ハヴジヴァは、三年目には、人間というものは一種類以上いるのだと判断した。プエブロの者たちは、その存在は基本的には任意なもので、世界を知的かつ精神的に豊かにするものだということを受け入れることができた。その神秘に満足できないものたちは、歴史家として役立ったようで、世界を知的に物質的に富ませていた。

一方で彼は、同じ血統でも、親戚でもなく、宗教も同じではないひとびとに馴れていった。ときどき彼は誇らしげに、ひとりごちた。「わたしはあらゆる歴史を、何百万年というハインの歴史を生きてきた一市民で、わたしの故郷は全銀河だ！」ときには、自分は小さいものと惨めに思い、スクリーンや本の前を去り、仲間の学生、ことに親しみやすい、気さくな若い女性たちを友に求めた。

二十四歳になったハヴジヴァ、あるいはジヴ、といまは呼ばれているが、彼はヴェにあるエクーメンの学校に一年間通った。

ヴェ、つまりハインのとなりの惑星は、数世代前に植民が行われ、紀元前のハインのめざましい拡大の先陣となった。そしてハイン文明の衛星国、あるいはパートナーとして、数多くの段階を踏んできた。いまでは歴史家や異星人たちが全土を占めている。

現在（つまり、少なくともここ十万年）は干渉せずという傾向で、ハイン人は、ヴェに対して、ヴェ本来の寒さ、乾燥、暗さというものを許容していた——つまり人間の許容範囲の気候ということだが、これを有り難がるのは、テラのアルティプラノとかチフウォーの高地出身のひとたちだけだろう。ジヴはこの荒涼と

した風景のなかを、仲間で友人で恋人であるティウと
いっしょに歩きまわっていた。

彼らは二年前にカスハドでめぐり逢った。あのころのジヴはあらゆる女性との交わりを、ゆっくりと目覚めた自由をおおいに楽しんでいたが、メズハは彼にやさしく警告していた。「あなたの目に、規律というものが入らなくなるわ」と彼女はいった。「規律というものは常にあるのよ」彼がはっきりと意識していたのは、自分が規律というものに恐れげもなく軽はずみに背いていたことだった。すべての女がセックスを望んでいるわけではないし、すべての女が男と性交したいわけでもないことは、彼にもすぐわかったが、それでもなお無数の多様性が存在した。彼は自分が魅力的だと思われていることを発見した。そしてハイン人であることは、異星の女性に対しては確実に有利であることも。

出生率を制限しうる遺伝子を作ることは、ハイン人にとっても単純な作業ではなかった。人間の生理学を根本から徹底的に変えねばならず、それが確立されるまでには、おそらく二十五世代を要するだろう——とハインの歴史学者はいい、そのような変化がたどる段階をあらわす一般的な用語も知っていると思っている。古代のハイン人はそれをやったが、植民者のためにやったのではない。彼らは、自分の植民地のひとびとには、〝最初の異性愛の問題〟に関する解決法は任せた。むろんそれらは、たいそう独創的なものだった。だがそれまでのあらゆるケースにおいて、受精を避けるためにそれぞれがなにかをやるか、あるいはなにかをやっておくか、あるいはなにかを取りのぞくか、あるいはなにかを用いなければならなかった——ハイン人とセックスするのでないかぎりは。

ジヴは、ベルディンからきた娘が、自分を妊娠させない自信があるかと訊いたので、ひどく憤慨した。
「どうしてわかるの？」と娘はいった。「安全のため

に電流装置をもっていったほうがいいわね」己の男性を非難されて、彼は思わずこういった。「おそらく安全なのは、ぼくといっしょにいないことさ」そしてゆっくりと歩き去った。幸いなことに、彼の誠実さを問題視するものはいなかったので、彼は幸せな気分で女から女へと歩きまわった、ティウと出会うまでは。

彼女は異星人ではなかった。彼は別の星の女性を求めていたのだが。異星人と寝ることは、違反行為に異星趣味を加えることであり、彼に言わせれば歴史家が求めてしかるべき知識の拡大であった。だがティウはハイン人だった。彼女は、祖先たちと同じようにダランダで生まれ育った。彼が同胞《ピープル》の子であるのと同様に、彼女は歴史家の子であった。彼は、この絆と違いは、単なる異質性よりはるかに大きなものであることをすぐに悟ったし、彼らの違いは本質的な違いであり、彼らが類似しているのは真の密接関係だった。彼女は、彼が自国を去って探し求めようとしていた国だった。彼女こそ探し求めようとしていたものだった。彼女こそ彼が求めていたものだった。

彼女がもっていたものは——彼にはそう思われたのだが——完璧な均衡だった。彼女といっしょにいると、生まれてはじめて歩き方を学んでいるような気がした。彼女は、動物のようになんの努力もせず無意識に歩くのだが、それでいて意識がいきとどいており、平衡を失わせるものにはじゅうぶん気をつける、長い棒を使って平衡を保つ綱渡りの芸人のように……これは、と彼は考える、これは、真に自由な心のなかに住むひとであると。完璧な人間に、この完璧な基準に、この完璧な恩寵になることができる女性だと。

彼女といっしょにいるときは、ほんとうに幸せだった。彼は長いあいだ、それ以上のことは、彼女のそばにいる以上のことは求めなかった。そして長いあいだ、彼女が隙を見せることはなかったし、優しくはあっても、よそよそしかった。彼女が自分と距離をおくのは当然だと、彼は思っていた。村落《プエブロ》の少年、自分の伯父と父親の区別がつかない人間——このあたりの悪意をもつ危険なものたちの目には自分がどう映っているか知っていた。人間の生き方というものについて広範な知識があるにもかかわらず、歴史家たちは、偏狭な信念にとらわれる性質をもっていた。ティウには、そうした偏見はなかったが、彼女になにをさしだすべきかはわからなかった。彼女はあらゆるものをもっていたし、あらゆるものだった。彼女は完璧だった。彼女はなぜ彼を見なければならないのか？　もし彼女が、彼に自分を見てほしいと、いっしょにいてほしいと望んだとしても、それはすべて彼が望むことだった。

彼女は彼を見つめ、彼が好きだと思い、その魅力にひかれ、そしてちょっと怖くもあった。彼が自分をどれだけ求めているか、自分を必要としているか、自分を彼の生活の中心においているのに、彼はそれを知らない。それはおかしい。彼女は、彼の関心をそらそうと、冷たく振舞った。彼は従った。懇願することはなかった。彼は近寄ろうとしなかった。

だが十五日がすぎると、彼女のもとにおもむいて、こういった。「ティウ、きみなしでは、ぼくは生きていけない」そして彼が明白な真実を語っているのを知ると、彼女はこういった。「じゃあ、しばらくあたしといっしょに暮らして」彼女は空気を満たしている彼の情熱が恋しかったからだ。ほかのひとたちはみんな、とても従順で落ち着いているように見えた。

ふたりの性行為は即座に行われ、激烈なよろこびをもたらした。ティウは自分に、ジヴを思う自分の執念に驚き、みずから軌道をはずれた自分に驚いていた。自分がひとを熱愛するとは思いもしなかった、自分が熱愛されるのはもちろんのこと。これまでは静かな生活を送ってきた。そうした生活において自分を制するものは個人的な内的なものであって、ストセにおけるジヴの暮らしがそうであったような社会的、外面的なものではなかった。彼女は自分がなにを望んでいるか、なにをやりたいかわかっていた。彼女の心のうちには、常に従いたいと思う方角が、常に心がさししめす方角があった。共に暮らすようになった最初の年は、ふたりの関係は絶えず変化を繰り返していた。いうなればときめく愛のダンス、そして気まぐれな忘我のダンス。彼女は、その緊張感、その烈しさ、そしてその恍惚感に、徐々に抵抗しはじめた。魅力的であっても、正しいことではないような気がした。それでもこのままでいたいと思った。だがあのいつも指し示す方角が、ふたたび彼女を彼から引き離すようになった、そして彼はそれに逆らうべく命がけで闘った。

ヴェのアス・アシ砂漠の長いハイキングのあと、奇跡的に温かいゲセン製のテントのなかで、これが、彼のしたことだった。氷のように冷たく乾いた風が、頭上の深紅色の崖のあたりでうなりをあげ、崖の石はその絶え間ない風に磨かれてラッカーのように光り、失われた文明の途方もなく広い幾何学の線が刻まれている。

チャベ・ストーブの燃える火のそばにすわっているふたりは、兄と妹にも見えた。ふたりの赤みがかったブロンズの顔の色は同じ、艶やかで豊かな黒髪、引き締まった体型も同じだった。ジヴの体の動きや声のプエブロ風の上品さと静かさは、彼女の明快かつ迅速で活発な反応とよく調和していた。

だが彼女はいまやゆっくりと、ほとんど頑なな話し方をしていた。

「わたしに選べと言わないで、ジヴ」と彼女はいった。「わたしは学校で学びはじめてからずっと、テラに行きたいと思っていた。いいえ、その前からよ。子供のころから。ずっといままで。そしていま彼らは、わたしの望むことを、いままでそのためにやってきたことをやれと言っているのよ。それを断れと、あなた、わたしに言えるの？」

「言えない」

「でもあなたは思いとどまれと言っているじゃないの。もしそうしたら、この機会をわたしは永遠に失うかもしれない。おそらくは。でもそんな危険をなぜ冒すの――一年のために？　来年にはあなたも、わたしのあとに続けるはずでしょ！」

彼は無言だった。

「もしあなたが望むなら」と彼女は硬い口調で言い添えた。彼に対する不満はいつでも遠慮なく口にしてきた。おそらく彼からの愛を信じきれていなかったのだろう。自分がひとに好かれる人間だとも、彼の熱烈な忠誠心に価する人間だとも思ってはいない。むしろそんな彼の期待を恐れており、自分は無力で軽率な人間だと思っている。その自尊心は知的なものだ。「あなたはわたしを神だと思っている」と彼にいったことがある。そして彼が幸せそうに「ぼくたちはいっしょに神を作るんだ」と真顔で答えたときには、その意味がわからなかった。

「すまない」とそう彼はいった。「あれは理性というものの別の形なんだ。迷信といってもいいな。ぼくはそうせずにはいられないんだ、ティウ。テラは百四十光年のかなたにある。きみが行くなら、きみがあそこにたどりついたときには、ぼくは死んでいるよ」

「そんなはずはない！　あなたはここでもう一年暮らして、それからあそこへ行くんだから、わたしが着いてから一年後に着くのよ！」

「わかっているさ。ストセでも、そんなことは学んだよ」と彼は辛抱強くいった。「でもぼくは迷信深いんだ。もしきみが行けば、ぼくたちは死ぬんだ。カスハドで、それは学んだはずだ」

「いいえ。そんなことうそだわ。このチャンスをあきらめろと、なんであたしに言えるの、自分は迷信だと思っているくせに？　不公平だわ、ジヴ！」

長い沈黙のあと、彼はうなずいた。

彼女は身を硬くしていたが、自分が勝ったのだとわかった。悪い勝ち方をしたのだと。
彼女は、彼のもとに近づき、彼と自分を慰めようとした。彼の心の闇が、悲しみが、彼が裏切りを黙って受け入れたことが怖かった。だがそれは裏切りではない。彼女は即座にその言葉を斥《しりぞ》けた。自分は彼を裏切るつもりはない。ふたりは恋におちている。たがいに愛しあっている。一年か、せいぜい二年のうちにはついてきてくれるだろう。ふたりは大人だ、子供のようにくっつき合ってはいられない。大人の関係というものは、互いの自由、互いの信頼のもとになりたっている。彼女はそうしたことを自分に言い聞かせながら、彼にそういった。彼はわかったといい、彼女を抱き、そして彼女を慰めた。夜になり、砂漠のまったき静寂のなかで目覚めたまま横たわり、耳のなかで血が唄うのを聞きながら、彼は考えた。「あれは生まれぬまま死んだ。あれは受胎したのではなかった」

ふたりは、ティウが去るまでの数週間、寄宿舎の小さな部屋でいっしょに暮らした。ふたりは用心深く、そっと愛を交わし、余念なく歴史や経済学や民族学の話をした。ティウは、いっしょに行くチームのひとたちと仕事をするための準備が必要で、テラの階級組織の概念について勉強した。ジヴはウェレルの社会エネルギーについて論文を書いた。彼らは懸命に勉強した。ティウの友人たちが、盛大な送別会を開いてくれた。翌日ジヴはヴェ宇宙港《ポート》に行く彼女を送っていった。彼女は彼を抱きしめてキスをし、早くねといった、早くテラへ来てちょうだいと。軌道上で待つ亜光速船《NAFAL》に運んでくれる飛行機に彼女が乗りこむのが見えた。彼は学校の南キャンパスにあるアパートに帰った。三日後に、机の前にすわっている彼を、友人が発見した。なんだか奇妙な様子で、活気がなく、口数も少ないし、喋り方ものろのろとしていて、食べることも飲むこともできなかった。この友人はプエブロ生まれだったので、この状態に気づくと、薬師《メディスン・マン》を（ハイン人は、彼らを医者とは呼ばない）呼んだ。彼が南のプエブロの出身であることは確かだったので、薬師はこう言った。「ハヴジヴァ！　神はここで、おまえのなかで死ぬわけにはいかない！」

　長い沈黙のあとで、若い男は、自分の声とも思えぬ声で静かにいった。「わたしは家に帰らねばなりません」

「いまは無理だ」と薬師はいった。「だが神に話しかけることのできる人間を探し出すあいだ、『滞留の聖歌』を歌うことはできる」薬師はすぐさま、南部の同《ピー》胞《プル》だった学生たちを招集した。四人が応じた。彼らは夜じゅう、ハヴジヴァのかたわらにすわって、この歌を二つの言語と四つの方言で歌った、ハヴジヴァは五つ目の方言で彼らにくわわり、嗄《しゃが》れ声で歌いつづけ、ついには倒れこんで、三十時間も眠った。

　彼は自分の部屋で目を覚ました。老女が、彼のかたわらにいる誰かと喋っていた。「おまえはここにはいない」と老女はいった。「ああ、おまえは、間違えられたのさ。おまえはここでは死なないよ。ここで死ぬのは正しくない、たいへんな間違いだ。おまえにはわかっているな。ここは違う場所だ。これは誤った暮らしだ。おまえにはそれがわかっている！　ここで、おまえはなにをしている？　道に迷ったのか？　家に帰る道を知りたいのか？　さあ、どうぞ。聴くがいい」

老女は、ハヴジヴァにとって馴染みのある歌を高くか細い声で歌い出した、ほとんど旋律がなく、歌詞もほとんどなかった。彼はふたたび眠りにおち、老女は、いない相手に向かって話しつづけていた。

　目を覚ますと、老女はいなかった。あのひとが何者なのか、どこから来たのか、彼はまったく知らなかった。訊ねもしなかった。老女は、彼の言葉、ストセの方言で話し、歌っていた。

　彼はすぐ死ぬことはないだろうが、気分がとても悪かった。薬師はテスにある病院に行くようにすすめた、そこはヴェではもっとも美しいところ、温泉やその周囲をかこむ丘が、この地の温暖な気候を生み、花々や樹林の育つ環境を生みだしている。大樹の下をうねうねと伸びる幾筋もの道、いつまでも泳げそうな温かな湖、小鳥が鳴きながら飛びたち、霧に包まれた池、温かな湧き水がもうもうと湯気をたてている、おびただしい滝の、その音だけが夜通し聞こえている。そんなところに彼は、回復するまで送られたのである。

二十日かそこらをテスで過ごすと、彼は記録器に吹きこむようになった。草原にある小屋の戸口の、日のあたる石段にすわりこんで小型の記録器に静かに話しかける。「物語を伝えるために、おまえが選んだものは、なにものにも劣らない」と彼はいいながら、空に黒々と浮かぶ老木の枝を見つめる。「おまえが、おまえの世界を、その地に根づいた、わかりやすく合理的なおまえの世界を、なにから築いてきたかといえば、あらゆるものからといえるだろう。そして選択というものはすべて任意である。知識というものはすべてその地に特有のものである……きわめて不完全なものだ。理性というものは大洋に投げこまれた網である。それがすくいだす真実は、一片のかけら、おぼろな光、あらゆる真実のほんの一閃。人間の知識というものは偏狭なものである。あらゆる生活、あらゆる人間の知識は、その地特有のものであり、気まぐれなもの、反射光の極微なきらめき……」彼の声が止んだ。大樹のあいだの空間の静寂はつづく。

四十五日後に、彼は学校に戻った。そして新しい住居に入った。彼は研究分野をいくつか変え、ティウの専門である社会科学をはなれ、エクーメンの社会奉仕事業に移ったが、これは知的には密接な関連があり、種類の異なる仕事につながっていた。こうした変化は学校にいる時間を少なくとも一年は延ばすことになり、これが首尾よくいけば、エクーメンにおける職位を手にすることもできる。そして首尾よく成功し、二年後にはエクーメンの評議会から、ウェレルに行きませんかという丁重な申し出があった。ええ、行きますと彼は答えた。友人たちが盛大な送別会を開いてくれた。「あなたは、テラを目指しているのかと思っていたわ」と明敏な友人のひとりがいった。「戦争や奴隷制度や階級制度や性差《ジェンダー》なんてものは――あれはテラの歴史でしょう?」

「いや、ウェレルの現状さ」とハヴジヴァはいった。

彼はもはやジヴではなかった。彼はハヴジヴァとして病院から戻ってきた。

だれかが鈍いクラスメートの足を踏んだが、彼女は気にもしなかった。「あなたはティウについていくと思っていたの」と彼女はいった。「だからだれとも寝ようとしないのだって。ああ、知ってさえいたら!」ほかの者たちは顔をしかめたが、ハヴジヴァは微笑を浮かべ、やさしく彼女を抱いた。

彼の心のなかでは、それははっきりしていた。彼が、イアン・イアンを裏切り、見放したので、ティウは彼を裏切り、見放したのだ。もう引き返すことも、前へ進むこともない。したがって彼はわきに避《よ》けねばならない。彼は、彼らのひとりではあるが、もはやプエブロのひとびとともに暮らすことはできない。彼は、彼らの一員になっていたが、歴史家といっしょに暮らそうとは思わない。だから、異星人のあいだで暮らさねばならない。

彼には、悦びという望みはない。自分はそれを捕らえそこねたのだと、彼は思った。だが彼の人生を満たしてきた、長く強烈な二つの戒律、神々の戒律と歴史の戒律、それはいずこかで役に立つほかでは得がたい知識を彼にあたえた。そして彼は、その知識を正しく使うことが、目的の達成なのだと知っていた。

薬師が、彼が立ち去る前日にやってきて、彼の体を調べ、しばらくなにも言わずにすわっていた。ハヴジヴァもいっしょにすわっていた。沈黙にはすっかり慣れていたものの、いまでもときどき、沈黙は、歴史家のあいだでは当たり前のことではないことを忘れてしまう。

「どこが悪いのだろう？」と薬師はいった。その考えこむような口調から、それは修辞的な質問のように思われた。いずれにしてもハヴジヴァは返事をしなかった。

「立ってください」と薬師はいい、ハヴジヴァがそうすると、「ちょっと歩いて」彼が数歩あるくと、薬師はそれをじっと眺めていた。「バランスをくずしていますね」と彼はいった。「わかっていましたか？」

「ええ」

「今夜は聖歌詠唱にごいっしょしますよ」

「ご心配なく」とハヴジヴァはいった。「わたしはいつもバランスをくずしていますから」

「その必要はありませんかね」と薬師はいった。「まあね、それがいいかもしれない、あなたはこれからウェレルに行くわけだから。それではと。ひとまず、お別れかな」

ふたりは、歴史家たちがよくするように、ことにもう二度と会うことがないのは確実なので、抱き合って正式な挨拶をした。ハヴジヴァは、その日、正式な抱擁の挨拶をいくたびも交わした。翌日、ダランダ・テラス号に乗船し、暗黒を渡っていった。

イエイオーウェイ

亜光速《NAFAL》速度で八十光年を要する旅のあいだに、彼の母親が死に、父親が死に、そしてイアン・イアンと、ストセにいる彼の知人たちはすべて死に、カスハドやヴェで知っていたひとたちもみんな死んだ。宇宙船が着陸するころには、彼らはみんな死んでしまってからもう何年も経っていた。イアン・イアンが生んだ子供も年老いて死んだ。

　これが、死にゆく彼を残して船に乗り込んだティウを見送ってからの彼の生きざまだった。薬師と、彼のために歌ってくれた四人の人間と老女とテスの滝のおかげで、彼は生きてきた。彼は、あの知識とともにこそ生きてきた。

　ほかのことも同様に変わった。彼がヴェを去ったときには、ウェレルの植民地衛星であるイェイオーウェイは、奴隷の世界に、巨大な監獄キャンプになっていた。彼がウェレルに着くころには、解放戦争は終わり、イェイオーウェイは独立を宣言し、ウェレルの奴隷制度は崩壊しつつあった。

　ハヴジヴァは、この恐るべき壮大なプロセスを観察したかったが、大使館は即座に彼をイェイオーウェイに送りこんだ。ソフィケルウェンヤンマーカーズ・エズダードン・アーヤというハイン人が、立ち去る前の彼に助言した。「もしきみが危険を望むなら、それは危険なことだ」と彼はいった。「そしてもしきみが希望を好むなら、それは前途有望だ。ウェレルは、イェイオーウェイが変形しようとするあいだは、変形しないだろう。それが成功するかどうか、わたしは知らない。いいかね、イェヘダルヘッド・ハヴジヴァ。あれらの世界には、偉大なる神々が野放しになっているのだよ」

　イェイオーウェイは、その奴隷監督《ボス》、その所有者《オーナー》、三百年のあいだ、広大な奴隷農園を営んでいた四つの組合《コーポレーション》を追放した。だが三十年にわたる解放戦争が終わったのに、争いは止まなかった。解放運動のあいだに勢力を強めてきた奴隷たちの族長や軍司令官たちは、自分たちの勢力を保持し、広げようと闘った。いくつかの党派が、異星人どもを永久に惑星からほうりだすか、異星人を認めてエクーメンに加入するかという問題について議論をたたかわした。孤立主義者たちは最後には投票によって否決され、昔の植民地の首都にエクーメンの大使館がおかれた。ハヴジヴァはしばらくそこに滞在し、いわゆる話しかたとテーブル・マナーを学んだ。やがてソリーという若く賢いテラ人の大使が、彼をヨテベルと呼ばれる南の地方に送った。そこは承認を求めて騒ぎを起こしていたのである。

歴史とは破廉恥なものだ、とハヴジヴァは、この世界の荒廃した風景を走る汽車のなかで考えた。

この惑星に植民したウェレル人の富豪たちは、この地と奴隷たちから、長いあいだ無慈悲で無法な搾取を行った。世界を破滅させるには時を要したが、成功はした。露天掘りの採鉱や単作農業は、大地を不毛にした。河川は汚染され、死んでしまった。巨大な粉塵の嵐が東の地平線を暗くしていた。

監督《ボス》たちは自分の農地を暴力と恐怖によって営んだ。一世紀余りのあいだ、彼らは男の奴隷だけ仕入れ、彼らが死ぬまで酷使し、必要に応じて新しい奴隷を購入した。こうした男子のみの囲い地にいる労働者の一団は部族の組織のなかに溶け込んでいった。やがてウェレルの奴隷の価格と船賃が高騰すると、組合側は、イェイオーウェイの植民地に女奴隷を仕入れるようになった。それゆえ、次の二世紀からは、奴隷の人口が増大し、奴隷都市が建設された。——「奴隷村《アセットビル》」と「埃《ダス》人間の町《ティ・タウン》」が、農園の古い囲い地のまわりに広がっていった。ハヴジヴァは、解放運動がまず、男性支配にたいする反乱として部族の囲い地にいる女たちのあいだで起こったことは知っていた、それが所有者に刃向かうすべての奴隷の戦いとなるまえに。

鈍行列車は、すべての町に停車した。何マイルもつづく丸太小屋や小屋、樹木はなく、あらゆる地域が戦争で爆撃されて焼きはらわれ、いまだ再建されてはいなかった。多くの工場の、そのうちのいくつかは、ひどい損傷を受けて廃墟と化し、いまだ機能しているものも、すっかり古くなったおんぼろの建物で、どうにか煙だけは吐き出している。汽車が駅に止まるたびに、数百人ものひとびとが、ぞろぞろと群がって乗り降りし、金をやるからとポーターを呼ぶもの、車両の屋根によじのぼるもの、制服の警備員や警官たちに引きずりおろされるものたちで駅舎はごったがえしている。長い大陸の北で、ウェレルとおなじく彼は黒い肌の、青黒い肌のひとたちをおおぜい見てきた。だが汽車がさらに南へ向かうと、そういうひとたちは少なくなり、ヨテベルの、村や打ち捨てられた鉄道沿いに住むひとびとは、彼よりさらに青白い肌、青みがかった灰色の肌をしていた。こうした連中は「埃色のひと《ダスト・ピープル》」で、ウェレルの奴隷の百代後の末裔《まつえい》だった。

ヨテベルは、奴隷解放の初期の中心地だった。監督《ボス》たちは、爆弾と毒ガスで報復をした。数千人のひとびとが死んだ。埋葬されない人間と動物の死体はすべて焼かれた。大河の河口は腐敗した死骸で塞《せ》き止められた。だがそれもすべて過去のことである。イェイオーウェイは解放され、エクーメンの新しいメンバーとなり、代理使節の役を引き受けたハヴジヴァは、新しい歴史を開こうとしているヨテベル地方のひとびとの援護へと向かった。ハイン人からいえば、彼らの古代の歴史にふたたび加わるために。

彼がヨテベル・シティの駅舎で出会ったのは、警官や兵士たちが作るバリケードのうしろで、前後に揺れながら歓声をあげている群衆だった。バリケードの前にいるのは、ローブや帯など華美な省庁の衣服や、さまざまに飾りたてた制服を着た役人の代表たちだった。おおかたが大男で威厳があり、いかにもお偉いお役人という風格だった。ホロネットやニアリアル・ニュースのリポーターやカメラマンの歓迎の言葉があった。しかしながら、これはサーカスではない。大男たちは、しっかりと自制していた。彼らは、ゲストに、自分が歓迎されていること、人気があること、そして――首長が短い感動的なスピーチで述べたように――未来からの使節であることを自覚してほしいと思っていた。

その晩、市中にある、ホテルに改造されたマンションの自室で、ハヴジヴァは考えた。未来からきた男がプエブロ育ちで、ここに来るまでニアリアルを見たことがなかったことを、もし彼らが知ったら……

あの連中を失望させたくはない、と彼は思った。ウェレルで彼らにはじめて会った瞬間から、相手がその奇怪な社会に住む人間であるにもかかわらず、彼らが好きになった。彼らは活力と誇りに満ち、そしてここイェイオーウェイにおいても、正義という夢が満ち満ちていた。ハヴジヴァは、古代のテラ人が別の神の正義について語ったことを考える――わたしはそれを信じる、なぜならそれはありえないことだからだ。彼はぐっすりと眠った、そして早朝に目をさますと、それは温かな明るい朝で、期待にあふれていた。彼はこのシティを、自分のシティを知ろうと、外に出て歩きだした。

門番は――己の自由を求めて必死に闘ってきたひとたちが召使を抱えていることに彼は当惑した――門番は、車を、ガイドを待つようにと懸命に彼を説得した、お偉方が、こんな早朝に従者も連れず、徒歩で外出することを懸念しているのは明らかである。ハヴジヴァは、自分は歩きたいのだと、独りで歩くのは平気であると説明した。彼がさっさと歩きだすと、不満げな門番は大声で呼びかけた。「ああ、どうか、市立公園には近づかぬようにお願いします」

ハヴジヴァは言われる通りにした、公園は、式典か、樹木の植え替えのために閉園しているのだろうと思ったからである。彼は広場にやってきた、ここでは市場が賑わっており、いつのまにやら自分もひとの群れに囲まれていた。ひとびとは当然ながら彼に気づいた。格好のよいイェイオーウェイの衣服、袖なしシャツ、半ズボン、軽い細身のローブを着ていたのだが、彼は四十万人の市民のなかで、ただひとり赤褐色の肌をもつ人物だった。彼の肌とその目を見ると、ひとびとはすぐに彼だと気づいた。異星人。そこで彼は市場を抜け出し、静かな住宅街の通りを歩きつづけ、生暖かな空気と、古ぼけてはいるものの魅力的な植民地風の建物を楽しんだ。足を止めて、華麗なチュアル教の寺院を鑑賞した。いささかみすぼらしく、荒れているようだったが、それはたしかに存在し、戸口の聖母の彫像の足もとにはみずみずしい花が供えられていた。像の鼻は、戦いのあいだに叩きおとされていたが、像は穏やかに微笑み、その目はわずかに斜視だった。大勢の人間が、彼の背中に呼びかけている。近寄ってこういう者もいた。「異人めが、おれたちの世界から出ていけ」腕を摑まれ、すねを蹴りあげられる。歪んだ顔が、大声をあげながら彼をとりかこむ。気分の悪くなるような烈しい痙攣《けいれん》が全身を襲い、揉み合いと罵声と苦痛の赤い暗黒にほうりこまれ、やがてめまぐるしい光と音が衰えていった。

老女が彼のかたわらにすわり、どこかで聞き覚えのあるような、ほとんど抑揚のない歌を小声で唄っている。

老女は編み物をしている。長いこと、彼を見ようとしなかった。見たときには、「ああ」といった。目の焦点を合わせるのに苦労したが、相手の顔が青みを帯びているのに、うっすらと青みをおびた日焼けをしているのに気づいた。そしてその黒い目に白い部分がないことにも。

老女は、彼のどこかにあてている装置の調整をしたのち、こういった。「わたしは薬師です——看護師です。あなたは脳震盪を起こし、頭蓋にかすかな挫傷を負い、腎臓を傷《いた》め、肩を骨折し、内臓には刃物で刺された傷がある。でも大丈夫、心配はないから」これはすべて異国語だったが、彼にはなんとか理解できたようだった。すくなくとも「心配はない」という言葉は理解できたので、心配しないことにした。

彼は、自分がダランダ・テラス号で亜光速移動《NAFAL》をしているのだと思った。悪夢は百年もつづいているが、まだおわらなかった。人間にも時計にも顔がなかった。彼は『滞留の聖歌』を小声で歌おうとしたが、それには歌詞がなかった。歌詞はなくなってしまった。老女が彼の手をとった。手をとったまま、ゆっくりとゆっくりと彼を時間のなかに、現地時間のなかに、彼女が編み物をしていた薄暗い静かな部屋に連れもどした。

朝だった、ギラギラ輝く熱い陽光が窓から射し込んでいる。ヨテベル地域の族長《チーフ》が寝台のわきに立っていた、白と深紅色のローブを着た長身の男である。

「まことにすみませんでした」とハヴジヴァはゆっくりとした濁声《だみごえ》でいった、口が傷つけられていたからである。「ひとりで外出したのは愚かでした。罪はひとえにわたしにあります」

「悪者どもは捕らえられたので、法廷で裁かれるでしょう」と族長《チーフ》はいった。

「若い男たちでした」とハヴジヴァはいった。「わたしの無知と愚かさがあの事件の発端で……」

「連中は罰せられるでしょう」と族長《チーフ》がいった。

日勤の看護師たちは常時ホロスクリーンをもっており、彼に付き添っているときはニュースやドラマを観ていた。音量はいつも低めだったので、ハヴジヴァは気にならなかった。暑い午下がりだった。彼が、空をゆっくりと流れていく薄い雲を眺めていると、看護師が、高位の相手に対する丁重な物腰でこういった。

「ああ、お急ぎください……もしご覧になりたいのなら、ご自分を襲った悪人どもの処刑も見られますよ」

ハヴジヴァは従った。彼は見た、痩せほそった人間の体がさかさまに吊るされ、両の腕と手先がひきつり、むきだしになった腸が胸や顔に垂れ下がっている。彼は絶叫し、両腕で顔をおおった。「消しなさい」と彼はいった。「消すんだ！」彼は吐き、空気を求めて喘いだ。「おまえたちは人間じゃない」と彼は自国の言葉で、ストセの言語で叫んだ。部屋を出入りするものが何人かいた。群衆の叫びがふいにやんだ。彼は息を整え、目を閉じて横たわり、『滞留の聖歌』の一節を何度も何度も繰り返した、身と心が落ち着き、わずかにバランスのとれるところを見いだした。

彼らが食べ物を運んできた。下げてくれと彼はたのんだ。

部屋はうす暗く、壁の低いところにつけられた常夜灯と窓の外の街の明かりだけだった。夜勤の看護師の老女が、薄暗いなかで編み物をしていた。

「すまない」とハヴジヴァは、自分が、さっき彼らになんといったのかわからなかったので、出まかせにそういった。

「ああ、使節さま」と老女はいい、長い吐息をついた。「あなたのお母国《くに》の方については書物で読んだことがありいます。ハインのひとたちのことは。あなた方は、わたしたちのようなやり方はなさらない。ひとを拷問したり、殺し合ったりはしない。平和に暮らしていなさる。あなたの目にわたしたちはどう映っているでしょうか、どう映って。魔女のように、悪魔のように映っているんでしょうね、きっと」

「いいや」と彼はいったものの、こみあげてくる吐き気をふたたび押さえこんだ。

「気分がよくなられたら、体力が回復なさったら、使節さま、あなたにお話し申したいことがあるのですよ」老女の声は静かで、きっぱりとしていながら悠然とした重みがあり、話はおそらく作法に則った手ごわい問答になりそうだった。彼はこれまでの人生で、こういう話し方をするひとびとを知っていた。

「いまお聞きしましょう」と彼はいったが、彼女はこう答えた。「いまはだめ。あとで。あなたは疲れておいでです。歌を唱ってさしあげましょうか?」

「ええ」と彼はいった。彼女はすわったまま編み物をしながら、かすかな声で囁くように抑揚のない歌を唱った。その歌には、彼女の神々の名が出てきた。チュアル、カーミイェー。これはわたしの神ではないな、と彼は思ったが、目を閉じて、やがて眠りにおちた、ゆらゆらとゆらぐバランスのなかで確実に。

　彼女の名前はイェロン、まだ老いてはいない。年は四十七。三十年におよぶ戦争と何度かの飢饉を経験した。彼女の歯は義歯だが、ハヴジヴァが聞いたことのないものだった。金縁の眼鏡をかけている。装具による身体の改良というものはウェレルでは知られていないわけではないが、イェイオーウェイのひとびとは大方、そうする資力がなかったのだと彼女はいった。彼女はほっそりと痩せていて、髪の毛も薄かった。物腰は堂々としているが、むかし負った左腰の傷のせいで、体の動きはぎごちなかった。「だれもが、この世界のだれもが、体に弾丸が入っているか、鞭打たれた傷があるか、片足が吹き飛ばされているか、心のなかには死んだ赤子がいるのです」と彼女はいった。「さあ、いまやあなたはわれわれの仲間です、使節どの。あなたは燃えさかる炎をくぐりぬけてきた」

　彼は回復しつつあった。彼には、五人から六人の専門医がついた。この地区の族長《チーフ》が数日おきに彼を見舞い、毎日職員をよこした。族長《チーフ》は感謝していたにちがいないとハヴジヴァは思う。エクーメンの代表に対する無法な攻撃は、解放軍の軍司令官率いる頑強な孤立主義の世界党を武力攻撃する口実を彼にあたえ、民衆の強固な支持を得ることもできた。彼は代理使節の病室に、己の勝利という輝かしい報告を送った。ホロニュースに映し出されるのは、制服の兵士が走りまわり、銃を撃ち、飛行機がうなりをあげて砂漠の上を飛びまわる光景だった。体力を回復し、ホールを歩きまわれるようになると、ハヴジヴァは、仮想《ニアリアル》ネットにつながれている病室のベッドに横たわる患者たちを眺めるようになった、患者たちはそこで、銃を持つもの、カメラを持つもの、銃を撃つものの身となって、それぞれの戦いを〝体験〟しているのである。

夜になってスクリーンが暗くなり、ネットが消されると、イェロンは窓辺からさしこむほの暗い光を浴びながら、彼のそばにすわった。

「なにかわたしに話したいことがあると言われましたね」と彼はいった。都市の夜は落ち着かず、下の街路の騒音や音楽や人声が、さまざまな匂いを放つ温かな空気を入れようと大きく開け放った窓からとびこんでくる。

「ええ、言いました」彼女は編み物を下においた。「わたしはあなたの看護師です、使節さま、でもメッセンジャーでもあるんです。あなたが負傷なさったと聞いたとき、申しわけないのですが、わたしはこう言いました。『主カーミイェーと慈悲の女神を讃えよ』と。なぜならわたしのメッセージをどうやってあなたのところに届ければいいのか、わたしは知らなかったからです、いまはわかっていますが」彼女の静かな声が一瞬とだえた。「わたしはこの病院を十五年間、経営しました。戦いのあいだはずっと。わたしはまだここで、わずかながら陰で糸を引いています」ふたたび彼女は口を閉ざした。彼女の声のように、その沈黙は彼には馴染み深いものだった。「わたしはエクーメンへのメッセンジャーなんです」と彼女はいった。「女性たちの。ここにいる女性たちの。イェイオーウェイ全体の女性たちの。わたしたちはあなた方と同盟を結びたいのです……政府がすでにそうしたことは知っています。イェイオーウェイはエクーメンのメンバーだということを。わたしたちは知っています。でもそれはどんな意味があるのでしょう？　わたしたちにとって？　なんの意味もありません。ここ、この世界で、女とはなんなのか、あなたはご存じですか？　女とは無意味なものなんです。政府に関わりはありません。

女性たちはたしかに解放を実現した。彼女たちは男性同様に働き、そのために死んだ。しかし女性たちを将軍にはしない。指導者《チーフ》でもない。何者でもないのです。村では、それ以下の存在、動物のために働き、子を産み育てる。ここではそれよりちょっとましですが。よいとはいえません。わたしはベッソの医学校で教育を受けました。わたしは医者です、看護師ではありません。監督《ボス》のもとで、この病院の経営に携わっていました。いまは男性が経営しています。男性たちが、いまでは所有者です。そしてわたしたちはこれまでと変わりはありません。所有物です。そのために長いあいだ戦ってきたとは思いませんが。そうでしょう、使節どの？　われわれがしなければならないのは、新たな解放です。わたしたちは仕事をまっとうしなければならない」

長い沈黙のあとで、ハヴジヴァは静かに訊いた。

「あなた方は一致団結しているのですか？」

「ええ、そうです。そうですとも！　昔のように。闇のなかでも団結できますよ！」彼女は短く笑った。

「でもね、わたしたちだけでそうした自由を勝ち取れるとは思わない。変化というものが必要です。男たちは、自分が監督《ボス》にならなくてはと考えている。そういう考え方は捨てさせなければいけない。そう、われわれが今生のうちに学んだことはひとつ、銃で考えを変えさせることはできない。ボスを殺して、自分がボスになる。こうした考え方はぜひとも変えなければ。古い奴隷の考えとボスの考えを。われわれはそれを変えなければなりません、使節どののご助力で。エクーメンのご助力で」

「わたしは、あなた方の人民とエクーメンをつなぐものとして、ここにやってきたのです。でも時間が必要です」と彼はいった。「学ぶことも必要です」

「時間はいくらでもありますよ。ボスの心は、一日はおろか一年かかっても変えさせることはできないでしょう。これは教育の問題です」彼女は聖なる言葉を述べるように、そういった。「長い時間がかかります。ゆっくりとやることです。あなたが耳を傾けてくださるなら」

「傾けるつもりです」と彼はいった。

彼女は深く息を吸い、ふたたび編み物を取り上げた。やがてこういった。「わたしたちの言葉に耳を傾けるのは楽じゃありませんよ」

彼は疲労をおぼえた。彼女の熱い言葉は、彼の手にはまだ負えない。彼女がなにを言おうとしているのか、彼にはわからなかった。礼儀正しい沈黙は、理解していないことを示す大人のやり方だった。彼はなにもいわなかった。

彼女は相手を見つめた。「わたしたちはどうやってあなたにたどりついたのかしら？　ねえ、それが問題でしょう。いいですか、わたしたちはなにものでもない。わたしたちは、看護師としてなら、あなたに近づける。あなたのお手伝いさんとして。住み込みの女中としてなら。あなたの衣服を洗う女。族長《チーフ》と付き合いはありません。わたしたちは評議会の人間ではありません。わたしたちは食卓で給仕をします。宴会でものは食べません」

「どうか教えて――」彼は口ごもった。「どこから始めればよいか教えてください。できるなら、わたしに会うよう頼んでください。できるなら、これまでのように来ることができるかどうか、もし……もし安全なら？」彼が教訓を学ぶのはいつも早い。「聞きましょう。わたしにできることならやりましょう」彼は疑惑というものは決してもたない。

彼女は身をのりだして、やさしく彼の口にキスをした。その唇は軽く、乾いていて柔らかだった。

「ねえ」と彼女はいった。「族長《チーフ》はあなたにこんなことはしないわね」

彼女はふたたび編み物をとりあげた。彼女がこう訊いたとき、彼は眠りかけていた。「あなたのお母さんは生きているの？　ミスタ・ハヴジヴァ」

「わたしの親族はすべて死にました」

　彼女は優しい小さな声をもらした。「奪われたのね」と彼女はいった。「奥さんはいないの？」

「ええ」

「わたしたちがあなたのお母さんに、姉妹に、娘になってあげる。あなたのお仲間に。わたしたちのあいだに愛が生まれるように、わたしはあなたに接吻したの。わかるでしょう」

「レセプションに招待する人間のリストをご覧ください、ミスタ・イェヘダルヘッド」と代理使節と族長《チーフ》の主なる連絡係であるドランデンがいった。

　ハヴジヴァは、携帯スクリーンにのっているリストを注意深く眺め、おわりまでざっと目を通すとこういった。「ほかにもあるのでしょう？」

「申しわけありません、使節どの——抜けているものがありますか。リストはこれですべてですが」

「しかし招待客は男性ばかりだ」

　わずかな沈黙のあとで、ドランデンは答えた、ハヴジヴァは、自分の命のバランスをとろうと意識した。「客たちに夫人を同伴させたいのですか？　もちろんですとも！　もしそれがエクーメンの慣習ならば、ご婦人方をご招待するのは、こちらも大歓迎ですよ」

　イェイオーウェイのひとびとが〝ご婦人方〟というときは、なにかとても美味なものを指しているような感じだが、ハヴジヴァの頭に浮かぶのは、ウェレルの所有者階級の夫人たちの姿だった。それはバランスを欠いていた。「ご婦人方とはどういう？」と彼は眉をひそめて訊いた。「ぼくは女性のことを言っているんですがね。この社会では女性にはなんの役割もないのですか？」

　話しながら彼は、ひどく落ち着かなくなった、ここではなにが危険かということを自分が知らないのに気づいたからである。静かな街路を歩くことがほぼ危険だとするならば、族長の連絡係を辱めるのは、しごく危険であるにちがいない。ドランデンは呆然とうちのめされている。口を開き、そして閉ざした。

「すみません、ミスタ・ドランデン」とハヴジヴァはいった。「冗談もろくに申せませんで。むろんわたしは存じてますよ、あなた方の社会では女性が、あらゆる種類の責任ある立場につかれているのは。わたしは単にこういっただけですよ、まったく失礼な物言いでしたが、そういうご婦人やその夫君にも、ゲストの奥方たち同様、レセプションに出席していただければ、たいそう喜ばしいのだと。わたしが、あなた方の慣習に対してまことに馬鹿げた誤解をしていなければですが？　あなた方は社会的には男女の差別はなさらないのだと思っていました、ウェレルとはちがって。わたしが誤っておったのであれば、無知なる異星人をもうひとたびお許しくださるように」

饒舌は外交術のほんの一部である。ハヴジヴァはすでに心を決めていた。あとは沈黙である。

ドランデンには後者が好都合だったので、二、三、熱心な言葉で安心させて、その場をしのいだ。ハヴジヴァは翌朝まで、気持が落ち着かなかったが、ドランデンがふたたびあらわれ、十一人の新しい名前、女性ばかりの名前が入った新しいリストをもってきた。そのなかには学校の校長と二人の教師の名があった。ほかは〝退職〟と記されていた。

「素晴らしい、素晴らしい！」とハヴジヴァはいった。「もうひとつ、名前をくわえてもよろしいですか？」

――もちろん、もちろん、使節どのがお望みになる人間ならどなたでも――「ドクター・イェロンを」と彼はいった。

ふたたびごくわずかな沈黙があり、ほこりが一粒、秤《はかり》の上におちた。ドランデンはその名を知っていた。

「はい」と彼はいった。

「イェロン先生は、おたくの素晴らしい病院で、わたしの治療にあたってくださいました。そのときに友人になったのです。普通の看護師は、あのようなまことに著名なひとびとのあいだでは適当な招待客とはいえないかもしれませんが。しかしわれわれのリストにはほかの医師の名もいくつかのっていましたので」

「その通り」とドランデンはいった。どうやら物思いにふけっていたようだ。族長とその部下たちは、代理使節を、きわめてあっさり、作法通りに扱うことに慣れていた。いまは回復しているものの、病人である。犠牲者であり、攻撃や自衛すらも知らぬ平和のひとである。学者、外国人、あらゆる意味で超俗的なひと。彼らが自分をこんなふうに見ているのは確かである。彼をシンボルとして、自分たちの目的を果たすための手段として重要視するのは当然だが、取るに足らぬ存在であるとも思っている。その事実については、彼らと同意見だが、彼の存在の無意味さという点については意見は異なる。彼は自分のしたことに意味があるだろうと思っている。たったいまその目で見たのだから。

「あなたは、護衛官をつける理由をたしかご存じですよね」と将軍はやや苛立たしそうにいった。

「危険な都ですからね、デンカム将軍、はい、承知しておりますよ。だれにとっても危険です。ネットで若者の一団を見ました、わたしを襲ったようなやつらです、街をのさばり歩いて、警察の手も及びませんね。女子供にはボディガードが必要です。市民本来の権利である安全というものが、わたしだけの特権なのだと知って、悲しい思いをしておりますよ」

将軍はまばたきをしたが、あくまで銃に固執した。

「あなたを暗殺させるわけにはいきませんからね」と彼はいった。

ハヴジヴァはイェイオーウェイ人の馬鹿正直なところが好きだった。「わたしだって暗殺されるのはごめんです」と彼はいった。「ひとつ提案があるんですが。女性警官、つまり市警察に女性隊員というものはいるのですか？　そのなかからわたしのボディガードを選んでくださいませんか。けっきょく武装した女性は、武装した男性同様に危険なものじゃありませんか？　わたしは、イェイオーウェイの自由を勝ち取った多くの女性を尊敬していますよ。族長が昨日の演説で雄弁に語っておられましたが」

将軍は厳しい表情をくずさぬまま立ち去った。

ハヴジヴァは、自分のボディガードたちが特に好きというわけではなかった。がっちりとした逞しい女性で、よそよそしく、彼にはほとんど理解のできない方言を話した。家に子供を残してきている者も何人かいたが、子供の話はぜったいしなかった。そしてだれしも極めて有能だった。彼はしっかりと守られていた。

こうした冷たい目をした護衛たちといっしょに外に出ると、市の群衆から違う目で見られているのがわかった。笑顔があり、一種の連帯感のようなものが感じられた。市場にいた老人がこういうのが聞こえた。「あの男には、分別というものがあるな」

だれしも、本人の面前を除いては、族長を族長《チーフ》と呼んだ。「閣下」とハヴジヴァはいった。「問題は、エクーメンの原理でもハインの慣習でもありません。そうしたものには、これっぽっちの重みも、これっぽっちの重要性ももたせるべきではありませんよ、ここ、イェイオーウェイではね。ここはあなたの世界ですよ」

族長は重々しく、一度だけうなずいた。

「そしてそこに」ハヴジヴァは、いまやいちじるしく雄弁になっている。「ウェレルのひとたちが移住してきます。どんどんやってくるはずですからね。ウェレルの支配階級は、下層階級の移住がどんどん増えるのを黙認することによって過激な圧力を軽減させようとしているんです。あなたは、わたしなどよりずっとよく知っておられる。この膨大な人口の流入が、ここヨテベルにもたらすチャンスや問題については。むろん、少なくとも移民の半分は女性でしょう。性の構成と呼ばれるものについては、ウェレルとイェイオーウェイのあいだにはかなりの違いがあることは、一考に価すると思いますよ……つまり男女の役割、期待と行動、男女の関係など。ウェレルの移民の意思決定者、権威者の大部分は女性でしょう。ハーメーの議会では、十分の九が女性だと思いますよ。発言者や交渉者は大半が女性です。そういう連中が、男性にもっぱら支配されている社会へ入ってくる。この情況は、事前に慎重に考えておかないと、誤解や衝突を招きますよ。おそらくしかるべき女性を代表として用いれば……」

「旧世界の奴隷のあいだでは」と族長がいった。「女性が頭《かしら》でした。われわれのあいだでは、男性が頭です。そういうことですよ。旧世界の奴隷は、新世界の自由《フリー》民《メン》ですな」

「それで女性は、大統領？」

「自由《フリー》な男性《マン》の女性は自由ですな」と族長はいった。

「ああ、それでは」とイェロンはいうと、深い吐息をついた。「いくばくかの塵を蹴りあげねばならないか」

「とっておきの塵をね」とドバイブがいった。

「それならぜんぶ蹴りあげるほうがいいでしょうね」とチュアル信徒がいった。「なにしろわたしたちがなにをやろうと、やつらはヒステリーを起こすんだから。男を去勢する強い女たちが男の赤ん坊を殺しにくる、とかなんとか泣き叫ぶわよ。わたしたちが五人くらいでなにか歌をうたえば、五百人でマシンガンを持ってイェイオーウェイの文明に終わりをもたらすのにひとしいってわけ。だから、いちかばちかやってしまいましょう。五千人の女で歌をうたいましょうよ。列車を止めましょう。線路の上に寝るの。五万人の女性が、ヨテベルの線路に寝て線路を埋め尽くすの。どう?」

会議(ヨテベル・シティと地方教育援助局の)は、市立学校の教室で開かれた。ハヴジヴァの平服姿の護衛が、教室のなかにひそやかに控えている。四十人の女性とハヴジヴァは、なにも映っていないスクリーンの前に並ぶ小さな椅子に押しこまれていた。

「要求はなにかな?」とハヴジヴァはいった。

「無記名投票!」

「職業差別の禁止!」

「仕事にたいする正当な報酬!」

「無記名投票!」

「子育て支援!」

「無記名投票!」

「敬意!」

ハヴジヴァの記録器は、狂ったように書き記す。女たちはしばらく叫びつづけていたが、しばらくするとその声もしずまった。

護衛のひとりが、送迎の車のなかでハヴジヴァに話しかけた。「あのう」と彼女はいった。「あの方たちは、みなさん、教師なのでしょうか?」

「そう」と彼はいった。「まあね」

「けしからん話ですね」と彼女はいった。「以前とはまったく違う」

「イェヘダルヘッドじゃないの! こんなところでいったいなにをしているの?」

「使節《マーム》どの?」

「あなたがニュースに出ていたわ。そのニュースには、女が百万人ぐらい、鉄道の線路や飛行機の発着場に寝ころがっているのが映っていたし、大統領の住居を囲んでいるのも。あなたは女たちに話しかけながら、にこにこ笑っていたわね」

「笑わざるを得なかった」

「地方の自治体が射撃を始めれば、笑うのを止めますか?」

「ええ。あなた方は応援してくれますか?」

「どうやって?」

「どうかヨテベルの女性たちに、エクーメンの使節からの激励の言葉を。イェイオーウェイは、奴隷世界からやってきた移民にとっては、真《まこと》の自由の手本です。ヨテベルの政府に対する賞賛の言葉です——ヨテベルはイェイオーウェイにとっては、抑制や啓発などの手本です、とかなんとか」

「わかりました。それが役立つように願うわ。これは革命ですか、ハヴジヴァ?」

「これは教育ですよ、使節《マーム》どの」

頑丈な枠に囲まれた門は枠ごと開いていた。壁はなかった。

「植民地時代には」と長老はいった。「この門は、一日に二度、開かれた、朝は、働きに行くひとびとを出すために、夕には、仕事から帰ってくるひとびとを迎え入れるために。そのほかはいつも錠がおろされ、閂《かんぬき》がかけられていた」彼は門の外側におろされている大きな壊れた錠を示してみせた。掛け金用の大きな閂は錆《さび》ついている。彼の動作は、その言葉のように重々しく、慎重だった。そしてふたたびハヴジヴァは、抑圧されていたときも、これらのひとびとが、奴隷状態の彼らが、保ってきた権威や威厳には感心した。彼は、口伝されてきた聖典、アルカーミイェーのはかりしれない影響力を理解しはじめていた。「これはわれわれが持っていたものだ。われわれの所有物だ」シティにいたある老人は彼にそう言いながら、六十五か七十のころ自分が読み方を習いはじめた本に手を触れた。

ハヴジヴァ自身は、原語でその本を読みはじめていた。ゆっくりと読んで、この恐るべき勇気と克己の物語が、三千年のあいだ、囚われびとの心をどのように育んできたか、理解しようとした。しばしば彼は、あの日、自分が聞いた声の流れを聞いたような気がした。

彼はひと月のあいだ、ハヤワ部族の村に滞在した。三百五十年前、そこはヨテベルにあるイェイオーウェイ農業組合の最初の囲い地だった。この東海岸の遠隔の広大な地域には、大農園の奴隷たちの社会や文化が残されていた。イェロンと解放運動家の女性たちは、彼に、イェイオーウェイ人とは何者かということを知るには、農園と部族のことを知らねばならぬと教えた。

囲い地が、最初の一世紀のあいだは、女も子供もいない男だけの領域だったことは彼も承知している。彼らは、自治政府を作りあげ、力と情実による厳格な階級組織を作り上げた。権力は、審問や試練によって勝ちとられ、独立と結託のバランスを絶妙にとることによって守られた。女奴隷がついに持ち込まれると、彼らはこれを、奴隷たちの奴隷というように考えた。ボスたち同様に奴隷たちからも、女は召使として扱われ、性的なはけ口として用いられた。性的な忠誠心と協力関係は、男たちのあいだでのみ認められていた。情熱の結びつき、折衝、地位、部族政治等々も。次の数世紀は、囲い地における子供たちの存在が、部族の慣習を変え、豊かにしたが、男性支配のシステムは、奴隷の所有者にとっては、まったく有利なものであり、本質的には変わることはなかった。

「明日の成人儀式にはご出席いただきたいですな」と長老が重々しい口調でいい、ハヴジヴァは、そのような重大な儀式に出席できるとは、身に余る光栄ですと答えた。長老は、平静を保ちつつも、いかにも満足そうだった。五十の齢《よわい》は越えているようだが、ということは、彼は奴隷の身として生まれ、そののちの解放運動の年の数年間を少年から青年として過ごしたというわけである。ハヴジヴァは、イェロンがいっていたことを思い出して、傷跡を探し、それを見つけた。長老は痩身で足が不自由、上の歯がまったくなかった。彼の全身には、飢饉と戦争の痕跡が記されていた。その上に儀式による傷跡があった。それは首から肘まで長い肩章のように肩先を越えて、平行に走る四本の線だった。そして額に描かれた入れ墨は、濃い青色の開かれた目は、不変の支配者とされた部族のしるしだった。奴隷の長《おさ》、人的財産のなかの人的財産、あの壁が崩れるまでは。

長老は門から長屋までつづく道を歩いていき、そのあとに従うハヴジヴァは、ほかにだれもこの道を歩く者はないことに気づいた。男たち、女たち、子供たちは、長屋のもうひとつの出入り口に向かって平行に走る、もっと広い道のほうにとことこと走っていく。この道は長老たちの道、狭い道だった。

その夜、子供たちが翌日の断食のことや、女たちの側で寝ずの番をすることなどを教えられているあいだ、族長《チーフ》や長老たちは、宴会の席に集まっていた。イェイオーウェイ人たちには珍しくない盛りだくさんの、香料をきかせて色とりどりに飾りたてた馳走が並んでいた。その上に肉まであった。女たちが、とくべつ念入りにこしらえた料理を運ぶために、いそがしく出入りした。どれにも肉がどっさりのっていた——監督《ボス》用の牛の肉、自由の確実なしるし。

ハヴジヴァは成長期に肉を食べたことはなく、したがって下痢をするだろうと思ったが、シチューからステーキまでがつがつと食べた、この食べ物のもつ意味、充分にこれを食べたことのないひとびとにとって、この食べ物が多くの意味をもつことは知っていた。

食べ終えた皿にかわって、果物を盛ったばかでかい籠が並べられると、女たちの姿が消え、音楽がはじまった。部族の長《おさ》がレオたちに向かってうなずいた。レオという言葉の意味は、「性的なお気に入り……義弟……跡取りでなく……息子でもない」自信たっぷりの気立てのよい美男の青年は微笑した。彼は長い両の手を一度打ちならし、灰青色の掌《てのひら》を軽いリズムで触れ合わせた。食卓に沈黙がおちると、彼は囁くように歌いだした。

楽器というものは大方の農園では禁じられている。監督《ボス》たちは、十日祭でチュアルに捧げられる式歌のほかは歌うことも禁じていた。歌うことで労働時間を無駄にしたのをみつかった奴隷は、喉に酸を注ぎこまれることもあった。働けるかぎり、彼は声を出す必要がなかった。

こうした農園の奴隷たちは、このようにほとんど無声の楽曲をこしらえた、掌と掌を触れあわせたりこすり合わせたりして、抑揚のない長い旋律を紡ぎだした。歌詞というものは、わざとところどころ歪められ、ばらばらにされているので、なんの意味もないように思われた。農園主たちは、それをシェシュと、くだらんものと呼んだ。そして奴隷たちは、手を叩きながら、そのくだらん歌を唄うことは許された、壁の外に聞こえぬように静かに唄うならば。三百年というもの、そうやって唄ってきたので、いまでもそうやって唄っていた。

ハヴジヴァにとってその歌は、なんだか不気味で恐ろしげなものに聞こえた。つぎつぎと声が重なりあい、いつも囁くようなその声が、徐々に複雑なリズムになり、やがてほとんどクロス・ビートになるが、完璧ではなく、最後には歯擦音の感じになり、いつもひとつの言葉におさまりそうでおさまらず、いくつかの音節にわたって長い四分音音階のメロディが紡ぎだされる。そのメロディに囚われ、すぐさまそれに没入しながら、彼はひたすら考える——そのうちのひとつが彼の声をあげさせるだろう——そしていまレオが一声、叫びを、勝利の叫びをあげて彼の声を解き放つだろう！——だが彼はそうはしなかった。だれもしなかった。どこまでも繊細なリズムをもつ穏やかな、ほとばしる水のような音楽が、絶えず変わるデリケートなリズムでつづく。オレンジのヨテベル・ワインが卓上でまわされる。

ひとびとは飲む。遠慮なく飲む、せめても。そしてみんなが酔う。笑い声と嬌声が音楽の邪魔をする。だが彼らは、囁くような声しか出さなかった。

　彼らはみんな、道沿いにある長老の長屋へと、よろめきながら帰っていき、抱き合いながら、連れ立って小便をし、二人ばかりが、あちこちで立ち止まっては吐いた。ハヴジヴァのとなりにすわっていた親切な肌の黒い男が、長屋の彼の小部屋のベッドにもぐりこんできた。

　夕方早く、この男が話してくれたところによると、成人の儀式の日は終日、異性との交わりは禁じられているということだった、精力が奪われるからだという。つまり成人の儀式が歪められ、少年たちが部族のよい一員になれないかもしれないからである。むろん魔女だけは、わざとタブーを破るが、多くの女が魔女なので、悪意から男を誘惑しようとする。したがって既存の部族の男は同性愛的な性交でエネルギーを呼びさまし、成人儀礼を理路整然と行わせ、少年たちに試練のための力をあたえる。宴席をはなれるひとはだれしも、その夜のパートナーを探していく。ハヴジヴァは、族《チー》長《フ》たちではなく、この男に指名されたのでほっとした。なにしろ族長《チーフ》たちときたら、居丈高な連中だったからである。そういうわけで、朝になって彼が思い出したかぎりでは、彼とこの仲間は、酔いすぎたあまり、なにほどのこともできず、巧みに仕組まれた愛撫を受けながら、ぐっすりと眠りこけてしまったのである。

　ヨテベルのワインを飲みすぎると、頭ががんがんと痛くなるものだが、彼もすでにそれを味わっており、目を覚ましたときには頭蓋骨全体がその痛みを味わっていた。

　正午にこの男がやってきて、大勢の男たちで溢れかえっている広場の名誉の座へと彼を連れていった。彼らの背後には男子の共同長屋があり、その前には溝があって、それが内側の女子の側と、男子の側、もしくは門の側とを隔てていた……壁は失せ、門だけが立っており、小屋と長屋と、八方にひろがる平坦な穀物畑の上にそびえる記念碑となって、風もなく、影もない暑熱のなかでちらちらと光っている。

いくつかの女の小屋から、六人の少年が溝に向かって走ってくる。溝は、十三歳の少年が飛び越えられる幅じゃない、とハヴジヴァは思った。だが二人だけは飛び越えた。残る四人は思い切って飛んだものの転がって、脚や足先を傷つけた。巧く飛び越えた二人も、疲れきった顔をして怯えていた。六人ともみんな、なにも食べていないのと眠っていないせいで、顔は灰色になっていた。年上のものたちが彼らをかこみ、広場に一列に並んで立たせたが、だれしも素裸で、ぶるぶる震えながら、大勢の部族の男たちと向き合った。

女子の側に、女たちの姿はまったくなかった。

教義問答が始まり、族長《チーフ》たちと長老たちが大声で質問を放ったが、それは明らかに即座に答えねばならぬ問いであり、質問者の突きつける指、あるいは全体を指し示す動作に従って、ときにはひとりの少年が、ときには全員がその問いに答えた。それらの問いは、儀式の、典礼の、そして倫理に関するものだった。少年たちはふだんからじゅうぶん訓練をしているので、すぐさま大声で答えた。飛びこえるときに足を痛めた少年が、いきなり吐いて気を失い、声もなくうずくまってしまった。だれも手を出すものもなく、その彼に向かっても質問は放たれたが、苦しそうな沈黙がつづくばかりだった。しばらくすると、少年は身動きをして震えながら起き上がり、ほかのものたちの横に立った。青くなった唇が、あらゆる質問に答えようと動いたが、その声はだれの耳にも届かなかった。

ハヴジヴァは、儀式のほうにはっきりと注意を向けていたが、心は、長い時間を、長い道をふらふらと遡っていた。われわれが知っていることを教えよう、と彼は思った、われわれの知識はどれも、その土地にのみ通用するものだということを教えよう。

審問が終わると刻印が行われた。肩の付け根から腕の外側を通って肘に至るまで、鋭い棒杭によって一本の深い切り傷を、皮膚と肉をうがって痕を残した。たとえ傷が癒えても、その細長い傷跡をみれば、ほんものの男であることは明らかであろう。奴隷たちは門の内側で金物の道具を用いることは許されていなかったのだろうと、ハヴジヴァは考えながら、訪問者や客人を、義務と心得てしっかり監視していた。ひとりの少年が片腕に傷を入れおえるたびに、大人たちは棒杭を石で研いで鋭くしなおした。少年たちの青白い唇がひきしまり、白い歯がむきだしになる。みなが半ば失神したようにのたうちまわり、なかのひとりが悲鳴をあげたが、空いているほうの手で自分の口もとをぴしゃぴしゃ叩き、自分を黙らせようと躍起になる。親指の一部から血が噴きだし、裂けた腕からも血が噴きだす。それぞれの少年の刻印が終わると、部族の長がみなの傷口を洗い、傷口に軟膏のようなものを塗った。少年たちは呆然とし、よろめきながら、ふたたび一列に並んだ。そしていまはもう、老いた者たちは優しくなり、微笑みを浮かべ、彼らを「部族の男」と、「英雄」と呼んだ。ハヴジヴァはほっとして長い吐息をついた。

だがいまやさらに六人の子供たちが広場に連れてこられ、老女たちの手に導かれて、溝にかけられた橋を渡ってきた。みんな女の子たちで、足首や手首に飾りをつけている。ほかはみんな裸だった。彼女たちの姿を見ると、男の見物人のあいだから歓声があがった。ハヴジヴァは驚いた。女たちも部族の一員にされるのだろうか？　少なくとも、それはよいことだと彼は思った。

女の子たちのうちの二人は、かろうじて成人に達しているが、ほかのものはもっと幼く、なかのひとりは六歳に達していないのはたしかだった。彼らは一列に並び、背中を観衆に向け、少年たちと向かいあった。

それぞれの背後には、橋を先導してくれたヴェールの女たちが立っている。少年たちのうしろには、それぞれ裸の大人たちが立っている。ハヴジヴァはそれをじっと見つめながら、見ているものから目も心もそらすことができなかった。広場の灰色がかったむきだしの地面に仰向けに横たわっている少女たちの姿からも。のろのろと横になろうとしている少女のひとりが、背後の女にぐいぐい引っ張られ、むりやり寝かされる様子からも。年老いた男たちは少年たちをとりかこみ、それぞれが思い思いに少女の上にのると、どっと囃す声や野次る声や笑い声があがり、そして見物人のあいだから「は‐ああ‐は‐ああ」という歌声があがる。ヴェールをかぶった女たちが少女たちの頭ににじりよる。そのうちのひとりが手を伸ばし、ほっそりとした、はげしく振りまわしている腕を摑んで押さえた。大人たちのむきだしの尻が上下に動く、実際の性交なのか、真似なのか、ハヴジヴァにはわからない。「ああやるんだよ、よくご覧、よくご覧」見物人が少年たちに向かって叫ぶ、冗談やらご意見やら爆笑やらが飛び交うなかで。大人たちがひとりずつ立ち上がる、それぞれがいやに遠慮がちに自分のペニスを隠しながら。

　最後の人物が立ち上がると、少年たちは前に踏み出す。それぞれが女の子のうえにおおいかぶさり、尻を上げたり下げたりするが、ハヴジヴァの見るところ、だれひとり勃起はしていない。彼のまわりにいる男たちは、自分のペニスをつかんで、大声で叫んでいる。「さあ、おれのを試せ!」そして最後の少年がよろよろと立ち上がるまで、唄いつづけ、囃したてている。娘たちは仰向けに寝て、脚を開く、小さな死んだ蜥蜴《とかげ》のように。男たちの群れのあいだに、彼女たちに向かってくる微妙な恐ろしい動きがあった。だが年老いた女たちが、自分たちの足もとに娘たちを引きよせ、ぐいぐいと引っ張り上げて橋のほうに追いやると、見物人たちのあいだから大きな笑いや嘲り声が湧きあがった。

「みんな、薬を飲まされているんだよ」とハヴジヴァと床を共にした、肌の黒い親切な男が、彼の顔をのぞきこんでいった。「娘たちは。害にはならない薬だがね」

「ああ、そうだな」とハヴジヴァは、名誉の座に立ったまま、そういった。

「あの連中は幸運さ、成人儀礼の手助けをする特権をあたえられたんだ。娘たちはできるだけ早く処女を失うことが大切なのさ。常にふたり以上の男がそうするべきなんだよ。そうすれば女たちは主張できない——〝これはあんたの伜《せがれ》だ〟とか、〝この赤子は頭《かしら》の息子だ〟とかね。これはすべて魔法なんだ。息子は選ばれたものだ。息子であることは、女奴隷の性器となんの関係もない。女奴隷たちは、そのことをさっさと教えられるべきなんだ。だが女たちはいまは薬をあたえられる。昔とは違うのさ、組合のもとではね」

「なるほど」とハヴジヴァはいった。そして友の顔をのぞきこみながら、こう思った。彼の黒い肌は、所有者の血をたんまり受け継いでいるということだと。おそらく所有者かボスの息子なんだろうと。女奴隷がもうけた子は、だれの息子でもない。息子は選ばれるものだ。あらゆる知識がその土地特有のもの、あらゆる知識が部分的なものだ。ストセでも、エクーメンの学校でも、イェイオーウェイの囲い地の内でも。

「おまえは彼らをまだ女奴隷《ボンズウィメン》と呼んでいるね」とハヴジヴァはいった。あらゆる感情は凍りついたまま、彼の感受性が、ただ頑固な知的好奇心から話をしている。

「いや」と黒い男はいった。「いや、すまない、わたしが子供のころに学んだ言葉は——つまり——」

「わたしに弁解は無用」

ふたたびハヴジヴァは、自分の頭のなかにあることだけを冷やかに口にした。相手の男はうつむいたまま、顔をしかめて黙りこんでいる。

「おねがいだよ、あんた、どうかわたしを部屋に連れていってくれ」とハヴジヴァがいうと、黒い肌の男は恐れ入ったように、その言葉に従った。

彼は暗闇のなかで、記録器に向かってハイン語で静かに話している。「おまえは外側からなにも変えることはできない。はなれて立ち、見下ろし、概要を理解しつつ、パターンを見る。なにが間違っているか、なにを見落としているか。誤りは訂正したい。だがそれをただつぎはぎして正すことはできない。おまえはそのなかにもぐりこんで織りなおさなければならない。おまえはその織物の一部にならなければならない」この最後の一節はストセの方言だった。

四人の女は、女たちの側の地面にしゃがみこんでいるが、踏みあらされた様子もないその地面が彼の好奇心をかきたてた。ある種の聖的な空間なのか、と彼は思った。そして女たちのほうに歩みよった。女たちはぶざまにしゃがみこんで、膝のあいだから体を乗り出しているような格好だ。自分たちの格好には無関心で、女の側にいたときに彼が気づいた男たちの視線を気にする様子もない。女たちの頭は剃られ、肌の色は青白くチョークの色のようだった。埃色のひと《ダスト・ピープル》、埃まみれのもの《ダスティーズ》というのは古い言い回しだが、ハヴジヴァから見れば、女たちの肌の色は、粘土か灰の色といったほうがいい。掌や踵や、むきだしの青みがかった皮膚は、女たちが手を触れた土でほとんどおおわれている。女たちは静かに早口で話していたが、彼がそばに行くと、黙りこんだ。そのうちの二人は年老いて萎びており、ごつごつした膝頭や足は皺だらけだった。若い女がふたりいた。彼が平らな地面のはしのほうにしゃがみこむのを、ちらちらと横目でうかがっている。

女たちは平らな地面に砂埃や色のついた土を撒き、紋様のようなものを描いた。異なる色と色のあいだに、手か木の枝のような長く青白いものと、焼いた粘土のように赤い色の深い曲線が見えた。

彼は女たちに挨拶をすると、そのまま無言でしゃがみこんだ。ほどなく女たちは、さっきまでしていたことをまたやりはじめ、ときおり、小声で囁きかわしている。

彼女たちが手を止めると、彼はこういった。「それは神聖なことなんですか?」

年老いた女は彼を見つめて顔を顰めたが、なにもいわなかった。

「あなたには見えないはずですよ」色の黒いほうの若い女が悪戯っぽい笑みをちらりと浮かべたので、ハヴジヴァは驚いた。

「つまり、わたしはここにいてはいけないんですね」

「いいえ。ここにいてもよろしい、でもあなたにこれは見えません」

彼は立ち上がると、女たちが、灰色と淡い褐色と赤と焦げ茶色で描いた大地を眺めた。その線と形状は確固としたつながりをもち律動的なのに、どこか謎めいていた。

「これがすべてではないでしょう」と彼はいった。

「これはわずかなもの、ほんの一部」とさっき悪戯っぽく笑った女がいうと、黒い顔の黒い目が侮りを浮かべて光った。

「いちどにすべてというわけにはいかない?」

「そう」と彼女がいい、ほかの連中も「そう」といい、年老いた女たちは微笑をうかべた。

「その絵はいったいなんなのですか?」

彼女は「絵」という言葉を知らなかった。彼女はほかの者たちをちらりと見た。少し考えこんでいたが、やがて顔を上げ、鋭く彼を見た。

「わたしたちは、わたしたちの知っているものを描いているのです、ここに」と彼女はいいながら、穏やかな色彩で描かれたものを身振りで示した。温かな夕べの風が、色と色との境界をもうぼやけさせている。

「あのひとたちはこれを知らない」と灰色の肌の若い女が、囁くようにいった。

「男たち？　あの連中は決して全体を見ないというんですね？」

「だれも見やしませんよ。わたしたちだけです。わたしたちのここにあるから」色の黒い女は頭ではなく心臓に手を触れ、仕事で硬くなった長い両手で胸をおおった。そしてまた微笑をうかべた。

　老女たちが立ち上がった。なにやらぶつぶつ呟き、なかのひとりが、若い女たちに鋭い声でなにかいったが、ハヴジヴァには理解できない言葉だった。みんな重い足どりで歩きだした。

「彼らは、この仕事についてあなたがいったことには賛同しませんね」

「街のものは」と色の黒い女がいって笑った。「わたしたちが逃げ出すと思っているよ」

「あなたは逃げ出したいのかな？」

　彼女は肩をすくめた。「どこへ？」

　彼女は優雅な動きで立ち上がると、描いているものを眺めた、見たところ不揃いな色や線の交錯する抽象的な図柄を。

「あなたに見えるかな？」と彼女はハヴジヴァに訊いた、あの涙が光っているような悪戯っぽい目で。

「きっといつかはわかるだろうな」と彼はいいながら、相手の視線を受け止めた。

「あなたに教えてくれる女のひとを見つけないとね」と灰色の女はいった。


「ぼくたちはいまや自由人なんだ」と若き長《チーフ》、子息にして跡継ぎ、選ばれし者はそういった。

「わたしはまだ自由人というものを知らないなあ」とハヴジヴァが丁重な口調で、曖昧にいった。

「われわれは自由を勝ち取った。自らを解放した。勇気によって、犠牲によって、たったひとつの崇高なものにしっかりとすがって。われわれは自由人だ」選ばれし者は、強靭な顔の美男子、四十歳の知識人。丸鑿《まるのみ》で彫られたような六本の傷跡が地の粗い外皮のように上腕に走っており、開いた青い目がひとつ、彼の両眼のあいだで、瞬きもせずに見つめている。

「あなたは自由人です」とハヴジヴァはいった。

沈黙が流れた。

「シティの男たちは、われわれの女を理解していない」と選ばれし者がいった。「われわれの女は男子の自由を望んではいない。自由は男子のためのものではない。女は自分の赤子としっかり結びついている。女たちにとってそれこそが崇高なものなのだ。ロード・カーミイェーはそんなふうに女性をお作りになり、慈悲深きチュアルがその手本だ。ほかの世界では違うかもしれない。子供の面倒を見ないような、別の種類の女もいるかもしれない。おそらくは。ここでのことは、わたしがいったとおりだ」

ハヴジヴァはうなずいた、イェイオーウェイ人から学んだ、一度だけの深いうなずき、ほとんど拝礼に近い。「そういうわけだ」と彼はいった。

選ばれし者は満足しているようだった。

「わたしは絵を見たことがある」とハヴジヴァは言葉をついだ。

選ばれし者は平然としている。絵という言葉を知っているのかもしれないし、知らないのかもしれない。

「土の上に土で描かれた線や色彩は、知識を有しているかもしれない。あらゆる知識はその土地特有のものであり、すべての真実は偏っている」ハヴジヴァは、威信のある平易な談話口調でそういった。それは太陽の継承者である母親が外国の商人と話をするときの真似だった。「いかなる真実も、他の真実を虚偽とすることはできない。いかなる知識も、あらゆる知識の一部にすぎない。真実の線、真実の色。ひとたび、より大きなパターンを見たならば、もはや、部分を全体として見ることは不可能になる」

選ばれし者は、灰色の石のように立っている。しばらくするとこういった。「われわれが、シティに住む者たちのように暮らすことになれば、われわれが知っているものはすべて失われるだろう」その独断的な口調のかげには、恐怖と悲しみがあった。

「選ばれし者」とハヴジヴァはいった。「あなたは真実を語っている。実に多くのものが失われるだろう。大きな知識を得るためには、少ない知識をあたえねばならない。それも一度だけではない」

「この部族の者たちは、われわれの真実を否定しないだろう」と選ばれし者はいった。なにも見えず、瞬きもせぬその中央の目は、果てしない原野にひろがる黄色の煙霧のなかに浮かぶ太陽にじっと注がれているが、彼自身の黒い目は地面にじっと注がれていた。

彼の客は、その異星人の顔から、果てしない原野の上に低く光っている荒々しい小さな白い太陽に視線を移した。「それはたしかだと思う」と彼はいった。

定着使節《スタバイル》のイェヘダルヘッド・ハヴジヴァは、五十五歳のとき、ヨテベルを訪問するため、その地にもどった。長い年月、そこには行っていなかった。イェイオーウェイの社会公正大臣に対するエクーメンのアドバイザーという任務のため、北部に留まっていたのだが、もうひとつの半球にもしばしばおもむくことがあった。パートナーとともに旧首都に長年住んでいたが。彼の専門的な意見を聞きたいという新任の大使の要請で新首都にもしばしばおもむいた。パートナーには——もう十八年も同居しているものの、イェイオーウェイでは結婚という形がなかった——執筆中の本があり、それを完成させるまで、二週間ほどアパートをひとりきりで使いたいといった。「またぶらぶらと南を旅したらどう」と彼女はいった。「仕事をすませたら、すぐ追いかけるから。あなたのまわりにいる忌ま忌ましい政治家どもにはあなたの行き先を黙っておくわ。逃げて！　さあ、行って、行って！」

彼は行った。これまでさんざん飛ばされてきたが、元来飛ぶことは嫌いだった。それで今回は列車で長旅をした。快適な快速列車で、ひどく混んでおり、駅に着くたびに乗客がどっと押し寄せてきて、金をやるから乗せろと車掌に詰めよっていたが、時速百三十キロの列車の屋根にのぼろうとするものはいなかった。彼はヨテベル・シティまでの直通列車の個室をとってあった。彼は長時間、黙々と、車窓に次々とあらわれる風景を眺めていた。開拓プロジェクトの地を、老いた荒れ地を、若い林を、群がる街を、えんえんとつづく丸太小屋と田舎家と住居とアパートの建物を、長屋に家庭菜園や作業小屋がついているウェレル式の囲い地や工場や巨大な新しい施設を。そしてまたもにわかに田舎の風景があらわれ、掘割や灌漑用のタンクがあらわれ、夕空の色を映し、裸足の子供が大きな白牛をひいて、薄暗くなった穀物畑を通りすぎる。夜は短く、眠りという暗く揺れる心地よさが訪れる。

三日目の午後、彼はヨテベル・シティで列車を降りた。群衆はいない。隊長たちもいない。ボディガードもいない。彼は見馴れた暑い街路を歩き、マーケットを通りすぎ、市立公園を通り抜けた。そこには向こうみずな連中が少しばかりいた。ギャングや強盗がまだうろついているので、彼は怠りなく目を光らせながら表通りを歩いた。通りすがりに古いチュアル教の寺院があった。公園の灌木から落ちた白い花を拾ってあったので、それを聖母の足もとにおいた。像は微笑み、自分の欠けた鼻を横目で見ていた。彼はそのまま歩きつづけ、イェロンが住んでいた、だだっぴろい新しい屋敷までいった。

彼女は七十四になったので、この十五年は実地で教え、院長も務めていた病院もすでに辞めていた。彼女は、ベッドのわきにすわっているのを初めて見たころとほとんど変わっていなかったが、全体がちょっと縮んだように見えた。髪の毛はほとんどなくなっていて、派手なスカーフを頭に巻いていた。ふたりはかたく抱き合い、キスをした。彼女のほうは彼を撫でまわしたり、叩いたりして、笑みを抑えきれないでいた。ふたりはセックスをしたことはなかったが、その欲望はいつもあった、相手によせる切ない思い、触れ合うことのうれしさ。「これを見て、この灰色を見て！」彼女は叫びながら、彼の髪の毛を軽くたたいた。「なんて美しいの！　さあさあ、いっしょにワインを飲んでちょうだい。あなたのアラハはどうしてる？　いつ、彼女は来るの？　あの鞄をもってずうっと街を歩いてきたのね？　あいかわらず、へそ曲がりめ！」

彼は携えてきた土産を彼女にさしだした。エクーメンの医学研究チームによる『ウェレル－イェイオーウェイの病に関する論文』、彼女はそれをわしづかみにした。しばらくのあいだ、彼女は、目次とバーロットに関する章に没頭し、そのあいだにときどき口をきいた。そして薄いオレンジ色のワインをグラスに注いだ。ふたりとも二杯目だった。「元気そうね、ハヴジヴァ」と彼女はいい、本を下におくと、彼をじっと見つめた。彼女の目はどんよりと青みがかった黒い色になっていた。「聖人になることはあなたの性《しょう》にあっているでしょ」

「まあ悪くはないね、イェロン」

「じゃあ、英雄ね。あなたが英雄であることは否定できない」

「ああ」と彼は笑っていった。「英雄とはなにか知っていれば、否定はしないね」

「あなたがいなければ、わたしたちはどこにいるだろう？」

「いまいるところだろうね……」彼は吐息をついた。

「ときどき思うんだがね、われわれはこれまで勝ちとったささやかなものを失いつつあるとね。ディティク地方のこのチュアルビーダ、彼を見くびっちゃいかんぞ、イェロン。彼の演説は、純粋な女嫌いと反移民的偏見だからね、巷《ちまた》のひとたちはおおいに楽しんでいる……」

彼女はこの民衆の指導者をまったく無視する身振りをした。「まったくきりがないのよ。でもあたしにはわかっていた、あなたが、あたしたちにとってどんな存在になるかということは。すぐにね。あなたの名前を聞いたとたんにあたしにはわかった」

「きみは選択の余地をあたえてはくれなかったじゃないか」

「ばかな。あなたが選んだのよ」

「そうさ」と彼はいった。そしてワインをちびちびと飲んだ。「ぼくが選んだ」しばらくして彼はこう言った。「ぼくがもっていたような選択肢をもつ人間はそう多くはない。いかに生きるか、だれと共に生きるか、なにをなすべきか。ときどき考えるんだがね、ぼくが選ぶことができたのは、ぼくが、あらゆる選択肢がぼくのために作られていたところで育ったからなんだ」

「だからあなたはそれに背いて、自分の道を進んだ」と彼女はうなずきながらいった。

彼は微笑した。「ぼくは反逆者じゃないよ」

「ふん!」と彼女はふたたびいった。「反逆者じゃないって? あなたは、これまでずっとわれわれの運動のまっただなかにいたわよね?」

「ああ、そうさ」と彼はいった。「だが、反逆を好んじゃいない。反逆を好むのはきみのほうじゃないか。ぼくの仕事は、受け入れることだ。受容の精神を貫くことだよ。ぼくが成長期に学んだのはそれなんだ。受け入れること。世界を変えることじゃない。単に心を変えること。世界に受け入れられるようにね。この世界でまっとうでいられるようにね」

彼女はじっと耳を傾けていたが、納得しない表情だった。「女の生き方みたい」と彼女はいった。「ふつう男は、ものごとを気の向くままに変えたいと思うんじゃないの」

「ぼくの同胞の男はそうじゃないのさ」と彼は答えた。

彼女が三杯目のワインを注いでくれた。「あなたの同胞のことを話して。これまでいつも訊くのが怖かったの。ハイン人はとても古いひとたちだから！　そう学んできたわ！　とても長い歴史を、とてもたくさんの世界を知っているひとたちだって！　ここにいるわたしたちが知っているのは、たった三百年の苦難と殺人と無知の歴史ぐらい――あなたたちのおかげで、自分たちがどれほど小さな存在に感じられるか、あなたにはわかっていない」

「わかっていると思う」とハヴジヴァはいった。しばらく間をおいてから、こういった。「ぼくはストセと呼ばれる村落《プエブロ》で生まれた」

彼は語った、プエブロのこと、〈異空〉のひとたちのこと、伯父であった父親のこと、太陽の継承者であった母親のこと、さまざまな儀式、祭り、日常の神々のこと、異例の神々のこと。彼は彼女に語った、本質を変えることについて。ある歴史家の訪問について、彼がいかにしてふたたび本質を変え、カスハドに行ったかということについて。

「あのたくさんの規則！」とイェロンはいった。「とても複雑で、無駄なものよ。われわれの部族のように。あなたが逃げ出しても不思議じゃない」

「ぼくがやったのは、ストセで学ぼうとしなかったことをカスハドで学ぶことだけだった」と彼は微笑を浮かべていった。「規則とはなにか。たがいを求め合う方法。人間生態学。われわれがこの数年間、ここでやってきたことは、すぐれた一連の規則を見つけだすこと――道理にかなう規則のパターンを見つけだすことかな？」彼は立ち上がると、肩をほぐすように動かして、こういった。「酔ったよ。いっしょにひと歩きしてこよう」

ふたりは日の当たる庭園に出ると、野菜畑と花畑のあいだの小道をゆっくりと歩きだした。イェロンが、畑の草むしりをしたり、鍬で耕しているひとたちに会釈をしながら歩いていくと、みなが顔をあげ、彼女の名を呼んで挨拶をした。彼女は誇らしそうに、ハヴジヴァの腕にしっかり摑まって歩いた。彼女の歩調に合わせて、彼も歩いた。

「じっとすわっていなければならないときには、空を飛びたくなるものだよ」と彼はいいながら、自分の腕にかけられた、彼女の青白い節くれだった細い手を見おろした。「空を飛ばねばならないときには、じっとすわっていたいものさ。ぼくは、家で、すわることを学んだ。歴史家といっしょに飛ぶことも学んだ。だけどいまだに、体のバランスがとれない」

「それでここに来たのね」と彼女がいった。

「そこでぼくはここに来た」

「そして学んだわけ？」

「歩き方をね」と彼はいった。「仲間といっしょに歩く方法をね」

ある女の解放

A Woman's Liberation

小尾芙佐訳

1　ショメーク

わたしの親友が、わたしに自伝を書けという、ほかの世界やほかの時代のひとびとには興味深いものだろうと思うからと。わたしはごく普通の女性だが、この数年、並外れた変化を体験し、隷属というものの性質と自由というものの性質を身をもって知ったのだ。

　わたしは成人するまで、読み書きを習ったことがない、これは、わたしの物語の拙さには誂《あつら》え向きの弁明になる。

　わたしは、惑星ウェレルで奴隷の子として生まれた。幼年時代は、ショメークスのラドッセ・ラカムと呼ばれた。つまり、ショメーク家の財産《アセット》、ドッセの孫娘でありカーミイェーの孫娘というわけである。ショメーク一族は、ヴォエ・ディオの東海岸に大農園を有していた。ドッセはわたしの祖母。カーミイェーは主神だった。

　ショメーク家には四百人に及ぶ使用人がいるが、その大半は、ゲデの畑の耕作や塩生草類を食べる牛の飼育や水車場での仕事をあてがわれ、家事を受け持つ召使として使われていた。ショメーク家の人々は、だれもが歴史上の著名人だった。わたしたちの所有主は政治上の重要人物で、しばしば首都におもむいていた。

　アセットたちの名前はそれぞれの祖母からとった。なぜなら、子供を育ててくれるのは祖母だったから。母親は一日じゅう働きづめだし、父親というものはいなかった。女たちはいつも複数の男たちに妊娠させられていた。たとえわが子とわかっても、男がその子の世話をすることはできない。男奴隷はいつも売買されてしまうからである。若い男たちが農園に長く留まることはめったになかった。その者に金銭的な価値があれば、ほかの農園に売られるか、工場に売られるかだった。金銭的な価値がない者は、死ぬまでただ働きをさせられた。

女たちはめったに売られることはない。若い女は、働き手として、生殖を受けもつ者として残された。老いた女たちは、子供を育て、囲い地の秩序を保つ仕事を受け持った。ある農園では、女は死ぬまで年にひとり赤子を生みつづけるそうだが、われわれの農園では、女が一生に生む赤子は、だいたい二人か三人だった。ショメーク家のひとびとは女を労働者として重んじていた。男が勝手に女を手に入れることは望んでいなかった。祖母たちもそれに賛成だったので、若い女たちをしっかりと守っていた。

わたしは、男、女、子供などといっているが、わたしたちが、男、女、子供などと呼ばれないことは知ってもらうべきだろう。そう呼ばれるのはわれわれの所《オー》有者《ナー》たちだけなのだ。われわれ奴隷たちは、男奴隷《ボンズメン》、女奴隷《ボンズウィメン》、小さいの、若いのなどと呼ばれていた。わたし自身もそんな言葉を使うのかもしれないが、長い年月、そんな言葉は耳にしたこともなく、口にした覚えもない、ましてこの聖なる世界では一度も聞いたことがなかった。

囲い地の男奴隷たちの区分である門の側《ゲートサイド》は、監督《ボス》たち、つまりショメーク一家の親類筋や、彼らに雇われているひとびとによって仕切られていた。囲い地の内側には、若者と女奴隷が住んでいた。去勢された二人の奴隷は、お頭というのは名前だけで、じっさいに仕切っているのは祖母たちだった。じっさい囲い地で起きたことは、必ず祖母たちの耳に入った。

祖母たちが、あの奴隷はひどい病気で働けないといえば、お頭たちはその者を休ませた。祖母たちは、売られそうになった奴隷を救うこともあるし、複数の男たちに妊娠させられぬよう娘を守ってやることもあるし、ひよわな娘には避妊薬をあたえたりもした。囲い地のなかでは、だれもが祖母たちには従った。だが娘が逃げ出そうとすれば、監督《ボス》たちは、その娘を鞭打ちにする、目をつぶす、両手を切り落とすこともある。

わたしがまだ幼いころ、われわれの囲い地には、大祖母と呼ばれる女が住んでいた。目はなく眼窩のみで、舌がなかった。たいそうな年だからないのだとわたしは思っていた。祖母のドッセの舌も、口のなかで縮んでいくのではないかと心配だった。わたしは祖母にそういった。祖母はこう答えた。「いいや。これ以上は短くならないよ、だって、伸びすぎぬように気をつけているからね」

わたしは囲い地に住んでいた。母親はわたしをそこで生み、乳を飲ませるために三カ月のあいだ、そこにいることを許された。そのうちに母乳から牛乳に変わったので、母は家に戻った。母の名前はショメーク家のラヨワ・ヨワという。彼女の肌は、ほかの奴隷たちと同様に色は薄かったがとても美しく、手首や足首はほっそりとしていて、顔だちは優雅だった。祖母も肌の色は薄かったのに、わたしの肌は囲い地のだれよりも黒かった。

わたしの母親がやってくると、去勢された奴隷たちが、自分たちの戸口から入れてくれた。あるとき母親はわたしが灰色の埃を体じゅうにこすりつけているのを見つけた。母親に叱られると、わたしは、ほかのひとたちと同じようになりたいんだと言い返した。「いいかい、ラカム」と母親がいった。「あのひとたちは、埃のひとびと《ダスト・ピープル》なのさ。埃から一生逃れられないんだよ。おまえのほうがずっといい。いまに美しくなるだろうよ。どうして自分が真っ黒だと思うんだい」わたしには母親のいうことがわからなかった。「おまえの父親がだれか、いつか教えてやるよ」と母はいった、まるで贈り物をやるとでもいうように。わたしは、あのショメークの種馬、あのたいそう貴重な獣が、ほかの地所の雌馬に種つけをしているのを知っていた。わたしは、父親が人間ということもあるとは知らなかった。

その夜、わたしは祖母に自慢した。「わたしが美しいのは、あの黒い雄馬が、わたしの父親だからなんだよ!」ドッセがわたしの頭を撲《なぐ》ったので、わたしは泣きながら倒れこんだ。彼女はいった。「父親のことなど、二度と口にするんじゃない」

わたしの母親と祖母のあいだに怒りが存在することは知っていたが、そのわけを知るまでには長い時がかかった。いまでさえ、ふたりのあいだにあるわだかまりをすべて自分が理解しているかどうかはわからない。

わたしたちチビ《パプ》どもは囲い地のなかを走りまわった。塀の外にはなにもないことはわかっていた。わたしたちの世界は、女奴隷の小屋と男奴隷の長屋と、厨房と家庭菜園と、裸足で硬く踏み固められた広場だった。わたしには囲いの塀はえんえんとつづいているように思われた。

畑や製粉所ではたらくひとたちが早朝に門の外へ出ていくが、その行き先は知らなかった。みんな、ただ出ていった。そのあとは終日、囲い地の内はわれわれ子供たちのものになり、夏にはみんなまる裸、冬もほとんどは裸で、棒切れや石や泥んこで遊んで、なるべく祖母たちからはなれるようにしていたが、腹がすけば食べるものをねだりにいくし、祖母たちも、われわれに庭の草むしりをぞんぶんにやらせた。

夕刻や暮れきったころに帰ってくる働き手たちは、監督《ボス》たちに見張られながら、門のこちら側をぞろぞろと歩いていく。疲れきって不機嫌な顔をしている者もいるし、愉快そうに談笑している連中もいる。最後の者が入ってしまうと大門が閉じられる。たくさんの調理用の竈《かまど》からいっせいに煙がたちのぼる。牛糞を燃やす匂いがただよってくる。みなが、小屋や長屋のポーチに集まってくる。男や女の奴隷たちが、門と内側を隔てる溝の近くでいったん立ち止まり、お喋りをしながら溝をわたってくる。食事がすむと、自由民たちが率先してチュアルの銅像に祈りを捧げる。そしてわれわれもカーミイェーに祈りを捧げる。そうしてひとびとはみな寝床に入る、溝を越えようか越えまいかと逡巡しているひとびとを除いては。夏の夜には歌や踊りが許される。冬には祖父たちのひとりが――年老いて弱りきった哀れな男たち、祖母たちのように逞しくはない男たち――のひとりが歌を唄う。それはアルカーミイェーの朗誦と呼ばれているものだ。毎夜かならず、数人のものたちが教え、あとのものたちが、聖なる詩歌を学ぶ。冬の夜には、祖父たちのひとりが……祖母たちのお情けでかろうじて生かされている年老いて無用になった男奴隷のひとりが、その歌を唄いはじめる。そしてチビ《パプ》どもまでおとなしくなって、その歌に耳をかたむける。

わたしの心の友はワルスだ。彼女はわたしより大きく、年上のチビ《パプ》どもが、わたしを「くろいの」とか「おかしら」などと呼び、摑み合いがはじまると加勢してくれる。わたしは体は小さいが気性が荒い。ワルスとわたしがいっしょになると、もう怖いもの知らずだ。ところがワルスは門の外に追い出されてしまった。彼女の母親が身ごもって腹が大きくなると、割り当ての畑仕事をこなすのに助けがいるようになった。ゲデの取り入れは手仕事だった。毎日、熟した実を摘まねばならず、それゆえ摘み手は、二十日も三十日も同じ畑を何度も行き来し、それがすめば、さらに植えつけがつづく。ワルスは母親についていき、植えつけを手伝う。母親が気分が悪くなると、ワルスが母親の代わりをつとめ、ほかの連中の助けを借りて母親の割り当てをこなした。彼女はそのとき、所有者《オーナー》の計算では六歳だった。奴隷たちにはみな同じ誕生日があたえられる。つまり春のはじめの新年の日だ。彼女はじっさいは七歳だったはずである。母親は、産前も産後も具合が悪く、ワルスはずっと畑仕事をしていた。仕事を終えても遊びにいくようなことはなく、夕方になれば、食べて眠るために戻ってきた。そんなときわたしは彼女と話をすることができた。彼女は自分の仕事を誇りにしていた。わたしはそれが羨ましく、自分もあの門を出ていきたいと思った。いつも彼女のあとをついていき、門の前から世界を眺めた。いまでは囲い地の壁が、とても近いものに感じられる。

わたしは、祖母のドッセに、畑仕事をしたいといった。

「おまえはまだ若すぎる」

「新年には七歳だよ」

「おまえを外には出さないと、おまえの母さんに約束させられたんだよ」

次に母親が囲い地にやってきたとき、わたしはいった。「お祖母さんが、外に出してくれない。ワルスといっしょに仕事をしたいのに」

「ぜったいにだめ」と母親はいった。「おまえは、そんなことじゃない、もっとよいことをするために生まれてきたんだから」

「なにをするため？」

「いまにわかるよ」

母親は微笑を浮かべた。あの館のことを、自分が働いているところのことを母親が言っているのだとわたしにはわかった。これまでにもしばしば、あの館にある素晴らしいもののことを話してくれた、色鮮やかに光り輝くものや、薄く繊細で汚れのないもののことを。それはあの館のなかでひっそりと息をひそめているのだといった。母親は美しい紅色のスカーフを身にまとっていた。母親の声は柔らかく、身にまとうものもその体も、いつも清潔で爽やかな感じがした。

「いつわかるの？」

わたしは母親にこういわせるまで、しつこく食いさがった。「じゃあ、奥方さまに訊いてみよう」

「なにを訊くの?」

わたしが知っていることといえば、奥方さまは、たいそう繊細で清らかな方であることと、わたしの母は、あの方と特別なつながりがあるということだが、母がそれを誇りにしていることも知っていた。奥方さまが母に赤いスカーフを下さったことも、わたしは知っている。

「おまえが、いつお館で訓練をはじめられるのか、うかがってみよう」

母は、〝お館〟という言葉を、そこが、わたしたちの祈りのなかにあるような偉大で聖なる場所だと言いきかせるような口調でいった。わたしも、あの汚れなきお館、平安なあのお部屋に入れますようにと。

わたしはたいそう興奮して、歌いながら踊りはじめた。「わたしはお館へいく、お館へ!」母はわたしを叩いて止めようとし、そんなに興奮するものではないといった。「おまえはまだ若すぎる! 正しい振舞いができないのだから! お館からいったん出されれば、二度と戻れないのだよ」

わたしは大人らしい振舞いをすると約束した。

「ぜったいに正しい振舞いをせねばならない」とヨワがいった。「わたしがこうと言ったら、おまえは言われるままにやるんだよ。質問は無用。いっときの遅れもならない。おまえが粗野だと奥方さまが思われたら、すぐさま送り返される。おまえにとって、それは永遠の終わりなんだよ」

わたしは従順であることを約束した。なにごとにも即座に従い、決して言い返したりしないと。ヨワが、あの素晴らしい輝くような館を、恐ろしいものに思わせようとすればするほど、わたしは、ますますそれを見たいと思った。

母が去ったとき、わたしは、よもや母が奥方さまに話すとは思っていなかった。わたしは約束が守られるということに慣れていなかった。だが数日して、母が戻ってきたとき、母が祖母に話しているのを聞いてしまった。ドッセははじめは怒って、大声で怒鳴っていた。わたしは小屋の窓の下にしのんでいき、耳をすませた。祖母の泣き声が聞こえた。わたしはびっくりして途方に暮れた。祖母はわたしには辛抱強く、よく面倒を見てくれたし、食べ物もいつもたっぷり食べさせてくれた。祖母の泣き声を聞くまでは、そうしたことより大事なことはないとは考えたこともなかった。その泣き声につられて、わたしも泣きだした、まるで自分が祖母の分身であるかのように。

「もう一年、あの子をわたしの手もとにおいておくれ」と祖母はいった。「まだほんの赤ん坊だ。門の外にはぜったい出したくないんだよ」まるで無力な者のように、まるでひとが変わったような口調で祖母は訴えた。「あの子はわたしの楽しみなんだよ、ヨワ」

「じゃあ、あの子のさきゆきがよくなってほしくないの？」

「あと一年だけ待っておくれ。あの子は、まだお館に行けるほど人馴れがしていないんだから」

「長いこと、やりたい放題だったからねえ。このままここにいたら、畑に送られてしまう。一年もそのままでいたら、お館とは縁がなくなる。埃と同じになってしまう。そうなったらいくら泣きわめいても仕方がない。奥方さまにお訊ねしたら、そのつもりでおられるそうだ。わたしはあの子といっしょでなければ、戻れないんだよ」

「ヨワ、どうかあの子をひどい目にあわせないでおくれ」ドッセは、こんなことを娘に言うのは恥ずかしいとでもいうように声をひそめはしたが、その声にはまだ力があった。

「あの子に害が及ばぬように守るから」とわたしの母はいった。そうしてわたしの名を呼んだ。わたしは涙を拭いて母のそばに行った。

奇妙なことだが、わたしは、門の外の世界をはじめて歩いたときのことも、はじめてお館を見たときのことも覚えていない。おそらくわたしは怯えていて、目を伏せていたのだと思う。なにもかもがとても奇妙で、自分の見ているものがなんであるのかわかっていなかったにちがいない。それは、母に連れられてレディ・タズにお目見えするよりだいぶ前のことだ。母はわたしの体をごしごしと洗い、わたしが母の面目を失わせるようなことをせぬようにいろいろと言いきかせた。それから母はわたしの手をとり声をひそめて絶えずわたしを叱りつけながら、女奴隷の住居の外へ連れ出し、ペンキ塗りの木造の建物の戸口をいくつも通り抜けて、屋根のない、日の当たる明るい部屋へ連れていった。そこには鉢植えの花がたくさんおいてあった。

　花というものをほとんど見たことがなく、厨房の庭に生えている雑草ぐらいしか知らなかったわたしは、鉢植えの花をひたすら見つめていた。母はわたしの手を強く引っぱって、その女のひとを見させた。そのひとは花のような明るい色に染められた柔らかな衣をまとい、花のなかにおかれた椅子に横たわっていた。わたしには目の前にあるものの正体がよくわからなかった。女のひとの長い髪の毛は輝き、黒い肌も輝いていた。母はわたしを押しやり、わたしは、母に繰り返し練習させられたことをやった。椅子のわきに膝をつき、じっとしていた。女のひとは細く長い手を伸ばした。表面は黒く、掌は空色のその手に、わたしは額を触れた。「わたしはあなたの奴隷、ラカムです、奥方さま」というはずだったのに、声が出てこなかった。「なんて可愛いんでしょう」と彼女はいった。「とても黒いのね」この言葉をいうとき、彼女の声が少し変わった。

「監督《ボス》の方たちがやってきました……あの晩」ヨワがはにかんだようにいい、うつむいた。

「それは間違いないわね」と彼女はいった。わたしはもう一度、ちらりと目をあげた。彼女は美しかった。こんなに美しいひとがこの世にいるなんて思いもしなかった。わたしの驚きに気づいたと思う。柔らかな長い手をふたたび伸ばし、わたしの頬と首をそっと撫でた。「なんて綺麗なんでしょう、ヨワ」と彼女はいった。「ここに連れてきてくれてほんとうによかった。湯浴みはしたのかしら?」

燃料にしていたあの牛糞の臭いをぷんぷんさせながら入っていったわたしを見ていたら、そんな質問はしなかっただろう。彼女は囲い地内のことはなにも知らなかった。この館の婦人棟であるベザより向こうのことはなにも知らない。わたしが囲い地内に囲われているのと同じように、彼女もあそこに囲われており、外のことはなにも知らない。わたしが花を見たことがないのと同じように、彼女は牛糞の臭いを知らなかった。

この子は清潔だと母が保証すると、彼女はこういった。「じゃあ、今晩はわたしといっしょに寝られるのね。うれしいわ。わたしといっしょに寝たいかな——このかわいい——」彼女がわたしの母をちらりと見ると、母は「ラカム」と小声でつぶやいた。その名をいうとき母は口をすぼめた。「それはいやね」と彼女はつぶやいた。「とても醜いわ、トチみたい。そうだ。おまえがわたしの新しいトチになるといい。今晩この子を連れてきなさい。ヨワ」

彼女はトチという名の狐犬を飼っていたと、母から聞いたことがある。そのペットはもう死んでしまった。動物に名前があることをわたしは知らなかった。だから自分に名前があることをわたしは知らなかったけれども、はじめは、自分がラカムではなくなるのが奇妙に思われた。自分をトチとは思えなかった。

その晩、母はわたしにもう一度湯浴みをさせ、肌に芳しい油を塗り、柔らかな、自分の紅色のスカーフより柔らかなガウンを着せた。そしてふたたびわたしを叱り、忠告をあたえたが、一方では興奮気味で、うれしげにわたしを引き連れ、いくつもの広間を抜けてふたたびベザに向かった。中にはいると、ほかの女奴隷たちとすれ違いながら、奥方の寝室へ行った。そこは素晴らしい部屋で、いくつもの鏡や垂れ布や絵画がかかっていた。その鏡や絵画がなんであるのか、わたしにはわからなかったが、そのなかにひとの姿が見えたので驚いた。わたしが驚いていることに、レディ・タズが気づいた。「さあ、ここにおいで、おちびさん」と彼女はいい、枕がいくつも散らばっている、幅広の大きな軟らかい彼女のベッドにわたしの場所を作ってくれた。わたしがそこへ這っていくと、軟らかくて温かな腕で、わたしの髪の毛や肌をなで、わたしが気持よく寝られるようにしてくれた。「さあ、さあ、可愛いトチ」と彼女はいい、そしてわたしたちは眠りにおちた。

わたしはレディ・タズ・ウィホマ・ショメークのペットになった。ほとんど毎夜のように彼女といっしょに寝た。彼女の夫はめったに家に帰ってこなかったし、家にいるときも彼女には近寄らず、女奴隷を相手に楽しんでいた。彼女はわたしの母やほかの若い女たちを寝床に呼ぶときは、わたしを追い払った、わたしが十か十一になると、わたしをそばにおき、楽しみ方をみなといっしょに教えてくれるようになった。彼女は優しかったが、愛しあうときは女主人、わたしは、彼女の遊び道具にすぎなかった。

わたしはまた、家事や日常の務めも教えられた。声がよかったので、彼女といっしょに歌うことも許された。あの数年間というものは、一度も罰せられることはなく、辛い仕事を強いられることもなかった。囲い地では手に負えない子供だったわたしも、お館では極めて従順だった。祖母に対しては反抗的で、その命令にはたてついたが、女主人の命令には、喜んで従った。彼女は、唯一無二の愛情をこめて、わたしを抱きしめてくれた。彼女は地上に降りてきた慈悲深きチュアルだとわたしは思った。それは言葉だけではない、真実だった。彼女はわたしよりはるかに優れた存在なのだと、わたしは思った。

おそらくあなたはこういうだろう、わたしの同意なしに女主人からあたえられる楽しみをわたしは楽しむことができるはずはないし、楽しんでもならないと。そしてもしわたしがそのようなことをしてしまっても、それは口外してはならず、このような大きな悪に対しては、たとえわずかな善であろうと示してはならない。だがわたしは、同意や拒否ということについてはなにも知らなかった。それらは斬新な言葉だった。

彼女には息子がおり、わたしより三歳年上だった。彼女はわたしたち女奴隷のあいだでたったひとりで暮らしていた。ウィホマ族は島の貴族で、女たちは旅をしないという旧式なひとたちだったので、彼女は自分の家族とは切り離されていた。彼女の唯一の仲間は、所有者《オーナー》のショメークが首都から連れてきた友人たちだったが、それはみな男ばかりだったので、食卓でしかいっしょになれなかった。

所有者《オーナー》の家長とはめったに会うこともなく、会ったにしても遠くからだった。彼もまた優れた人物ではあったが、危険な人物だろうと思った。

若き所有者《オーナー》のエロドはというと、彼に会えるのは、彼が毎日母親に会いにくるときか、彼が個人教師といっしょに馬に乗りにくるときだった。十一か十二のころのわたしたち娘は、彼をのぞき見しては、くすくすと笑い合った。彼は美少年で、夜のように黒く、ほっそりと痩せていた。彼が父親を恐れていたのは知っている、母親のそばにいるときはいつも泣いていた。母親は、飴をあたえたり、体をさすってやりながら、「あの方はまたもうすぐ行ってしまうからね、坊や」と慰めていた。わたしもエロドが可哀そうだった。まるで影のように柔らかで無害だったから。十五のときに学校に送られたが、一年も経たぬうちに父親が連れ戻してしまった。奴隷たちの話によると、父親は彼を痛めつけ、馬を乗りまわして所領を出ることさえ禁じたそうだ。

所有者《オーナー》が使っていた女奴隷たちの話によると、彼はとても残酷な人間だそうで、痛めつけられた痕を見せてくれた。みなが彼を憎んでいたが、わたしの母は、彼の悪口は言わなかった。「おまえは、自分が何さまだと思っているのかい」と、彼のやり口に文句をいう娘にはそういった。「ガラスみたいに扱われる貴婦人だとでも？」そして妊娠したことに娘が気づくと、われわれに言わせれば〝つっこまれた〟わけだが、わたしの母親は彼女を囲い地に送り返した。なぜだかわたしにはわからない。ヨワは気が強く、嫉妬深かった。いまではわたしも、彼女はその娘を、わがレディの嫉妬心から守ってもいたのだと思う。

自分が所有者《オーナー》の娘だといつ気づいたのか、わたしにはわからない。なぜなら彼女はわがレディにはその秘密を洩らさなかったからだ、わたしの母親は、それはみんなに秘密にされていたと信じていた。だが女奴隷たちはみんなそれを知っていた。わたしは自分が耳にしたことの意味がわからなかったが、エロドを見たとき、彼をつぶさに観察し、自分のほうが彼よりも父親によく似ていると思った、なぜならそのときにはもうわたしも父親というものがなんであるか知っていたからである。そして、レディ・タズにはそれがわからないのかと不思議に思った。だが彼女は無知でいることを選んだのである。

この数年のあいだ、わたしはめったに囲い地にはいかなかった。館に来てから半年も経つと、わたしは囲い地に戻ってワルスや祖母に会い、わたしの美しい衣服やきれいな肌や艶やかな髪をぜひとも見せたいと思った。でも行ってみると、仲良く遊んだチビどもが、泥や石を投げつけてきたり、わたしの服を引き裂いたりした。ワルスは畑にいた。わたしは祖母の小屋に一日じゅう隠れていなければならなかった。もう二度と戻りたいとは思わなかった。祖母がわたしを迎えにきたけれど、母親がいっしょのときに応じただけで、いつも母親にしがみついていた。囲い地のひとたちは、わたしの祖母でさえ、わたしの目には粗野でがさつに見えた。みんな、汚くて、いやな臭いがぷんぷんした。だれしもが、お仕置きのためにただれた傷口があり、指や耳や鼻などを切りとられたりしていた。手も足も、地肌が荒れ、爪は変形していた。わたしは、もうこんなひとたちを見たくもなかった。わたしたち、館の召使たちは、彼らとはまったく違っていると、わたしは思った。位の高いひとたちに仕えていると、自分たちもそのひとたちに似てくるものだ。

わたしが十三歳に、十四歳になっても、レディ・タズはわたしを自分の寝床に寝かせ、ときどき相手をさせた。だが彼女には新しいペットがいた、料理人の娘で、粘土のように白かったが、とてもかわいい娘だった。ある晩、長いこと、自分の知る方法で、わたしに深い恍惚感をあたえてくれた。ぐったりとして彼女の両腕に抱えられていると、彼女は、「さよなら、さよなら」とささやき、わたしの顔や胸に接吻を浴びせた。わたしは疲れきっていたので、それを不審に思うこともなかった。

翌朝、レディ・タズはわたしとわたしの母を呼び、十七回目の誕生日を迎えたわたしを、彼に添わせるつもりだといった。「あなたがいなくなったらとても淋しいわ、可愛いトチ」彼女は、目に涙を浮かべてそう言った。「あなたはわたしの悦びだった。でもエロドに添わせる少女は、あなたのほかにはいないの。あなたはだれよりも清潔で愛らしく、かわいいわ。あなたが処女なのは知っている」男を知らないという意味である。「わたしの息子はあなたを楽しむでしょう。あの子は彼女にはねんごろに振舞うのよ、ヨワ」彼女はわたしの母に熱っぽい口調でそういった。母は無言で一礼した。母にはいうべき言葉がなかったのだ。そして母はわたしに対しても無言だった。母がたいそう誇りにしていた秘密について語るにはもう遅すぎたのである。

レディ・タズは、わたしに妊娠を防ぐ薬をくれたが、薬というものを信じていない母は、祖母のもとに行って避妊用のハーブをもらってきた。わたしはその週に、両方を忠実に飲んだ。

館の男がその妻を訪ねるときは、ベザにやってくるが、女奴隷を望むときは、女奴隷がそちらに送られた。そんなわけで若き所有主の誕生日の夜、わたしは赤い衣装を身にまとい、生まれてはじめて館の男の側に連れていかれた。

わたしのレディに対する崇拝心は、その子息にまで及んでいたし、所有主たちは、そもそもわたしたちより優れているものだと教えこまれていた。だが彼のことは幼時から知っており、彼の血とわたしの血は半分は同じものだということも知っていた。そのため彼に対しては奇妙な感情をおぼえていた。

彼は恥ずかしがりやだし、自分が男であることを恐れているのだと、わたしは思っていた。ほかの少女たちは、彼を誘惑しようとして失敗した。わたしのなすべきこと、つまり自分をさしだして彼を勇気づけるにはどうすればよいかということは、女たちが教えてくれたので、わたしにはその心づもりができていた。わたしは広い寝室にいる彼のもとに連れていかれた。そこはレースのように刻んだ石で造られ、菫色《すみれ》の細長い硝子《ガラス》の入った窓があった。わたしはしばらくのあいだ、扉のそばにおずおずと立っており、彼のほうは紙やスクリーンにおおわれたテーブルの近くに立っていた。わたしのほうにようやく近づいてくると、わたしの手をとって椅子のところまで連れていってくれた。その椅子にわたしをすわらせると、立ったまま話しかけてきたが、それがいかにも不作法な感じで、わたしは途方に暮れた。

「ラカム」と彼はいった――「それがあんたの名前だな」わたしはうなずいた――「ラカム、うちの母さんは、親切心からやっているんだよ、わたしが母さんに感謝していないなんて思わないでくれ、きみの美しさに目がくらんでいないなんて思うなよ。だがぼくは、自ら身を捧げることのできない女を自分のものにしようとは思わない。主人と奴隷のあいだの性交は、強姦だからね」そうして彼は美しい言葉で話しつづけた、マイ・レディが一冊の本を声高に読みだしたときのように。本の内容はよくわからないものの、いっしょに寝ようと彼からお呼びがかかったら、いつでも応じなければならないとわかってはいたが、彼は決してわたしに触れようとはしなかった。そしてわたしはこのことをだれにも決して話してはならなかった。「すまないね、きみに嘘をいわせて、ほんとうにすまない」と彼が語気を強めていったので、嘘をつくことは彼の心を傷つけるのだろうかと思った。なんだか彼が人間というよりも神さまのように思われた。嘘をついて傷つくのなら、どうやって生きていられるのだろう?

「わたしはあなたの言われるとおりにするつもりです、ロード・エロド」とわたしは言った。

　そんなわけで、たいていの晩、彼の奴隷がわたしを連れにやってきた。わたしは彼の大きなベッドで眠り、そのあいだ彼はテーブルで仕事をしていた。彼は窓の下にある長椅子で眠った。ときどき彼はわたしに話しかけ、ときには長いこと、自分の考えをわたしに話してきかせた。首都の学校にいたころ、彼は奴隷制度を廃したいと考える所有者《オーナー》たちの〝コミュニティ〟と呼ばれるグループのメンバーになっていた。これに反対する父親が、彼に退学を命じて家に呼び戻し、地所から出ることを禁じた。だから彼もまた囚人だった。だが彼は、コミュニティのだれかれとネットを通じて定期的に連絡をとりあっていた。父親や政府に知られることなく、連絡をとる方法は知っていたのである。
彼の頭は、彼らに伝えねばならない考えでいっぱいだった。彼といっしょに育てられ、いつもわたしを連れにきた若い奴隷のゲウとアハスは、彼がわたしたちみんなに、奴隷制度とか自由とか、いろいろなことを話すあいだ、その場にとどまっていた。ときどき眠気がさしても、話はしっかり聞いていた、だがその話をどう解釈すればよいのか、どう信じればよいのかわたしにはわからなかった。組織のなかには奴隷《アセット》たちで構成されるハーメーと呼ばれる団体があり、その仕事というのは農園から奴隷を盗むことだった。盗んだ奴隷はコミュニティのメンバーのところに連れていかれる。彼らは贋《にせ》の所有書類を作り、ほうぼうの街のしかるべき仕事先に貸し出すのである。彼は、それらの街について話してくれた。わたしはその話を聞くのが大好きだった。イェイオーウェイ植民地のことも語ってくれ、あそこでは奴隷たちのあいだで革命が起きたと言った。

イェイオーウェイについて、わたしはなにも知らなかった。その大きな緑青色の星は、太陽が沈んだあとに沈み、昇る前にのぼり、いちばん小さい月よりも明るく輝く。イェイオーウェイとは囲い地のなかで彼らが歌っている昔の歌にでてくる名前だった。

おう、おう、イェイオーウェイ、
だれひとり戻りゃせぬ。

革命というものがどういうものか、わたしは知らない。エロドの話によれば、イェイオーウェイと呼ばれるその場所にあった植民地の奴隷たちが、己の所有者《オーナー》たちと戦ったことを革命というのだそうだが、どうすれば奴隷にそんなことができるのか、わたしには理解できない。この世のはじめから、より高い存在とより低い存在、主と人間、男と女、所有者《オーナー》と所有される者が存在することが定められていたはずである。わたしの世界は、ショメーク家の土地がすべてであり、それは一つの基盤である。それを覆したいと思うものがいるだろうか？　廃墟にあっては、だれしもが押しつぶされてしまうものである。

わたしは、エロドが財産《アセット》を奴隷と呼ぶのが好きではなかった、それはわれわれの価値を奪いさる醜い言葉だ。わたしは心に決めた。ここウェエレルにおいては、われわれは財産《アセット》である。そしてほかの場所、イェイオーウェイの植民地には、奴隷が、価値のない男女の奴隷が、手に負えない者たちがいる。彼らがあそこに送られたのはそのためだ。それは理にかなっていた。

ここまで知れば、わたしがどれほど無知であったか、あなたにもわかるだろう。ときどき、レディ・タズがわれわれにホロネットのショウを見させてくれたが、彼女が見ているのはドラマばかりで、事件のニュースではなかった。あの地所の向こうの世界については、エロドから聞いたことのほかはなにも知らないが、それすらもわたしには理解できなかった。

エロドは、わたしたちと討論するのが好きだった。わたしたちの心が自由になっている証《あかし》だと思っていた。ゲウは討論に長けていた。いつもこんな風な質問をした。「奴隷がいなければ、こんな仕事をだれがやる？」するとエロドが、こまごまと答える。その目は輝き、雄弁になる。わたしたちに話しかける彼が、わたしはとても好きだ。彼は美しく、その言葉も美しかった。囲い地の幼い子供だったころ、わたしがアルカーミイェーをそらで歌う老人たちの声を聞くのが好きだったのと同じように。

わたしは、レディが毎月わたしにくれる避妊具を、それらを必要とする娘たちにあたえていた。レディ・タズは、わたしの性的関心を目覚めさせ、それを使うことに馴れさせていた。わたしは彼女の愛撫を懐かしんだ。だがわたしには女奴隷に近づく方法がわからなかったし、彼女たちはわたしに近づくことを恐れていた、なぜならわたしは若き所有主のものだったから。エロドとはしばしばいっしょになったが、彼が話をするあいだ、わたしは彼がわたしの体に入ることを願った。彼の寝台に横たわりながら、彼がやってきてわたしにおおいかぶさって、レディがいつもやっているようにしてくれればよいのにと思った。だが彼はわたしには決して触れなかった。

ゲウもハンサムな若者、行儀正しく清潔で、黒みがかった肌色をしていて、わたしにとっては魅力的だった。彼の目はいつもわたしに注がれていた。だがエロドは、決して触れないとわたしが保証するまでは、わたしに近づこうとはしなかった。

こうしてわたしは、だれにも話さないというエロドとの約束を破ってしまった。だが自分に約束を守る義務があるとは思わず、真実を話すべきだとも思わなかった。その種の名誉は、所有主のためにあるもので、われわれのためにあるものではなかった。

その後のゲウは、館の屋根裏部屋に会いにくる日時を、わたしに指図するようになった。しかもささやかな楽しみしか与えてくれなかった。わたしの膣に挿入することはなく、わたしの処女は、われわれの主人のためにとっておくべきだといった。そのかわりペニスをわたしにくわえさせた。そして絶頂に達すると、すぐ体をはなした。奴隷の精子が、主人の女を汚してはならぬからである。それが奴隷の節操というものだった。

さてわたしの話はすべてがこんなものだと、あなたは嫌悪を示すかもしれない、だが奴隷の生活にもセックスより大事なものがある。それはたしかに真実だ。ただわたしに言えるのは、男にせよ女にせよ、なによりも容易にとりこになるのは、その性行為だということだ。いかに自由な男女にせよ、それはたしかに存在し、その自由を守るのはとても難しい。肉の力関係は力の根源である。

わたしは若く、健康と、楽しもうという欲望に満ちあふれていた。そしていまでさえ、ここにいてさえ、この世界からかの地を、囲い地とショメークの館を、過ぎ去った年月を振り返るとき、明るい夢のようにさまざまなイメージが浮かび上がる。祖母の硬い大きな手が見える。赤いスカーフを首に巻き、微笑んでいる母親が見える。クッションに埋もれたわたしのレディの黒い絹のような肌が見える。牛糞を燃やす火があげる煙の臭いが鼻をつき、ベザの香水の匂いがただよってくる。わたしの若い体を包んでいる柔らかな美しい衣服の感触。そしてわたしのレディの両手と唇の感触も。老人たちが歌っている、わたしの声がレディの声によりそい、愛の歌をうたう、そしてエロドが自由についで語りかけてくる。その顔は輝き、夢が溢れだす。その背後では、石造りのレースと菫色のガラスが夜を閉め出している。わたしは戻りたいとはいわない。シヨメークに戻る前に、わたしは死ぬだろう。この自由な世界、わたしの世界を去り、奴隷の世界に戻る前にわたしは死ぬだろう。だが、若きころ、美と愛と希望にあふれた若きころ、わたしが知っていたものがなんであろうと、それはそこにあった。

そしてそこでそれは裏切られた。あの基礎の上に築かれたものは、結局それ自体を裏切ってしまった。

世界が変わったのは、わたしの十六のときだった。わたしが耳にした最初の変化について、わたしはなんの興味もわかず、わたしの主人が興奮し、ゲウとアハスと、若い男奴隷の何人かが興奮していた。わたしの祖母まで、訪れたわたしからその話を聞きたがった。「あのイェイオーウェイ、あの奴隷の世界まで」と祖母はいった。「自由になったのかい？　主人たちを追い払ったのかい？　門を開けたのかね。やれやれ、おやさしいカーミイェーよ、そんなことがなんでできたのかね？　あの御方の名を讃えよ、あの秘蹟を讃えよ！」祖母は塵のなかにしゃがみこみ、膝を抱えこんだ。もはや老いさらばえた女だった。「話しておくれ！」と祖母はいった。

わたしに話せることはあまりなかった。「兵士たちはみんなここに戻ってきたんですよ」とわたしはいった。「それからほかの連中、あのエイルメンたちはイエイオーウェイにいるんです。きっと彼らが新しい所《オー》有者《ナー》になるんでしょう。ぜんぶ遠いところの話ですよ」とわたしは言い、空に向かって両の手を振りまわした。

「エイルメンとはなんだい？」と祖母が訊いたが、わたしは知らなかった。

わたしにとって、それは単なる言葉にすぎなかった。

だがわれわれの所有主、ロード・ショメークが病気になって戻ってきたとき、わたしには理解できた。彼はわれわれの小さな空港まで飛行船で飛んできた。彼は担架で運びこまれたが、目は白目をむき、黒い肌はところどころ灰色に変色していた。彼はほうぼうのシティで蔓延《まんえん》していた病気で死にかけていたのである。

レディ・タズのわきにすわっていたわたしの母は、ネットに出ていた政治家の話を聞いていた。エイルメンたちがその病気をウェレルに運んできたというのである。彼はいかにも恐ろしげに話していたので、全員が死んでしまうのではないかとみなが思った。そのことをゲウに話すと、彼は鼻を鳴らした。「異星人《エイリアン》だよ、悪人《エイルメン》じゃなく」と彼はいった。「対処法はなにもないんだ。旦那様は医者たちと話し合ったがね。新種の病いなのさ」

その恐ろしい疾病はまったく手に負えなかった。それに感染した財産《アセット》は誰でも獣のように即座に殺され、死体はその場で焼却された。

所有主は殺されなかった。館は医者でいっぱいになり、レディ・タズは昼夜を問わず夫の枕辺にすわっていた。その死は残酷だった。死は徐々に進行した。感染したロード・ショメークは悲鳴や咆哮をあげた。人間があんなふうに何時間も叫びつづけることができるのだろうか。皮膚は潰瘍《かいよう》を生じて剝がれていき、彼は狂ったように悶《もだ》えたが、死にはしなかった。

レディ・タズが疲労のあまり影のように黙りこんでいる一方で、エロドには力と興奮がみなぎっていた。ときどき父親の咆哮が聞こえると、その目はぎらぎらと輝く。そしてこう囁く、「聖母チュアルは父にお慈悲をたまわる」しかし彼は咆哮に力を得ていた。いっしょに育ったゲウとアハスから話を聞いた、彼の父親がいかに彼を苦しめ、軽蔑していたか、そしてエロドは、父がそうでなかったものになることと、父がやったことを台なしにすることを誓ったか。

だがこれに決着をつけたのはレディ・タズだった。ある晩、いつものように他の付き添い人を遠ざけ、瀕死の男のわきにひとりですわっていた。彼がうなり声をあげはじめると、彼女は小さな鋏を取り上げ、彼の喉首を切り裂いた。それから自分の腕の血管を切り裂き、彼のかたわらに身を横たえ、そして死んだ。わたしの母は、夜じゅう、隣の部屋にいた。あたりの静寂にちょっと不審を抱いたものの、疲れていたので眠ってしまった。そして朝になり部屋に入っていき、ふたりが冷たい血だまりのなかに横たわっているのを発見したのだった。

わたしがしたかったのは、レディのために泣くことだったが、すべてが混沌としていた。病室にあったものはすべて焼かねばならない、と医者たちがいった、死体は即刻焼かねばならないと。館は隔離中だった、館の僧たちだけが、葬式を執り行うことができた。二十日のあいだ、だれもその地所から出ることはできないとされた。だが数人の医者たちは、いまやショメークの主となったエロドが、これからなにをするつもりか語ったとき、自ら去っていった。アハスからその混乱した言葉のいくばくかを聞いたが、わたしは悲しみのあまり、その言葉にもあまり気をとめなかった。

その夜、館の財産《アセット》たちは、葬式のあいだレディのチャペルの外に立ち、中から聞こえる賛美歌や祈りの言葉を聞いていた。監督《ボス》や去勢《カットフリー》された者たちは、囲い地からひとびとを連れてきたが、彼らはわたしたちの背後に立っていた。行列があらわれ、白い棺台が運ばれ、積まれた薪に火が点じられ、黒い煙がたちのぼった。煙が消える前に新しいロード・ショメークがわれわれの前にあらわれた。

エロドが、教会の背後の小さな丘に立ち、これまで聞いたこともないような力強い声で話しはじめた。ふだん館のなかで聞こえるのは暗闇のなかで囁くような声だった。いまは真昼のように、声は力強かった。白の喪服に身を包み、直立する黒々とした影をおとしている。まだ二十にもなっていない。彼はいった。「みなさん、聞いてください。あなたたちは奴隷だった、これからは自由の身です。あなたたちはわたしの財産《アセット》だったが、これからはあなたたち自身がその主となるのです。けさわたしは、この地のあらゆる財産《アセット》の解放令を政府に送りました。四百十一人の男女と子供です。午前中に会計課の事務所に来ていただければ、書類一式をお渡しします。それらの書類には、あなた方すべてが、自由民として記載されています。二度とふたたび奴隷にされることはありません。明日からは、あなた方すべてがなにごとも思うようにできることになります。新生活を始めるための資金も各自にあたえられます。それはあなた方が報われるものではなく、われわれのために働いてくれた、その報酬でもなく、われわれがあなた方に与えねばならぬものです。わたしはショメークを去ります。都へ行き、そこでウェレルのすべての奴隷を解放するよう働きかけます。イェイオーウェイに訪れる自由の日はわれわれのもとにもやってくるでしょう、それも間もなく。あなた方のなかでわたしとともに行くことを望むひとは、前に出なさい！　あそこにはわれわれすべてにやるべき仕事があります！」

　彼が言ったことは、すべて覚えている。彼らに話しかけたあの言葉を。書物を読みもせず、ネットの映像も心を満たさぬとき、その言葉は心の奥深くで語りかけてくる。

　彼が話しおわると、これまで味わったことのないような静寂がおちた。

　医者のひとりが口を開き、隔離はやめるべきではないとエロドに抗議した。

「悪魔は焼きはらわれたのだ」とエロドは、立ちのぼる黒煙に向かって大きく手を振った。「ここは忌むべき場所だったが、もはやショメークからはいかなる危難も及ばぬだろう！」

　そのとき、ゆっくりとした音声が、われわれの背後に立つ大勢のひとびとのあいだで湧き起こった。その音声は次第に大きさを増し、悲嘆の声や泣き声や叫び声に、そして歌声にいりまじった。「ロード・カーミイェー！　ロード・カーミイェー！」と男たちが口々に叫んでいる。そのときひとりの老女が前に進み出た。わたしの祖母だ。穀物畑をかきわけるようにわたしたちをかきわけて進んだ。そしてエロドからだいぶはなれたところで立ち止まった。ひとびとは沈黙し、祖母の言葉に耳を傾けた。祖母はいった。「旦那さま、あなたはわたしたちを故郷から追いはらわれるのですか？」

「いいや」と彼はいった。「故郷はおまえたちみなのものだ。土地はみなが使うのだ。畑でとれる作物はみなおまえたちのものだ。ここがみなの故郷で、おまえたちはみな自由なんだ！」

　これを聞いてふたたび歓声があがり、その大きさにわたしは耳をふさいだが、他のみなと同じにわたし自身も、声を揃えてロード・エロドとロード・カーミイェーの名をたたえ叫んでいた。

　わたしたちはそこで、焚き火を囲んで日が沈むまで踊りながら、歌った。ついに祖母たちと切られ男《カットフリー》たちが、まだ解放の証明書がないんだからといってみなを囲い地へ戻らせた。わたしたち家事奴隷は明日のことを、われわれが自由と金と土地を手にするときのことを話しながら、ばらばらに家に帰った。

次の日一日じゅう、エロドは銀行のなかにすわってわたしたち奴隷ひとりひとりの書類をつくり、ひとりひとりに同額のお金を用意した。現金を百キュー、地域の銀行の手形を五百キュー。手形は四十日のあいだは現金化できない。そうしたのは、みなが金の最善の使い途を知る前に、無法者によって搾取されることを防ぐためだと、エロドは説明した。また、資金を貯め、農園を民主的に経営するために共同組合を作るように進言した。

「おお、神よ、銀行に金を！」と手足の不自由な老いた男が叫びながら、ねじれた足で踊りはねた。「銀行に金を、おお、神よ！」

もしみなが望むなら、とエロドは繰り返しいった、金を貯めてハーメーに連絡すれば、彼はその金でイェイオーウェイ行きの通行権を買ってくれると。

「おう、おう、イェイオーウェイ」とだれかが歌いはじめ、みなが歌詞を変えた。

みんなで行くのさ。
おう、おう、イェイオーウェイ
みんなで行くのさ！

彼らはこの歌をひねもす歌っていた。なにものもあの悲しさを癒やすことはできなかった。いまわたしは泣きたい、あの歌を、あの日を思い出しながら。

翌朝エロドは立ち去った。彼は苦悩の地を去り、自由を求めて戦う生活をはじめる日が待ちきれなかったのである。わたしにさよならも言わなかった。ゲウとアハスを連れていった。医者とその助手と奴隷《アセット》は、すでに前日に立ち去っていた。彼らの飛行機が空中に飛び立つのを、わたしたちは見守っていた。

　そして館に戻った。館は死んだもののようだった。そこには所有者《オーナー》も主人も、わたしたちにこうしろと命ずるものはだれもいなかった。

　わたしの母とわたしは、衣服をまとめるためになかに入った。話し合うことはあまりなかったが、そこに留まることはできないと思っていた。女たちがベザを走ってくる音が聞こえる。レディ・タズの部屋に入り、あたりをくまなく探しまわり、彼女の箪笥をかきまわし、宝石や貴重なものを見つけると、喚声をあげた。広間には男たちの声が聞こえる。監督《ボス》たちの声も。わたしと母はひとことも発せず、両手に抱えたものをしっかりと持って裏口から出ると、庭の生け垣をすりぬけ、囲い地まで走った。

　囲い地の大門は大きく開いていた。

　それがわたしたちにとって何を意味していたか、どう話せばよいだろう、あの門が、見えたとき、開いているのが見えたとき？　わたしはどう話せばよいだろう？

2　ゼスクラ

農園がどのように運営されていたか、エロドはなにも知らなかった、監督《ボス》たちが取り仕切っていたからである。それに彼は囚人であった。彼は自分のスクリーンのなかで、夢のなかで、幻想のなかで生きていた。

囲い地内にいる祖母たちはみな、自らを守るために手下を集め、夜を徹して合議していた。朝になって母とわたしが行ったときには、男奴隷たちが、農具でこしらえた武器をひっさげて囲い地内を守っていた。祖母たちと去勢された奴隷たちは、みなから好感をもたれている強靭な作男を首領に選びだした。そうやって若者たちをまとめようと考えていたのである。

だが午《ひる》には、そうした望みもついえていた。若者たちが暴れだしたのである。略奪するために館に押しかけた。監督《ボス》たちは窓から銃を撃って大勢を殺した。残る者は逃げ出した。監督《ボス》たちは館にたてこもり、ショメーク家のワインを飲みながら、なんとか持ちこたえていた。他の農園の所有者《オーナー》は彼らに援兵を送った。飛行機がつぎつぎに着陸する音が聞こえた。屋敷に留まっていた女奴隷は、いまや、彼らの思うままだった。

囲い地にいるわれわれの前で、門はふたたび閉ざされた。大きな門を外側から内側へと動かしておいたので、少なくとも今晩は、安全だと思っていた。だが真夜中になると、重いトラクターを乗りつけて門を押したおし、われわれの監督《ボス》たちや、この地のすべての農園の所有者《オーナー》たちが、どっとなだれこんできた。彼らは銃で武装していた。われわれは、耕作用の道具や木片で彼らと戦った。相手は二人ほどが傷ついて死んだ。彼らは思うままにわれわれの多くを殺し、暴行をくわえた。それは夜じゅう、つづいた。

男たちの数人が年老いた男女を捕らえ、牛を殺すときのように、その目のあいだを撃ち抜いた。わたしの祖母もそのうちのひとりだった。母親がどうなったか、わたしは知らない。朝になり、彼らがわたしを引っ立てていったとき、生きている奴隷はひとりも見当たらなかった。地面の血だまりに白い紙がたくさん浮いているのが見えた。解放の証書だった。

　まだ生きていたわたしたち女の子や若い娘たちは、トラックに押しこまれ、港へ運ばれた。そしてこづかれたり、杖で叩かれたりしながら、飛行機に押しこまれ、空中に飛ばされた。そのときのわたしは、正常な心理状態ではなかった。これについてわたしが知っていることはすべて、あとからひとに聞かされた話である。

　わたしたちは、あらゆる面で自分たちの囲い地にそっくりな場所にいた。知らぬまに自分の土地に連れてこられたのかと思った。彼らは去勢された奴隷たちの梯子を使って、わたしたちを追いたてた。朝だったので、雇い人たちはまだ外で働いており、うちにいるのは、祖母たちや子犬《パプ》たち、そして老人たちだけだった。祖母たちは恐ろしい形相をして、わたしたちに近づいてきた。なぜみなが見知らぬひとばかりなのか、わたしには理解できなかった。わたしは祖母を探した。

　彼らは、わたしたちが逃亡者だと思いこんで怖がった。ここ数年、農園の奴隷たちが、シティに行くべく、逃げ出していたのである。わたしたちが手に負えぬ厄介者で、もめごとを持ち込むのではないかと案じていた。だがわたしたちが身を清めるのを手伝ってくれ、去勢された奴隷たちの塔の近くに居場所を提供してくれた。空いている小屋はないと、彼らはいった。ここはゼスクラ農園だと教えてくれた。彼らは、ショメークでなにが起こったのか、聞きたくはないのだった。わたしたちがそこに留まることを望んでいなかった。わたしたちの揉め事など要らぬことだったのである。

わたしたちは、屋根も壁もない地べたで眠った。数人の奴隷たちが夜中に堀を越えてやってくると、われわれをレイプした、それを妨げるものはなにもなかったから。なんびとにも、われわれはなんの価値もなかったのである。わたしたちの病は重く、体は弱り果てており、戦う気力などなかった。われわれのうちのひとり、アバイという娘が、闘おうとした。だが男たちが彼女を、意識不明になるまで打ちすえた。朝になっても、彼女は話すことも歩くこともできなかった。監督《ボス》たちがやってきて、わたしたちを連れ去ったとき、彼女はそこに置き去りにされた。女がもうひとり取り残されていた、農婦のような大きな手をし、髪の毛のあいだに白い傷跡が残っている。みなといっしょに歩きながら、その女を眺めると、それはわたしの友だちのワルスだった。たがいに気づかずにいたのである。彼女は頭を垂れ、泥のなかにすわっていた。

　わたしたち五人は、囲い地から、女奴隷の区画であるゼスクラの屋敷の内に連れていかれた。そこにしばらくいるあいだ、わたしはささやかな希望を抱いていた、なぜならわたしは、よい家事奴隷になるにはどうすればよいか知っていたからである。そのときは、ゼスクラがショメークとはどれほど異なっているか知らなかった。ゼスクラの館には大勢のひとが、所有者《オーナー》や監督《ボス》がたくさんいた。それは大家族で、ショメークのように主がひとりというわけではなく、十数人ものひとたちがおり、それぞれに使用人や親類や訪客があり、男の側には三十人から四十人の男性、ベザには大勢の女性がおり、館の雇員は五十人以上はいた。わたしたちは使用人として連れてこられたのではなく、使《つか》い女《め》として連れてこられたのである。

　わたしたちが湯浴みを終えると、使い女の区画に入れられた、各自の区画をもたない大部屋だった。そこにはすでに十人以上の使い女がいた。仕事が好きな女たちは、わたしたちをライバルと見なして、会うのを喜ばなかった。ほかの連中はわたしたちを歓迎してくれた。わたしたちが自分たちのかわりをつとめ、自分たちは家事担当のスタッフにまわしてもらえるかもしれないと思ったからである。だが不親切なものはひとりもおらず、ある者は親切に、ずっと裸のままだったわたしたちに着るものをくれたり、いちばん年下のミオという、十か十一の、白い体に茶と青の傷跡が残る囲い地の少女を慰めてくれたりした。

そのなかに、セジ・チュアルという背の高い女がいた。彼女は皮肉な顔でわたしを見つめた。彼女のうちのなにかが、わたしの魂を目覚めさせた。

「おまえは埃の色というわけじゃないね」と彼女はいった。「ロード・デビル・ゼスクラのように黒い。おまえは監督《ボス》の子、じゃないのかな?」

「いいえ、ちがいます」とわたしはいった。「主の子。そして大神カーミィェーの子供です。わたしの名はラカム」

「おまえのお父さんはちかごろ、おまえを大事に扱っていない」と彼女はいった。「たぶんおまえは慈悲深き聖母チュアルに祈らねばいけないのかもしれない」

「お慈悲はもとめません」とわたしはいった。このときから、セジ・チュアルはわたしに好意をもつようになり、わたしは必要なときに彼女の庇護を得ることができた。

わたしたちはほとんど毎夜、男の区画に送られた。晩餐会が開かれ、ご婦人たちが晩餐の間を出ていくと、わたしたちは所有者《オーナー》たちの膝にすわらされ、彼らといっしょに葡萄酒を飲まされた。それから彼らは寝椅子の上か、彼らの部屋にわたしたちを連れていき、相手をさせた。ゼスクラの男たちは残酷ではなかった。レイプを好むものもいたが、大方は、わたしたちが彼らを求め、彼らが望むものはなんでもあたえるのだと考えた。そうしたひとたちは満足させることができた、わたしたちが示す恐れや忍従に満足するひとたち、わたしたちが服従とよろこびをあらわすと満足するひとたち。だが訪客のなかにはちがう種類の男たちもいた。

使い女を痛めつけたり、殺したりすることを禁ずる法律も決まりもなかった。彼女たちの所有主にしたら、そんなことは好みではないが、プライドがあるので、そうとは言えなかった。奴隷は大勢いるから、一人や二人が失われても、いっこうにかまわない。だから、痛めつけるのが楽しみな男たちは、ゼスクラのようなもてなしのいい土地にやってきた。老いたる貴族のお気に入り、セジ・チュアルは、貴族に反対することができる人間で、事実反対もし、そうした客人は二度と招かれなかった。だがわたしがあそこに滞在するあいだに、わたしたちとともにショメークからやってきた少女のミオは、客人の手で殺された。彼は少女をベッドに括りつけた。首のまわりを紐で堅く締めつけたので、彼が彼女を使っているあいだに、窒息して死んでしまった。

こうしたことについては、もうこれ以上語るつもりはない。語るべきことはもう語ってしまった。役に立たぬ真実というものはある。知識というものは、その土地特有のものだと、わたしの友人はいった。幼い子供があんなふうに死なねばならぬような場所で、それが、まことなのか？

わたしはロード・ヤセオにしばしば使われた、中年の男で、わたしの黒い肌を好み、わたしを、「わが婦《レ》人《ディ》」と呼んだ。またこうも呼んだ、「反逆者」と。なぜならショメークで起こったことを、彼らは奴隷の反逆と呼んでいたからである。彼がわたしを呼びよせぬ夜は、わたしは公共の女として奉仕した。

ゼスクラに来てから二年が経つと、セジ・チュアルが、ある朝早くわたしのもとにやってきた。わたしは、前夜はおそくロード・ヤセオのベッドから戻っていた。ほかにいた者は、多くはなかった、前夜に飲み会があったからである。そして公共の女たちがそろってそこに送りこまれていた。セジ・チュアルがわたしを起こした。彼女の髪の毛は変わっていて、もじゃもじゃに縮れていた。わたしの上に彼女の顔があり、そのまわりを巻き毛が囲んでいたのを覚えている。「ラカム」と彼女は囁いた。「客人の奴隷のひとりが、ゆうべ、あたしに話しかけてきた。そしてこれをくれたの。そのひとの名はスハーメーというの」

「スハーメー」とわたしは繰り返した。わたしは眠かった。彼女が差し出したものを、わたしは見た。くしゃくしゃに丸めた紙。「これじゃ、読めない！」とわたしは欠伸をしながら、いらだたしげにいった。

だがそれを見たわたしには、それがなんであるかわかった。そこに書かれていることを、わたしは知っていた。それはわたしの解放書類だった。ロード・エロドがそれにわたしの名前を書き入れるのを、わたしは見ていたのだ。彼は名前を書くたびに読みあげるので、彼が誰の名を書いているか、わたしたちにはわかった。仰々しく書かれたわたしの名前を覚えている。ラドッセ・ラカム。わたしはそれを手にとった、その手は震えていた。「これをどこで手に入れた？」とわたしは囁くようにいった。

「スハーメーに訊けばいい」と彼女はいった。その名がなにを意味するか、そこでわたしは知ったのだ。その名「ハーメーから」その名は合い言葉だった。彼女もそれは知っていた。わたしをじっと見つめている、それからふいにうつむくと、自分の額をわたしの額に押しつけた、彼女の喉もとで息がつかえている。「そうできるなら、わたしが助けになるわね」と彼女は囁いた。

わたしは食料貯蔵室のひとつで『スハーメー』に会った。彼を見るなり、すぐにわかった。アハスだ、ゲウとともに、ロード・エロドのお気に入りだった。灰色の肌の、ほっそりとした無口な青年、彼のことはあまり気にしたことがない。疑い深い目をしており、ゲウとわたしが話をしているとき、彼は悪意をあらわにして、わたしたちを見ていた。いまは奇妙な顔でわたしを見つめている、いぜんとして用心深い、だが生気のない顔だった。

「あのボエバ卿といっしょに、なぜここに来たの？」とわたしはいった。「自由ではないの？」

「あなたと同じように自由です」と彼はいった。

　そのときは彼の言葉の意味がわからなかった。

「ロード・エロドはあなたすら守らなかった？」とわたしは訊ねた。

「いいえ。わたしは自由な人間です」はじめて会ったときのあの生気のなさは消え、その顔に生気が甦った。

「レディ・ボエバは〝コミュニティ〟の一員です。わたしはハーメーといっしょに働いています。ショメークにいたひとたちを探しているんです。女のうちの何人かが、ここにいると聞きました。生きているものがまだいるのではありませんか、ラカム？」

　彼のやさしい声が、わたしの名を口にしたとき、わたしは息がつまり、喉元がふさがれた。わたしは彼の名を呼び、近寄って彼を抱きしめた。「ラチュアル、ラマヨ、ケオはまだここにいる」とわたしはいった。彼はわたしをそっと抱いた。「ワルスは囲い地にいる」とわたしはいった、「まだ生きていれば」わたしは泣いた。ミオが死んでからこちら、わたしは泣いていなかった。彼も同じように涙を流した。

　わたしたちは話し合った。そのときと、その後にも。彼はわたしにこう説明した。われわれは法の上では自由だが、この農園では法はまったく通用しないのだと。政府は、本来の所有者《オーナー》や、自分たちの財産《アセット》だと言い張る連中に干渉する気はない。われわれが権利を主張すれば、ゼスクラはおそらくわれわれを殺すだろう、なぜなら彼らは、われわれを盗まれたものと考え、辱めを受けることは望まないはずだから。われわれは逃げ出すか、盗み去られるか、あるいはシティへ、都へ逃げのびねばならない、少なくとも安全を確保するまでは。

ゼスクラの財産《アセット》であるものたちが、嫉妬から、あるいは好意を得るために、われわれを裏切りはしないことを確かめねばならない。セジ・チュアルはわたしが心から信頼のおける唯一の人物である。

アハスは、セジ・チュアルの助けをかりて、われわれの逃亡を謀ってくれた。わたしも一度だけ、われわれに加わってくれるよう彼女に頼んだことがあったが、彼女の手許には、隠れて暮らすために必要な書類がないので、ゼスクラの生活より惨めなことになるだろうと考えていた。

「せっかくイェイオーウェイに行けるのに」

彼女は笑った。「イェイオーウェイについてわたしの知っていることはね、だれもあそこから帰ったものはいないということ。地獄から地獄へ逃げる必要がある？」

ラチュアルは、わたしたちといっしょに来ようとはしなかった。若い殿方たちのお気に入りで、それに甘んじていたのである。ショメークから来たわれわれのなかでいちばん年上のラマヨ、そして十五そこそこだったケオは、いっしょに来ることを望んだ。セジ・チュアルは囲い地にやってきた、そしてワルスが生きており、農場労働者として働いているのを発見した。彼女の逃亡を謀るのは、われわれの逃亡を謀るより至難のわざだった。囲い地からの逃亡は考えられなかった。昼のあいだ、監督《ボス》の目があるなかで畑から逃げ出すしかなかった。彼女には話しかけるのも難しかった。なにしろ祖母たちが疑い深かったからである。だがセジ・チュアルはそれをやりとげた、そしてワルスは、彼女に、自分の書類をふたたび手に入れるためにしなければならないことは、なんでもやるといった。

レディ・ボエバの飛行船は、広大な飛行場のはしでわれわれを待っていた。季節は晩夏。ラマヨとケオとわたしは、午前中の思い思いの時間にひとりずつ館を出ていった。わたしたちをまぢかに見張っているものはいない、わたしたちがたどりつけるところはどこにもないからである。ゼスクラは大きな農園のなかにあり、奴隷たちはたとえ逃亡しても、数百マイル周辺に頼りになる仲間は見つからない。わたしたちはひとりひとり別々の道をたどり、這いずりながら畑や森を越え、アハスが待つ飛行場にたどりついた。心臓は烈しく鼓動し、息がつけなかった。わたしたちはそこでワルスを待った。

「あそこに！」とケオがいい、飛行機の翼によじのぼった。そして刈り株が連なる広い畑を指さした。

ワルスが、畑のはるか向こうにある細長い木立のあたりから走ってくる。のろのろと着実に走っている、不安そうな様子はない。だがすぐに立ち止まった。そして振りかえった。なぜ彼女がそうしたのか、一瞬、その理由がわからなかった。そのとき、ふたりの男が、とつぜん木陰からあらわれて彼女を追いかけてくるのが見えた。

彼女は、逃げているのではなく、彼らをわれわれのもとに導いているようなものだ。彼女が連中に飛びかかる。獲物を狙う猫のように飛びかかった。その刹那、彼らのひとりが銃を撃った。彼女は男をひとり押し倒した。ほかの者が何度も発射した。「入れ」とアハスがいった。「いまだ」わたしたちが飛行船によじのぼると、それはたちまち空に舞いあがった、すべてが一瞬の間だった、ワルスは大きなジャンプをしたその同じ瞬間に、己の死に向かって、自由に向かって飛びたった。

3　シティ

　わたしは自分の自由証書を小さく丸めた。そして飛行機のなかにいるあいだも、着地して公共バスに乗って市街を通るあいだも、それをしっかりと手に持っていた。アハスは、わたしが握っているものを見つけると、心配することはないと言った。われわれが解放された事実は官庁の書類に記録され、ここシティにおいて、それは尊重されるのだと。われわれは自由民なのだと彼はいった。われわれはガレオット、つまり、奴《アセ》隷《ツト》をもたぬ所有主なのだ。「ロード・エロドのようなものです」と彼はいった。その言葉は、わたしにはなんの意味もなかった。学ぶべきことが多すぎた。わたしは自由証書を、安全にしまえる場所が見つかるまで、しっかりと身につけていた。それはいまも持っている。

　わたしたちは街路を少しばかり歩き、それからアハスが、舗道沿いに肩を並べている大きな建物のひとつに、わたしたちを導いた。彼はそこを囲い地と呼んだが、所有者《オーナー》の家なのだろうと思った。中年の婦人がわたしたちを迎えた。青白い肌をしていたが、家主のようにふるまったので、わたしには彼女の正体がわからなかった。自分はレスといい、貸主であり、この家の年長者だといった。

　賃貸民は、その所有者《オーナー》から会社に貸し出される資産だった。彼らは大会社に雇われると、その会社の囲い地のなかで生活した、だがシティには、大勢の雇われ人がおり、小さな会社や自営業のひとびとのために働いていたが、彼らは、利益を生みだす建物を占領しており、それは開かれた囲い地と呼ばれていた。そのような場所では、住人は門限を守らねばならず、夜になれば扉は閉じられたが、それだけのことだった。彼らは自己統治をしていた。ここはそうした開かれた囲い地だった。そしてコミュニティによって支えられていた。住人のある者は、賃貸民だったが、多くはわれわれのような元奴隷の自由民《ガレオット》だった。百人以上のひとびとが、四十のアパートメントで暮らしていた。そこはわれわれがかつて祖母たちと呼んでいたような数人の女によって監督されていたが、彼女たちはここでは年長者と呼ばれていた。

かの地の奥深くに、過去の奥深くにひそむ農園の生活は、数マイル四方に広がる土地と数世紀にわたる慣習と厳然たる無知などによって守られており、奴隷たちは所有者《オーナー》のなすがままになっていた。そこからわれわれは二百万という膨大な群衆のなかに入りこんだ、そこでは何も、誰も、チャンスや変化から守られず、生き延びる方法をできるだけ早く学ばねばならないが、己の生命が己の手のなかにある場所に入りこんだ。

街路というものを見たことがなかった。文字はまったく読めなかった。学ばねばならないことはたくさんあった。

レスはすぐさまそれを解決した。彼女は都会の女なので、素早く考えをめぐらし、早口で話し、性急で、積極的で、感受性が強かった。わたしは長いこと、彼女が好きになれなかったし、理解もできなかった。自分が愚かでのろまで、土くれになったような気がした。ときどき彼女には、むしょうに腹が立った。

いまでは怒りが湧いている。ゼスクラで暮らしていたころは、怒りを感じたことはない。感じられなかった。怒りはわたしを苦しめるだろう。ここでは怒りの湧く余地があるが、わたしに怒りは必要なかった。黙したまま、怒りとともに生きていた。ケオとラマヨは広い部屋でいっしょに暮らし、わたしはその隣の小さな部屋で暮らした。わたしは自分の部屋というものを持ったことがない。はじめのうちはひとり淋しく、なんだか恥ずかしいような気がしたが、すぐにそれが好ましいものになった。わたしが、自由な女として、はじめて自由にしたことは、自分の部屋のドアを閉めることだった。

夜は、ドアを閉めて勉強をした。昼のあいだは、午前中トレーニング、午後には学習があった。読書や作文や算術や歴史。わたしの仕事のトレーニングは、小さな店で行われた。そこでは化粧品や砂糖菓子や宝石などを入れる紙箱や薄い木箱が作られていた。シティではこのように仕事の多くが、商売の仕方をすべて知っている職人たちの手でなされていた。店はコミュニティのメンバーが所有していた。古手の職人はみな賃貸民だった。訓練がおわると、わたしにも給料が支払われた。

そのころまで、ロード・エロドは、ケオやラマヨや、ショメークの囲い地からやってきて、別々の家に住んでいるひとびとと同様に、わたしを支えてくれた。エロドは家にはやってこなかった。たいへんな苦労をして救出したひとびとに会いたくなかったのだと思う。アハスとゲウの話では、彼はショメークの土地の大半を売り払い、その金をコミュニティのためと、自分が政治に乗り出すための資金として使ったということだった、いまや解放に賛成する急進派が存在するからだった。

ゲウは何度かわたしに会いにきた。彼はきりりとした風采の、知識も豊かな都会人になっていた。彼がわたしを見るときは、ゼスクラの使《つか》い女《め》を見るような目つきだった。だから彼とは会いたくなかった。

その昔は、一度も念頭に浮かばなかったアハスだが、いまや彼が勇敢で堅固な意志をもつ親切な人間であることをわたしは知っている。われわれを探し求め、発見し、そして救い出してくれた。金は所有者《オーナー》たちが払ってくれたが、救ってくれたのはアハスである。彼はわたしたちにたびたび会いにきてくれた。彼は、わたしとわたしの幼児期をつなぐ唯一の絆だった。

　そして彼は、友として仲間としてわたしに接し、わたしを奴隷の身に引きもどすようなことはしなかった。男が女を見るような目つきでわたしを見る男たちに、わたしはいまも怒りを覚える。性的な差別をしてわたしを見る女たちに怒りを覚える。レディ・タズにとって、わたしという存在はわたしの肉体だった。ゼスクラでは、それがわたしのすべてだった。わたしに触れようともしないエロドにとってさえ、それがわたしのすべてだった。彼らの思うままに触れるか、あるいは触れない肉体。使うか、使わないかは、彼らの思うまま。わたしは自分の性的な部分が、自分の性器が、胸が、臀部や腹部の盛り上がりがいやで堪らなかった。わたしは幼時から、女の顕著な肉体をあらわにする柔らかな服を着ていた。給料をもらうようになって、自分の服を買ったり、作ったりするようになると、ずっしりと重い布の服を着た。自分の好きなところは、仕事のできる器用な手、そして頭、賢くもないのに、いかに時間がかかろうとも、学ぼうとする意欲。

　学びたいと思うものは歴史だった。わたしは歴史というものを知らずに育った。ショメークにもゼスクラにも、あるがままのものしかなかった。ものごとが異なっていた時代については、だれもなにも知らなかった。ものごとが異なっているやもしれぬ場所も知らなかった。わたしたちは、現在という時のとりこだった。

　エロドは変化について語っていたが、所有者《オーナー》たちは変化を行おうとしていた。わたしたちは変化することになっていた、解放されることになっていた、所有されていたのと同様に。歴史を顧みると、自由というものは与えられるものでなく、作られるものだということがよくわかる。

　わたしが最初に読んだ書物は、たいそう平易に書かれたイェイオーウェイの歴史だった。植民地時代について、四つの組合について、船がイェイオーウェイに奴隷を運びこみ、貴重な鉱石を採掘させていたあの恐るべき初期の世紀について書かれた歴史。奴隷はごく安価だったので、新しい船荷として常に運びこまれ、数年間、死ぬまで炭坑で働かされた。おう、おう、イエイオーウェイ、だれひとり戻りゃせぬ。そこで組合は、女奴隷を送りこみ、働かせ、繁殖させた。そして数年のあいだに、奴隷《アセット》は囲い地からあふれ、市街ができた——わたしが住んでいるこの市街のように広大なものが。だがそこを取り仕切るのは所有者《オーナー》や監督《ボス》ではない。奴隷たちが仕切っていた、この家がわれわれの手で仕切られているように。イェイオーウェイの奴隷たちは組合に属していた。彼らは自らの稼ぎを組合に支払うことによって自由を得ていた、小作農民がヴォエ・ディオの一部で所有者《オーナー》たちに支払っているように。イェイオーウェイでは、彼らはそうした奴隷たちを解放された民と呼んだ。自由な民でなく、解放された民である。そしていまわたしが読んでいるこの歴史では、彼らは考えはじめたのである、なぜわれわれは自由な民ではないのかと。そこで彼らは革命を、解放運動を起こした。それはナダミと呼ばれる農園ではじまり、そこから広がった。三十年のあいだ、彼らは自由のために闘った。そしてわずか三年前に、その闘争に勝った彼らは、組合を、所有者《オーナー》たちを、監督《ボス》たちを彼らの世界から追放した。彼らは街路で踊って歌った、自由よ、自由よ！　わたしが読んでいるこの本は（ゆっくりとだが、読んでいた）、あそこで印刷されたものだ、あのイェイオーウェイで、あの自由世界で。異星人たちはそれを買って、ウェレルへ持ってきた。わたしにとって、それは聖なる書物だった。

　いまのイェイオーウェイはどんな様子なのかとアハスに訊ねたが、彼の話によると、彼らは自分たちの政府を作り、すべての人民は法のもとで平等であるとする完璧な憲法を作成しているところだという。

　ネットやニュースが報じているところによると、イェイオーウェイではひとびとがばらばらに闘っており、政府というものはなく、ひとびとは飢え、田舎の野蛮な部族や、市街の若いギャングたちが暴れまわっていて、法律や秩序は崩れ去っていた。腐敗と無知と試行錯誤の死せる世界だと彼らはいった。

アハスの話では、ヴォエ・ディオの政府はイェイオーウェイと戦って破れ、いまはウェレルの解放を恐れているという。「いかなるニュースも信じるな」と彼はわたしに忠告した。「特にニアリアルを信じてはならない。それに巻き込まれてはならない。ほかのものと同じようにほとんどが虚偽なんだよ、しかし、もしなにかを見たり感じたりしたら、きみはそれを信じてしまうだろう。彼らにはそれがわかっているんだよ。きみらの心を捕らえてしまえば、彼らに銃はいらない」イェイオーウェイの所有者《オーナー》たちには、リポーターもいなければ、カメラもない、と彼はいった。彼らはニュースを自らでっちあげる、役者を使って。エクーメンのいくばくかの異星人のみ、イェイオーウェイに入ることを許されたが、イェイオーウェイのひとびとは、自らが勝ち取った世界を守るために、彼らを追い払うべきかどうか論じ合っている。

「ところでわたしたちはどうなるの？」とわたしはいった、なぜならわたしは、そこへ行くことを、自由世界に行くことを夢見ていたからである、ハーメーが船をチャーターし、ひとびとを送りこめるようになったあかつきに。

「財産《アセット》は来てもよいという者もいる。そうたくさんは食わせられない、きっと手に余るだろうという者もいる。民主主義的に全員で討論している。イェイオーウェイの最初の選挙で、すぐにも決められるだろう」アハスもそこに行くことを夢見ている。わたしたちは、恋人たちが恋を語るように、その夢を語り合った。

だがいまのところイェイオーウェイに行く船はなかった。ハーメーは表立って動くことはできず、コミュニティは彼らのために行動を起こすことを禁じられていた。エクーメンは、行くことを望むひとびとを自らの船で運ぶと申し出ていたが、ヴォエ・ディオは、そうした目的のために宇宙港を使うことを許さなかった。彼らが運べるのは自国の民だけだった。ウェレルのひとびとは、だれひとりウェレルを立ち去ることはできなかった。

ウェレルがついに異星人たちと外交関係を結ぶことを受け入れたのは、ほんの四十年前のことである。歴史書を読み進むうちに、ウェレルの支配層の性質が少しずつわかってきた。大陸のほかの種族をすべて支配していた黒い肌の種族、自ら所有者《オーナー》と名乗っていたひとびとは、道はひとつしかないという信念をもっていた。彼らは、自分たちが人間というもののあるべき姿であると信じており、人間がなすべきことをやり、明らかな真実はすべて知っていると信じていた。ウェレルのほかのすべてのひとびとは、彼らに反抗するときでさえ、彼らを模倣し、彼らになりきろうとし、それゆえ彼らの財産《アセット》となった。空からあらわれたひとびとが、顔つきも違い、やることも違い、知っていることも違い、支配されることも隷属することも望まないのだとしたら、所有者《オーナー》である種族は、彼らに協力することはまったく望まないだろう。彼らが対等であることを認めるのに、四百年という年月が必要だった。

わたしは、急進派政党の決起大会に集まった群衆のなかにいた、エロドはこの集会でも、例によって美辞麗句を並べていた。わたしの横にいた女性は、じっと耳を傾けていたが。その肌は茶色がかったオレンジに似たピニの皮のような奇妙な色だった。目のすみに白目がのぞいていた。病んでいるのではないかとわたしは思った——ショメークの伝染病を思い出し、ロード・ショメークの皮膚の色が変じたことや、目が白目だったことを思い出した。わたしは身震いして身を引いた。彼女はわたしをちらりと見ると小さな笑みを浮かべ、ふたたび話し手に注意を戻した。彼女の髪の毛はセジ・チュアルに似ており、藪や雲を思わせるようにカールしていた。着ているものは優美な薄布だが、形が奇妙だった。そのときわたしはゆっくりと気づいた、彼女が何者であるかということを、想像もつかぬほど遠い世界からやってきた者だということを。そして不思議なことには、その奇妙な肌や目や髪の毛や心をもってしても、彼女は人間であると、わたしが人間であるのと同様に人間なのだということを。それは疑いなかった。わたしはそう感じた。一瞬その事実はわたしの心をかき乱した。やがてそれもおさまると、好奇心がむくむくと湧いた、熱望というに等しいものが、彼女へのあこがれが、彼女にひきつけられるものが。わたしは彼女を知りたかった、彼女が知っていることを知りたかった。

わたしのなかでは所有者《オーナー》の心が、自由な心と闘っていた。その闘いは終生つづけることになるだろう。

ケオとラマヨは、読み書きや計算機を使うことを覚えると、学校に行くのをやめてしまったが、わたしはやめなかった。ハーメーが所有していた学校に講座というものがなくなると、教師たちは、わたしたちのためにネット上のクラスを探してくれた。政府はそうした講座を規制していたが、立派な教師たちが世界じゅうから集まり、文学や歴史や科学や美術について教えてくれた。わたしはいつも歴史の講義がもっとあればいいのにと思っていた。

ハーメーのメンバーであるレスが、ヴォエ・ディオの図書館にはじめてわたしを連れていってくれた。図書館は所有者《オーナー》たちにのみ開かれていたので、政府の検閲を受けることはなかった。解放された財産《アセット》は、肌の色が薄ければ、もっともな口実をもうけて図書館員が排除した。わたしの肌は黒かったし、シティのここでは、ひとびとに思いきり侮辱や嫌がらせをさせぬよう、毅然として振舞っていた。レスはわたしに、ここの所有者《オーナー》のような顔をしていろといった。わたしはそうした、そして難なくあらゆる特権をあたえられた。そこでわたしは自由に本を読めるようになった、あの大きな図書館にある本なら、読めさえすればどの本でも。それはわたしの楽しみだった、あの読書は。わたしの自由の核となるものだった。

給料もよく、居心地もよい箱製造業者のもとで、気心の知れた仲間たちに囲まれ、思うままに学んだり、読書をしたりしていた。それ以上のことをわたしは望まなかった。孤独だったけれども、その孤独は、わたしが望むものを手にいれるためには高い代価ではなかった。

かつては嫌いだったレスも、いまは友だちだった。いっしょにハーメーの集会に行ったり、彼女の案内がなければ、なにもわからない催し物に行ったりもした。「行きましょう、パンプキン」と彼女はいう。「農園の連中を教育しなきゃ」そしてわたしを、旅芸人の劇場や、よい音楽を流すダンス・ホールに連れ出した。

彼女はいつもダンスをしたがった。彼女に教わりはしたものの、愉しいとはとてもいえなかった。ある晩のこと、スロー・ゴーを踊っていると、彼女の両手がわたしの体に押しつけられたので、思わずその顔を見ると、それは性的な欲望をみなぎらせた柔らかな仮面だった。わたしはふいに体をはなした。「ダンスはやめた」とわたしはいった。

わたしたちは歩いて家に帰った。彼女はわたしの部屋までついてくると、ドアの前でわたしを抱いてキスしようとした。怒りがわき、わたしは気分が悪くなった。「こんなのはいやだ!」とわたしはいった。

「ごめんね、ラカム」と彼女はいった、これまでにない柔らかな口調だった。「あなたの気持はわかる。でもあなたはそれを乗り越えなければいけない、あなた自身の生活をもたなければ。わたしは男じゃない、わたしはあなたが欲しい」

わたしは口をはさんだ——「男が使う前に、女がわたしを使った。あんたはわたしに訊いたっけ、わたしがあんたを欲しがっているかどうか？　わたしは二度と使われたくはないね！」

その怒りと恨みは、病原菌の毒のようにわたしの口から噴きだした。もしまた彼女が触れようとしたら、わたしは彼女を傷つけただろう。わたしは彼女の目の前にドアを叩きつけた。震えながら机に近づいて腰をおろし、開かれていた本を読みはじめた。

翌日、わたしたちは互いに恥ずかしい思いをしながら体を硬くしていた。だがレスは、シティ生まれの不作法さの内に忍耐力を具えていた。二度とふたたび、わたしに言い寄ろうとはしなかったが、ほかのだれにも話せないようなことをわたしに話させた。わたしの話に熱心に耳を傾け、自分の思うことをわたしに話してくれた。彼女は言った、「バンプキン、あなたはまったく思いちがいをしている。ぜったいに。どういえば理解してもらえるかな？　あなたはセックスはだれかにされるものだと思っている。そうじゃない。するものよ。だれかほかのひとと。あのひとたちにするんじゃない。あなたはセックスをしたことがないのよ。あなたがこれまでに知ったことはね、あれは強姦というものなの」

「そんなことはずっと前に、ロード・エロドが話してくださったよ」とわたしは言った。辛辣な口調になった。「なんと言われようと、わたしはかまわない。もうじゅうぶん味わったから。一生分をね。あんなもの、ないほうがいい」

レスは顔をしかめた。「二十二で？」と彼女はいった。「たぶんしばらくのあいだのことよ。あなたが幸せだというなら、それでけっこう。でもわたしが言ったことも考えて。人生の大切な部分を切り落とすなんてね」

「セックスをしなければならないというなら、自分で愉しませられる」とわたしはいった、相手を傷つけるかどうかなんて構わずに。「愛情とは関係ない」

「そこがあなたの間違いよ」と彼女はいったが、わたしは聞いてはいなかった。わたしは、自分で選んだ教師や書物からは学ぶだろうが、頼みもしない助言を聞き入れるつもりはない。これをしろ、こう考えろと命令されたくもない。わたしが自由の身であるのなら、自らあたえた自由を守りたい。わたしは、はじめて自分で立ち上がった赤ん坊のようなものなのだから。

アハスもわたしに助言をした。学問をそこまで突き詰めるのは愚かしいと。「そんなにたくさん書物を読んだって、なんの役にも立ちゃしないよ」と彼はいった。「自己満足だな。われわれには、実用的な技能をそなえた指導者が必要なんだ」

「教師が必要なのよ！」

「そうとも」と彼はいった。「だがきみは、一年前には、もうひとに教えられるほど、多くのことを知っていた。古代史や異世界に関する知識がなんの役に立つ？　われわれは革命を起こすんだ！」

わたしは読書をやめなかったが、罪悪感は覚えていた。わたしはハーメーの学校で無学な奴隷や解放された者たちに読み書きを教えた。授業には出ていたし、わたし自身、ほんの三年前には教わっていたのだ。辛いことだった、一日の仕事がおわった夜、疲れきった身に鞭うって読書するというのは。ネットにうつつをぬかすほうがよほど楽だった。

わたしはいつも胸のうちでアハスと論じ合っていた、そしてある日、わたしは彼にこう言った。「イェイオーウェイに図書館はあるの？」

「さあね」

「ないことはわかっているくせに。組合は、図書館を残していかなかった。ひとつもね。利益のことしか頭にない無知な輩《やから》ばかりだもの。知識というものは、それ自体はいいものなのよ。わたしは学びつづけている から、学んだものはイェイオーウェイに持っていける。

できるなら、図書館をそっくり持っていきたい」
彼は目を見開いた。「所有者《オーナー》がなにを考えたか、なにをやったか──彼らの書物に書いてあるのは、そんなことばかりだ。イェイオーウェイじゃ、図書館は必要ないんだ」

「いいえ、必要よ」とわたしはいった、彼は間違っていると確信していたが、なぜそうなのか、またしても言えなかった。

学校からまもなく、教師たちが教え残していった歴史を教えるように求められた。それらのクラスはうまくいった。下準備をしっかりとしていったから。やがて上級の生徒たちにも教えるように言われたが、そのほうもうまくいった。みんな、わたしが歴史から拾い出した考え方や、自分たちの世界とほかの世界との違いなどに興味をもった。さまざまなひとびとの育児法も学んだ。彼らは、どんなふうに子供たちに責任をもっているか、その責任はどんなふうに理解されているか、なぜならそれこそが、自由になるか、奴隷になるかを自ら決めるところだと、わたしには思われたからである。

こうした講話のひとつに、エクーメン大使館からきた男があらわれた。聴衆のなかにこの異星人の顔を見つけたとき、わたしはひどく驚いた。わたしが見ていたネット上で、彼はエクーメン史の初級を教えていたのである。わたしは討議に加わったことはないが、熱心に聴いていた。そこで学んだものは、わたしに大きな影響をあたえた。彼は、彼がよく知っていることを、べらべらと喋っている生意気なやつだと思っただろう。講義のあいだ、わたしは何度も口ごもり、白目がちの目を見ないようにした。

その後彼はわたしに近づいてくると、丁重に自己紹介をし、わたしの話を褒め、これこれしかじかの書物を読んだかと訊いた。きわめて巧みに、ねんごろに会話を運ぶので、わたしも彼に好意をもち、信頼を寄せた。そして彼もたちまちわたしの信頼に答えた。わたしには彼の手引きが必要だった。なぜなら、男と女の力のバランスに関してはそれに頼っている子供の生命や教育の価値について賢人といわれるひとでさえ、馬鹿げたことを描いたり、言ったりしているからである。彼は役に立つ書物をいろいろ教えてくれたので、それを読めば、わたしにも理解できるだろう。

彼の名は、エズダードン・アーヤという。確かなことはわからないが、大使館の、どうやら高い地位についているらしい。彼が生まれたのはハイン、古き世界、人間の最初の生国、われわれの先祖のすべての生地。

ときどきわたしは、なんと奇妙なことよと思う、自分がこのようなことを、このような広大な祖先の物語を知っているというのは！　六歳になるまで、巡らされた塀の外のことはなにも知らなかった自分が、十八のときまで住んでいた国の名前も知らなかった自分が知っているというのは！　シティに来たばかりのとき、だれかが〝ヴォエ・デイオ〟といっていたとき、それを知らなかったわたしは、「それはどこにあるの？」と訊いたものだ。みながいっせいにわたしを見つめた。女が、旧市街に住む硬い声の雇い女がこういった、「ここさ、埃《ダスティ》っぽいの。このヴォエ・デイオさ。おまえの国、わしらの国さ！」

わたしはこのことをエズダードン・アーヤに話した。彼は笑わなかった。「国とか、民とか」と彼はいった。「なんとも奇妙で、なんとも難しい考え方だね」

「わたしの国は、奴隷制度でした」とわたしがいうと、彼はうなずいた。

このごろはアハスにはめったに会わない。あの親切な友情がなつかしいけれど、あれもいまではお説教に変わっていた。「きみはひとに煽られて、しじゅう本を出したり、演説したりしているね」と彼はいった。「大義の前にわが身を投げ出しているんだ」

わたしはいった。「でもハーメーでは、わたしは、ひとびとに話しかけている、知ってもらう必要のあることについて書いている。わたしがしていることは、すべて自由のためよ」

「コミュニティは、あんたのパンフレットをよく思ってはいない」と彼はいった、真面目に助言するような口調で、わたしの知りたがっている秘密を話すように。「あんたがまた出版するまえに、書いたものを委員会に提出するよう言ってくれと頼まれている。あれを発行しているのは、性急な連中だ。ハーメーは、われわれの候補者たちに、いろいろとトラブルを生じさせている。」

「われわれの候補者ですって！」わたしは怒り声になった。「所有者《オーナー》はわれわれの候補者じゃない！　あんたはいまだに、若き所有者《オーナー》たちから命令を受けているの？」

その言葉は彼を刺激した。彼はいった。「あんたが自分を優先するというなら、協力しないというなら、あんたは、われわれに危険をもたらすことになるんだ」

「わたしは、自分を優先するなどとは言ってない……それをするのは政治家や金持ちどもだ。わたしが優先するのは自由よ。あんたは、どうしてわたしに協力できないのか？　行く道は二つだよ、アハス！」

彼は怒り、わたしにその怒りを残していった。

わたしが彼に頼らなかったことが口惜しかったのだろう。おそらくわたしの独立心に嫉妬したにちがいない、己はいまだにロード・エロドの臣下なのだから。彼に対しては忠実だった。わたしたちの意見の不一致は、わたしたち双方に痛烈な痛みをあたえた。このあとにつづいた苦難の時期に彼がどうなったか、わたしは知りたいと思う。

彼の非難には、真実があった。語ったり書いたりすることによって、ひとびとの頭のなかや心を動かす能力が自分にあることを、わたしは知っていた。だれも教えてくれなかったが、そうした才能は、強い味方であると同時に危険だった。アハスは、わたしが自分をまず第一に考えているというが、そうではないことはわたしにもわかっている。わたしは真実と自由に身を捧げていた。結果は手段を浄化できないのだと、だれもわたしに教えるものはいなかった、ロード・カーミイェーだけが、その結果がどうなるか知っていた。わたしの祖母なら、わたしに教えてくれていただろう。アルカーミイェーは、そのことを思い出させてくれただろうが、わたしはあれをあまり読むことはなかったし、シティではあの言葉を夕べに歌う老人はいなかった。もしいたとしても、美しい真実を語るわたしの美しい歌声よりそれを聞きたいとは思わなかっただろう。

　わたしは、ハーメーが次第に大胆になり、急進派が強力になり、彼らが対立することでヴォエ・ディオの支配者の注意をひきはじめても、わたしは害にはならないと信じていた。

　最初の兆しは、区分を作ることだった。開かれた出入り自由の囲い地では、男子の側にも女子の側にも、夫婦者のための居室がいくつかあった。これは革新的なことだ。奴隷同士の結婚は、いかなる形にせよ、違法だったからである。所有者《オーナー》の寛大なはからいで、夫婦者はいっしょに住むことが許された。奴隷《アセット》はその忠誠を所有者《オーナー》に捧げた。子供は母親のものではなく、所有者《オーナー》のものだった。だがガレオットは、所有された奴隷《アセット》と同じ場所で生活していたので、カップルのための共同住居は黙認されるか、無視された。ところがとつじょとして法律が施行され、奴隷《アセット》のカップルは逮捕され、それが給金を稼ぐ者なら、給金は削減され、互いに引き離され、組合経営の囲い地に送られた。レスと、われわれの家の切り盛りをしていたほかの女たちは、罰金を科せられ、警告を受けた。もし不道徳な行為がふたたび発見されれば、責任を問われ、労働キャンプに送られるだろう。ある夫婦者の二人の子供は政府のリストに載っていなかったので、両親が連れ去られたときには、そのまま置き去りにされ、捨てられた。ケオとラマヨが子供たちを連れていった。彼らは女性側の被後見人となった、囲い地の孤児たちがいつもそうであったように。

　ハーメーとコミュニティの会合で、このことが問題となり、烈しい口論が闘わされた。ある者はこういった。子供たちを共に暮らして育てるという奴隷《アセット》たちの権利は、急進派の政党が支持すべき権利だと。それは所有権を脅かすものではなく、所有者《オーナー》たちの多くの本能に、ことに女性の所有者《オーナー》たちの、投票はできないが、大事な同盟者である女性たちの本能に訴えかけることができるものだと。またこう言う者たちもいた、個々の愛情というものは、自由のためなら無視されるべきものだと。ロード・エロドはある会合でそんなことを述べた。わたしはそれに答えるべく立ち上がった。性的な自由というものがない限り、自由は存在しないのではないかと。女が認められ、男がその子供たちに責任を取るつもりがない限り、所有者《オーナー》であろうと財産《アセット》であろうと、女は自由にはなれないのではないかと。

「男は、生活の社会的な面に対して、子供が将来入っていく大きな世界に対して責任を負わねばならない。女は、生活の家庭的な面や子供の道徳教育、そして肉体教育について責任を負わねばならない。これは神と自然によって課せられた区分だ」とエロドは答えた。

「じゃあ、女性の解放ということは、女性がベザに入り、女性側に閉じ込められる自由ということ？」

「まさか、そうじゃないさ」と彼は話しだしたが、わたしは、彼の弁舌を恐れて、また口をはさんだ。「じゃあ、女性の自由とはなんなの？　男性にとっての自由とはちがうの？　それとも自由なひとは自由ということ？」

　司会者は怒ったように杖を叩きつけたが、奴隷の女たちがわたしの質問を取り上げた。「急進派は、いつわたしらのために代弁してくれるのですか？」と彼女たちはいった。そしてひとりの年老いた女が叫んだ。

「あんたたちの女はどこにいるんだね、奴隷制度を廃止したがっている所有者《オーナー》さんよ？　所有者《オーナー》の女性たちはどうしてここにいないのかね？　ベザの外に解放してやりたいんじゃないのかね？」

司会者が杖を鳴らし、ようやく静謐が戻った。わたしはなかば勝利感を味わい、なかば幻滅した。わたしはエロドを見た、ハーメーからやってきた連中のうちの数人が、ごたごたを起こす厄介者を見るような目つきでわたしを見ていた。そして明らかに、わたしの言葉が、わたしたちを引き離していた。だが、わたしたちはすでに引き離されていたのではあるまいか？

わたしたち女性のグループは、声高に話しながら街路を歩いて家路についた。この路もいまではわたしのもの、車の往来、車のライト、危険と活気に満ちている。わたしは街の女、自由な女。あの晩、わたしは所有主だった。街を所有していた。未来を所有していた。

論議はつづいていた。わたしはほうぼうで話をするように頼まれた。そのような集会のひとつを終えて帰ろうとすると、ハイン人のエズダードン・アーヤが近づいてきた、わたしのスピーチについて話し合いたいとでもいうように。「ラカム、あんたは逮捕される危険がある」

わたしにはわからなかった。彼はほかの連中からはなれて、わたしの横に並んだ。「大使館で、こんな噂が耳に入ってね……ヴォエ・ディオの政府は、解放された奴隷の身分を変えようとしているそうだよ。あんたはもはや、ガレオットとは考えられない。所有者《オーナー》の後ろだてをもたないとね」

これは、悪いニュースだったが、わたしはよく考えてから、こういった。「スポンサーになってくれるオーナーは見つかると思います。たぶん、ロード・ボエバね」

「オーナー・スポンサーは、政府の承認がないと……これは、奴隷とその所有者《オーナー》を通じて、コミュニティを弱体化させる可能性が高い。それなりに極めて賢明なやり方だ」とエズダードン・アーヤはいった。

「しかるべきスポンサーが見つからなかったら、わたしたちはどうなるんですか？」

「逃亡者と見なされるだろう」

それは死を、労働キャンプを、競売を意味する。

「おお、ロード・カーミイェー」とわたしはいうと、エズダードン・アーヤの腕をとった、なぜなら、暗黒のカーテンがわたしの目を覆ったからである。

わたしたちはしばらく街路を歩いた。ふたたび目が見えるようになると、街路が、シティの高い家々が、わが家の灯だと思っていた輝く明かりが見えた。

「わたしには友人が何人かいます」わたしと肩を並べて歩いているハイン人の男がいった。「バームブール王国への旅を計画している友人が」

しばらくしてからわたしはいった。「わたしはそこでなにをするのですか？」

「イェイオーウェイ行きの船があそこから出ます」

「イェイオーウェイ行きの」とわたしはいった。

「そう聞いています」と彼は、まるで路面電車の話でもしているようにいった。「数年のうちに、ヴォエ・ディオは、イェイオーウェイ行きの船を出すことになると思いますよ。手に負えない連中や悶着を起こす連中、そしてハーメーのメンバーを運び去るために。しかしそうすると、イェイオーウェイを国として認めることになる、彼らはまだ認めてはいませんが。そうはいっても、自分たちの顧客である国の合法的な取り引きは許すでしょう……二年ほど前、バームブールの王は、組合の古い船を一隻買いました、古い植民地貿易の宇宙船を。王は、ウェレルの月へ行ってみたいと思ったんですね。ところが、月は退屈なところだとわかった。そこで彼はその船を貸したんです、バームブール大学の学者協会の連中と首都からやってきたビジネスマンたちに。バームブールの製造業者のある者は、その船でイェイオーウェイとこぢんまりした取り引きをやっているし、大学に在籍する数人の科学者が、その船で同時に学術的な遠征旅行をやっているんです。むろんその旅は、きわめて莫大な費用がかかります、だからどこへ行くにしても、できるだけ多くの科学者を連れていきます」

わたしはこうした話を漫然と聞いていたが、その内容は理解していた。

「ここまでは」と彼はいった。「うまくやっていますよ」

彼の話しぶりは、常に物静かで、ちょっと愉しんでいるような感じだが、高慢なところはなかった。

「コミュニティは、この船のことは知っているんですか？」とわたしは訊いた。

「かなりのメンバーが知っていると思いますよ。それからハーメーのひとたちも。しかしこれを知るのは、きわめて危険です。顧客である国が貴重な財産《アセット》を輸出していることを、ヴォエ・ディオが発見したら……じっさいのところ、彼らは疑いをもっているのではないでしょうかね。ですからこれは軽はずみには決められませんよ。危険だし、取り返しのつかないことですよ。そういう危険が存在する以上、あなたに話すことをためらったわけですよ。わたしがとても長いことためらっていたから、あなたはきわめて迅速に事を運ばねばならない。じっさいのところ、今晩ですよ、ラカム」

わたしは、シティの灯火から、灯火に隠された空に目を向けた。「行きます」とわたしはいった。そしてワルスのことを思った。

「けっこうだ」と彼はいった。次の曲がり角で、彼は、歩いていた向きを変え、わたしの家からはなれ、エクーメンの大使館に向かった。

彼が、わたしのためになぜこんなことをするのか、怪しみはしなかった。彼は口の固い人間、隠然たる力をもつ人間だが、常に真実を語るし、できうるかぎりは意志を貫く人間だとわたしは思っている。

大使館の敷地に、地上の照明に淡く照らしだされたその広大な公園に入ると、わたしは足を止めた。「わたしの書物は」とわたしはいった。彼は問いかけるような表情を見せた。「わたしの書物は、イェイオーウェイにもっていきたかったんです」とわたしはいった。涙がどっとあふれて、声が震えた、まるでわたしがあとに残そうとしているすべてが、その一言に集約されているようだった。「イェイオーウェイでは本が必要だと思うんです」とわたしは言った。

一瞬、間をおいて、彼はいった。「われわれの次の船で送らせようと思います。あなたをあの船に乗せることができればなあ」彼はやや低い声でそうつけくわえた。「しかし、むろんエクーメンは、逃亡した奴隷たちを自由に乗せることはできませんよね……」

わたしは振り返り、彼の手を取り、一瞬その手に額をつけた。自分の自由意志でそんなことをしたのは、わたしの生涯ではたった一度だった。

彼は驚いていた。「さあ、さあ」というと、わたしをせきたてた。

大使館はウェレル人の護衛官を雇っていた。ほとんどがヴェイオット、昔の戦士の階級だった。そのなかのひとり、礼儀正しく落ち着いた、たいそう寡黙な男が、大陸の東に位置する島国バームブールへ行く飛行機に乗るわたしに同行した。わたしに必要な書類はすべてその男が持っていた。彼はわたしを、空港から王立宇宙観測所へ連れていってくれた。王が自分の宇宙船のために建造したものである。そこでわたしは遅滞なく、巨大な足場のなかに立って出発を待つ宇宙船に運ばれた。

王が月を見に行くときのために、いくつかの快適な住居が造られたのではないかと思う。農業組合に所属する宇宙船の船体には、植民地の生産物をおさめる広い区画室がある。それは穀物をイェイオーウェイから、四つの貨物室におさめて運んでいたが、いまはバームブールでつくられる農業用機械を運んでいる。五つ目の貨物室には奴隷《アセット》たちが収容されていた。

　貨物室に腰掛けはなかった。床にフェルトの敷物が敷かれていた。われわれは寝かされ、支柱に括りつけられた。かつての積み荷のように。このなかに五十人の〝科学者〟がいた。わたしは最後に乗船させられ、ベルトをはめられた。乗組員は、苛立ちながら、ばたばたと動きまわり、話す言葉はバームブール語だけだった。あたえられる命令は理解できなかった。一刻も早く膀胱を空《から》にしたかったが、彼らは、「時間がない、時間がない」と怒鳴るだけだった。そこで苦痛に悶えながら横になっていると、彼らは貨物室の大きな扉を閉めてしまった。その扉は、ショメークの囲い地の扉を思い出させた。わたしのまわりでは、ひとびとが、自国語で呼び交わしている。赤ん坊がぎゃあっと泣く。その言葉はわかる。それから大きな騒音が、わたしたちの足元でひびいた。ゆっくりと体が床に押しつけられる感じがする、まるで軟らかい大きな足がわたしを踏みつけているような、そのうちに肩甲骨がマットに食いこむ感じがして、舌が喉の奥に押しこまれ、窒息しそうになる、そして鋭い痛みと烈しい安堵感とともに、わたしの膀胱が尿を排出する。

　それからわたしたちは無重力になっていく……ベルトで留められたまま漂っていく。上へ、下へ、下へ、上へ。どちらも両方に行く、あるいはどちらにも行かない。わたしのまわりにいるひとびとが、またもや叫びはじめ、たがいに名前を呼びあい、言わねばならぬことを言っている。「大丈夫か？　うん、こっちは大丈夫」赤ん坊は、あのものすごい、引き裂くような叫びを止めようとしない。わたしを拘束しているものが気になりはじめる、となりにいる女性が起き上がり、腕や胸の、縛られていた部分をこすりはじめる。だがぼやけたような大音声が拡声器からひびきわたり、バームブール語と、ヴォエ・ディオ語で命令を発する。

「ストラップをほどくな！　動きまわるな！　船は攻撃されている！　情況はきわめて危険！」

そこでわたしはささやかな尿の霧のなかに漂いながら、まわりの見知らぬ者たちの話し声に耳を傾けたが、一言も理解できなかった。ひどく惨めな気持になったものの、かつて経験したことがないほど、恐怖というものが感じられなかった。なにも気にならない。まるで死んでいくようだ。死んでいくのに、くよくよ心配するなんて馬鹿げている。

船は奇妙な動きをし、震動しながら向きを変えているような感じがする。気分が悪くなったひとたちが数人いた。あたりの空気は、吐いたものの飛沫と臭気でいっぱい。わたしは両手で、フィルターがわりに顔にかぶせたスカーフを引き下げ、そのはしを顔の下にたくしこんだ。

スカーフをかぶっていては、わたしの上や下に広がっている積み荷の区画の巨大なアーチ形天井を見ることはできないが、そのかわり自分がその下を飛んでいく、あるいは落ちていくような感覚はあった。スカーフはわたし特有の匂いがして気分が安らいだ。それは、講演の際に盛装するとき羽織るもので、銀糸をところどころに織りこんだ、淡い紅色の美しい薄織りの絹だった。シティのマーケットで、自分が稼いだ金でそれを買ったとき、レディ・タズから頂いた母親の赤いスカーフを思い出した。母親は、これも好きだったろうと思う、それほど冴えた色ではなかったが。いまわたしは横たわり、それが作る赤みがかった薄闇を、ハッチの明かりがちりばめられている薄闇をのぞきこみ、母親のヨワを想っている。おそらくあの朝、囲い地内で殺されたのだろう。使《つか》い女《め》として、他のエステートに連れていかれたかもしれないのだが、ともあれアハスは母のいかなる痕跡も見つけられなかった。わたしは、母が頭をちょっとかしげるさまを思い出す、恭《うやうや》しく、優美に。その目は大きく輝いていた、歌にあるように、『七つの月を宿す目』だった。あのときはそう思った。だがもう二度とあの月を見ることはないだろう。

　そのとき、なんだかとても奇妙な心もちになったので、自分を慰めるため、気持を逸らせるため、自分の息で温かな赤いガーゼのテントのなかで声を出さずに唄いはじめた。ハーメーのクラスでみんなと歌っていた自由の歌を唄い、そしてレディ・タズから教わった恋の歌を唄った。最後にわたしが唄ったのは、「おう、おう、イェイオーウェイ」はじめは静かに、それからちょっと声を上げて。柔らかな赤い霧のむこうのどこかで、わたしの声に合わせて唄う声が聞こえた、男の声、それから女の声も。ヴォエ・ディオのスパイ要員たちはあの歌を知っている。いっしょに歌ったことがある。バームブールの男がその声を拾い、自国語で歌詞をつけ、ほかの者たちも共に歌った。そうして歌声は消えた。赤子の泣き声が弱々しくなった。空気はどんよりと濁っていた。

　その数時間後、ついに新鮮な空気が通気孔を流れ、ストラップを外してもよいと言われたとき、ヴォエ・ディオの宇宙防衛艦隊が、大気圏のすぐ上で貨物船に止まるよう命令し、進路を遮っていたのである。船長は信号を無視することにした。艦隊は発射したものの、貨物船にはなにも当たらず、ただ突風が制御装置を傷つけた。貨物船は走行をつづけたが、艦隊には二度と出会わなかった。そしてイェイオーウェイまであとほぼ十一日というところまでやってきた。艦隊、あるいはその一部が、イェイオーウェイの近くでわれわれを待ちかまえているかもしれない。貨物船が艦隊に停止を命じる名目は、〝密売品売買の疑惑〟である。

　あの戦艦隊は、のちに彼らがエクーメンと呼ぶ異星帝国の攻撃からウェレルを守るために編成されたものである。彼らは、想像上の脅威に晒されていたので、宇宙飛行の技術にその精力を傾注していた。そしてイェイオーウェイへの植民がその結果だった。いかなる攻撃の脅威もなかった四百年の歳月を経て、ヴォエ・ディオはついにエクーメンに移動使節と大使を送らせた。彼らは、解放戦争のあいだ、軍隊や武器を輸送するために防衛艦隊を使った。いまや彼らは、所有者《オーナー》たちが猟犬や狩り猫《チーター》を使うように、逃亡した奴隷を狩りだすために、それを使っている。

　わたしは、荷物室で別の二人のヴォエ・ディオ人を発見し、たがいのベッド・ストラップを結び合わせたので、話をすることができた。彼らは二人ともハーメーによってバームブールに連れてこられており、ハーメーが彼らの料金を払っていた。彼らにも払わねばならない料金があるということに、わたしは気づかなかった。だれがわたしの料金を払っているか、わたしは知っている。

「愛情で宇宙船を飛ばすことはできないわ」とその女は言った。奇妙な人物だった。実は科学者だった。雇われている会社で高度な化学を学んだ彼女は、自分をイェイオーウェイに送ってもらいたいと、ハーメーを説得していた。自分の技術が求められているのだと。多くのガレオットよりも高い賃金をもらっていたが、イェイオーウェイではさらによい賃金をもらえると期待していた。「わたし、お金持ちになるつもり」と彼女は言った。

　その男は、まだほんの少年で、北の都市の製粉工だったが、街からただ逃げ出して、自分を死から、あるいは労働キャンプから救うことのできるひとびとに出会うという幸運にめぐりあった。まだ十六歳、無知で騒々しくて反抗的だが、気立てのやさしい少年だった。子犬のようにだれにも可愛がられた。わたしは、イェイオーウェイの歴史を知っていたので、われわれ双方の言語を知っている男を通じて、バームブール人たちに、自分たちが行こうとしている世界について話すことができた――数世紀にわたる組合による奴隷制度、ナダミ、戦争、解放運動などについて。彼らのうちのある者たちは、シティからやってきた賃貸民で、その他は、ハーメーによって贋金で買われた偽名の奴隷の一団、行く先もろくに知らぬまま、急いでこのフライトに乗り込んだのである。これは、ヴォエ・ディオの関心をこのフライトに惹きつけるための策略だった。

製粉工のヨークは、イェイオーウェイ人が自分たちをどのように歓迎してくれるだろうかと、しじゅう考えていた。楽団の演奏やら演説やら、みなのために開いてくれる大がかりな晩餐会などについて、冗談をまじえながら、なかば夢見心地に語るのだった。思い浮かべる晩餐は、日を追うにつれて手のこんだものになっていった。なにしろ彼らは、貨物倉のがらんとした広い空間に漂いながら空腹の日々を過ごしていた。十二時間ごとに明るいライトとほの暗いライトが交互につき、一日二食分の食事が出される、食料と水はチューブで供され、それを吸うのである。わたしは、不測の事態が起こるかもしれないということは、考えないようにしていた。なにしろ周囲では絶えずなにかが起こっていたからである。軍艦に発見されたら、われわれはおそらく死ぬだろう。だがイェイオーウェイにたどりつけば、そこには新しい生活が待っているはずである。いまはまだ宙を漂っている。

4　イェイオーウェイ

宇宙船は、イェイオーウェイの港に無事降りたった。まず機械類の木枠をはずし、それからほかの荷を解いた。われわれは、しっかりと身を寄せあい、よろめきながら船の外に出た。われわれをその中心に引きつけるこの新世界の大きな引力に耐えられず、かつてないほど近づいた太陽の光に目が眩んでいた。

「ここに来い！　ここに来い！」と男が叫んでいる。わたしは自分の言語を聞いてほっとしたが、バームブール人はいぶかしげな表情をしている。

ここに来い……入れ……脱げ……待て……自由世界にはじめて降りたち、そこでわれわれが聞いたものは、すべて命令だった。まず汚染を除去せねばならない、なんともめんどうな、心身を磨り減らす作業だった。われわれは医者の検査を受けねばならない。いっしょに持ってきたものはすべて汚染を除去され、検査され、記録に留めねばならない。わたしの場合、長くはかからなかった。着るものはみんな持ってきたが、もう二週間も着ている。汚染を除去してもらって助かった。

最後にわたしたちは、がらんとした広い貨物小屋のなかで、一列に並ぶよう命じられた。ドアにつけられた標識は、APCYと読めた——イェイオーウェイ農業組合。わたしたちはひとりずつ通関手続きを行った。わたしを担当した人物は、小柄で中年の白人、シティの書記のように眼鏡をかけていたが、わたしは敬意をこめて相手を見た。わたしがはじめて話を交わすイェイオーウェイ人だった。書式にある質問をして、わたしの答えを書きとめた。「読むことができますか？」——「はい」——「技能は？」——わたしは一瞬口ごもり、そしていった。「教えること——読むことと歴史を教えることができます」彼は目をあげなかった。

わたしはよろこんで辛抱した。結局のところ、イェイオーウェイ人は、われわれに来いといったわけではない。彼らがわれわれを受け入れてくれたのは、もし送り返せば、公開処刑によって恐ろしい死を遂げることを知っていたからである。われわれはバームブールにとっては儲かる積み荷だったが、イェイオーウェイにとっては、悩みの種だった。だがわれわれの多くは、彼らが必要としている技能をもっていたので、彼らがそれについて訊いてくれたときは嬉しかった。

わたしたちは全員、適性を調べられ、二つのグループに分けられた。男と女と。ヨークはわたしを抱きしめ、笑って手を振りながら、男子の側に行った。わたしは女たちといっしょに立っていた。そして男たちが全員、旧首都行きのバスのほうに導かれるのを眺めていた。いまやわたしの忍耐力は消え、望みは薄れた。わたしは祈った。「わがカーミイェーよ、ここではない、ここでもないのですね！」恐怖が怒りをかきたてた。われわれに命令を下すために、男がやってきて、さあ、こっちへ来いと言ったので、わたしは男に近づいて、こういった。「あなたはだれ？　わたしたちはどこへ行くの？　わたしたちは自由な女です！」

彼は白い丸顔の、青みがかった目の大男だった。むっとしたようにわたしを見下ろしたが、その顔に笑みが浮かんだ。「ええ、お嬢さん、あなたは自由です」と彼はいった。「でもわれわれは、みんな働かねばならない、そうでしょう？　あなた方ご婦人は、南へ行く。米農場で人手を必要としています。あなたは少し働いて、少し給金をもらって、少しまわりを見まわす、いいですか？　もしそれがいやなら、戻りなさい。ここにはかわいい婦人がいくらでもいますからね」

わたしは、イェイオーウェイ語の訛《なま》りをこれまで聞いたことがなかった、長い明瞭な母音からなる歌うような言語だった。奴隷女が婦人と呼ばれるのも、わたしは聞いたことがない。これまでわたしをお嬢さんと呼んだものはだれもいなかった。彼の言葉の使い方は、わたしが知っているものとは違うのだろう。彼はいい意味で、ああ言ったのだ。わたしは当惑し、それ以上なにも言わなかった。だが化学者のチュアルタクはこういった。「いいですか、わたしは農場労働者じゃない、専門の科学者で――」

「ああ、みなさん、科学者ですよ」とイェイオーウェイ人は、にっこり笑って、そう言った。「さあ、行きましょう、ご婦人方！」彼は大股に歩きだし、わたしたちはその後につづいた。チュアルタクは話しつづけるが、彼は笑みを浮かべ、耳を貸さない。

わたしたちは、側線にとまっている列車のほうに連れていかれた。あかあかと輝く大きな太陽が沈もうとしている。空はオレンジ色とピンク色に染まり、照り輝いている。地上には長い影がくろぐろと落ちている。生暖かい空気は埃っぽく、甘い匂いがした。車両に乗りこもうと待っているあいだに、わたしは腰を屈めて地面に落ちている赤みがかった小石を拾った。

丸い石で、短い白線が走っている。石はイェイオーウェイの一部だ。わたしは、わが手にイェイオーウェイを握っていた。あの小さな石を、わたしはいまも持っている。

われわれの車両は本線に移され、列車に連結された。列車が動き出すと、夕食が供された、車内に運ばれてきた大鍋のスープ、香ばしく、こってりとした沼地米、ピニの果実……ウェレルでは贅沢品だが、このあたりではありふれたもの。わたしたちはせっせと食べた。列車が走っていく、あの起伏する長い丘から沈もうとしている夕日が眺められる。星があらわれた。月はない。二度と見えないはずだった。だが東の空に昇ってくるウェレルが見える。ブルー・グリーンの大きな星、ウェレルから見えるイェイオーウェイのようだ。だが、日没後に昇るイェイオーウェイは決して見えないだろう。イェイオーウェイは太陽のあとに昇るのだから。自分はちゃんと生きていて、ここにいるんだと、わたしは思った。そして太陽のあとを追っていくのだ。ほかの者はおいておくことにして、わたしは列車に揺られながら眠りにおちた。

それから二日目にヨット河沿いの街に着き、列車を降ろされた。二十三人からなるわれわれのグループはそこで分けられ、十人が牛車でハガヨットの村に連れられていった。そこはAPCYの囲い地だったところで、植民地の奴隷たちに食べさせる沼地米が作られていた。いまは協同村が、自由民に食べさせるための沼地米を作っている。わたしたちは、協同組合員として登録された。そして村人たちと同じように割り当て金で生活した。割り当て金が出ると、それで組合への借金を返した。

金もなく、土地の言葉も知らず、手に職もない移民を扱うには、うまいやり方だった。だがなぜ彼らが、われわれの技能を無視したのかわからない。なぜ彼らは、バームブール・プランテーションから男を、働き手を、ここではなくシティに送り出したのか？　なぜ女だけをここに連れてきたのか？

わたしにはわからなかった、自由民の村は、なぜ男側と女側に分かれ、そのあいだに溝があるのか。

わたしたちがすぐに気づいたことだが、ここでは男があらゆる決定をし、命令を下すが、それがなぜだかわからなかった。だがそうするうちに、彼らがわれわれウェレルの女性を恐れているのだとわかった。女性たちは、男性から命令を受けることに慣れていなかったのだ。そしてわたしは命令を受け入れ、彼らに訊問することを考えているようにすら見えてはならぬということを理解した。ハガヨット村の男たちは、強い疑惑と、監督《ボス》のようにいつでも振るえる鞭を持って、われわれを監視していた。「むこうでは男たちに何をするか言っただろう」と監督《ボス》は、畑に出た最初の朝にわれわれにそう言った。「それはむこうでのことだ。ここではちがう。われわれはここではいっしょに働く自由民だ。あんたたちは、自分が女監督《ボス》だと思っているだろう。ここには、女監督《ボス》なんてものはいないのさ」

　女側には祖母たちがいたが、われわれの祖母たちのような権力はなかった。最初の世紀の、女奴隷というものがいなかったころには、男たちは自分で生活を構え、自分で力を蓄えなければならなかった。女奴隷たちがついに、男の奴隷王国に送られてきたときには、彼女たちに権力というものはまったくなかった。彼女たちには声がなかった。シティにたどりつくまで、女たちにイェイオーウェイで上げる声はなかった。

　わたしは沈黙を学んだ。

　だがそれはわたしにとっても、チュアルタクにとっても、バームブール人の八人の仲間たちにとっても悪いことではなかった。われわれは、村人たちがはじめて出会った移住民だった。彼らが知っている言語はただひとつ。バームブール人の女は〝人間のような話し方をしないから〟魔女であると彼らは思っていた。だから彼女たちがこちらの言語で話すと、鞭をふるった。

　自由世界で過ごした最初の一年というもの、わたしの心は、ゼスクラにいたときのように沈みこんでいた。水田の浅い水のなかに、一日じゅう立っているのはいやだった。わたしたちの足は、いつも膨れあがり、小さな虫けらがべったり張りついているので、毎晩それをつまんで取らねばならなかった。だがそれは是非ともやらねばならない仕事で、丈夫な女なら、きつい仕事ではなかった。わたしに耐えられない仕事でもなかった。

　ハガヨットは部族の村ではなく、あとあと知ることになった古びた村のように保守的な村でもなかった。ここの少女たちは、儀式にのっとって強姦されるようなこともなく、女は女の側で安全に暮らしていた。女たちは、自分の選んだ男とのみ、いっしょに〝溝を跳んだ〟。だが女がひとりでどこかに行くとか、水田で働くほかの女たちから引き離されるようなことがあれば、それは彼女が招いたということなので、男はだれでも、その女を強姦するのが自分の権利だとされた。

わたしは、村の女たちやバームブール人たちと仲良くなった。彼女たちは、数年前のわたしほど無知ではなく、いつのわたしより賢い者もいた。わたしたちは所有者《オーナー》だとふんぞりかえっている男たちと友だちになる気はまったくなかった。ここの生活がこの先どのように変化するか、わたしには見通せなかった。わたしの心は沈み、小屋で眠っている女や子供たちのかたわらで寝ていると、ワルスはこんなことのために死んだのかと、考えてしまう。

ここで二年目を迎えたとき、わたしは、自分を脅かしているこの悲惨な情況に打ち勝つためにできることをやろうと決心した。バームブールの女のひとり、頭の鈍い、おとなしい女が、同じ言語を話す女や男たちに鞭打たれ叩かれた上、大きな水田にほうりこまれた。踝《くるぶし》ほどもない生暖かく浅い水に横たわったまま、彼女は溺れ死んだ。あの従順さを、絶望のあの水を畏れたわたしは、自分の技能を生かして村の女や子供たちに読み書きを教えようと決心した。

わたしははじめに米布にささやかな手引きを記し、子供たちのためにそれでゲームを作った。年かさの娘や婦人たちがそれに興味をよせた。彼女たちのなかには、町や都市のひとたちが字を読めることを知っているものもいた。彼女たちはそれを神秘と見なした、シティのひとびとに彼らの偉大なる力をあたえる魔術であると見なした。わたしはそれを否定しなかった。

女性たちのために、わたしはまずアルカーミイェーの韻文を、思い出せるかぎり書きうつした。そうすれば彼女たちは、僧と自称する男性を待つまでもなく、それを読むことができる。女性たちは、それらの韻文を読むために学ぶことを誇りとしていた。それからスイギという友人がある話をしてくれた、彼女が子供のころ野生の狩り猫《チーター》に出会ったという思い出話である。わたしはそれを書き記し、アロ・スイギ著「沼地のライオン」という題をつけ、作者と、少女と女性の輪の中でそれを読み上げた。彼女たちは驚き、笑い声をあげた。スイギは彼女の声を記した書面に触れて泣いた。

村の長とその頭、職長と名誉職の息子たち、村のあらゆる統治機関のひとびとが、わたしが教えることに疑念をもち、喜んではいなかったが、わたしを阻止する気もなかった。ヨテベル地区の統治機関が、村の子供たちを半年間、入学させる村立学校を創立したという通知を送ってきた。息子たちが、そこに送られるとき、すでに読み書きができているなら、優先的に扱われることは村人たちも知っていた。

〝選ばれたる息子〟、青白い温和な顔の、戦傷のために片目が見えない彼が、とうとうわたしの前にあらわれた。彼は、ウェレル人の所有者《オーナー》たちが三百年前に着ていたようなぴっちりした長い事務用のコートを着ていた。彼はわたしにこう言った。あなたは女の子に読み方を教えてはいけない、教えるのは男の子だけだと。

わたしは、学びたいという子供には、だれでも教えたい、さもなければ、だれにも教えないと答えた。

「女の子は、学びたいと思ってはいませんよ」と彼は言った。

「思っていますとも。十四人の少女がわたしのクラスに入りたいといっています。男子は八人が。女子に宗教教育は必要ないと言われるのですか、選ばれたる息子よ？」

これを聞いて、彼はちょっと黙りこんだ。「女子は聖母の生涯を学ぶべきです」

「ではわたしは、女子のためにチュアルの生涯を書きましょう」わたしはすぐさま言いかえした。それでも彼は威厳を保ちながら歩み去った。

自分の勝利も、わたしはさほど嬉しくはなかった。

ただ教えることはつづけた。

チュアルタクは始終わたしに、逃げようと、川下の市街に逃げようといった。彼女はとても痩せてしまった、しつこい食べ物を消化できなかったから。そして仕事と人間を憎んだ。「あなたはいいの、農園の子だから、埃色の民だから、でもわたしはそうじゃない、わたしの母さんは賃貸民だったけど、わたしたちはハバ街のきれいな部屋に住んでいたし、わたしは研究所でいちばん賢い所員だった」などなど、繰り返し繰り返し、失った世界での生活について彼女は語るのだった。

ときどきわたしは、彼女の逃走の話に耳を傾けた。そして失くした書物に描かれていたイェイオーウェイの地図を思い出そうとしてみた。あのヨット河、内陸から南海まで三千キロもあるあの大河をわたしは覚えている。だがわたしたちは、あのたいへんな長さの河の、いったいどこにいるのだろう、河のデルタ地帯にあるヨテベル・シティからどれほどはなれているのだろう？　ハガヨットとあの都市のあいだには、ここのような村が百ぐらいあったのかもしれない。「強姦されたことはあるの？」とわたしはチュアルタクに訊いた。

彼女は怒った。「わたしは賃貸民で、使い女《つかめ》じゃないわ」彼女はぴしりと言い返した。

わたしは言った。「わたしは二年間、使い女だった。もしまた強姦されたら、相手を殺すか、自殺する。ウェレル人の女が二人でここを歩いていたら、強姦される。わたしはそんなことはできない、チュアルタク」

「どこもかもが、ここみたいだなんてありえない！」と彼女は叫んだが、あまりにも絶望的なその叫びに、自分の喉が涙でふさがれるような感じがした。

「おそらく学校が開かれれば――シティから大勢のひとがやってくるでしょう――」それが、希望として彼女に、あるいはわたし自身に差し出せるすべてだった。

「今年の収穫がよければ、わたしたちに金が入れば、汽車にも乗れるし……」

それはたしかに、われわれの最高の望みだった。問題は、われわれの金を族長《チーフ》とその仲間たちからいかにして取り戻すかであった。彼らは、ハガヨット銀行と呼んでいる石作りの小屋に協同組合の金をしまってあった。そして彼らだけがその金を見ることができた。だれもが口座をもち、割符はしっかり手許においてある。請求があれば、銀行の年老いた頭取が泥のなかから金をかきだす。だが女と子供は、自分の口座から金を引き出すことはできなかった。われわれの手に入るのは一種の株券、銀行の頭取が印を押した粘土の塊、たがいにものを売り買いするには便利だった、村人が作ったものを、着るものやサンダルや大工道具を、ビーズのネックレスや米酒などを。銀行に預けたわれわれの現金は無事だということだった。わたしは、あのショメークの年老いた足の悪い奴隷を思い出す、ぐるぐるとジグを歌い踊りながら、こう言った、「銀行に金を！　銀行に金を！」

われわれがここに来る前から、女たちはこの制度を恨んでいた。いまではさらに九人の女がこの制度を恨んでいた。

ある晩、わたしは友人のスイギに訊ねた。彼女の髪の毛は、肌の色と同じように白かった。「スイギ、あんたはナダミというところで何が起こったか、知っているの？」

「ええ」と彼女は言った。「女たちが扉を開けたんですよ。すべての女が立ち上がったから、男たちも監督《ボス》に反抗して立ち上がった。だが彼らには武器がなかった。そこでひとりの女が夜中に走って、監督《ボス》の箱から鍵を盗みだし、監督《ボス》どもが銃や銃弾をしまっておいた頑丈な部屋の扉を開けた。女が力いっぱい扉を押さえていたので、奴隷たちは、そのあいだに武装した。そして組合の連中を殺して、あのナダミを解放した」

「ウェレルでも、その話は噂になっている」とわたしは言った。「あそこでさえ、女たちはナダミの話はしている、あそこの女たちも、解放をはじめたからね。男たちも話している。ここの男たちも話しているの？このことを知っているの？」

スイギやほかの女たちもうなずいた。

「女が、ナダミの男たちを解放したのなら」とわたしは言った。「おそらくハガヨットの女たちも、自分たちの金を自由にできるだろうな」

スイギは笑った。そして祖母たちのグループに声をかけた。「ラカムの話を聞いて！　このひとの話を聞いて！」

数十日、数週間にわたる話し合いののち、われわれ三十人の女性代表団が結成された。わたしたちは、掘割の橋を渡って男性側にいき、仰々しく、族長《チーフ》に会いたいと申し出た。われわれの交渉を有利に導く切り札は、不名誉だった。スイギや村の女たちが話し合いにのぞんだ、というのも、女たちは、男たちを怒りや報復に追いこまずにどこまで辱めることができるか心得ていたからである。彼らの話に耳を傾けていると、威厳が威厳に、自負が自負に語りかけているのが聞こえた。わたしは、イェイオーウェイに来てからはじめて、自分もこれらのひとびとの仲間なのだと、この自負も威厳も、わたしのものだと感じたのだった。

村では、なにごとも急には起こらない。だが次の収穫時までに、ハガヨットの女たちは、各々の稼ぎ分を金庫から現金で引き出せるようになった。

「では投票を」とわたしはスイギにいった。村には秘密投票というものはなかったからだ。憲法という国家的裁可があろうと、地区選挙があれば、族長《チーフ》たちは、男性の賛否を求めて投票権を行使する。女性の賛否表示は求められない。女たちは投票用紙に、棄権を望むと書く。

だがわたしは、ハガヨットに留まって、そうした変化をもたらすことに手を貸すつもりはなかった。チュアルタクはほんとうに病気で、沼地の外に出たいと、シティにいきたいと切実に願っている。そしてわたしもそれを願っていた。そこでわたしたちは、給金をもらい、スイギとあの女たちが、われわれを牛車に乗せ、土手道から沼地を越えて貨物列車の駅まで連れていってくれた。そこでわれわれは、乗客がいるから止まってほしいという合図の旗を上げた。

それは数時間後にやってきた、沼地米を積んだ長い有蓋貨車で、ヨテベル・シティの製粉所を目指していた。わたしたちは、列車乗務員と、数人の乗客と村人たちといっしょにその車両に乗りこんだ。わたしは、ベルトに大きなナイフを挿していたが、われわれに無礼な振舞いをするものはだれもいなかった。囲い地の外では、みんなおどおどして、用心深かった。わたしは車内の寝台で起き上がり、過ぎ去っていく広大な未開の沼地を、大きな河の土手に立ち並ぶ村々を眺めながら、この列車がいつまでも走りつづけていればいいと思った。

だがチュアルタクは、わたしの下の寝台に横たわり、ごほごほと咳こんでいる。ヨテベル・シティに着くころには、たいそう弱っていたので、これは医者にみせねばなるまいと思った。列車の乗務員のひとりが親切な男で、一般車両にある医務室にたどりつく方法を教えてくれた。混んだ車両のなかの暑い人混みのなかをがたがたと走り抜けていくときも、わたしはまだ幸せだった。幸せにならざるを得なかった。

病院では、われわれの身分証明書を要求された。

そんな書類は聞いたこともなかった。あとになって知ったのだが、われわれの証明書はハガヨットで、族長《チーフ》たちにあたえられていた。女性の書類もすべて彼らが持っていた。あのときわたしは、相手を凝視しながら、こう言うだけだった。「身分証明書のことなんかなにも知りませんよ」

デスクにいた女のひとりが、となりの女にこう言っているのが聞こえた。「まあまあ、埃だらけだわ」

自分たちがどんなふうに見えるか、わたしにはわかっていた。さぞや、汚くて卑しげに見えるだろう。だが、埃だらけという言葉が聞こえると、わたしのプライドと威信がふたたび目覚めた。荷物のなかに手を突っ込んで、わたしの自由を認める書類をとりだした。エロドが書いた古い書類で、くしゃくしゃに丸められ、埃だらけだった。

「これはわたしの市民登録書です」とわたしが大声でいったので、そばにいた女たちが飛び上がった。「わたしの母の血と祖母の血がついています。ここにいるわたしの友だちは病気です。お医者が必要なんです。さあ、お医者のところに連れていってください！」

痩せた小柄な女が通路のほうからあらわれた。「こっちにおいでなさい」と女はいった。事務員のひとりが抗議しかける。小柄な女は、相手を睨みつけた。

わたしたちは、彼女のあとについて検査室へ行った。

「わたしはイェロン医師」と彼女は言ってから、「看護婦として働いていますが」と言いなおした。「でも医者なんです。それであなたは――旧世界から来たんですね？　ウェレルから？　そこにすわって、さあ、シャツを脱いで。ここに来てからどのくらいになりますか？」

十五分足らずで、彼女はチュアルタクの診断を下し、休養と観察のためと、病棟のベッドに連れていき、われわれの来歴を調べると、わたしの住む場所と仕事を探すようにというメモを添えて、彼女の友人のところに送り出してくれた。

「教えるとは！」とドクター・イェロンは言った。「教師とは！　ああ、ご婦人、あなたは、乾いた大地に降る慈雨です！」

たしかにわたしが最初に訪れた学校は、即座に雇うといってくれ、教えたいことをなんでも教えてほしいといった。わたしは資本主義者になっていたので、ここ以上の給料がもらえるかどうか、ほかの学校にも訊きにいった。だがけっきょく最初の学校に戻った。そこの職員が気に入ったからである。

解放戦争以前のイェイオーウェイの多くの都市、各々の自由を賃借する自治体所有の奴隷《アセット》たちの都市には、彼らが所有する学校や病院が、さまざまな種類の教育プログラムが存在していた。旧首都には、奴隷《アセット》のための大学さえあった。むろんそれらの都市では組合が、施設に入ってくる情報はすべて把握し、教育や書物をすべて監視し、収益の最大化を目指していた。そんな狭い枠組みのなかで、財産《アセット》たちは、思いのままに集めた情報を自由に使っていたし、イェイオーウェイの都市は教育というものを尊重していた。三十年にわたる長い戦いのあいだに、知識を蒐集してそれを教えるというシステムは破壊されていた。ひとつの世代のひとびとが全員、闘うことと隠れること、飢餓と疾病のほかは、なにも知らずに育ったのである。学校の校長は、わたしにこういった。「わが校の生徒たちは、無教育のまま、無知のまま大人になりました。農園の長は、組合の監督《ボス》たちが残したものをそのまま受け継ぐことを、まったく不思議には思わないでしょうね？いったい彼らを止めるものがいるだろうか？」

それらのひとびとは男女を問わず、教育だけが自由に導くのだと熱烈に信じていた。彼らはいまだに解放戦争を闘っているのである。

ヨテベル・シティは、大きく貧しく陽光にあふれ、広い街路には低い建物が並び、大きな老木が木陰をつくっている。交通手段は主に徒歩だが、のろのろと歩くひとびとのあいだをベルを鳴らしながら走る自転車や、がたがたと音を立てて走っていく電車も見受けられる。堤防の向こうの古い氾濫原には、数マイルにわたって掘っ建て小屋が並んでいるが、このあたりの土壌は、畑に適している。市の中心は、低い丘の上にあり、そこから水車場や操車場が連なっている。繁華街は、ヴォエ・ディオの街に似ているが、ただこちらのほうが古く貧しく、穏やかな感じだった。所有者用《オーナー》のもの大きな商店はなく、ひとびとは青空市場の屋台で、ものを売ったり買ったりしている。ここ南では、大気は爽やかで温かく、海の空気は、霧と日光をいっぱいに含んでいた。わたしは幸せに過ごしていた。主の御心のお蔭で、不幸はあとにおいてきたので、ヨテベル・シティでは幸せだった。

チュアルタクは健康を取り戻し、工場の化学者というよい仕事に恵まれた。わたしは、彼女にはめったに会わなかった、われわれの友情は、選択ではなく、必要に迫られて生まれたものだったから。彼女に会えば、話題はいつもハバ街やウェレルの実験室のことで、いまの仕事とここのひとたちへの不満ばかり聞かされた。

ドクター・イェロンはわたしのことを忘れてはいなかった。訪ねてくれという手紙をもらったので、訪ねていった。やがてわたしの腰が落ち着くと、教育関係の会合に出席しないかと誘われた。これは民主主義者の集まりで、集まるのは主に教師だった。彼らは、新しい憲法のもとで種族や宗教の主導者の独裁的な権力と闘おうとし、ハガヨットでわたしが出会ったような旧弊な女嫌いの組織に逆らおうとしていた。わたしの経験は、彼らにとっては有用だった、というのも、彼らはみんなシティの人間で、自分たちがそれに支配されていると気づいて、はじめて奴隷の心というものを知ったのだから。このグループの女性たちの怒りがもっとも烈しかった。彼女たちは解放の際に多くのものを失っており、いまや失うものはほとんどなかった。男性は概して漸進主義者であり、女性は改革に対して心の準備ができていた。ウェレル人として、イェイオーウェイの政治にはうといわたしは、ひたすら耳を傾けるのみ、口出しはしなかった。だが口出しをしないのは、苦痛だった。わたしは元来お喋りだし、ときによると、言いたいことが山ほどあった。だがしっかり口を閉じて、彼らの話に耳を傾けた。彼らのいうことは聞くに価する。

無知はそれ自体を頑なに守り、無学は、自分でわかっているように、鋭敏になりうる。そして族長《チーフ》、不正投票で選出されたヨテベル地域の最高責任者は、学校のカリキュラムに対するわれわれの干渉は理解せず、学校を支配しようという試みに多くのエネルギーは費やさず、単にわれわれのクラスを監視し、教科書を検閲する検閲官を送りこむにすぎない。彼が重要と見なすのは、組合とネットを支配することのみである。ニュースや情報番組などは、彼が握る糸に操られて踊る本物そっくりの人形である。それに対抗する教師たちは、どれほどの影響力をあたえうるだろう？　学校教育を受けていない親たちが子供をもてば、その子供たちはネットで、族長《チーフ》が知ってほしいと望んでいることを、聞いて見て感じるわけである。自由とはリーダーたちに対する服従であり、美徳とは暴力であり、男らしさとは支配することである。日常生活において、そしてニアリアルというきわめてセンセーショナルな体験において、言葉などなんの役に立つだろう？

「読み書きの能力は重要ではない」とわれわれの仲間のひとりが、悲しげに言った。「族長《チーフ》たちは、われわれの頭上を飛びこえて、文字メディア後の情報テクノロジーに飛び込んでしまったのだ」

わたしは、彼女の気まぐれで的はずれの、読み書きを否定する言葉を憎みながら、考えこんでしまった、彼女が正しいのではないかと恐れたのである。

われわれのグループの次の会合に、驚いたことには異星人がやってきた。エクーメンの代理使節が。彼は族長《チーフ》の帽子の偉大なる羽飾りと見なされ、世界党に反対する族長《チーフ》の立場を支持するために旧都から送られてきたのである。世界党はここではいまだに勢力が強く、イェイオーウェイは、異星人をすべて閉め出すべきだと騒ぎ立てていた。そのような人物がここにいることは、それとなく聞いていたが、まさか、破壊活動をしようという教師の集会で、その人物に出会うとは思ってもいなかった。

彼は、背が低く、髪は赤茶色、目は白目がちだが、それを除けば美男子といえた。彼はわたしの椅子の前にすわった。身じろぎもせず、口も開かず、ひたすら聴くことに慣れているとでもいうようだった。集会がおわると、あたりを見まわし、その奇妙な目はまっすぐわたしに注がれた。

「ラドッセ・ラカム？」と彼はいった。

わたしは黙ってうなずいた。

「わたしはイェヘダルヘッド・ハヴジヴァです」と彼はいった。「わたしは古い音楽《オールド・ミュージック》から預かった書物を数冊もっています」

わたしは相手を凝視した。そして言った。「書物を？」

「古い音楽《オールド・ミュージック》からの」彼は再度いった。「ウェレルのエズダードン・アーヤ」

「わたしの書物？」

彼は微笑した。遠慮のない笑みがぱっと浮かんだ。

「ああ、どこに？」とわたしは叫んだ。

「わたしの家においてあります。お望みなら、今晩お持ちしますよ。車がありますから」まさか車を持つような人間には見えないだろうとでもいうような、いささか皮肉めいた軽い口調だったが、なにやらそれを愉しんでいるようにも見えた。

イェロン医師がやってきた。「じゃあ、彼女が見つかったのね」と彼女は代理使節にいった。彼は顔を輝かせて、相手を見たので、このふたりは恋人同士なのだろうとわたしは思った。彼女は、彼よりずっと年上だったけれども、その考えにあまり違和感はなかった。イェロン博士には、ひとを惹きつける魅力があった。だがわたしがそんなことを考えるとは奇妙だった、他人の情事をあれこれ推測する気はなかったからである。自分自身の情事にもまったく関心がなかったのだから。

話し合っているあいだ、彼はその手を彼女の腕にのせていたが、その触り方がどれほどやさしかったか、おずおずしながらもどれほど厚い信頼がこもっていたか、わたしはまじまじとその手を見た。それは愛情だったと思う。それなのにふたりははなれた、恋人同士がしばしば交わす、あのねんごろな表情も見せずに。

彼とわたしは、彼が公用に使う電気車に乗った、ふたりの無口なボディガードである婦人警官たちは、前の席にすわった。わたしたちはエズダードン・アーヤのことを話した、その名は、古い音楽という意味だと彼は説明した。エズダードン・アーヤは、わたしの命を助けるために、ここまで送ってくれたのだとわたしはいった。彼はわたしが話しやすいように、じっと耳を傾けていた。わたしはいった。「本を置いてきてしまって、惨めな思いをしていたんです。本が家族のように思われて、置いてきたことを悔やんでいたんですよ。でも、そんなふうに感じるのは愚かしいことだと思うんです」

「なぜ愚かしいと?」と彼は訊いた。その言葉には異国の訛りが感じられたものの、イェイオーウェイの訛りがもう身についていた。その声は美しく低く、ぬくもりがあった。

わたしはさっそくすべてを説明しようとした。「そう、あの書物は、わたしにとって重要な存在でした。なにしろシティにやってきたときのわたしは無知でしたからね、わたしに自由をあたえてくれたのは書物だった。わたしに世界を——いくつもの世界をあたえてくれたのは書物だった——だがいまこのひとたちにとっては、ネットやホログラムやニアリアルが大きな意味をもつ、彼らにとっては、それが現在というものなんです。だが書物に執着するということは、過去に執着するということです。イェイオーウェイのひとびとは、未来に向かっていかねばならない。そしてわれわれは、ひとびとの心を言葉だけで変えることはできないのですよ」

彼は、会合のときと同じように一心に耳を傾けていたが、やがてゆっくりと答えた。「しかし言葉というものは、思考の基本的な手段ですよ。そして書物というものは言葉を真実のものにしてくれる……わたしは、大人になるまで本は読まなかった」

「読まなかったと？」

「読み方は知っていたが読まなかった。村に住んでいましたから。書物を必要とするのは都市なんです」彼はきっぱりといった、まるでこの問題をずっと考えてきたとでもいうように。「もし書物というものがなかったら、世代が変わるたび、始めからやり直しですよ。それは労力の空費です。言葉というものは蓄えねばならないのです」

旧市街の天辺にある彼の家にたどりついてみると、玄関ホールに書物を入れた木枠が四つ並んでいた。

「これがぜんぶわたしのものなわけがない！」とわたしはいった。

「古い音楽《オールド・ミュージック》は、あなたのものだといった」ミスタ・イェヘダルヘッドはそういいながら、素早い笑みをうかべ、ちらりとわたしを見た。異星人はわれわれよりもよく見えている箇所があるとでもいうように。青みがかった目をもつ少数のひとたちを除いては、われわれの黒い目のなかに動く黒い瞳を見るには、じゅうぶん近寄らねばならないとでもいうように。

「これほどたくさんのものをおいておくような場所は、わたしのところにはありませんね」とわたしは驚いていった、この奇妙な人物、古い音楽《オールド・ミュージック》がふたたびわたしを自由へと導いてくれたことに。

「たぶん、あなたの学校に？　学校の図書館に？」

それはよい考えだが、わたしはすぐにこう思った、族長《チーフ》の検閲官が、すぐさまそれらをかきまわし、押収するだろうと。わたしがそう言うと、代理使節は答えた。「わたしが、これを大使館からの贈り物として差し出したらどうでしょうか？　検閲官たちを当惑させるかもしれませんね」

「ああ」とわたしはいい、とつぜん笑い出した。「あなたは、どうしてそんなに親切なんですか？　あなたも、そして彼も——あなたも、ハイン人なんですか？」

「ええ」と彼はいった、わたしのもうひとつの質問には答えずに。「そうでした。わたしはイェイオーウェイ人になりたい」

彼はわたしに、すわってワインを少々お飲みくださいといった、あとで護衛の者がお宅までお送りしますからと。彼は人当たりのいい優しいひとだったが、口数も少なかった。彼が負傷しているのが、わたしには見えた。顔にいくつか傷跡があり、頭の傷には毛髪がなかった。お持ちの書物はどんなものですかと訊かれたので、「歴史です」と答えた。

すると彼は微笑を浮かべて、こんどはゆっくりと、無言のままわたしに向かってグラスをかかげた。わたしもそれにならってグラスをかかげ、いっしょに飲んだ。

翌日彼は、あの書物をわれわれの学校に送ってきた。それを開けて棚に並べてみると、それがたいそうな宝ものであることがわかった。「このようなものは大学にもありませんよ」と教師のひとりがいった、一年間、大学で学んでいた人間である。

ウェレルとエクーメン世界の歴史と人類学、ウェレル人やほかの世界のひとたちの哲学や政治学があり、文学や詩の解説、物語、百科事典、科学書、地図、辞典などなど。木枠のひとつの片隅にあるのは、わたしの数少ない蔵書、わたしの宝物、そして解放暦一年にイェイオーウェイ大学で印刷された〝イェイオーウェイの歴史〟。わたしの蔵書の大部分は、学校の図書館に残してきたが、あの本とほかの数冊の本は、好きだったし、慰めになったので家に残してある。

わたしは、近ごろ、別の愛情と慰めを見つけていた。学校の子供がわたしに贈り物をくれた、乳ばなれしたばかりのぶちの子猫だった。その少年は、まさか断れまいというような愛すべきプライドをもって、それをわたしにくれた。わたしがそれをほかの教師にわたそうとすると、みんながわたしを笑った。「きみは、選ばれたんだよ、ラカム！」と彼らはいった。そういうわけでわたしはその小さな生き物をしぶしぶながら家に持って帰った、そのもろさ、かよわさが心配なのと、嫌悪に近いものも感じていた。ゼスクラのベザにいた女たちは、ぶちの猫や狐犬といったペットを飼っており、わたしたちよりも、よい餌をあたえて可愛がっていた。わたしはかつて、ペットの動物の名前で呼ばれていたことがある。

子猫をいきなりバスケットから出すと、驚いてわたしの親指をぱくりと噛んだ。小さくて華奢な子猫だが、歯というものがあった。わたしはそいつにいささかの敬意をおぼえるようになった。

その夜、子猫はバスケットのなかに寝かせたのだが、わたしのベッドに這い上がってくると、わたしの顔の上にすわりこんだので、毛布の下に押しこんでやった。猫は、夜じゅう、そこで眠りこんでいた。朝になると、わたしの上でダンスをしてわたしの目を覚まし、日光にうかぶ埃を追いかけまわした。それを見るとわたしは思わず笑いだし、すっかり目が醒めてしまい、なんだか愉しい気分になった。自分が近ごろ笑っていないことに気づき、笑いたいと思った。

猫は真っ黒だが、明かりの加減によって黒い斑点があるように見えた。わたしは猫を所有者《オーナー》と呼んだ。夜、家に帰ったとき、わたしの小さな所有者《オーナー》が出迎えてくれるのがうれしかった。

さてそれから半年、わたしたちは女性の大きなデモを計画していた。多くの会合が開かれ、そのうちのいくつかの会合では代理使節にも会っていたので、わたしはそうした会合では必ず彼の姿を探すようになった。われわれの論争に耳を傾けている彼を眺めていたかったのである。デモは、女性の正否に関することに限られてはならないというひとたちがいた。なぜなら平等は、あらゆるひとに与えられるべきものだからというのである。またべつのひとたちは、解放運動は異国人の支持に頼るべきものではなく、純粋にイェイオーウェイ人の運動であるべきだといった。ミスタ・イェヘダルヘッドは彼らの言葉に耳を傾けたが、わたしは怒りを覚えた。「わたしは異国人です」とわたしは言った。「だからわたしはあなた方の役には立たないというのですか？　それは所有者《オーナー》の言い分ですよ――あなた方はよそのひとたちよりましだとでもいうのですか」するとドクター・イェロンはこう言った。「平等はすべての人民にあたえられるものだと、わたしは信じますよ、イェイオーウェイの憲法にはそう書かれていますからね」なぜならわたしがハガヨットにいるあいだに世界投票によって認可されたわれわれの憲法には、市民はただひとびと《メン》と記されている。けっきょく、デモの行き着いた先は、憲法は秘密投票でないかぎり、市民というものに女性を含めるように修正すべしだという要求であり、言論の自由、出版と集会の自由、そしてすべての子供に対する教育の自由を保証すべしという要求だった。

　わたしは、その暑い日、七万人の女性とともに線路の上に降りたった。そして彼女たちとともに歌った。大勢の女たちが声をそろえて歌う声、それが作り出すあの大きな深い音を、わたしは聞いた。

　わたしたち女が大がかりなデモを行うために集まってくると、わたしはふたたび街頭演説をはじめていた。それはわたしの天賦の才であり、みながそれを利用した。ときどき、ならず者や無知な大人の男たちがやってきて、わたしを野次ったり、脅したり、怒鳴りつけたりした。「女大将、女あるじ、黒いあまっこめ、とっとと、もといたところに帰りやがれ！」連中が怒鳴りながら、後へ後へと引いていくと、わたしはマイクに屈みこんで怒鳴った。「わたしはもどらない。奴隷だった農園で、よく歌ったもんだけどね」そう言ってわたしは歌った。

　おう、おう、イェイオーウェイ、
　だれひとり戻りゃせぬ。

その歌声を聞くと、並みいるものたちはしばし沈黙した。彼らの耳に聞こえたのは、悲しみの声、切々とした思いを歌う声だった。

　この大がかりなデモのあとも、不穏な情況はいっこうに収まらなかった、だがドクター・イェロンが言ったように、デモの威勢が衰えるときがしばしばあった。そうしたときにわたしは彼女のもとに行き、出版所を作って本を刊行しようと申し出た。これは、わたしの夢でもあった、ハガヨットでのあの日、スイギが彼女の言葉に感動して泣きだしたあの日から。

「話は無視される」とわたしはいった。「ネットにあらわれる言葉も像も、すべて無視される、だれにでも変えられるものだから。でも書物は存在する。永久に。書物は歴史そのものだと、ミスタ・イェヘダルヘッドが言っているわ」

「検閲官どもが」とドクター・イェロンはいった。「報道の自由が改正されるまでは、族長《チーフ》たちは、自分たちが口述したものでないかぎり、だれにも印刷はさせないだろうね」

　わたしは印刷をあきらめたくなかった。ヨテベル地域で、政治的なものはいっさい刊行できないことはわかっていたが、地域の女性がつくった物語や詩歌なら印刷できるだろうとわたしは主張した。それは時間の無駄だと、ほかの者たちは言った。これについてわたしたちは長いあいだ論議した。ミスタ・イェヘダルヘッドが、旧首都の北にある大使館への旅を終えて帰ってきた。彼はわれわれの論議に耳を傾けたが、なにもいわなかったので、わたしは落胆した。わたしのプロジェクトを彼は支持してくれるだろうと、期待していたのである。

ある日のこと、学校から自分のアパートまで歩いて帰った、アパートは、波止場からさほど遠くないところにある、大きくて古くて騒々しい家だった。ここが好きだったのは、部屋の窓を開ければ目の前に樹木がうっそうと繁っていたし、その木の間から川が見えたからである。このあたりの川幅は四マイルほど、乾期には、砂州と葦の湿原と柳の島のあいだをゆったりと流れ、雨嵐がそこを横切る雨期には、堤防まで水位が上がってくる。あの家に近づいたあの日、ミスタ・イェヘダルヘッドが姿をあらわし、いつものように不機嫌な顔をした婦人護衛官がふたり、そのうしろからついてきた。彼はわたしに挨拶をし、話ができないかと訊いた。わたしはまごつき、どうしようかと迷ったあげく、とりあえず自分の部屋に招じ入れることにした。

彼の護衛は、ロビーで待っていた。わが家の広い部屋は三階にあった。わたしはベッドに腰をかけ、代理使節は椅子にすわった。所有者《オーナー》は何度も足を組みかえ、ごろごろと鳴いた。

代理使節が、族長《チーフ》とその仲間たちの期待を裏切って愉しんでいるのに、わたしは気づいていた。連中はみな車列を組み、仰々しい記章や制服を身に着けていた。彼と部下の女性護衛官が街のいたるところを、ヨテベルのいたるところを歩きまわっている。彼の政府の車に乗っていたり、徒歩だったりした。ひとびとはそんな彼が好きだった。彼らは、いまのわたしと同じように知っていた、彼が、ここへ来たその日にひとりで外に出かけ、世界党一味に襲われ、打ちすえられて殺されかけたことを。シティのひとびとは、彼の勇気や、彼がどこででも、だれとでも話し合うことに好感をもっていた。みなが彼を受け入れた。解放運動に携わるわれわれは、彼を「われわれの全権大使」と考えていたが、彼は彼らのものであり、族長《チーフ》のものでもあった。族長《チーフ》は彼の人気を嫌悪していたが、それを利用していたのも事実だった。

「あなたは、出版所をはじめたいのでしょう」彼は、両足を空中に突き出している所有者《オーナー》を撫でながら、そう言った。

「ドクター・イェロンは、修正案ができるまでは不可能だと言っています」

「政府が直接介入できない出版所が、イェイオーウェイにはひとつだけあります」とミスタ・イェヘダルヘッドはいいながら、所有者《オーナー》の腹をさすった。

「気をつけて、嚙みつかれますよ」とわたしはいった。

「それはどこにあるんです?」

「大学です。そう」とミスタ・イェヘダルヘッドはいって、自分の親指を見つめた。わたしは謝った。「所《オー》有者《ナー》がオスなのは確かなんですね」と彼は訊いた。そう聞かされているとわたしは答えたが、相手の目を見る気にはならなかった。「わたしの印象では、あなたの所有者《オーナー》はご婦人ですね」とミスタ・イェヘダルヘッドがいったので、わたしはしょうことなしに笑った。

彼もいっしょに笑いだし、親指の血を吸ってからこう言葉をついだ。「大学はたいしたことはしてこなかった。あれは組合の策略でしたからね――奴隷《アセット》たちには大学に行くというふりをさせておけばいい。大戦の最後の年に大学は閉鎖された。解放の日からこちら、大学は再開したが、ゆっくりと事が運ばれていたので、注意をはらうものはだれもいなかった。教授団はほとんどが老人だった。大戦後に戻ってきたんです。政府は、イェイオーウェイに大学を作ることはよしとしていたので助成金をあたえたが、彼らはそれには見向きもしなかった、特権をあたえてくれるものでもなかったから。それに彼らの多くは暗愚な者たちだったから」彼はこの言葉を、軽蔑もまじえず淡々と述べた。「印刷所はあるんですがね」

「知っています」とわたしはいった。そしてわたしの昔の本を取り出して、彼に見せた。

彼は数分ほどそれを眺めていた。その顔は妙に優しそうに見えた。そんな彼をわたしはじっと見つめずにはいられなかった。それはまるで、抱いている赤子を女が気づかうさまを見ているようだった。

「プロパガンダと誤りと希望に満ちている」と彼はようやく口を開いた、その声はたいそう優しかった。「まあ、これは改めることができるでしょうな。そうは思いませんか。ここで必要なのは編集者です。そして何人かの作者」

「検閲官は」とわたしは、ドクター・イェロンを真似て警告した。

「学問の自由に、いくばくかの影響を与えることはエクーメンにとっては簡単です」と彼はいった。「なぜならば、われわれは、ハインやヴェにあるエクーメンの学校にひとびとを招きます。イェイオーウェイ大学の卒業生はぜひとも招きたいと思っています。しかしむろん、彼らの教育がまことに不完全なものであれば、書物や知識が欠けているために……」

わたしは言った。「ミスタ・イェヘダルヘッド、あなたは、政府の政策を覆すことが使命なのですか？」その質問は、知らず知らずのうちにわたしの口から発せられていた。

彼は笑わなかった。かなり長いあいだ黙っていたが、やがてこう答えた。「それはわかりませんね」と彼は言った。「大使がわたしを応援してくれるかぎりは。われわれはともに、譴責されるかもしれない。あるいは解雇されるか。わたしがやりたいのは……」彼の奇妙な目がふたたびわたしに向けられた。それから手に持つ書物に落とされた。「わたしの望みは、イェイオーウェイの市民になることです」と彼は言った。「しかしイェイオーウェイにとって、解放運動にとって、わたしが役立つのは、エクーメンにおけるわたしの地位ですよ。ですからわたしはそれを利用しつづけるか、あるいは誤用しつづけるかします、彼らが止めろというまで」

彼が去ってしまうと、わたしは、彼から頼まれたことについて考えねばならなかった。それは歴史の教師として大学におもむき、そこで出版会の編集者として申し出るようにということだった。それはわたしのように知識も乏しい女にとってはきわめて非常識なことのように思われ、きっと彼に誤解されているのだろうと思った。わたしが彼をよく理解していると彼の口から聞かされたとき、彼は、わたしが何者であるか、何ができるかということについてたいへんな誤解をしているのだと思った。それについてしばらく話したのち、彼は、自分がわたしを不快にさせているのだと、そしておそらく自分自身も不快に思っているのだと感じ、去っていった。じっさいには、おたがいにおおいに笑い、わたしも不快にはおもわず、ただ自分がいささか馬鹿げたふるまいをしたなと後悔していた。

わたしは、彼がわたしにすすめたことについて、自分の及ばぬところまで足を伸ばせといったことについて考えてみた。だが考えることは難しかった。そのことが自分にのしかかってくるように思われた、わたしがせねばならぬこの大きな選択、想像もつかぬようなこの決定が。だがわたしが思いを馳せたのは、彼のこと、イェヘダルヘッド・ハヴジヴァのことだった。わたしは自分の古い椅子に腰をかけて腰をかがめて所有者《オーナー》を撫でながら彼の親指の血を吸っていた彼をずっと見ていた。笑いながら。端っこが白い目でわたしを見つめながら。わたしはその赤茶色の顔と赤茶色の手、陶器と同じその色を見た。彼の静かな声が心にひびいた。

わたしは、少し大きくなった子猫を拾いあげ、その下半身を見た。雄の臓器は見当たらなかった。小さな黒い絹のような体が、わたしの手のなかで縮こまっている。彼が言ったことをわたしは思い出した。「あなたの所有者《オーナー》はご婦人だ」わたしはまた笑いたいと思った、泣きたいと思った。子猫を撫でてから、下におろしてやると、子猫はわたしのかたわらにゆっくりとすわりこんで、自分の肩をなめていた。「ああ、哀れな小さきレディよ」とわたしは言った。なにを指してそういっているのか、自分でもわからなかった。子猫か、レディ・タズか、自分自身か。

　自分の申し出についてゆっくりと、好きなだけ考えるようにと彼はいった。だが翌日彼が徒歩でやってきて、学校から出てきたわたしを待っていたときも、わたしはなにも考えてはいなかった。「土手を散歩したいですか？」と彼は言った。

　わたしはあたりを見まわした。

「あそこに彼らはいる」と彼はいいながら、冷やかな目をした自分の護衛を指さした。「わたしがいるところ、どこにでもやつらはいる、三メートルから、五メートルほどはなれたところに。わたしといっしょに歩いていれば、退屈だが安全だ。わたしの効能は保証されている」

　わたしたちは土手を通り、生暖かいピンク・ゴールドの夕べの長い光を浴びて、川と泥と葦の匂いをかぎながら進んでいった。銃を持ったふたりの女がわれわれの四メートルほどうしろをついてくる。

「あなたが大学に行くならば」と彼は長い沈黙のあとで口を切った。「わたしもずっとそこにいます」

「まだ行くとは……」わたしは口ごもった。

「ここにいるつもりなら、わたしもここを離れない」と彼はいった。「つまり、いっしょにいてよければ」

　わたしはなにも言わなかった。彼はまっすぐにわたしを見つめた。わたしは言うつもりはなかったのに、こう言った。「あなたがどこを見ているのか、わかればいいんです」

「あなたがどこを見ているか、わからなければいいんだが」と彼は、わたしをまっすぐに見つめて、そう言った。

わたしたちは歩きつづけた。ゴイサギが一羽、葦の小島から舞いあがり、大きな翼で水面を叩きながら飛び去っていった。わたしたちは、下流を南に向かって歩きつづけた。太陽が煙と靄に包まれた都のかなたに沈むにつれ、西の空は明るくなった。

「ラカム、あんたがどこからやってきたのか、ウェレルでの生活がどんなものであったのか、わたしは知りたいんだ」彼はたいそうやさしくそう言った。

わたしは息を深く吸った。「すべては過ぎ去ったこと」とわたしは言った。「過去のことですよ」

「われわれはわれわれの過去だ。そればかりではないが。わたしはあなたのことを知りたい。すまないが。あなたのことがどうしても知りたい」

しばらくして、わたしはこう言った。「わたしもあなたに話したい。けどそれはいかにもまずい。いかにも醜い。いま、ここなら、それは美しい。わたしは美しいものを失いたくないのです」

「あなたが話してくれることは、どれも大切にしたい」と彼は、わたしの心にしみいるような静かな声でいった。そこでわたしは、ショメークの囲い地について話せるだけのことを話し、それからざっと残る話もした。ときおり、彼は質問を放った。そしておおむねは耳を傾けていた。ときどき話の途中でわたしの腕を取ったが、わたしはほとんどそれに気づかなかった。ときどきわたしが腕を動かすと、彼は、わたしがはなしてほしいと思っているのだと考え、その腕をはなしたが、わたしはその軽い感触を惜しんだ。彼の手は冷たかった。その手がはなれると、二の腕にその冷たさが残った。

「ミスタ・イェヘダルヘッド」と背後で声がした。護衛官の声。太陽は沈み、空は黄金と紅に輝いている。「戻るほうがよいのでは？」

「そうだね」と彼は言う、「ありがとう」向きを変えると、わたしは彼の腕を取った。彼が息を詰めるのがわかった。

わたしは男も女も欲しいとは思わなかった……それはほんとうだ――ショメーク以来。わたしはひとびとを愛してきた、愛情をもって彼らに触れたが、欲望はなかった。わたしの門は閉ざされていた。

それがいまは開いている。いまのわたしはひどく弱っているので、彼の手が触れても、ほとんど足を前に進めることができない。

わたしは言った。「あなたといっしょに歩けるのはありがたいわ、とても安全だから」

わたしは自分のいったことがよくわからなかった。もう三十にもなるのに、まるで若い娘のようだった。わたしがあの少女だとは、ありえないことだが。

彼は無言だった。わたしたちは、川と落日の輝きに包まれた街のあいだを黙々と歩きつづけた。

「わたしといっしょに帰るかい、ラカム？」と彼はいった。

こんどはわたしが無言だった。

「連中は、われわれといっしょには来ないよ」彼はとても低い声でわたしの耳にささやいたので、その息使いまで感じられた。

「笑わせないで！」とわたしはいうと、泣き出した。土手沿いを戻っていくあいだ、わたしは泣きつづけた。わたしはむせび泣いた、泣き声は止んだかと思うと、またはじまる。わたしは、あらゆる悲しみやあらゆる恥辱を思って泣き叫んだ。彼らがいまいっしょにいることや、これからもずっといっしょにいることを思って泣いた。門は開いていて、とうとうその門の向こうの国に入ることができるのに、入るのが怖くてわたしは泣いた。

　学校の近くで車に乗りこむと、彼はわたしの両腕を抱え、無言のまま、そっとわたしを抱いた。前の席にいたふたりの女性は、振りむこうとはしなかった。

　わたしたちは彼の家に入った。それは、以前にも見たことのある組合時代の所有者《オーナー》の古い屋敷だった。彼は護衛官に礼を言うと、扉を閉めた。「夕食は」と彼はいった。「料理番が出かけている。だから食堂に連れていこうと思っていた。すっかり忘れていたよ」彼はわたしを厨房に連れていった。そこには冷たい飯とサラダとワインがあった。それを食べおわると、彼はテーブル越しにわたしを見つめ、そしてまた目を落とした。彼のためらいを見て、わたしは体を硬くし、なにも言えなかった。しばらくすると、彼はこう言った。「おお、ラカム！　あなたと愛を交わさせてもらえるだろうか？」

「わたしはそうしたい」とわたしは答えた。「わたしは愛を交わしたことはない。だれとも交わしたことはない」

　彼は微笑を浮かべて立ち上がり、わたしの手を取った。わたしたちはいっしょに二階にあがり、この家の男たちの側にはいる入り口だったところを通りすぎた。「わたしはベザに住んでいる」と彼は言った。「ハーレムのなかにある。そこの女たちの側で暮らしている。あの眺めが好きなのだ」

　わたしたちは彼の部屋に行った。そこで彼は身じろぎもせずに立ち、わたしを見つめ、そして目をそらした。わたしはひどく怯え、ひどく困惑していたので、彼には近寄れないと、触れることはできないと思った。だがなんとか彼に近づくと片手をあげ、彼の顔に、目のはたと口もとの傷跡に触れ、両腕をまわして彼を抱いた。それでしっかりとしっかりと彼をひきよせることができた。

　その夜、ふたりでからみあって、うとうとしているあいだに、わたしはこう言った。「ドクター・イェロンとは寝たの？」

ハヴジヴァが笑うのを、腹のなかでゆっくりと穏やかに笑うのを、わたしは感じた。「いいや」と彼は言った。「イェイオーウェイではだれとも寝ていない、きみのほかはね。そしてきみも、イェイオーウェイではわたしのほかにはだれとも寝ていない。わたしたちはヴァージンなのさ、イェイオーウェイのヴァージン……ラカム、アラハは……」彼はわたしの肩のくぼみに頭をのせ、異国の言葉でなにやらいうと、眠りにおちた。静かに深く彼は眠った。

あの年、わたしは北へ向かい、大学に行き、そこで歴史の教師として採用された。あの頃の彼らの標準からいうと、わたしにはその資格がじゅうぶんにあった。それ以来、わたしは、教師と、出版会の編集者としてそこで働いている。

ハヴジヴァは、その言葉の通りよくやってくる、ほとんどは。

憲法の改正は、イェイオーウェイ解放暦一八年に、ほとんどが秘密投票によって行われた。それに続く出来事については、大学出版会が出版したイェイオーウェイ史全三巻を読めばよい。語るように言われた話については語った。多くの物語のように、わたしは、ふたりの人間を結びつけることによって、この物語を閉じることにする。ひとりの男とひとりの女の愛と欲望とは、ふたつの世界の歴史、われわれの一生の大きな変革、希望、われわれ人類の絶えざる残虐行為とは何か？　小さなこと。だが鍵は小さなもの、ドアを開けるだけのもの。だが鍵を失くせば、ドアは決して開かないだろう。われわれが自由を失うか、得るかは、われわれの体のなかに、われわれの隷属を受け入れるか阻止するかはわれわれの体のなかにある。だからわたしは、友のためにこの本を書いた、これまで共に暮らし、共に死にゆくだろう友のために。

ウェレルおよびイェイオーウェイに関する覚え書き

Notes on Werel and Yeowe

鳴庭真人訳

一、名前と単語の発音

ヴォエ・ディオ語（イェイオーウェイ語でもある）と**ガーターイー語**では、母音はいわゆる〝ヨーロッパ音価〟を持つ。

a　父《ファーザー》の「アー」
e　やあ《ヘイ》の「エイ」、または、許可《レット》の「エ」
i　機械《マシーン》の「イー」、または、それ《イット》の「イ」
o　行く《ゴー》の「オー」、または、休止《オフ》の「オ」
u　ルビーの「ウ」

ヴォエ・ディオ語では、アクセントは通常うしろから二番目の音節に置かれる。

アルカーミイェー	アル・**カー**ミ・イェー
バームブール	**バー**ム・ブール
ボエバ	ボ・**エ**・バ
ドッセ	**ドッ**・セ
エロド	**エ**・ロド
ガレオット	ガ・**レ**・オット
ガーターイー	ガー・**ター**・イー
ゲデ	**ゲ**・デ
ゲウ	**ゲ**・ウ
ハーメー	**ハー**・メー
ハガヨット	ハ・**ガ**・ヨット
ハヤワ	ハ・**ヤ**・ワ
カーミイェー	**カー**ミ・イェー
ケオ	**ケ**・オ

マキル
ナダミ
ノエイハ
ラマヨ
レイガ
レーウェ
サン・ウーバータート
スイギ
ショメーク
スハーメー
タズ
テーイェイオ
チクリ
トエバーウェー
チュアル
ヴェイオット
ヴォエ・ディイオ

マ・キル
ナ・**ダ**・ミ
ノ・**エイ**・ハ
ラ・**マ**・ヨ
レイ・ガ
レー・ウェ
サン・ウー・**バー**・タート
ス・**イ**・ギ
ショ・**メー**・ク
ス・**ハー**・メー
タ・**ズ**・ゥ
テー・**イ**ェ**イ**・オ
チ・**ク**・リ
ト・エ・**バー**・ウェー
チュ・**ア**ルもしくは**チ**ュ**ア**ル
ヴェ**イ**・オット
ヴォ・エ・**デ**ィ**イ**・オ

ワルス	**ワ**ル・ス
ウェレル	**ウ**ェ・レル
イェイオーウェイ	イェイ・**オー**・ウェイ
イェロン	**イ**ェ・ロン
ヨーク	**ヨー**・ク
ヨテベル	ヨ・**テ**・ベル
ヨワ	**ヨ**・ワ

カーミイェー（カム）やチュアルなど神々の名を含んだ名前は、その音節の強調が保たれる傾向がある。

アバルカム	**ア**・バル・**カ**ム
バーティカーム	**バー**・ティ・**カー**ム
ラカム	**ラ**・**カ**ム
セジ・チュアル	**セ**・ジ・**チ**ュ**ア**ル
チュアルタク	**チ**ュ**ア**ル・タク

ハイン語

（極端に長い家系名はハインでは一般的だが、日常的には省略形が使われる——したがって〝マチン・イェヘダルヘッド・デュラ・ガ・マラスケッツ〟は〝イェヘダルヘッド〟となる）

アラハ　ア・**ラ**・ハ
エクーメン（古代テラ語からの借用）　**エ**・クー・メン
エズダードン・アーヤ　エズ・**ダー**・ドン・**アー**・ヤ
ハヴジヴァ　**ハ**ヴ・ジ・ヴァ
イアン・イアン　イ・**アン**・イ・**アン**
カスハド　**カ**ス・ハド
メズハ　**メ**・ズハ
ストセ　**ストセ**（英語の「ベ**スト・セ**ット」の強調部分と同じ発音）
ティウ　**ティ**ウ
ヴェ　**ヴ**ェ
イェヘダルヘッド　イェ・ヘ・**ダ**ル・ヘッド

二、惑星ウェレルとイェイオーウェイ

出典：『〈既知の世界〉入門』惑星ハイン・ダランダにて刊行、ハイン・サイクル九三年／惑星固有暦五四六七年

エクーメン暦二一〇二年を〈現在〉とした上で、年号は現在前（BP）何年と表記される。

●自然誌

ウェレル

ウェレル＝イェイオーウェイ星系は黄白色の恒星（RK－タモ－5544－34）を周回する十六の惑星で構成されている。その第三、第四、第五惑星で生命が生まれた。ヴォエ・デイオ語でラクリと呼ばれる第五惑星では、乾燥と低温に耐性のある無脊椎生命しか生まれず、開発も植民も行われていない。第三惑星イェイオーウェイと第四惑星ウェレルは大気・重力・気候その他いずれもハイン標準をじゅうぶんに満たしている。ウェレルは過去百万年間続いた拡大期の末期、ハインによって植民された。駆逐された固有の動物相はなく、ウェレルにおけるすべての動物種および一部の植物種はハイン起源とされている。BP三六五年にウェレルに植民されるまでイェイオーウェイに動物種は存在していなかった。

主星から四番目の惑星ウェレルには七個の月がある。現在の気候は冷涼で、極地域では極寒となる。植物相は大半が在来種である。動物相はすべてハイン起源のものだが、在来植物との共生関係を築くために意図的に改変され、その後も遺伝的浮動や環境適応を通じて変化している。人類の適応には肌色のシアン色化（黒色が浅くなり、青みがかる）や白目のないように見える眼球が挙げられるが、これらがいずれも主星の放射スペクトル成分への順応によるものなのは明白だろう。

ヴォエ・デイオ：近代史

BP四〇〇〇年から三五〇〇年、惑星唯一の巨大大陸（現在はヴォエ・ディオ国となっている）で赤道南部に居住する攻撃的で進歩的な黒い肌の人々が、北部に居住する肌色の薄い人々を侵略し征服した。征服者たちは肌の色に基づく主人＝奴隷関係の社会を確立した。

ヴォエ・ディオはこの惑星最大で、もっとも人口が多く豊かな国家である――両半球にある他の国家はすべてヴォエ・ディオの保護領か従属国、または経済的に依存している。ヴォエ・ディオ経済は少なくとも三千年間、資本主義と奴隷制に根ざしてきた。ヴォエ・ディオが覇権を握っていることで、ウェレル全体があたかも一つの社会であるように一般には語られている。しかしウェレル社会の変化は急速で、この説明もいずれ過去形になることだろう。

●奴隷制に基づく社会階層

階級：支配層（**所有者**と**ガレオット**）と奴隷層（**財産**《アセット》）から成る。階級は母親から引き継がれ、例外はない。**肌の色**は青黒色から青みまたは灰色がかったベージュ、ほぼ色素を失った白色まで多岐にわたる（髪や目の色は色素欠乏症の場合しか変化せず、通常は黒色）。理想的には、そして一般的には、階級は肌の色と一致する——所有者が黒色、財産が白色である。現実には所有者の多くが黒色だが、大半は浅黒い。財産《アセット》には黒色の者もいるが、大半はベージュ色で、一部白色もいる。

所有者は男性・女性・子供と呼ばれる。

〈所有者〉という言葉が指す範囲は広く、階級全体を指す場合も、二人以上の奴隷を所有する個人または家族を指す場合もある。

一人のみ、もしくは奴隷を所有しない所有者は仕手なしの所有者、または〈ガレオット〉と呼ばれる。〈戦士階級《ヴェイオット》〉は所有者の中でも世襲の戦士階級に属し、その中には〈レイガ〉、〈ザディョー〉、〈オウガ〉という序列がある。ヴェイオットの男性はほぼ例外なく軍に所属する。ヴェイオットの一族の大半は地主である。大半は所有者に属するが、ガレオットの場合もある。

〈女性所有者〉は階級内の下位分類もしくは下位階級を形成している。女性所有者は法的には男性（父・伯父・叔父・兄弟・夫・息子・後見人）の所有物である。観察員の大半がウェレル社会のジェンダー分断は主人＝奴隷の分断よりも根深く本質的だが、奴隷制よりも見えにくくなっていると語る。というのも、女性所有者が財産《アセット》よりは——どちらの性であれ——社会的に上位に位置するという事実と食い違うためである。女性は所有物であるため、人間を含め自分の所有物を持つことはできない。しかし所有物を管理することは許されている。

財産《アセット》は男奴隷《ボンズメン》、女奴隷《ボンズウィメン》、犬ころ《パプ》、チビと呼ばれる。蔑称：奴隷、埃色、チョーク色、白色。

〈ルル〉は労働奴隷で、個人もしくは家族に所有される。ウェレルの奴隷はマキルと奴隷兵士を除けばすべてルルである。

〈旅芸人《マキル》〉は演芸組合に売られ、所属している。

〈奴隷兵士〉は軍に売られ、所属している。

〈切られ男《カットフリー》〉もしくは宦官《かんがん》は去勢された男性奴隷（去勢はおおむね自発的だが、その割合は年齢などによってさまざまである）で、地位と特権を得ている。ウェレルの歴史上、何人ものカットフリーが時々の政権で権力の座にのし上がっている——その多くは官僚制の隅々にまで影響力が及ぶ地位に就いていた。囲い地の女奴隷側の監督《ボス》はつねにカットフリーである。

奴隷解放は前世紀まではごくまれで、一部の歴史的・伝説的に著名な奴隷の場合に限られた。彼らはこの上ない忠誠心と美徳で主人たちに自由を認めさせたのである。イェイオーウェイで解放戦争が始まったころになると、奴隷制廃止を提唱する所有者の団体〈コミュニティ〉の主導で、ウェレルの奴隷解放はより頻繁に行われるようになった。解放された財産《アセット》は法的にはガレオットと位置づけられていたが、社会的にそう認められることはほぼなかった。

解放運動時代のヴォエ・ディオでは、財産《アセット》と所有者の比率は七対一だった（所有者の約半数はガレオットで、財産を一人のみ、もしくは所有していない）。もっと貧しい国ではこの比率が小さくなるか逆転する——赤道諸国では財産《アセット》と所有者の比率は一対五である。ウェレル全体では、この比率は約三対一と推定されている。

●館と囲い地

かつては（現在でも地方では）ヴォエ・ディオの荘園でも農場でも農園でも、財産は柵や壁に囲われ一つだけ門を持つ囲い地で暮らしていた。囲い地は門塀と平行に掘られた溝で二分割されている。〈門の側〉は男性の区画、〈内側〉は女性の区画である。子供は女たちの側で育てられ、少年は労働年齢（八から十歳）に達すると長屋へ送られる。女性たちは小屋で生活する。母親と娘、姉妹、友人はたいてい小屋を共有し、一棟あたり二から四人の女性とその子供が暮らしている。成人男性と少年は門の側の長屋と呼ばれる掘っ立て小屋で生活する。家庭菜園は働きに出ない老人や小さな子供が手入れし、一般的には働き手のために老人が調理を行う。祖母たちが囲い地を取り仕切る。

カットフリー（宦官）が暮らす離れ屋は壁の外側に接して建てられ、壁の上には監視所が設けられている。カットフリーたちは〈囲い地の監督《ボス》〉を務め、祖母たちと〈労働監督〉（所有者一家の一員または雇われたガレオットで、財産の労働を監督する）の仲立ちを行う。労働監督は囲い地の外にある建物で生活する。

所有者一家や所有者階級の被扶養者は**館**で暮らす。館という語には複数の別棟、例えば労働監督の宿舎や家畜小屋も含まれるが、特に一家の住む大きな邸宅を指す。一般的な館では男性の棟（アザデ）と女性の棟（ベザ）は厳密に隔てられている。女性をどこまで束縛するかは一家の富や権力や社会的地位によって左右される。ガレオットの女性であれば行動や職業の自由が少なからず認められていることもあるが、裕福な家や名門一族の女性は邸内や壁付きの庭園内に留められ、複数人の男性の付き添いがなければ外出は許されない。

何人もの女性財産が使用人や男性所有者の奉仕係として女性棟で生活している。男性使用人——たいていは少年や老人——を置いている館もあれば、カットフリーを召使いとして置いている館もある。
工場や製造所や鉱山などでも、同様の囲い地システムは多少手を加えて使われている。分業化された職場では、男性のみの囲い地は雇われたガレオットが全面的に管理し、一方で女性のみの囲い地は地方の農園と同じく祖母たちが切り盛りすることを許されている。男性のみの囲い地に貸し出された男手の平均寿命は約二十八歳。植民初期にイェイオーウェイへの奴隷輸出によって財産《アセット》の不足が起きた際は、一部の所有者が共同で繁殖用の囲い地を作り、女奴隷を集めて軽作業のかたわら毎年交配させた。こうした〝繁殖用〟の中には、二十年以上も毎年子供を産んだ奴隷もいた。

賃貸民：ウェレルでは全財産が個人の所有物である（イェイオーウェイの組合はこの慣習を変えて、組合が奴隷を所有し個人所有を無くした）。

ウェレルの都市部では、伝統的に財産は所有者の家で使用人として住み込みで働く。過去千年間、所有者が余った財産を店や工場に熟練または非熟練労働者として貸し出すことはますます一般的になってきた。企業の所有者や株主は単体の財産《アセット》を個人で購入し所有する。企業はその財産を借り、使い途を管理して、利益を分かち合う。一人の所有者は二人の熟練財産を貸し出せば生計が立つ。かくして男賃貸民や女賃貸民はあらゆる都市、多くの町でもっとも多数を占める財産となった。賃貸民は〝組合囲い地〟——雇われたガレオットの監督《ボス》が管理する共同住宅で暮らした。監督《ボス》たちは門限や出入りの管理に必要とされた。

（ウェレルの〈賃貸民〉とそれよりはるかに自立したイェイオーウェイの〈自由民〉の違いに注意されたい。前者は所有者によって貸し出される一方、後者は奴隷だが十分の一税や租税を所有者に納めることで好きな仕事に就くことができた。この制度を〝借り物の自由〟と呼ぶ。ヴォエ・ディイオの財産《アセット》解放を目指す地下組織ハーメーの当初の目標には、〝借り物の自由〟をウェレルでも制度化することが含まれていた。

大半の組合囲い地でも都市のどの家庭でも、性別によって居住空間はアザデとベザに分割されていたが、個人所有者や企業の中には財産《アセット》や賃貸民が男女で住むことを許す者もいた。しかし結婚は許されず、また所有者はいつでも好きなように引き離すことができた。こうした財産男女の子供の所有権は、母親の所有者が有した。

一般的な囲い地では、異性間の交流は所有者や監督や祖母たちによって管理されていた。〝溝を跳んだ〟人々は危険を承知で行動に及んだ。所有者は男性財産と女性財産を完全に隔離して、監督が入念に管理した上で交配させるという やり方を根拠もなく理想視していた。選ばれた種馬役の男性財産が適切な間隔で女性財産を抱くことで、理想的な人数のチビを生産するというわけである。搾取的な農場では、女性財産は望まない妊娠をしたり毎年子供を産んだりしないよう配慮されることが多かった。慈悲深い所有者のもと、祖母やカットフリーはしばしば少女や女性を強姦から守り、また時には相思相愛を容認することさえあった。しかし連れ添うことは所有者と祖母の両者から反対されたし、そもそもウェレルの法でも慣習でも奴隷の結婚はいっさい認められていなかった。

●**宗教**

チュアル——平和と赦しを司《つかさど》る観音《かんのん》のごとき女性の神性——崇拝はヴォエ・ディイオの国教である。哲学的観点では、チュアルは原初神アーマあるいは創造霊のもっとも力ある化身とされている。歴史的観点では、チュアルは多数の土着の神々と自然信仰の混合物であり、地域によってふたたび多様な姿に分化している。国家的観点では、ヴォエ・デイオの覇権に伴って他の国々でも国教として強制されたが、この教えには元来改宗を迫ったり攻撃的だったりする性質はない。チュアルの神官は政府の要職に就くことができ、その座に居座っている。階級：ウェレルとイェイオーウェイ両惑星のどの奴隷囲い地でも、チュアルの偶像や礼拝は所有者によって維持管理されている。チュアル教は所有者の宗教だからである。財産も礼拝への参加を強制されており、チュアル教の伝説や教義を部分的に受け入れているものの、大半の財産はカーミイェー教徒である。カーミイェーを〝男奴《ボンズ》隷《マン》〟であり、アーマの劣った化身とみなすことで、チュアル教の神官はカーミイェー信仰（こちらには正式な聖職者がいない）が奴隷や兵士たち（ヴェイオットの大半はカーミイェー信仰）のあいだに広まるのを受け入れ、許容している。

アルカーミイェーまたは剣士カーミイェーの生涯（カーミイェーはまた牧夫すなわち獣使いの神であり、男奴隷として長らくロード・ナイトフォールに仕えてもいた）：この戦士の叙事詩は約三千年前から財産たちのあいだでほぼ全世界的に広まり、彼ら自身の宗教の原典となった。この物語は従順、勇気、忍耐、無私といった戦士／奴隷の美徳を、そしてまた精神の自立、この世界の物事に対する禁欲主義的な無関心、見せかけの現実を無視することでのみ現実は勝ち取りうるという狂的な神秘主義を育んだ。財産とヴェイオットはチュアルをカーミイェーの化身――カーミイェー自身も原初神アーマの化身である――とすることで、女神を自分たちの信仰に取り込んだ。〝人生の階梯〟や〝沈黙への没入〟はカーミイェー教徒とチュアル教徒が共有する神秘思想や教義の一部である。

●エクーメンとの関係

最初の使節団（エクーメン暦一七二四年）は極度の不信感とともに迎えられた。代表団は厳重な警備を付けられた上で使節船〈フグーム〉からの下船を許されたが、同盟は拒否された。異星人はこの星系への侵入をヴォエ・ディオ政府およびその同盟国によって禁じられた。その後ウェレルはヴォエ・ディオの主導のもと急速で競争の激しい宇宙技術開発とあらゆる分野のハイテク産業強化に着手した。数十年にわたりヴォエ・ディオの軍・産・官は勝ち誇った異星人が武装して戻ってくるというパラノイアめいた予想に突き動かされた。この技術発展によってわずか十三年後にはイェイオーウェイへの植民に至るのである。

続く三世紀のあいだ、エクーメンは間隔を置きながらウェレルと接触した。バームブール大学の強硬な主張によって、大学コンソーシアムや研究機関を交えた情報交換が開始された。三百年以上のち、ついにエクーメンは数名の観察員《オブザーバー》を送ることを許可される。イェイオーウェイの解放戦争中、エクーメンは要請に応えてヴォエ・ディオとバームブールに大使を送り、のちにガーターイーや四十州、その他の国々にも使節を送った。かなり長いあいだウェレルは武器協定の不遵守のためエクーメンへの加盟を断られていた。ヴォエ・ディオに圧力をかけられたにもかかわらず、各国は武装の保持を主張した。武器協定の廃止後、ウェレルはエクーメンに加盟した。ファーストコンタクトから三五九年、解放戦争の終結から十四年後のことだった。

組合の所有物であるゆえに独自の政府を持たなかったイェイオーウェイ植民地は、ウェレルの所有者たちからはエクーメン構成員の資格を持たないと考えられていた。エクーメンは四つの組合に惑星とその人民を所有する権利について問い続けた。解放戦争の終盤、自由党がエクーメンの観察員をイェイオーウェイへ招待し、戦争終結と時を同じくして恒常的な使節の派遣が決まった。エクーメンはイェイオーウェイがヴォエ・ディオの組合や政府と交渉し、この惑星の経済的支配を終わらせる手助けを行った。世界党はウェレル人だけでなく異星人もこの惑星から追い出そうとあと一歩のところまで迫ったが、この運動は潰《つい》え、エクーメンは選挙が実施されるまで暫定政府を後援した。イェイオーウェイは解放暦一一年にエクーメンに加盟した。ウェレルが加盟する三年前のことである。

イェイオーウェイ

●自然誌

星系の第三惑星であるイェイオーウェイの気候は温暖かつ穏やかで、季節による変化は小さい。

細菌生命は長い歴史を持ち、一般的にとてつもなく複雑な生態と、適応で獲得した多様性を備えている。イェイオーウェイの海洋微生物種の多くは動物と定義されている。それを除けば、この惑星の固有生物相は植物である。

地上では膨大な種類の複雑に進化した種が光合成や腐生を行っている。大半は着生だが、中には〝這いずり〟

といって速度は遅いが運動性を持つ群生もしくは単生の植物もいる。主要な大型生物は樹木である。南部大陸はほぼ全体が熱帯性ジャングル／温暖な熱帯雨林で、海岸線から極地の樹木限界線や南極圏のタイガまで覆っている。主大陸は南北の極地方は森林に覆われているが、より標高の高い中央部の高地では草原やサバンナの風景がみられ、一方海岸近くの平地には広大な沼地、湿地、塩沼が広がっている。花粉媒介動物がいないため、植物は風や雨を利用した多くの仕掛けを用いて他家受粉や繁殖を行う——弾ける種、翼の付いた種、風を捉えて何百マイルも浮遊する種子網、防水性の胞子、〝穴を掘る〟種、〝泳ぐ〟種、動く羽根や繊毛を持った種など。

海洋は温暖で比較的浅く、広大な塩沼とともに多岐にわたる着生・浮遊性の植物が栄えており、プランクトンや藻類や海藻に似た種、サンゴ虫や海綿動物のように永続的な構造物（主に珪素からなる）を形成する種、〝帆船〟や〝鏡草〟のような固有種がみられる。連結して広く水面を覆っていた〝睡蓮敷〟は組合が乱獲したため三十年と経たずに絶滅した。

ウェレルの植物種・動物種を不注意に持ち込んだことで、固有種の約五分の三が絶滅または隅に追いやられ、産業汚染や戦争がそれに拍車をかけた。所有者は狩猟のため鹿や狩猟犬、狩り猫《チーター》、大型馬を持ち込んだ。鹿は繁殖して多くの固有種の生息地を破壊した。持ち込まれた動物種の大半は長期的には生き残れなかった。人間以外でイェイオーウェイに定着したウェレル産の動物は次の通りである。

・鳥（狩猟の獲物や家禽《かきん》として持ち込まれた飼育用の鶏。鳴き鳥も野生に放たれ、数種が適応して定着した）

・狐犬と斑入り猫（愛玩用）
・畜牛（飼育用。放棄された地域では多くが野生化している）
・鹿（野生化し、沼沢地域に適応したことで沼鹿と呼ばれる）
・狩り猫（湿地帯で野生化、希少）

河川へ数種類の魚類を持ち込んだことは固有の植物種に壊滅的な被害をもたらし、生き残った魚類は汚染物質で全滅した。海水魚を持ち込む試みはすべて失敗した。

馬は所有者の支配の象徴として解放戦争中に虐殺され、一頭も残っていない。

●植民：入植地

初期のウェレル産ロケットがイェイオーウェイに到達したのはBP三六五年のことである。探索や地図製作や試掘がさかんに行われた。ヴォエ・ディオの投資家が主導権を握るイェイオーウェイ鉱山組合（YMC）が独占的な試掘権を与えられていた。二十五年と経たずに、大型化・効率化した宇宙船によって採掘は収益を生むようになり、YMCはイェイオーウェイに奴隷を、ウェレルに金や鉱物を運ぶ定期便の運行を開始した。

続いて設立された大企業は第二惑星林業組合で、イェイオーウェイの森林を伐採してウェレルに輸出した。ウェレルでは産業の進展と人口拡大で森林が劇的に減少していたためである。

海洋開発は入植一世紀の終盤には一大産業となり、イェイオーウェイ海運組合（YSC）は睡蓮敷の収穫で莫大な利益を上げた。この資源を食い潰しながら、YSCは他の海洋種、特に油分の豊富な袋藻の開発と加工に乗り出した。

入植から一世紀、イェイオーウェイ農業組合（APCY）は持ち込んだ穀物や果実とオエ葦やピニ・フルーツなどの固有種の体系的な栽培を始めた。イェイオーウェイの大部分に共通する温暖で安定した気候と害虫や害獣の不在（綿密な検疫体制によって維持されていた）によって、農業は著しい拡大を遂げた。

これら四つの組合の個々の事業とそれらを操業する地域は、鉱山・林業・水産業・農業のいずれかを問わず〝大農園《プランテーション》〟と呼ばれた。

四大組合はそれぞれの生産物に対する絶対的な支配体制を敷いたが、地域の開発権をめぐり数十年にわたって幾度となく紛争（法的にも物理的にも）が起こった。どの競合企業も四大組合の独占を破ることはできなかった――組合の利益をもっとも享受しているヴォエ・ディオ政府が、手厚い軍事的・政治的・科学的支援を積極的に行っていたからである。組合への主要な資本投下はつねにヴォエ・ディオの政府や投資家によるものだった。入植当時から強大な国家だったヴォエ・ディオは、三世紀にわたる植民を経てウェレル随一の豊かな国となり、他の国々をすべて支配し管理下に置いていた。しかしイェイオーウェイの四大組合に対する支配は名目上のもので、組合とは主権を持つ国家と同様に交渉していた。

●人口と奴隷制

入植から一世紀のあいだ、組合がイェイオーウェイ植民地に輸出したのは男性奴隷だけで、惑星間カルテルを経由した奴隷輸送は組合が独占していた。この一世紀、奴隷の大部分はウェレルの貧困国から連れて来られていた。のちにイェイオーウェイ市場向けの奴隷繁殖が利益を生むようになると、バームブールや四十州、ヴォエ・デイオから送られる奴隷の数は増加した。

この期間にイェイオーウェイの人口は所有者階級が約四万人（うち八十パーセントが男性）、奴隷が約八十万人（すべて男奴隷）まで増加した。

実験的な〝移民街〟もいくつか作られた。これはガレオット（奴隷を持たない所有者階級）向けの居留地で、ほぼ製造所とサービス業からなる共同体だった。組合は当初こうした居留地を許容していたが、のちにウェレル政府に働きかけて移民を組合の社員に限定することで廃止に追い込んだ。ガレオットの入植者はウェレルに送還され、彼らが始めたサービス業は奴隷が担った。そのため、イェイオーウェイにおける都市住民や職人といった〝中流階級〟は、ウェレルのようなガレオットや賃貸民よりも半自立した奴隷（自由民）によって構成されている。

鉱山組合や農業組合がとりわけ奴隷の寿命を消耗させるため（入植一世紀における鉱山奴隷の〝労働寿命〟は五年と想定されていた）、男奴隷の価格は上昇し続けた。個人所有者が女性奴隷を密輸して性奴や使用人にする事例も増加していた。組合はこれらの圧力を受けて規則を改定し、女奴隷の輸入を許可した（BP二三八年）。

当初、女奴隷は繁殖用と考えられ、農園内の囲い地に縛り付けられていた。女奴隷があらゆる分野の仕事に有用であることがわかってくると、こうした制限は大半の農園で所有者によって緩和された。しかし女性奴隷は一世紀にわたる男性奴隷の社会システムに入っていかざるを得ず、そこでは劣った者、奴隷の奴隷として扱われた。

ウェレルでは芸人《マキル》(演芸組合が所有者から購入する)と奴隷兵士(政府が所有者から購入する)を除き、全財産は個人の所有物である。イェイオーウェイでは全奴隷は組合の所有物で、組合がウェレルの所有者から購入する。イェイオーウェイに個人所有の奴隷は存在し得ない。解放されることもない。農園所有者の妻のメイドなど個人の召使いとして購入された場合でも、所有権は農園を所有する組合へと移譲される。

奴隷解放は許されていないが、奴隷人口が極めて急速に拡大した結果、多くの農園で余剰が発生したことで〈自由民〉という立場がしだいに一般化した。自由民は雇われ仕事に就くか、〝借り物の自由〟を行使して自営業を営み、その仕事への税として課せられた一定の手数料(通常は約五十パーセント)を一つまたは複数の組合に月々または毎年支払った。自由民の大半は小作人や商店主や製造工、その他サービス業に従事した。植民から三世紀が経つころには、自由民の職人階級が都市部では完全に確立していた。

植民から三世紀目の終盤、人口増加もいくらか鈍ってきたころ、イェイオーウェイの人口は約四億五千万人となっていた――所有者と奴隷の割合は一未満対百である。奴隷人口の約半数は自由民だった(解放から二十年後の人口はふたたび四億五千万人に戻り、今度は全員が自由の身だった)。

農園では従来の全員男性からなる社会構造が奴隷社会の枠組みを形成していた。早くから労働者の一団が社会集団へと発展してギャングと呼ばれ、やがてギャングは部族となり、そのたびに権力のヒエラルキーが加わった。部族民の上に奴隷の長《おさ》またはチーフが立ち、その上に監督《ボス》、所有者、組合と続く。結束、競争、ライバル意識、ホモセクシュアルな特権、養子縁組による家系といった風習は制度化され、多くは高度に体系化された。奴隷にとって唯一の安定は部族の一員となり、その掟に固く付き従うことだった。農園から売られた奴隷は奴隷の奴隷という立場に甘んじざるを得ず、何年もかけてようやく売られた先の部族の一員として認められることもしばしばだった。

女性奴隷が連れてこられると、その大半は部族の——と同時に組合の——所有物となった。組合はこれを推奨した。部族は組合の管理下に置かれているので、その部族が女性奴隷を管理するのは彼らにとっても好都合だったからである。

抗議や暴動を大規模に組織することはかなわず、毎回はるかに優れた武装で即座に鎮圧され、反乱者は残酷な末路を辿った。長やチーフは所有者や組合の利益のために働く監督《ボス》と結託し、部族間の対立や部族内部の権力闘争から甘い汁を吸う一方で、〝イデオロギー〟すなわち教育や地元農園の外部からの情報が一切入ってこないよう目を光らせた（植民二世紀目に入りだいぶ経ったころには、大半の農園で読み書きが犯罪とされた。読書しているところを見つかった奴隷は目に酸を垂らされて失明させられるか、眼球をえぐり出された。ラジオやネットワーク端末を使っているところを見つかった奴隷は白熱した錐で鼓膜を貫かれて失聴させられた。組合と農園の〝罪状別刑罰一覧〟は長大かつ細部にわたり、その意図は明白だった）。

植民が二世紀目に入ると、飛躍的に増加した奴隷人口が大多数の農園で余剰となったことで、しだいに男女どちらの奴隷も自由民が営む〝商店路地〟へと漏れ出し、やがてそれは着実な流れとなった。数十年をかけて〝商店路地〟は町へ、町は全人口を自由民が占める都市へと成長した。

所有者の中には拡大し続ける〝アセットビル〟や〝白んぼ町《ホワイティタウン》〟や〝埃色市《ダスティバーグ》〟の規模や自治を差し迫った脅威として訴える人々もいたが、組合はこうした都市を管理下に置いており問題はないと考えていた。大型の建物やいかなる種類の防衛設備も建築を許されなかった。銃火器の所持は腸抜きの刑に処せられた。奴隷には飛行機の操縦は一切許可されなかった。何であれ武器になり得る原材料や生産工程に組合は厳重な警備を敷き、奴隷や自由民を見張らせた。

〝イデオロギー〟すなわち教育は都市部では公然と行われていた。植民二世紀目の後半になると、組合は検閲による削除や書き換えを行いながらも公式に自由民の子供や一部の部族の子供に対する十四歳までの学校教育を許可した。組合は奴隷の共同体に学校の設立を認可すると、書籍やその他の教材を売りつけた。三世紀目には都市部向けの情報・娯楽ネットワークを導入し整備した。教育を受けた労働者の価値は高まっていった。部族制の限界もしだいに明らかになっていった。惑星資源の濫用に対して方法論や目標の根本的な見直しが叫ばれた際に、保守性に凝り固まった大半の部族のチーフや監督《ボス》はやり方を何一つ変えることもできなければ変える気もなかったのである。イェイオーウェイにおける収益が露天掘りや森林伐採や単一栽培よりも精錬業や現代的な工場から上がるようになることは目に見えていた。そして後者には新しい技法を学び、不慣れな指示にも従うことができる熟練労働者の従事が必要なのである。

資本主義奴隷社会であるウェレルでは、仕事は人間が行う。奴隷労働は単純な力作業であれ高度な技術を要するものであれ手作業であり、機械やテクノロジーは洗練されてはいるが補助的な役目を果たすに過ぎない。「訓練された財産は最良の機械であり、もっとも安価だ」。非常に高度なテクノロジーの産物であっても、生産は本質的に超高品質の手工業なのである。速くても作業量が多くても大した価値はない。

植民から三世紀目の後半に差し掛かったイェイオーウェイでは、原材料の輸出が衰退したことで、奴隷の労働力を新たな方面に使っていた。組み立てラインの発展である。これには製造を速く安くするというだけでなく、労働者が製造工程の全体像を分からないようにするという意図的な狙いがあった。第二惑星組合（SPC）——名前から林業の文字を取った——がこの新たな製造業を主導した。SPCはたちまち鉱山や農業といった従来の大企業を抜き去り、大量生産した完成品をウェレルの貧困国に輸出することで莫大な利益を上げた。反乱が勃発したころにはイェイオーウェイの自由労働者の半数以上が第二惑星組合に所有されるか貸し出されていた。

製造所やその所在地では部族制の農園よりはるかに大きな社会的騒乱が起きていた。組合の重役たちはこれを〝管理されていない〟自由民の増加によるものとして、多くが学校の閉鎖、都市の破壊、密閉された囲い地に全奴隷を戻すことを声高に唱えた。組合が都市に配備した民兵（ウェレルで雇われ連れてこられたガレオットと非武装の自由民による警察隊）は増強され、重武装のガレオットからなる相当規模の常備軍となった。都市部での騒乱や抗議活動の多くは組み立てラインを使っている製造所が中心となった。労働者は自分たちが単純な工程の一部に過ぎないと感じており、過酷な条件にはまだ耐えられても無意味な作業には耐えられない——たとえ条件が幾分ましになっても——と気づいたのである。

しかし解放運動は都市部ではなく、農園の囲い地から始まった。

●反乱と解放

反乱は主大陸の農園における部族の女性たちの活動に端を発する。彼女たちは団結して女児の儀式的レイプを防ぎ、男奴隷による女奴隷の性奴化や集団レイプ、殴打と殺人を禁じる部族法の制定を要求した。これらのどれ一つに対しても、罰則は一切なかったのである。

部族の女たちはまず女性と両性の子供を教育し、それから全員が男性からなる部族評議会に比例制を導入するよう要求した。女性クラブと呼ばれたこの組織は植民三世紀目のあいだに両大陸へ広がっていった。クラブは数多くの少女や女性を農園から都市部に連れ去り、チーフや監督《ボス》たちの不満は組合の耳にも入り始めた。地方の部族民や監督《ボス》は「都市に行って女どもを連れ戻す」よう奨励された。

こうした女性奪還の襲撃はしばしば組合の民兵に支援された農園警察が主導し、極めて野蛮なやり口で実行されることが少なくなかった。都市の自由民は農園では日常的なこの種の暴力を初めて目にし、憤然として反抗した。都市の男奴隷は女性とともに抵抗し戦うことになった。

BP六一年、エイユ州ソーイェイソーの町で奴隷たちはナダミ農園（APC）から来た警官隊の撃退に成功し、やがてそれは農園自体への反撃にまで発展した。警察の宿舎は急襲を受けて焼け落ちた。ナダミのチーフのうち数人は反乱に加わり、囲い地を開いて暴徒に続いた。他のチーフたちは農園の館で所有者たちを守った。一人の女性奴隷が農園の武器庫を解錠して反徒たちに明け渡した――イェイオーウェイ植民地の歴史上初めて、大人数の奴隷たちが強力な武器を手にしたのである。続いて所有者たちの虐殺が起きたが、部分的なものに留まった。館にいた子供たちの大半と二十名の男女が命拾いし、州都行きの列車に乗せられた。反乱に抵抗した成人奴隷は誰一人生かされなかった。

ナダミから始まった反乱は銃と弾薬を手にしたことで近隣の三つの農園に広がった。全部族が結集し、短くも猛烈なナダミの戦いで組合の軍を打ち破った。奴隷や自由民が近隣の州からエイユに流れ込んだ。囲い地のチーフや祖母たちと反乱の指導者たちはナダミで会合を開き、エイユ州を自由州と宣言した。

十日のうちに組合は空襲と地上部隊で反乱を鎮圧した。捕らえられた反逆者は拷問を受け処刑された。ソーイェイソーの町ではひときわ惨たらしい報復が行われた。残っていた人々は大部分が子供と老人だったが、町の広場へ追い立てられ、トラックとキャタピラー式の鉱石運搬車で何度も何度も轢かれた。〝埃で舗装する〟と処刑人たちは呼んでいた。

組合は早々に圧勝したが、この後も別の農園で新たな反乱が勃発したかと思えば、こちらでは所有者の一家が殺され、あちらでは都市の自由民がストライキを実施といったことが惑星中で起きた。

騒乱は収まらなかった。農園の武器庫や民兵の兵舎が何度も襲撃を受け陥落した。反徒たちはいまや武器を手にし、爆弾や地雷の製造方法を学んだ。ジャングルや大沼沢での一撃離脱戦法によって反乱軍はゲリラ戦での優位を得た。さらなる武装と人員が必要だと徐々に明らかになり、組合は傭兵をウェレルの貧困国から雇い入れた。こうした兵士は誰もが忠実だったり有能だったりとはいかない。すぐに組合はヴォエ・ディオ政府を説得し、国益を保護するためイェイオーウェイの所有者の防衛に軍を投入させた。当初、ヴォエ・ディオは介入に消極的だったが、ナダミの反乱から二十三年後、この騒乱を恒久的に沈静化させるため四万五千人の兵員を送り込んだ。その全員がヴェイオット（世襲制の戦士階級の一員）または所有者階級の志願兵だった。

七年後、戦争終結時にはウェレルから送られた三十万人の兵士がイェイオーウェイの地で殺されており、その大半がヴォエ・ディオ出身あるいはヴェイオットだった。

組合は戦争終結の数年前から社員にイェイオーウェイを退去させ始め、戦争最後の年には民間人の所有者はこの惑星にほぼ一人も残っていなかった。

三十年にわたる解放戦争のあいだじゅう、一部の部族と多くの個人奴隷は組合側に味方することで、安全と報酬を約束されたうえ武器も与えられていた。解放運動のあいだも部族間の抗争は起きていた。組合と軍が撤収すると、主大陸全土で部族間抗争がくすぶり燃え上がった。確固たる中央政府は存在しなかったが、アバルカムが興した世界党が自由党を多くの地方選挙で破ったことで、最初の世界評議会選挙に向けた準備は整ったかに見えた。解放暦二年、世界党は汚職の追及を受けて急速に崩壊した。エクーメン使節（戦争最後の年に自由党がイェイオーウェイへ招待していた）は憲法起草に着手し選挙の準備を行う自由党を支持した。自由党が運営する第一回選挙（解放暦三年）によって、いくぶん不安定な地盤の上に新憲法が制定された——女性は投票が許されなかったし、多くの部族票はチーフの独断で投じられ、部族内のヒエラルキー構造の一部は法制化されて残った。さらに幾度も熾烈な部族間抗争が起こり、騒乱と抗議の日々が続く一方で、自由なイェイオーウェイ社会の建設は進んだ。解放暦一一年（BP一九年）、イェイオーウェイはエクーメンに加盟し、同年には最初のエクーメン大使が派遣された。イェイオーウェイ憲法の大きな改正——十八歳以上の全国民に秘密投票による選挙権を与え、平等な権利を保証する——は解放暦一八年の普通選挙で票決された。

おおイェイオーウェイ

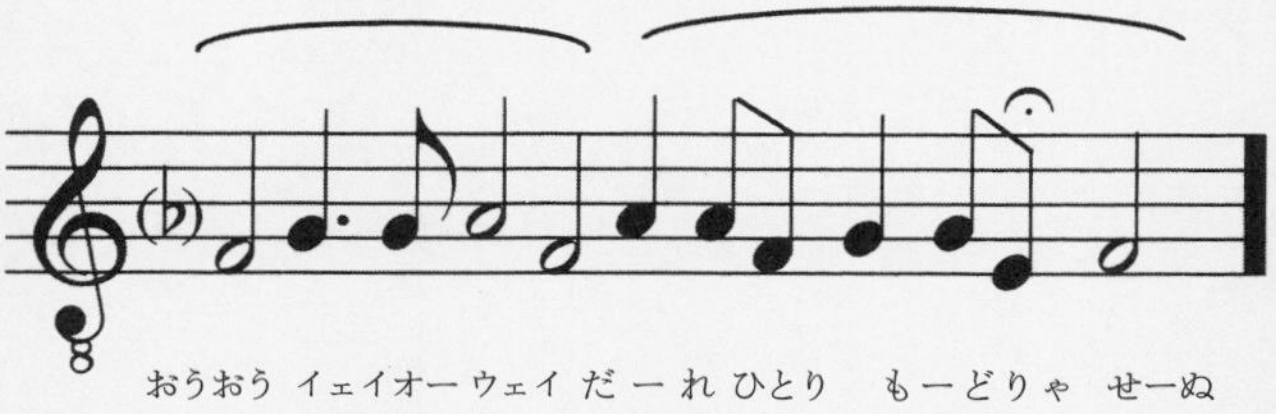
おうおう イェイオー ウェイ だ ー れ ひとり もーどりゃ せーぬ

わかり合える日を迎えるために必要なこと

SF&ファンタジー評論家
小谷真理

二〇一八年に、八八歳の生涯を閉じたアーシュラ・K・ル・グィンは、もはやSF&ファンタジー界では殿堂入りの巨匠である。

本書は、そんな彼女が、一九九五年に刊行した ***Four Ways to Forgiveness*** の全訳。ごく初期から手がけていた〈ハイニッシュ・ユニバース〉シリーズの一冊にあたる。

〈ハイニッシュ・ユニバース〉シリーズは、ル・グィンの名を不動のものにした不朽の名作『闇の左手』や『所有せざる人々』を含む宇宙年代記である。ただし、シリーズものとはいうものの、本書を読むにあたって、既刊を網羅的に復習することは、必ずしも必要ではない。各々が独立した惑星の話だから読者はいつでもどこからでも入ることができる。

今回登場する惑星は、ウェレルとイェイオーウェイ。この惑星上に構築された社会を、そこを訪れたり、住んでいたりする人々の視点から描き出すという趣向で、基本スタイルは変わらない。

ハイニッシュというのは、人型の生命体の発祥の地、惑星ハインからきている。前提となる設定だけ、おさらいしておこう。

古代に高度な文明を誇った惑星ハインの人々はさまざまな惑星に植民した。我々のいる地球（テラ）もそのひとつ。銀河系全体に散らばったハイン人は、宇宙連合を形成するが、やがて闘争の時代に入り衰退し、多くの植民地惑星は連合との連絡を絶たれたまま、遺伝子技術の浸透もあって人々は独自の進化を遂げていく。後世になってハイン人らはふたたび宇宙に進出し、その過程で、はるか昔に先祖が移り住んだ幾多の惑星の住人を再発見する。驚くべき進化を遂げた他惑星の人々との交流が次々開かれ、それはやがて再度緩やかな連合体（エクーメン）を形作る。

遠い未来の遠い惑星の文明を描くという設定は、ジャンルSFでは珍しいものではないが、ル・グィンのスタイルは、再発見された未知の世界を、人類学や社会学的な手法を使って、リアリスティックに描くというもの。描かれた異世界は、現実の歴史・政治・経済・宗教などを巧みに盛り込んで構築され、そこに現代社会の持つさまざまな問題が展開された。異星の風景を描きながら、現代社会の諸問題を折り込むという文明批評的な内容は洞察に満ち、これぞ思弁小説《スペキュレイティヴ・フィクション》の代表格と高く評価されてきた。特に七〇年代には、両性具有人の星を描いた『闇の左手』では当時のフェミニズム的考察を、『所有せざる人々』では米ソ冷戦を、『世界の合言葉は森』ではアメリカ先住民の歴史やベトナム戦争をモティーフに掘り下げ、ヒューゴー賞やネビュラ賞などSF界の賞を総なめにした。が、八〇年代に入ったあたりからこのシリーズは書かれなくなり、ル・グィンの関心は、リアリズム文学との境界領域に移動したように思われていた。しかし、インタビューを読むと、八〇年代は技術革新による社会構造の激変とそれに合わせて急成長する思想や理論を吸収していた時期であったようだ。九〇年代に入り還暦を過ぎたル・グィンは、研鑽を積んだ成果を片手に、ふたたび思弁《スペキュレイティヴ》・小説《フィクション》の問題作を次々発表するようになる。特に本書は、SF界にセンセーションを巻き起こし、激震が走ったと言っても過言ではない。はたして、見事同年度のローカス賞を受賞している。

時系列的にまとめてみよう。

まず一九九〇年には〈ゲド戦記〉の第四巻『帰還』を発表した。これは当時、二重の意味で衝撃的と目された。ひとつには、完結したものと誰もが信じた〈ゲド戦記〉の続篇だったこと。もうひとつには、三部作では決して正面切って描かれなかったフェミニズム視点が濃厚だったこと。偉大な魔法使いでヒーロー然としていたゲドは老い、それに代わって虐待児童の少女テハヌーや三部作の頃には問題にもされていなかった女の魔法が話題の中心に躍り出た。当時はジェンダー論も浸透していなかった時期である。フェミニストのオピニオンリーダーだが、男性に対してさほど攻撃的ではないと思われていたそれまでの作品とは明らかに違う。彼女のなかで何かが変わった、と困惑する（男性）読者も少なくなかった。『帰還』の数年後に刊行された本書は、さらに物議を醸した。肚が据わったル・グィンの本気度がわかる内容だったからである。

それもそのはず、本書のテーマは「奴隷制」である。惑星ウェレルは奴隷制を基本とする社会制度があり、奴隷制の成立、維持、崩壊、崩壊後の再構築が吟味されている。アメリカ社会がこれまでたどってきた歴史的な流れをリサーチし、登場人物のさまざまな立ち位置から検証するのだ。かつての『闇の左手』や『所有せざる人々』のころを彷彿とさせる、少し重いが明敏で詩的な文体で書かれ、その緻密な思弁にはいささかの緩みもない。そう、あの時代の、あのル・グィンが帰ってきた！　と心躍る筆致なのだ。今回、『闇の左手』で多くの読者を感嘆させた、あの格調高い小尾芙佐氏の訳文をふたたび目にして感涙にむせんだのは、私だけではないだろう。以下、四つの作品を見てみよう。

「**裏切り**」"Betrayals"（1994）、ピーター・クラウザー編〈ブルー・モーテル〉第三巻所収。イェイオーウェイに住む物理学の元女性教諭の視点から語られる。仕事から引退し、ペットの犬や猫と共に一人暮らしをしているヨス。近所に黒人の大男アバルカムが住み着く。彼は、かつて革命を主導し政治家として崇められていたが、汚職で失墜したのだ。ヨスもまたアバルカムのことを色眼鏡で見る。そんな二人がある事件をきっかけに打ち解けるようになるのだが……。

「**赦しの日**」"Forgiveness Day"（1994）、〈アシモフ〉誌一九九四年十一月号初出。惑星ウェレルに赴任したハイン人女性使節ソリーは、ウェレルで絶大な権力を握るヴォエ・デイオの支配下にあるガーターイー神聖王国に派遣される。男女平等が原則のハインと異なり、女に一切の権限が与えられていないウェレルでは、普通に振る舞っても、やることなすこと、浮いてしまう。ソリーの身辺警護にはヴォエ・デイオの護衛官が付き添うが、彼は基本的にはウェレル人であり無骨で愚直な軍人なので、ソリーとは全くソリが合わない。ウェレルでエクーメンとの交渉に対する政治的抗争が繰り広げられる中、ソリーを狙った誘拐事件が起こり、気の合わない二人はともにテロリスト集団に拘束されることに。

「**ア・マン・オブ・ザ・ピープル**」"A Man of the People"(1995)、〈アシモフ〉誌一九九五年四月号初出。

ハイン生まれハイン育ちのハヴジヴァが、エクーメンの定着使節《スタバイル》としてウェレルに赴任し、植民地惑星イェイオーウェイへ送られ、そこで人権を持たない女性たちの存在に気づいていくというストーリー。

「**ある女の解放**」"A Woman's Liberation"(1995)、〈アシモフ〉誌一九九五年七月号初出。

「ア・マン・オブ・ザ・ピープル」と対になる話で、ウェレルの領主の館で奴隷として生まれたラカムは、そこを逃げ出し、都市部でなんとか勉学し、やがて新天地イェイオーウェイへと渡り、自由民解放運動に身を投じ己を確立していく。女の一代記である。

これら四篇は相互に緩やかに繋がっている。従来のル・グィンと違うのは、性行為を含めてロマンスの要素が強いこと。真面目一辺倒だった頃と比べて大人目線の恋愛が描かれ、男女の歩み寄りや和解に至る道筋が優しく示唆されている。

三十年前は奴隷やフェミニズムといった当時としては赤裸々な話題にばかり気を取られていたが、今読み返すと社会洞察の凄さには舌をまく。奴隷解放は単に制度がなくなったというだけでは解決しない。階級意識が残存し、憎悪やトラウマが蔓延する世界では社会騒乱が誘発され、混乱はさらなる犠牲者を求める。人種問題が階級や性差に関する他の差別といかに絡み合うものなのか、また常態化された状況から逃れることがいかに難しいか、つまり、そのこと自体に気がつくことがいかに困難であるかがメカニックに描かれる。エクーメンやハイン人らも決して正義の味方というわけではない。他惑星への干渉にまつわる（文化）帝国主義的な姿勢なども、俎上に上げられるのだ。この複雑な問題系と向き合い、解決するためにはどうすればよいのか。問題を目に見えるようにするだけではなく、ル・グィンは、その先を見すえて物語を展開している。

このように重い話題に果敢に挑戦している一方、長年の愛読者にとって面白いのは、これまでの彼女の作品への、作者自らによるカウンターパンチになっているところかもしれない。

具体的にいうと、「裏切り」は、〈ゲド戦記〉『帰還』の、「赦しの日」は『闇の左手』の、「ア・マン・オブ・ザ・ピープル」と「ある女の解放」は、『所有せざる人々』の、描かれなかったもうひとつの物語を書いているように見える。つまり、かつての作者自身による名作を批評的に書き直した作品群なのではないか。

作者自身が、これまで最高の栄誉に輝いてきた己の旧作を批評的に読み直し、そこで見落とされていた側面を批判的に書くこと。これは数々の傑作を発表してきた稀有な作家にしかできない至高の批評行為であり、創作であろう。

　当初は多くのファンを驚かせ、たじろがせた本書だが、しかしながら熱狂的にこれを受け止める新しい読者が確実に生まれていたのは間違いない。特に、北米におけるフェミニズムSF大会「ウィスコン」（年次ウィスコンシン州SF大会）を中心に次世代が台頭し、ル・グィンの姿勢を力強く支持したのは注目される。

　以後三十年が過ぎてみると、本書で扱っている話題は、新世紀の今では、世界中で取り上げられ、違和感がなくなっている。ちょっと振り返っただけでも、現代は、#MeToo運動、ブラック・ライヴズ・マター、LGBTQ、フェミニズム第四波といった話題が乱舞する。そればかりではない。SFにおいては、笙野頼子『水晶内制度』、『ウラミズモ奴隷選挙』、よしながふみ『大奥』、村田沙耶香『消滅世界』、白井弓子『WOMBS』、田中兆子『徴産制』といった作品が陸続と送り出され、多くの読者の支持を受けている。だからこそ、本書に収められた作品群の先見性が時代を牽引していたのは間違いない、しかも、今読んでも全く古びていないどころか、現代だからこそ最も必要な思弁性が実感されるのである。

　なお、同じ惑星系を舞台にした短篇「古い音楽と女奴隷たち」"Old Music and the Slave Women"がロバート・シルヴァーバーグ編集によるアンソロジー『SFの殿堂　遙かなる地平』（一九九九年）に発表されている。これは短篇集『世界の誕生日』にも収録されているが、二〇一七年に本書の四篇と合わせて、『赦しへの五つの道』*Five Ways to Forgiveness* として米国で刊行されたことを付言しておく。一九九五年版の本書と合わせてお読みいただくと、より立体的なドラマが楽しめること請け合いだ。

A HAYAKAWA SCIENCE FICTION SERIES No. 5062

小《お》 尾《び》 芙《ふ》 佐《さ》

津田塾大学英文科卒
英米文学翻訳家
訳書
『アルジャーノンに花束を』ダニエル・キイス
『闇の左手』アーシュラ・K・ル・グィン
『われはロボット』アイザック・アシモフ
『偶然世界』フィリップ・K・ディック
（以上早川書房刊）
他多数

この本の型は、縦18.4センチ、横10.6センチのポケット・ブック判です。

〔赦《ゆる》しへの四《よつ》つの道《みち》〕

2023年10月20日印刷　　2023年10月25日発行

著者	アーシュラ・K・ル・グィン
訳者	小尾芙佐・他
発行者	早川浩
印刷所	三松堂株式会社
表紙印刷	株式会社文化カラー印刷
製本所	株式会社明光社

発行所 株式会社 **早川書房**
東京都千代田区神田多町2－2
電話　03-3252-3111
振替　00160-3-47799
https://www.hayakawa-online.co.jp

（乱丁・落丁本は小社制作部宛お送り下さい
送料小社負担にてお取りかえいたします）

ISBN978-4-15-335062-5 C0297
Printed and bound in Japan

流《る》浪《ろう》蒼《そう》穹《きゅう》

流浪苍穹（2016）

郝 景芳《ハオ・ジンファン》

及川 茜・大久保洋子／訳

地球‐火星間の戦争後、友好使節として地球に送られた火星の少年少女はどちらの星にもアイデンティティを見いだせずにいた……「折りたたみ北京」でヒューゴー賞を受賞した著者の火星ＳＦ。**解説／立原透耶**

新☆ハヤカワ・ＳＦ・シリーズ